異俠大系
新編完整版
黃易

邊荒傳說
卷
01

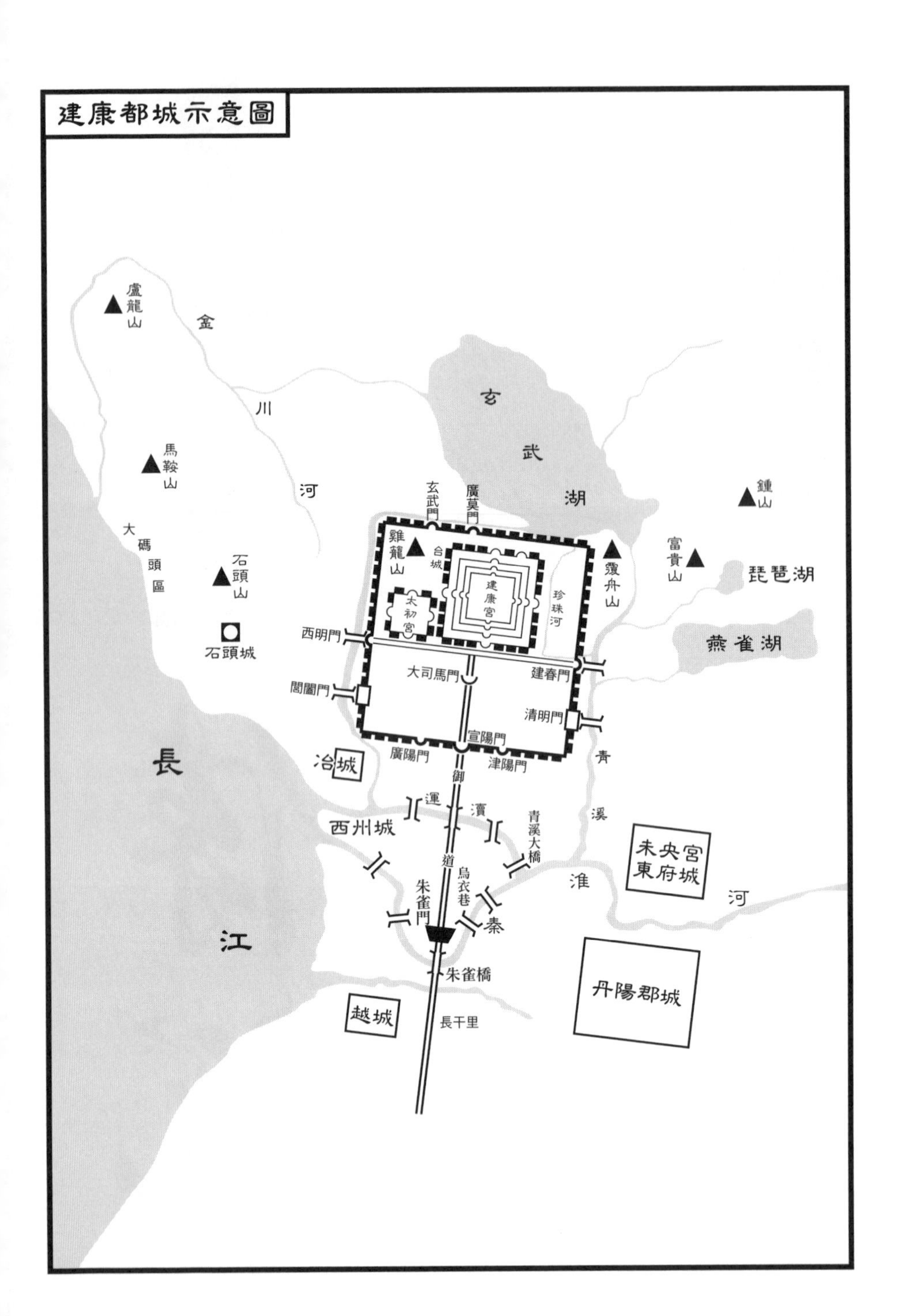

建康都城示意圖
盧龍山
金
川
河
馬鞍山
大碼頭區
石頭山
石頭城
玄
武
湖
玄武門
廣莫門
雞籠山
台城
建康宮
太初宮
珍珠河
覆舟山
鍾山
富貴山
琵琶湖
燕雀湖
西明門
大司馬門
建春門
閶闔門
清明門
宣陽門
廣陽門
津陽門
御
道
青
溪
長
江
冶城
運
瀆
西州城
青溪大橋
烏衣巷
朱雀門
秦
淮
河
未央宮
東府城
朱雀橋
丹陽郡城
越城
長干里

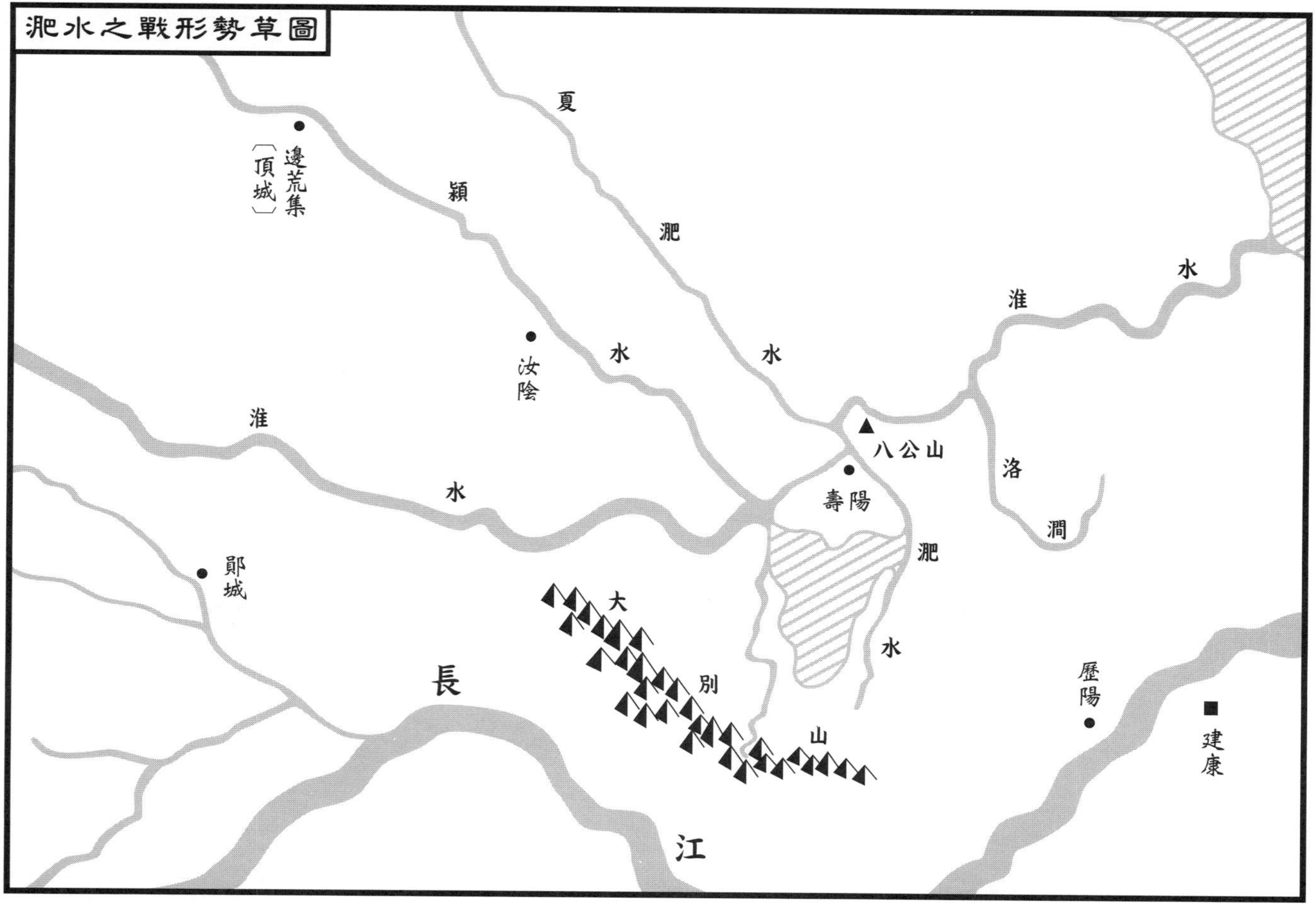

淝水之戰形勢草圖

卷01

目錄

朱雀橋邊野草花，
烏衣巷口夕陽斜。
舊時王謝堂前燕，
飛入尋常百姓家。

第一章　投鞭斷流

在淮水和泗水之間，有一大片縱橫數百里、布滿廢墟荒村、彷如鬼域的荒棄土地：南方漢人稱之為「邊荒」，北方胡人視之為「甌脫」。名稱雖異，但肯定是當今之世最獨一無二的地方：因它既是良民裹足之地，卻也是刀頭舔血之輩趨之若鶩的樂土；充滿危險，也是機會處處；可以是英雄豪傑死無葬身之所，亦為悍不畏死的人成名立萬的舞台。更為各方政權視之為進行秘密外交的理想場所，而無地容身者則以之為避難的安樂窩。在此一刻它或許是亂世中的桃花源，下一刻會變成修羅地獄。沒有任何一處地方，比邊荒更可怕，同時又那麼可愛。邊荒是老天爺為有本領的人而設的，在那裡有著另一套生存的哲學和法規。

邊荒奇異的存在，是有其悠久的歷史和客觀的因素，每一段史章均是以戰士的鮮血和人民的苦難寫成的。

自漢室傾頹，各地豪雄蜂起，戰事延綿廣被，生產無法進行，造成人為的饑荒；惡性循環下，使本已開發千年的中土，淪為白骨蔽野、千里無炊的局面。

三國之時，孫吳和曹魏對峙，每有戰事，多在淮泗間爆發，弄至該區域城垣崩毀，田園荒蕪，人民流移四散，廬舍空而不居，百里湮絕無民。

到西晉司馬氏統一天下，當地土民本該有安樂日子可過，可惜「八王之亂」、「永嘉之禍」接踵而來，匈奴、鮮卑、羌、氐、羯五大胡族群起反晉，這兩起歷史上的巨大風暴，再摧殘得中土體無完膚。到晉室懷愍二帝蒙塵，晉室被迫南渡，成爲南北對峙之局，淮泗地區依然是受災最重的戰爭凶地。淮水和泗水，成爲南北政權不成文的疆界，邊荒正是兩方疆界內的「無民地帶」。

邊荒的微妙形勢，就是在這樣的情況下產生。

對北方出身自游牧民族的胡人而言，照慣例於兩族的接界處，必須留下一段距離的「甌脫」作爲緩衝區，無事時胡漢雙方均不得進入，行人止步，否則會視爲挑釁鬧事。於南方政權來說，亦視這片首當其衝的土地再不適合人民居住，只合用來實施「堅壁清野」的戰略，以阻止胡馬南下，使其於數百里內無從補給。

邊荒正是在這樣奇怪特殊的情況下，在南北諸勢力的認同和默許下形成。

邊荒在中土是最荒蕪的地區，不過矛盾的是位於淮泗之間、邊荒的核心處、潁水西岸的邊荒集，偏是中土最興旺的地方。它是唯一貫通南北的轉運中心，兩方貿易的橋樑，天下豪強勢力爭權奪利的場所，走私掮客和幹非法勾當幫會各行其是的中心。只要能保得性命離開，不論是商販、妓女、工匠，任何人均可賺取十倍於別地的錢財。這使它成爲一個充滿魔異般誘惑力的地方，是爲有生存本領和運氣的人天造地設的。

在這裡，王法再不存在。進入這地區的被稱爲荒人，既不屬於東晉，也不屬於北方諸胡族政權。

邊荒集的前身是項城，一個被戰火摧殘成爲廢墟的大城。邊荒集因多年沒有再經戰爭洗禮，其興旺達至前所未有的巔峰，可惜一場席捲南北的戰爭風暴又正在北方形成，大禍已迫在荒人眉睫之前。

氐秦之主苻堅立馬泗水南岸一處高崗之上，目送先鋒部隊陣容鼎盛、旗幟飄揚地開赴前線，大舉進攻僅餘的最後一個敵手——東晉，第一個進攻的目標是對方位於淮水南岸的戰略重鎮壽陽。而他心中得意振奮之情，實是難以言表。

七年前，他運兵遣將破滅勁敵拓跋鮮卑的代國，把北方統一在他大秦軍鐵蹄之下。匈奴、鮮卑、羌、羯、漢五大族盡向他俯首稱臣，結束自晉朝「永嘉之禍」、晉室南渡以來七十二年諸族逐鹿於塞內塞外，群龍無首的紛亂局面，蓋世功業震古鑠今；其以外族的身分入主中原，更是前所未有。現在一切南征的條件已告成熟，東晉的梁、益二州和重鎮襄陽已落入他手上，統一天下的豐碩果實已到了唾手可得之時，誰還能與他爭鋒？

今趟傾師南犯，他以弟苻融為帥，大將慕容垂和姚萇為副，出動步兵六十萬，騎兵二十七萬，此外尚有水師八萬自巴蜀沿長江、漢水順流東下，配合作戰，實力足以把兵微將寡的東晉任何抵抗之師碾成碎粉。

苻堅今年四十五歲，擁有一副氐族人禁得起塞外風寒的高大強健體魄，有用不完的精力。他生就一副紫膛臉，短髯如戟、連鬢接唇，配上高鼻深目，形相突出，坐在馬背上自有一股君臨天下的氣度。此時他的眼神往地平線盡處凝注，閃爍生輝，似已可預見東晉軍望風披靡，在他以漢、氐、羌、鮮卑、羯為主組成的聯合雄師的踐踏下崩潰敗亡。

眾星拱月般在左右和後方簇擁著他的十多名將領，代表著北方諸族最傑出的領袖人物，是他一直奉行不悖「混一四海」政策下所產生、他苻堅引以為傲的驕人成果，使得眼前盛舉可以成為事實。在他之前，戰爭的失敗者總難逃亡國滅族的悽慘下場，只有他善待戰敗的人，每滅一國，均授其君臣以官爵，並使統領舊部，推行王道之政。在他來說，這是統一天下必須的手腕。

其中聲名最盛者，莫過位於他左方的頭號大將，鮮卑族的慕容垂。此人武功蓋世，手中「北霸」槍所向無敵，更是沙場上縱橫不敗的統帥。麾下鮮卑戰士驍勇善戰，爲他苻堅立下無數汗馬功勞，威震塞內外。能收爲己用是他苻堅最大的福氣，否則必是令他怵懼的可怕勁敵。

慕容垂比苻堅年輕十歲，身形雄偉如山，比他苻堅還要高出小半個頭，容顏俊偉，深黑的長髮披散兩肩，鋼箍環額，雙目深邃、神光內蘊、不可測度，腰板挺直，整個人自有一股威懾眾生難以言述的逼人氣勢，活像冥府內的魔神來到人間。

苻堅右邊的羌族猛將姚萇聲名僅次於慕容垂，雖是五短身材，比任何人都要矮上一截，可是脖粗背厚，臉如鐵鑄，特大的豹子頭，銅鈴般的巨目閃閃有神，加上重逾五十斤的玄鐵雙短矛，若有誰敢小覷他，其後果會令任何人難以接受。

其他諸將形相各異，均是慓悍強橫之輩，經歷得起戰場上的大風大浪。

苻堅收回目光，環視左右，唇角飄出一絲笑意，以帶點嘲弄的語氣道：「人說安石不出，將如蒼生何？現在安石已出，爲司馬曜主理軍政，朕倒要看他能在朕手心變化出甚麼花樣來？」

隔了個慕容垂的氐族大將呂光哂道：「謝安算甚麼東西？我看不過是殷浩之流，自命風流名士，談玄清議是沒有人說得過他，對陣沙場則只堪作抹劍之用。」呂光外號「龍王」，水底功夫黃河稱冠，兵器是一對「渾水刺」。

安石是東晉宰相謝安的別字，被譽爲中原第一名士，但自隱居東山後十六年來拒絕出仕，故有「安石不出，將如蒼生何」之語，可見東晉人對他的期待和仰慕。殷浩亦爲東晉德高望重的名士，雖學富五車，卻不懂軍事，不自量力地繼祖逖、庾亮、庾翼等諸晉將後統師北伐，慘敗而回，不但有負名士之譽，還淪爲天下笑柄。呂光把謝安和他視爲一體，正代表北方胡將對謝安一類自命清高的名士的不屑和鄙視。

諸將紛紛附和，意興飛揚，唯只慕容垂和姚萇兩人默然不語。

苻堅察覺有異，皺眉不悅道：「兩位卿家是否另有想法？快給朕從實道來。」

姚萇肅容稟上，道：「晉室雖弱，但據長江之險、江南之富，今我等傾師南下，勢必迫得南人空前團結，故臣未敢輕敵。」

苻堅露出原來如此的神色，傲然道：「南人一向養尊處優，耽於逸樂，武備不修；兼以南遷之世家大族與南方本土世族傾軋不休，即使在兵臨城下之際來個空前大團結，亦爲時已晚。至於所謂長江天險，以我們的百萬雄師，只要投鞭於江，足斷其流。南方小兒，何足道哉？」

他們均以漢語交談，此爲當時最流行的通用語，非各族胡語可比，成爲各胡族象徵身分的官方用語。氐秦且是諸胡中漢化最深的國家，苻堅便一直以爲自己比漢人更深得儒家「王道」之旨，頗以「四方略定，惟東南一隅，未霑王化」爲憾，現在終於到了去掉遺憾的歷史性時刻。

當苻堅目光投往慕容垂，這武功兵法均有北方第一人稱的大將淡然自若的道：「南人兵力，確遠遜我軍，可是由謝安一手催生成立，由他侄兒謝玄統領訓練的北府兵，雖不過十萬之數，卻不可小覷，希主上明察。」

苻堅點頭讚許道：「說得好，孫子有云：知己知彼，百戰不殆。北府兵早在朕的計算中，今趟我們揮軍直撲南人都城建康，南人只有兩個選擇，一是傾巢出城正面決戰，一是閉城死守。而不論是哪一個選擇，南人均無僥倖。朕苦待多年，到此刻平服北疆，再無後顧之憂，才傾舉國之力，以壓倒性的兵威，一舉粉碎司馬曜、謝安之輩的偏安美夢。謝玄雖被稱爲南方第一劍術大家，九品裡的上上品高手，惜行軍作戰經驗尚淺，能屢戰屢勝皆因從未遇上強手。南朝諸將中，只有桓沖算得上是個人物，有乃父桓溫的幾分本領，可惜卻給朕牽制在荊州，只能死守江陵，動彈不得。」

接著猛喝道：「朱卿家，朕所說者如何？」

位處眾將最後排的漢將朱序聞言渾身一震，連忙應道：「主上對南方形勢洞察無遺，瞭若指掌，微臣佩服至五體投地。」

朱序本爲東晉大將，四年前鎮守襄陽，兵敗投降，得苻堅重用，苻堅亦從其盡悉南朝兵力強弱分布，不過那可是四年前的情況。

苻堅仰天一陣長笑，充滿得意之情，暢舒一口蘊在心中的豪情壯氣道：「朱卿家放心，朕一向推行王道之政，以德服人，視四海爲一家，絕不濫殺無辜，平定南方後，南朝之人一律酌材而用，司馬曜可爲尚書左僕射，桓沖爲侍中，謝安就派他作個吏部尚書，憑其九品觀人之術，爲朕選賢任能。」

「鏘！」

苻堅掣出佩劍，正指剛從東方地平線升起的朝陽，然後再往南稍移，直指東晉首都所在的方向，大喝道：「我軍必勝！」

眾將紛紛拔出兵器，姚萇更把雙短矛互相敲擊，發出震耳的金鐵交鳴，一齊轟然應諾。

「大秦必勝！大秦天王萬歲」的呼叫，先起於護衛四方的親兵團，接著波及整個泗水平原，以萬計的戰士高聲呼應，喊叫聲潮水般起伏澎湃。

延綿不絕，前不見隊首、後不見隊尾，由各式兵種組成的氐秦大軍，浩浩蕩蕩往淮水的方向開去，待他們攻陷建康城，中原漢族將失去最後的根據地，全體淪爲亡國之奴，變成被入侵外族統治的臣民。

東晉都城建康，位於長江下游南岸，緊扼長江出海海口，是長江下游區域最重要的軍事、政治和經濟中心，河、陸、海的交通樞紐要地，南北水陸的轉運城市。

它位於雞籠山和覆舟山一片臨灘丘陵高地，東南與平坦廣袤的太湖平原和錢塘江流域相接，沃野千里。長江自西南向東北繞城廓而流，秦淮河蜿蜒在城南外伸入長江，形勢險要，有虎踞龍蟠的優越地理形勢。姚萇所說的「據長江之險、江南之富」，確非虛言。

當西晉被匈奴所滅，洛陽化爲灰燼焦土，晉國開國帝皇司馬懿的曾孫司馬睿正鎮守當時由三國孫權建立的都城建業，掌揚州、江南軍政大權。北方淪喪，司馬睿在南遷流亡大族王導、王敦等人的支持下，在建業自立爲晉王，次年稱帝。至晉愍帝，正式易建業之名爲建康。

建康城城周二十里十九步，外圍有東府城、石頭城和丹陽郡城等一系列的城市群，成眾星拱月的強大形勢，是一個以建康都城爲核心的城市組群。特別是城西上游的石頭城，是堅強的軍事堡壘，有若建康的守護神，若不能攻陷石頭城，休想損建康分毫。

當苻堅的大秦軍進入淮泗的邊荒區域，駐守淮水南岸重鎮壽陽的東晉將軍胡彬，收到己方混入邊荒集的前線探子的飛鴿傳書，知得大秦百萬大軍，正直逼淮水而來。

理所當然地，邊荒集乃天下消息最靈通的地方，南北若有任何風吹草動，不論是事實或謠言，都首先在那裡傳播。故當地有專門販賣消息的「風媒」，做這門生意的人必須精通各族言語，人脈極佳，且有能力分辨消息眞僞，不是人人可以幹的勾當。

胡彬聞訊大吃一驚，經反覆證實後，立即飛報建康，報上此有關晉室生死存亡的消息。晉帝司馬曜聞訊嚇得魂不附體，卻又怕消息散播，引起大恐慌，導致臣民逃亡，急急密詔謝安、王坦之、司馬道子三位重臣，到建康宮內廷的親政室商議保國大計。

謝安爲東晉中書令，乃晉帝司馬曜座下第二把交椅的當權人物，總攬朝政，今年六十四歲，年輕時曾短暫出仕，後退隱東山，至四十歲在千呼萬喚下始東山復出，秉持開國丞相王導「鎭之以靜」的安民政策，令東晉得偏安之局，與大將桓沖一文一武，爲東晉朝廷兩大支柱，被譽爲「江左偉人」。

當時東晉形勢，統治地區只餘長江中下游和岷江、珠江流域，而其中又以荊、揚二州在政軍兩方面最舉足輕重。

揚州爲首都建康北面前衛，其重要性不言可知。荊州位據長江中游，形勢險要，亦爲東晉西部軍事重鎭，同時荊州轄兩湖一帶，其刺史又常兼督附近諸州軍事，以應付北方強胡，因而地廣兵強。凡任荊州刺史者，必成實力最強大的方鎭。故東晉一代，中央與方鎭勢力的激盪爭持，大多與荊、揚之爭有關。上一代荊州由桓溫主事，便權傾朝野。幸好現任的桓沖，雖爲桓溫之子，但野心遠不及乃父，荊、揚遂可相安無事。苻堅看重的三個人中，除晉帝和謝安外，便數桓沖，於此可見一斑。

被譽爲當代第一名士的風流宰相謝安，雖已屆暮年，仍是一副精華內蘊丰神俊朗的樣貌，手搖羽扇，彷似諸葛武侯復生於世，五綹長鬚，身材高頎，有一種說不出的瀟灑和優閒自得、孤傲不群。

王坦之爲開國丞相王導族人，位居左相，是建康朝廷謝安外最有分量的大臣。今年五十二歲，論外貌遠遜謝安，略嫌矮胖，頭髮有點灰白，幸好臉上常掛笑容，聲音柔軟悅耳，下頷厚實，胖得並不臃腫，具有世家大族的自信與隨和，並不惹嫌。

王、謝兩家是江左最著名的世家大族，自晉室南遷，兩家對晉室的支持不遺餘力，朝廷的要位，均由此兩家輪流出任。而兩家在東晉「舉賢不出世族，用法不及權貴」的政策下，更是如魚得水，備受尊崇。竹門對竹門，兩家一向關係密切，藉姻親加強兩方關係，共同輔政。

司馬道子是晉帝司馬曜親弟，被公認為皇族第一高才，位列「九品高手」榜上，現職為錄尚書六條事，總管朝廷各部門政務，其職權之大，足以牽制謝安，為晉室監察謝安的一著棋子，故他與謝安一向關係不佳。

司馬道子今年三十八歲，身段高而修長，有一管筆直挺起的鼻子，唇上蓄鬍，髮濃鬚密，一身武士服，體型勻稱，充滿王族的高貴氣度。唯有一對不時瞇成兩道細縫的眼睛，透露出心內冷酷無情的本質。他腰佩的長劍名為「忘言」，是王族內最鋒利和最可怕的武器，建康城內，除謝玄和王坦之的兒子王國寶外，再無敵手。

親政廳是晉帝司馬曜在內廷處理公事的地方，這個自開國以來最關鍵性的軍事會議，歷時兩個時辰。在宮外等候的謝安之弟謝石，從正午直盼至黃昏，始見謝安悠然出來，表面仍是那副閒適自然的樣子，可是一向深悉謝安的謝石卻捕捉到乃兄雙目內一閃即逝、心力交瘁的神情，這可是他從未由謝安眼中見過的，可知會議進行得多麼沉重激烈。

謝石趨前，謝安倏地立定，沉聲道：「給我找謝玄來。」

第二章　大難臨頭

項城遺下給邊荒集的東西，除了崩頹的城牆、被填平的護城河，便只有位於邊荒集中心高起達十五丈的大鐘樓，樓內的銅鐘像一個神蹟般被保留下來。

貫通四門的兩條大街於鐘樓處交會，從鐘樓起至東南西北四門的主街依次為東門大街、南門大街、西門大街和北門大街。其他支道依四街平行分布，城周約十二里，是當時一個中等城市的規模。

集內樓房店舖均是在近十多年陸續興建，多為追求實用、樸實無華的木石建築，充滿聚眾邊荒集各族的風格特色，反映出他們不同的生活習慣和信仰。

在邊荒集，一切以利益為目標，沒有永遠的朋友，也沒有永遠的敵人。民族間的仇恨不斷加深，可是現實卻迫使不同族的人互相容忍、妥協，達致並不穩定且隨時生變的微妙平衡。

一集之地，卻是整個中土形勢具體而微的反映，最強大的是氐幫，接著依序為鮮卑幫、匈奴幫、漢幫、羌幫和羯幫。六大勢力，瓜分了邊荒集的利益。

漢幫的形勢較為特殊，因為他們是唯一能控制從南方而來的財貨的幫會，其他各族，必須在漢幫的合作下，始有利可圖。不過這種形勢，隨著氐秦的南伐，已完全逆轉過來。

縱使氐幫勢力最盛，在正常情況下亦不敢貿然對任何一幫發動攻擊，否則兩敗俱傷下，必難逃被逐離邊荒集的厄運。

勿要以為集內盡是逞強鬥狠的強徒，事實上四條主街繁盛熱鬧，各族男女肩摩踵接，諸式店舖林立兩旁，青樓賭場式式俱備，食店酒館茶室旅店應有盡有，其中最著名的莫過於位處東門大街漢幫勢力範圍內的邊荒第一樓，老闆龐義深懂經營之道，且廚藝超群，供應的食物既多樣化，又合各族人的口味和飲食習慣，但最主要的原因，是他親自釀製的絕世佳釀「雪澗香」，天下只此一家，別無分號。

第一樓是邊荒集內罕見的全木構建築，樓高兩層，每層放置近三十張大圓桌，仍是寬敞舒適。上層臨街的一邊有個以木欄圍繞的平台，台上只有一張桌子。

此刻第一樓的二樓內空無一人，唯只燕飛一人獨據臨街平台的桌子，一罈一杯，自斟自飲，沉鬱的眼神，投往下方東門大街。

東門大街擠滿正要逃離邊荒集的漢族男女，還不斷有人從支道擁來，加入流亡的大隊裡。一時人喊馬嘶驢鳴和車輪摩擦地面的聲音，充塞在昨天還是繁榮興旺的東門大街。所有店舖均門窗深鎖，誰也不願成爲苻堅的奴隸，只好收拾細軟財貨，匆匆離開，踏上茫不可測的逃亡之路。

與街上的「動」相比，燕飛的「靜」益顯其異乎尋常。他威懾邊荒、無人不懼的寶刃「蝶戀花」連鞘擱在桌上右邊，越發使人感到情況的異樣。動與靜的對比，充滿風暴吹來前的張力。

第一線曙光出現邊荒集東門的地平線外，天上厚雲密布，似正在醞釀一場暴風雨，令人的心頭更是沉重。

當苻堅大軍南來的消息傳至邊荒集，南、北、西三門立即被其他各族封閉，只餘下由漢幫控制的東門可供漢人逃難避禍。

燕飛舉杯一飲而盡。

整整一年了！

自一年前他燕飛踏足邊荒集，從一個藉藉無名的劍手，到闖出名堂，變成無人敢惹的人；從憎厭這個地方，到深深愛上它。箇中的滋味和轉折，實不足爲外人道。剛開始，他並不習慣這個撕掉一切僞裝，人人不擇手段爲己爭利的城集。但逐漸地，他認識到縱使在如此惡劣卑污的情況中，人性仍有其光輝的一面。現在邊荒集的勢力均衡已被苻堅的來臨徹底破壞，心中禁不住一片茫然。

一切的一切，包括過去、現在和將來，都因眼前令人擔憂的景況失去一向應有的意義！他感到生命裡最珍貴的一段日子，已隨著這場席捲南北的戰爭風暴雲散煙消。不論此戰鹿死誰手，天下再非以前的天下。雖然以前的天下並沒有太多値得人留戀的東西，但接著而來的噩夢更非任何人消受得起。

登上樓階的急遽足音，打斷他起伏的思潮，不用回頭，他已曉得是此樓的老闆龐義，更從其足音的輕重節奏，察覺對方心內的惶惑和恐懼，那是人之常情。

燕飛淡淡道：「記得多留下兩罈好酒給我，算是道別吧！」

龐義登上二樓，依依不捨地環視一匝，深情地撫摸著最接近他的桌子，燕飛的背影映入眼簾。每次看到燕飛的背影，他總感到燕飛寬闊的肩膊可背負起任何重責，只要他願意的話。而若不是燕飛肯負起保護第一樓的責任，他龐義眞不知會有怎樣的下場，雖然那是要付錢的，但他仍是非常感激。

燕飛像不知道龐義筆直來到身旁，還拉開椅子坐下，仍是目不轉睛瞧著出集的難民隊伍。

龐義是個粗豪的彪形大漢，滿臉虯髯，此時盯著燕飛皺眉不解道：「當漢幫的人全體撤離後，氐幫的龜卵子會和你講仁義道德嗎？前天你才打傷他們兩個人，不要做傻事！和我們一起走吧！」

燕飛那對鍾天地靈秀之氣，不含任何雜質，清澈卻又永不見底的眼睛，露出回憶沉湎的異采。

在這鬥爭仇殺永無休止的邊荒集，其周圍數百里的荒廢土地正見證著時代的苦難。與此相比，燕飛的一對眼睛是截然不同的異稟，可使龐義暫忘冷酷無情的現實。

沒有人清楚燕飛的出身來歷，他似是充滿缺點，偏又讓人感到他是完美無瑕，這不單指他挺秀高頎的體格、彷彿晶瑩通透的大理石精雕出來的輪廓，更指他似是與生俱來的瀟脫氣質。不過若以龐義本身的標準去衡量他，燕飛不但懶、一派過一天得一天的消極人生態度，且是不折不扣、志氣消沉的酒鬼，一點不知道他正在浪費大好的青春。燕飛體內該有胡人的血統，否則他不會在擁有漢人的文秀之餘，亦帶著北方游牧民族的粗野豪雄。總言之燕飛是個非常出眾的人，打開始龐義便不敢小覷他，認爲他窩在邊荒集當打手保鏢是大材小用。

燕飛低沉而溫婉的悅耳聲音在他耳鼓內響起來，油然道：「還記得你曾說過，不要對邊荒集的人或物生出任何感情嗎？賺夠錢就有多遠走多遠，然後忘記在這裡發生的所有事。我們早有協定，你給我錢財，我燕飛替你消災，一賣一買，兩不相欠。走吧！好好過些安樂的日子，再不用每晚睡覺都在擔心明天第一樓會被人拆掉。」

龐義苦笑一聲，伸手搶過他剛斟滿的雪澗香，幾乎是把酒潑進喉嚨裡去，頹然道：「安樂的好日子？唉！哪裡還有可以過安樂日子的好地方呢？我們漢人再沒有希望。我龐義歷盡千辛萬苦從北方逃到這裡來，一心想憑手藝賺足子兒，然後到南方成家立室，安居樂業。現在一切都完了，邊荒集也完了，大好的南方山河將會變成像北方生靈塗炭的人間凶地，我們只好做一天和尚撞一天鐘。你是否當我是兄弟並不重要，我只不忍你給人亂刀分屍，走吧！大家一道走。」

燕飛伸手抓著酒罈邊緣，卻沒有舉罈注酒，首次把目光投向龐義，微笑道：「昨晚消息傳來，氐幫、匈奴幫和羌幫早立即全體動員，首先聯手封鎖城集東北的大小碼頭，還沒收泊岸的所有船隻，打傷打死百多人，逼得漢幫和漢人只能從陸路逃亡，你道他們有甚麼目的呢？」

龐義劇震色變道：「那些兔崽子！難道還要落井下石，來個殺人掠貨？」目光不由投往街上一片混亂、如面對末日來臨的逃難人潮，爲自己和他們未來的命運生出恐懼。

燕飛仍是那副從容不迫的優閒神態，道：「記得帶你的砍菜刀，出集後遠離人多的地方，專揀偏僻處落荒而逃，或可保命。」

龐義倒抽一口涼氣，瞧著擠滿東門大街的無助人潮，駭然道：「他們怎辦？」

燕飛舉罈注酒，苦笑道：「我今年二十一歲，除孩提時代，眼所見盡是無可奈何的事，耳所聞皆爲人間慘劇，一切看誰的拳頭夠硬。幸好現在終於給我想通一件事，就是我已到了避無可避的絕境，且再不能獨善其身。漢幫的祝老大雖和我關係不佳，但我卻不得不承認他是精明的老江湖，他會有辦法把受他保護的人的傷亡損失減至最低。更何況他們三幫的人，先要過得我燕飛把守的東門一關。不要再勸我，你立即離開，若只有我一人一劍，再無餘慮，燕飛尚有一線生機。」

龐義心中湧起一陣激動，直至這一刻，他方明白一向似是無情的劍客深藏於胸懷內的高尙情操，一時說不出話來，只懂張著大口。

燕飛舉起修長而膚色晶瑩的右手，與龐義緊緊相握，破天荒地露出陽光般燦爛的笑容，道：「每一個人都有權爲自己選擇命運，知道自己在幹甚麼的就不是笨蛋，你立即走，離集後忘記這裡的一切，勿要說多餘的話。哈！你給我錢財，我替你消災，協議依然有效。」

龐義起立鬆手，向燕飛一揖到地，道：「你該清楚酒藏在哪裡，必要時那或可成爲你最安全的避難所。」目光掠過他的蝶戀花，雙目紅起來，射出憤怨無奈的神色，飛奔般下樓去了。

燕飛淺嚐一口雪澗香，瞧著龐義揹著包袱，加進最後離集的人流裡，消失在東門外。整條東門大街變得靜如鬼域，不見人跡。

蹄聲驟起，從長街另一端傳至。

燕飛把杯中餘酒喝個一滴不剩，仰首望往烏雲重壓的天空，似已可看到自己末日的將臨。生有何歡？死亦何懼？

建康都城坐北朝南，建康宮位於城北，宮城南門爲大司馬門，從大司馬門到外城正南門的宣陽門是長二里的御道，再由宣陽門到秦淮河的朱雀橋是另一截五里長的御道，總長七里的御道，成爲貫穿建康城區的中軸線。

大司馬門外是一條寬闊東西相向的橫街，東通東城門建春門，西接西城門西明門，將都城分爲南北兩大部分。北爲宮城，南爲朝廷各台省所在地。而其他政府機構、重要商市、居民區，乃至宰相大臣的宅舍別館，均在城外，主要分布於宣陽門到秦淮河長達五里的御街兩旁。自西晉滅亡，北方飽受戰火摧殘，漢族大舉南遷，達百萬之眾，東晉遂於建康地區設置僑郡，一時秦淮兩岸日益繁華，城內、城外擠滿南來的北方人，把建康變成融合南北風格的城市，非常興旺熱鬧。

朱雀橋又稱朱雀航或朱雀浮航，是橫越秦淮河接通御道的主要橋樑。所謂浮航，就是連舟爲橋，平時作浮橋之用，遇有戰事，斷舟拆橋，立可隔絕兩岸交通。像這樣的浮橋，秦淮河有二十四座之多，但都不及朱雀橋名著當世。

若朱雀橋是建康城區最著名的橋樑，那位於朱雀橋不遠處，城外御街之東，秦淮河畔的烏衣巷，肯定是建康城區聲名最盛的街道，因爲東晉最顯赫的世家大族，包括王、謝二家，均定居巷內。烏衣巷朱樓夾道、畫棟雕樑，是尋常百姓難以進入的禁街重地。「烏衣豪門」已成爲當代最顯赫門閥的代稱。

此時一隊人馬，旋風般越過朱雀橋，由御道右轉，馬不停蹄地馳入烏衣巷，把守的衛兵不但不敢攔阻，還肅立致敬，臉上無不露出崇慕的神色。

謝玄一身白色武士服，素藍色長披風，背掛他名震江左的「九韶定音劍」，策騎純白駿馬，英俊無匹的面容冷如鐵鑄，沒有透露絲毫內心的情緒。縱是高踞馬上，他挺拔的體型在在顯示出非凡的氣魄，充滿力量和信心，像一把出鞘的寶刃。他今年剛好四十歲，但外貌只像未過三十的人，神采飛揚。

伴在他旁的是他的頭號猛將劉牢之，北府兵的參軍，年紀在二十五、六左右。後面是十多個親隨，人人體型彪魁，無不是久經戰陣的精銳戰士。

自謝玄被任命爲兗州刺史，出鎮廣陵，他在親叔謝安全力支持下招募淮南江北之民爲兵。江北一帶民風強悍，武技高強者大不乏人，謝玄銳意訓練，不數年已成勁旅，號「北府兵」。苻秦屢次南犯，北府兵禦之，戰無不捷，令北府兵聲名大噪，街衛對他們尊敬的神色絕不是裝出來的。

只是這回苻堅親率大軍來犯，人數既佔壓倒性的優勢，又有名將如慕容垂之助，即使武功超卓、用兵如神者如謝玄，也沒有半分卻敵的把握。

在謝玄領頭下，眾騎從被拉得大開的正門進入謝府主堂前的大廣場，十多名府僕擁來爲各人牽馬伺候。

謝玄甩鐙下馬，謝石迎上來訝道：「玄侄來得眞快，昨晚我才向你發出飛鴿傳書。」

謝玄愕然道：「甚麼飛鴿傳書？三天前小侄收到訊息，大秦天王苻堅從長安進軍洛陽，先頭部隊踏足邊荒，兵鋒直指建康，軍力達百萬之眾，於是立即趕來見安叔。」

謝玄旁的劉牢之忙向謝石施禮，謝石欣然道：「劉參軍和各兄弟路上辛苦，請先歇歇喝口熱茶。」

當下有府僕領劉牢之一眾人等入主堂去了，謝石挽著謝玄手臂，繞過主堂，往內宅謝安書軒的方向緩步而走，壓低聲音道：「我們急得要命，二哥卻仍是一貫的優優閒閒，昨晚還到秦淮河的秦淮樓欣賞紀千千的歌舞，今早天未亮又往小東山遊山玩水，幸好你來了，至少可以問他一個清楚明白。」

謝玄沉聲道：「朝廷方面有何反應？」

謝石露出憤然之色，道：「司馬道子力主憑長江、秦淮之險，固守建康，又請皇上避駕宣城，擺明是想乘機總攬軍權，幸好二哥和王相全力反對，你二叔更以民心歸向打動皇上，這些事還是由王相告訴我，你二叔除了『替我找謝玄來』一句話外，再沒有任何其他說話。」

謝玄聞司馬道子之名，雙目閃過濃烈的光芒，再問道：「二叔如何打動皇上？」

謝石道：「你二叔說得非常婉轉，他向皇上進言道：『自古以來就是有道之國伐無道之君，今秦主恃勇而來，無端攻我大晉，既違背道義，又失去民心，兵家云「兩國交兵，無道必敗」，皇上只要號令全國軍民，以有道抗無道，必能保國安民。』皇上當然曉得你二叔和司馬道子誰更得民心，更何況桓沖上將軍一向不喜司馬道子，北府兵又牢牢掌握在你手上，皇上縱使不願意，也只好加封二哥為征討大都督，由他全權主理抗敵事宜。」

兩人通過翠竹遍植兩旁的小石徑，進入謝安書齋所在的中園。這是個以竹石爲主景的園林，園中有四季假山，分別以笋石、湖石、黃石、宣石疊成春、夏、秋、冬四山，各自成景。書軒就在夏山與秋山之間，坐北朝南，宏偉厚重，三楹七架樑歇山的布局，橫匾雕的是「忘官軒」三字，正面廊柱上有一聯：「居官無官官之事，處事無事事之心」。

儘管兩人憂心重重，置身如此孤高磊落、瘦挺空透的動人環境，一時間也把心事拋開，渾忘塵俗。

倏地一名年輕武士氣沖沖從忘官軒衝將出來，見到兩人，憤然道：「天下是你們謝家的天下哩！我王國寶倒要看你們如何應付苻堅。」說罷不顧去了。

兩人聽得面面相覷，接著謝石搖頭嘆息。王國寶是王坦之的兒子，謝安的女婿，劍法高明，可惜卻是無行之人，看情況便知謝安拒絕起用他於抗秦戰役，故大發脾氣，說出這麼難聽的話來。

謝安柔和的聲音從忘官軒傳出來道：「是否小玄來了！來得好！我正想找人下棋。」

謝玄和謝石兩人你眼望我眼，均摸不著謝安的心意，在如此危急存亡之際，仍有下棋的閒情？

第三章　死裡逃生

燕飛好整以暇的緩緩舉鐔注酒，似聽不到急驟的馬蹄聲，更看不到孤人單騎，正亡命的朝東門出口飛奔，其後面緊追著十多騎正彎弓搭箭的羯族戰士。

「嗤！嗤！嗤！」

箭矢勁疾射來，眼看把前騎射得變成刺蝟般的模樣。那人剛奔至第一樓旁，叱喝一聲，靈活如猴般彈離馬背，凌空兩個翻騰，落到燕飛身後，伸手至燕飛跟前，豎起三隻手指，道：「三兩黃金！」

戰馬慘嘶，頹然倒地，先是前蹄跪下，接著餘力把牠帶得擦地而行，馬體至少中了七、八箭，令人慘不忍睹。

那人卻是無動於衷，他是個長著一張馬臉的瘦削小子，年紀在十八、十九歲間，一般高度，卻是手長腳長，予人身手靈活的感覺。最特別是一對眼睛，靈活精明，顯出狡猾多智的稟賦。事實上這叫高彥的漢族小子是邊荒集最吃得開的人物之一，乃最出色當行的「風媒」，專門買賣消息，平時非常風光，只不知為何會弄至如此狼狽田地。

燕飛一手提杯，另一手豎起五隻手指，高彥失聲道：「五兩黃金，你是否想要我的命？」

此時羯族戰士策騎而至，勒馬收韁，散開成半月形，在下面長街往樓上瞧來，人人目露凶光，卻未敢發箭，顯是對燕飛非常顧忌。

燕飛緩緩喝酒。

其中一名該是帶頭的羯族大漢喝上來道：「這是我們羯幫和高彥間的恩怨，燕飛你識相的就不要插手。」

高彥在燕飛身後像鬥敗的公雞般頹然又咬牙切齒道：「五兩就五兩，算我怕了你這趁火打劫的傢伙。」

燕飛放下空酒杯，眼內酒意不翼而飛，亮起銳利如鷹隼的神光，語氣仍是非常平靜，淡淡地望向樓下道：「立即給我滾，否則悔之莫及。」

羯族大漢手執劍把，雙目凶光大盛，似若要擇人而噬的惡狼模樣，瞪著燕飛好半晌後，大怒道：「好！我們就走著瞧，看你燕飛還能得意多久。」

一聲呼嘯，領著同夥一陣風般循原路離開。

高彥長長吁出一口氣，抹著額頭冷汗，坐入剛才龐義的座位去，毫不客氣的抓起酒罈，就那麼骨嘟骨嘟的大喝幾口，然後放下罈子，瞪著燕飛道：「你留在這裡幹啥？嫌命長嗎？」見燕飛清澈的眼神仍一眨不眨的盯著他，不由露出心痛的表情，點頭道：「唉！算我怕了你。」從懷內掏出一個皮囊，傾出五錠黃澄澄的金子，用手不情願地推到燕飛眼前，嘆道：「我去出生入死，你卻坐地分肥，哪有這麼不公平的事？」

燕飛毫不客氣的抓起金子，納入懷中。皺眉道：「你又爲何要留在這裡？」

高彥一對眼睛立即亮起來，湊前少許壓低聲音道：「這是賺大錢的千載良機，南人付得起錢。順道告訴你一個消息，至少值一錠金子，這回卻是免費奉贈，皆因見你命不久矣。邊荒集五大胡幫已結成聯盟，準備迎接苻堅之弟苻融的先鋒軍入集，且決定不放過半個漢人。他們正在鐘樓廣場集結人馬，準備銜尾追殺撤離的漢幫。他娘的！你知不知道苻堅的手下猛將匈奴族的『豪帥』沮渠蒙遜昨晚已秘密潛來，聯結各族。嘿！夠朋友吧？我要走啦！」

猛地彈起，一溜煙般橫過樓堂，從另一邊的窗子鑽出去，轉眼不見。

燕飛像沒有聽到他的話般，忽然抓起蝶戀花，一個觔斗躍離椅子，落到街心去，然後油然往東門舉步。蹄聲在後方響起，自遠而近。

燕飛旋風般轉過身來，漫天箭雨已飛蝗般迎頭照面射來。

謝安的書堂「忘官軒」，充分表現出魏晉世家大族的品味。四面廳的建築布局，周遭園林內的百年老槐、婆娑柔篁，西北秀麗的夏山，東邊峭拔的秋山，北面清池小亭，通過四面的大型花窗，隱隱透入書軒，有如使人融合在四季景色之中。

軒堂中陳設整堂紅木家具，四壁張掛名畫，樑上懸四盞八角宮燈，富貴中不失文秀之氣，在在顯示出謝安的身分和情趣。

在柔和的晨光映照下，謝安和謝玄兩叔侄在堂心的棋桌席地而坐，前者仍是那副自然閒適的模樣，謝玄則有點心神不屬，皺眉瞧著謝安舉起黑子。

只從坐姿，可看出當時胡漢生活習慣的不同。漢人自殷周雙膝前脆，臀部坐在腳後跟上的「跪坐」習俗形成以來，成爲儒家禮教文化的重要組成部分。臀部坐地，兩腿前伸的「箕坐」和垂腳高坐均被視爲不敬的忌諱行爲。到漢末以後，胡漢雜處，垂腳高坐椅子的「胡坐」又或「箕坐」，已在漢人間廣爲傳播，形成高足形床、椅、凳的居室新文化。不過在世家大族裡，「胡坐」仍被視爲不敬和沒有文化修養。

謝安大有深意地微微淺笑，把黑子落在盤上，吃去謝玄辛苦經營力求逃出生天的一條大龍，盤上一角立被黑子盡佔其地。

謝玄俯首稱臣道：「我輸了！」

謝安油然道：「自你通曉棋道，五年來我還是第一次贏你，可見爭勝之道，在乎一心，玄侄因心煩意亂，無法專注，故有此敗。若在戰場之上，你仍是如此心浮氣躁，那即使苻堅兵法戰略均遠遜於你，玄侄你仍難逃一敗。」

謝玄苦笑道：「如非苻堅兵力十倍於我，小侄怎會心浮意亂？」

謝安哈哈一笑，站起身來，背負雙手走開去，直至抵達東窗，凝望外面園林美景，搖頭道：「非也非也！玄侄你正因心緒不寧，致看不通苻堅的弱點，他今次傾師南來，不但失天時，更失地利，且缺人和，而最後一失，更是他敗亡的要素。只要我們能善加利用，可令他大秦土崩瓦解，而我大晉則有望恢復中土。」

謝玄一動不動，雙目精芒電閃，盯著乃叔倜儻瀟灑的背影，沉聲道：「請二叔指點。」

謝安從容道：「我大晉今年得歲，風調雨順，農業豐收；他苻堅於北方連年征戰，沃野化為焦土，生產荒廢，剛統一北方，陣腳未穩，在時機未成熟下大舉用兵。此為失時。」

接著悠然轉身，微笑道：「苻堅勞師遠征，橫越邊荒，被河流重重阻隔，我則得長江之險，隔斷南北，此為失地。」

接著舉步往謝玄走過去，重新坐下，欣然道：「苻堅之所以能得北方天下，皆因施行『和戎』之政，對各族降臣、降將兼收並蓄，此爲其成功之因，亦種下養虎爲患之果。其軍雖號稱百萬之眾，卻是東拼西湊，又或強徵而來，戰鬥力似強實弱。我深信像朱序之輩，是身在秦軍心向我大晉。畢竟我大晉仍爲中原正統，雖偏安江左，卻沒有大錯失。今次外敵來犯，大家同坐一條船，不得不團結一致，共禦外侮。至於苻堅麾下諸將，各擁本族重兵，慕容垂、姚萇等均爲桀驁不馴之輩，怎肯甘爲別人臣下？這是不得人和，我得而彼失。所以只要玄侄針對此點，施行分化離間之策，不但可盡悉對手布置虛實，還可謀定後動，一舉擊破氐秦，去我北方大患。」

謝玄雙目神光四射，點頭道：「玄侄受教，那我們是否應和他正面對決？」

謝安脣角逸出一絲笑意，淡然道：「你是前線的大將，對戰事遠比我出色當行，一切由你全權作主。名義上以你三叔謝石爲帥，事實上所有具體作戰事宜，均由你指揮。此戰宜速不宜緩，若讓苻堅兵臨大江，站穩陣腳，因爲兵力懸殊，我大晉朝廷又長居安逸，更有小人如司馬道子者乘機興風作浪，必不戰而潰。去吧！大晉的存亡，將繫於你一念之間，別忘記剛才一局你是如何輸的。」

謝玄挺立而起，恭恭敬敬向謝安一揖到地，正容道：「小玄受教。」

謝安仍安坐不動，雙目射出令人複雜難明的神色，輕吁一口氣道：「此戰若勝，我謝家的聲望地位將攀上前所未有的高峰，此正爲我一直避免發生的事，我們在烏衣巷中飲酒清談，賦詩作文，充滿親情之愛，平靜而又詩酒風流的生活，勢將一去不返。好好照顧琰兒，讓他多點歷練的機會。」

謝玄點頭道：「小玄明白。」默默退出軒外。陽光從東窗灑進來，謝安像融入軒內優美寧逸的環境裡，沒有人可從他的神態察覺到關係漢族存亡的大戰，正像龍捲風暴般從北方捲旋而至。

謝玄踏出書軒，與謝石等候於軒外的謝琰連忙搶到謝玄身旁，沉聲問道：「爹有甚麼話說？」

謝玄伸手抓著深得謝家俊秀血緣的堂弟厚闊的肩膀，忽然露出如釋重負的笑意，柔聲道：「讓我們遊山玩水去吧！」

即使以燕飛名震邊荒的劍法，仍不敢正面擋格從精於騎射的匈奴戰士手中強弓射來的二十多枝勁箭。

燕飛哈哈一笑，倏地右移，避過第一輪箭雨，肩膊往第一樓對面一個鋪子上鎖的木門硬撞過去，動作若行雲流水，瀟灑好看。

得知沮渠蒙遜秘密潛入邊荒集，他不再逞匹夫之勇，卻仍可牽制四幫聯軍，使他們難以追擊逃難的漢人和漢幫。因為沮渠蒙遜絕不會容許一個可能刺殺苻堅的高手暗藏集內某處。即使刺殺不成功，沮渠蒙遜亦難免罪責，所以他只須時現時隱，會變成沮渠蒙遜必欲去之的心腹大患，相比起來，殺一批逃命的漢人只是小事一件。

「砰！」

在他貫滿先天真氣的肩膀撞擊下，堅固的木門有如一張薄紙般被他穿破而入，現出一個人形大洞，他已沒入被人捨棄呈長方形的雜貨舖裡內去，裡面雜物遍地，凌亂不堪。

外面叱喝連聲，蹄響馬嘶，形勢混亂，數枝勁箭由門洞疾射而入，可見匈奴人的強悍狠辣。

燕飛頭也不回，稍往橫閃，輕輕鬆鬆避過來箭，接著全速往後門方向掠去，力圖在敵人完成包圍網前逃離險地，否則必是力戰而死的悽慘收場。

就在此刻，在他前方的舖子後門化為漫空向他激射而來的木屑，而在木屑如雨花飛濺的駭人聲勢下，一支巨型重鋼長矛像由十八層地獄直刺上人間世般，疾取他咽喉要害而來，矛頭卻是金光閃爍，予人無比詭異的感覺。

只看對方能及時趕到後門，在自己逃出去前攔截，攻擊前又毫無先兆，可知此人乃一等一的高手。燕飛忽然想起一個人來，以他一貫把生死視作等閒的瀟逸，亦不由心中一懍。

「鏘！」

蝶戀花出鞘，化作青芒，疾斬矛尖。

蝶戀花全長三尺八寸，劍身滿布菱形的暗紋，鑄有鳥篆體銘文「蝶戀花」三字，刃部不是平直的，脊骨清晰成線鋒，其最寬處約在距劍把半尺許處，然後呈弧線內收，至劍鋒再次外凸然後內收聚成尖鋒，通體青光茫茫，給人寒如冰雪、又吹毛可斷的鋒快感覺。

燕飛不是不知在此際的最佳策略，莫如使出卸勁，帶得對方擦身而過，那他可廓清前路，由後門竄逃，可是對方這一矛實有驚天泣地的威勢，勁氣如山迎面壓來，四周的空氣像一下子給他抽乾，不要說卸其矛勁，是否能擋格仍是未知之數，無奈下只好以硬碰硬，比比看誰更有眞材實料。

這不是說燕飛及不上對方，而是對方乃蓄勢而發，他卻是匆匆臨急應戰，形勢緩急有別，高手相爭，勝負就決於此毫釐差異。

隨著蝶戀花朝前疾劈，木屑被劍氣摧得改向橫飛，像被中分的水流般，一點也濺不到燕飛身上。

「噹！」

燕飛全身劇震，雖劈中矛頭，仍身不由己地被矛勁帶得向後飛退。

「砰！」

前門粉末般灑下，現出一個滿臉麻子、散髮披肩，不高不矮卻是肩寬背厚的粗脖子匈奴惡漢，左右手各持至少重五十斤的鋒利巨斧，見狀暴喝一聲，雙斧有如車輪般前後滾動直往正在飄退的燕飛背脊劈來，沒有絲毫留手，務要置燕飛於死地。

燕飛早曉得會陷進如此後門有虎，前門遇狼的腹背受敵險境，他的退後正是要在最短的時間內化去後門來人的勁力，好應付從正門攻來的突襲。

後門的敵人現出身形，他的下頷唇邊全是鐵灰色的短硬鬍鬚，像個大刷子，頭頂卻是光禿禿的，臉色蒼白得異乎尋常，一對眼睛卻是冷冰冰的，似乎無論看到甚麼都無動於衷。體型高瘦，可是持矛的雙手卻似擁有無窮無盡的力量。

燕飛心叫糟糕，他已從兩人的兵器和外形認出對手是誰，高彥那小子所謂值一錠金子的情報只兌現一半，此兩人在北方大大有名，任何一個跺跺腳都可震動邊荒集。

使雙斧者便是高彥所說有「豪帥」之稱，苻堅手下猛將沮渠蒙遜；另一人則是苻堅另一猛將，以「萬煉黃金矛」名震西北，被譽爲鮮卑族內慕容垂、乞伏國仁以外最了得的鮮卑高手禿髮烏孤。

「叮！」

燕飛反手一劍，出乎沮渠蒙遜意料地挑中他最先劈至的巨斧，一柔一剛兩種截然不同又互相矛盾的眞氣，透斧襲體，以沮渠蒙遜的驚人功力，在猝不及防下亦大吃一驚，斧勁竟被徹底化去，變得一斧虛虛蕩蕩，用不上半分力道，另一斧卻是貫滿眞勁，一輕一重，難受至極，不得已下只好橫移開去。

匈奴幫的戰士在兩人交手的刹那光景，早擁進三、四人來，見沮渠蒙遜受挫移開，立即補上空位，刀矛劍齊往燕飛招呼，不予他絲毫喘息的機會。燕飛明知身陷絕境，仍是夷然不懼，忽然旋身揮劍，劃出似是平平無奇的一劍。

禿髮烏孤此時變化出漫天矛影，鋪天蓋地的往燕飛攻來，眼看得手，豈知燕飛的蝶戀花劃來，不論他如何變化，仍再次給對方劃中矛尖，登時無法繼續，更怕對方趁勢追擊，突破缺口，收矛稍退。

其他匈奴戰士各式兵器紛被掃中，只覺對方劍刃蘊含的力道非常古怪，自己的力道不但一筆勾銷，還被送來能摧心裂肺的勁氣硬逼得慘哼跌退。

沮渠蒙遜勁喝一聲，重整陣勢，運斧再攻，豈知燕飛劍氣暴漲，只聞「叮噹」之聲不絕如縷，在眨幾眼的高速中，燕飛似要與沮渠蒙遜比較速度般連環刺出七劍，劍劍分別命中他左右雙斧，封死他所有進攻招數，還把他再度逼開去。

然而燕飛自家知自家事，禿髮烏孤和沮渠蒙遜確是名不虛傳，他施盡渾身解數，仍沒法損傷任何一人分毫，且真元損耗極鉅，再支持不了多久，若讓兩人成其聯手之勢，他是必死無疑。

正門處匈奴幫的戰士潮水般擁進來，後門仍是由禿髮烏孤一人把守，且守得穩如銅牆鐵壁。剎那間，他清楚曉得唯一生路，就是拚著自身傷殘，也要闖過禿髮烏孤的一關，劍隨意轉，蝶戀花化作漫空劍雨，如裂岸驚濤般往禿髮烏孤灑去。

禿髮烏孤一副來得正好的神態，萬煉黃金矛化作重重金光矛影，待要正面硬撼，忽然臉上現出駭然之色，竟橫移開去，讓出去路，一個體格魁梧以黑頭罩蒙面的灰衣人出現在他身後，左右手各提一刀。而正因他的從後施襲，害得禿髮烏孤倉皇退避。

那人沉聲喝道：「燕飛！」

燕飛哪敢猶豫，順手給禿髮烏孤再劈一劍，全力提氣，閃電般與救星一先一後竄入後院，越過後院牆，落荒逃去。

第四章　雄才偉略

烏衣巷謝家大宅佔地十餘畝，沿秦淮河而築，由五組各具特色的園林合成，其中以忘官軒所在的四季園最負盛名，如論景色，則以坐落河畔的東園和南園爲勝。

松柏堂是宅內最宏偉的建築物，高敞華麗，內爲鴛鴦廳結構，中部有八扇屏風分隔，陳設雍容高雅。此堂亦是謝家主堂，外連正門大廣場，遇有慶典，移去屏風，可擺設三十多席，足容數百人歡聚一堂。

正門外是烏衣巷，對面便是可與謝宅在各方面相提並論的王家大宅巍峨的樓閣園林。烏衣巷西接御道，長達半里，筆直的巷道兩邊盡爲豪門大族的居所。

此時在松柏堂內一角，謝玄、謝石、謝琰和劉牢之在商量大計。討論過有關戰爭的一般安排後，謝玄忽地沉吟起來，好一會兒後斬釘截鐵的道：「我們必須令朱序重投我們的一方來。」

謝石皺眉道：「他是我們大晉的叛徒，兼且此事很難辦到。先不說我們不知他會不會隨苻堅南來，即使知道他在氐秦軍內的營帳，要找上他面對面交談仍是難如登天。」

謝琰冷哼道：「士可殺不可辱，大丈夫立身處世，氣節爲先，枉朱序身爲洛陽望族之後，竟投靠敵虜，此人的品格根本是要不得的。即使把他爭取回來，仍是吉凶難料。」

謝玄淡淡笑道：「我們現在是上戰場制敵取勝，並非品評某人品格高下的時刻，安叔看人是絕不會看錯的。我們定要聯絡上朱序，若能策動他做內應，重投我方，會令我們大增勝算。」

謝琰知道是他爹的意思，立即閉口不語。

謝石眉頭深鎖道：「直至渡淮攻打壽陽，氐秦軍行兵之處全是邊荒野地，我們如何可神不知鬼不覺的與朱序接觸。」

劉牢之點頭道：「苻堅一到，邊荒集所有漢族荒人必然四散逃亡，我們在那裡的探子亦不得不撤退，此事確有一定的困難。不過……」

謝玄精神一振道：「不過甚麼？」

劉牢之猶豫片刻，道：「若有一人能辦到此事，當爲我手下一個名劉裕的裨將。此人膽大心細，智勇雙全，不單武技高強，且提縱輕身之術非常了得，多年來負責邊荒的情報蒐集，曾多次秘密潛進邊荒集，與邊荒集最出色的風媒打上交道多年，對荒人的形勢有深入的了解，最難得他精通氐語和鮮卑語。」

謝琰道：「他是甚麼出身來歷？」

謝玄和謝石聽得皺起眉頭，際此皇朝危如累卵的時刻，謝琰仍放不下門第之見，斤斤計較一個人的出身，令人不知好氣還是好笑。

劉牢之有點尷尬，因爲他本身出自寒門，得謝玄拋棄門第品人之見，破格提升，始有今日。卻又不能不答，道：「劉裕出身於破落士族，年輕時家境貧寒，以農爲業，兼作樵夫，十六歲加入我北府兵，曾參與多次戰役，積功陞爲裨將。」

謝玄不待謝琰有發表的機會，斷然道：「正是這種出身的人，方懂得如何與狡猾的荒人打交道。牢之你立即趕回去，令劉裕深入敵境，將一封密函送到朱序手上。最要緊讓他清楚形勢，行事時方可隨機應變，權宜處事，我們會全力支持他的任何臨時決定，事成後重重有賞，我謝玄絕不食言。」

謝石道：「胡彬在壽陽的五千兵馬首當其衝，劉裕的任務仍是成敗難卜，我們是否該發兵增援？」

謝玄唇邊露出一絲令人莫測高深的笑意，道：「我們便先讓苻堅一著，當氐秦先鋒大軍在壽陽外淮水北岸，集結足夠攻城的人力物力，可教胡彬東渡淝水，退守八公山中的硤石城，我要教苻堅不能越過淝水半步。」

謝石三人大感意外，同時知道謝玄已擬定全盤的作戰計畫，對苻堅再沒有絲毫懼意。

快艇迅速滑離潁水西岸，在蒙面人運槳操舟下，追兵遠遠被拋在後方岸上。燕飛把蝶戀花橫擱膝上，閉目冥坐船頭，調氣運息，以恢復體力。

快艇順流急放二里，左轉入東面一道小支流，逆流深進里許，才緩緩靠泊林木茂密處。

燕飛睜開雙目，從他憂鬱的眼睛射出罕有的愉悅神色，忽然從小艇彈起尋丈，落往岸旁一棵大樹的橫枝，然後連續兩個縱躍，抵達接近樹頂，離地面足有四丈的橫幹處，撥開枝葉，觀察遠近動靜，蝶戀花不知何時已掛在背上。

蒙面人隨手拋下船槳，一把扯掉頭罩，現出陽光般的燦爛笑容，仰望高踞樹上的燕飛，欣然道：「燕飛你的劍法大有長進，竟能在禿髮烏孤和沮渠蒙遜兩大高手夾擊下安然無損，傳出去足可名動北方，且肯定有很多人不會相信。」說罷一個觔斗來到岸上，把艇子繫於大樹幹處。

此人年紀與燕飛相若，一副鮮卑族人高大魁梧的強健體魄，散髮披肩，相格獨特，鷹鉤鼻豐隆高挺，一對眼卻深深凹陷下去，兩顴高而露骨，本是有點令人望之生畏，可是在濃密的眉毛下那雙鷹隼般銳利、似若洞悉一切的眼睛，彷如世上沒有他辦不來的事，卻使人感到一切配合得無懈可擊。加上寬敞的額頭，常帶笑意的闊嘴巴，圓渾的下頷，過眉垂珠的大耳朵，似乎給人一種事事不在乎的印象。只有深悉他如燕飛者，清楚曉得若對他抱有這種看法，死掉仍不知道是怎麼一回事。

那人在岸旁一方石頭坐下，一陣風颳來，吹得他衣衫獵獵，烏黑的長髮隨風拂舞，使他的形相更顯威猛無儔。

他仰望天上疾馳的烏雲，雙目現出傷感的神色，徐徐道：「下大雨哩！那晚也是大雨傾盆，我們還是十來歲的大孩子，四面八方盡是敵人，我們並肩殺出重圍，瞧著叔伯兄弟逐一在我們身旁倒下去……唉！那是多久前的事？」

燕飛輕盈似燕的在腳底的橫枝略一借力，落到他身旁，在他對面挨著樹幹坐下，環抱雙膝，眼中憂鬱神色轉趨濃重，淡然道：「七年了！你為甚麼只說漢語？」

那人瞧著燕飛，傷感之色盡去，代之是仇恨的烈燄，語氣卻相反地平和冷靜，道：「我們燕代之所以敗亡於苻堅之手，正因不懂像苻堅般拋掉逐水草民族的沉重包袱，不懂與漢人渾融為一，更不懂從漢人處學習治國之道。一個王猛，便令苻堅統一北方，可知只有漢人那一套行得通。捨鮮卑語而用漢語，只是我拓跋珪學習漢人的第一步。」

燕飛點頭同意。

自赤壁之戰後，魏蜀吳三國鼎立，其中以據有黃河流域的曹魏實力最強，司馬氏便憑其餘勢，建立西晉，隨即統一天下。可惜「八王之亂」起，內徙的西北各民族紛紛起事，形成民族大混戰。「永嘉之禍」更令西晉的統治崩潰，晉室南渡。

在苻秦之前，北方先後出現匈奴劉氏、羯族石氏和鮮卑慕容氏三個強大的胡族政權，但均因漢化得不夠徹底，且推行胡漢分治的高壓民族政策，故逐一敗亡。拓跋珪的高明處，是看通苻堅的民族融和政策是唯一的出路，而苻堅的唯一也是致命的錯誤，是於民族融和尚未成熟下，過早發動南征。

拓跋珪往前單膝跪地，伸出雙手，抓著燕飛寬敞的肩膊，雙目異采閃爍，一字一句擲地有聲的道：「我拓跋珪足足等了七年，現在千載難逢的機會終於來臨，苻堅欠我拓跋鮮卑的血債必須償還，我本還沒有十分把握，現在有你燕飛助我，何愁大事不成。天下間，只有燕飛一人，不論劍術、才智，均令我拓跋珪口服心服。」

燕飛微微一笑，伸手拍拍他的臉頰，道：「好小子！不是蠢得想行刺苻堅吧？」

拓跋珪放開他，站了起來，轉身負手，目光投往河道，啞然失笑道：「知我者莫若燕飛，我們畢竟自小相識，曾一起生活多年。哈！殺苻堅對我是百害無一利，徒然便宜了權位僅次於他的苻融，此人比乃兄精明和有識見，且是反對今次南征最力的人之一，讓他出掌氐秦政權，必立即退兵，令我好夢成空。」

接著旋風般轉過身來，兩手高舉，激昂慷慨的朝天呼喊道：「我要的是大秦的土崩瓦解，苻堅的亡國滅族，否則怎消得我拓跋鮮卑亡國之辱。」

狂風疾吹，拓跋珪髮揚頭頂上方，形相淒厲，接著豆大的雨點沒頭沒腦的照頭灑下來，由疏轉密，化為傾盆大雨，四周一片模糊。鬱積已久的暴雨終於降臨大地，彷彿拓跋珪的一番話，引來天地的和應。

燕飛仰首，任由雨水打在臉上，淌入頸內，際此初冬之際，更是寒氣侵體，他反覺得非常暢快，而他更需要如此激烈的降溫和調劑。

燕飛暗嘆一口氣，道：「我不是不願幫你，而是秦亡又如何呢？北方還不是重陷四分五裂、各族誓不兩立的境地！死不去的人都要活受罪，自我來到世上後，沒有一天過的不是這種日子，我已厭倦得要命！」

拓跋珪身軀猛矮，竟是雙膝著地，跪了下來，伸展雙手，張口盛接雨水，狠狠喝了幾口，情緒平復下來，緩緩道：「燕飛你不要愚弄我，雖然這幾年我不知你曾到哪裡去混，但燕飛就是燕飛，身體內流的一半是我拓跋鮮卑王族高貴的血液，另一半是漢人的血，任何一半均不容你甘爲苻秦鐵蹄下的亡國之奴。這回我拓跋鮮卑捲土重來，再不是以前只懂食畜肉，飲其汁，衣其皮，隨時轉移，害怕築城守城，鄙視力耕農桑，以戰養戰，不善囤積徵稅的拓跋鮮卑。苻秦敗亡後的亂局，最終會由我來收拾，因爲我比任何人準備得更充足，更能從過去的錯誤中學習。苻堅的方向是對的，只走錯一著，就是在尚未能駕御各族、把北方置於絕對的控制之下時，竟貿然南侵。幸好王猛早死，否則必不容此事發生。這是上天賜予我拓跋珪的機會，燕飛你是別無選擇，必須全力支持我。」

燕飛全身濕透，可是心中卻像有一團熱火在燃燒。拓跋珪終於成長了，從死亡和苦難中深諳國家民族存亡之道，變成一個高瞻遠矚、雄才偉略的領導者。沒有人比他更清楚拓跋珪的本領和厲害，當他定下目標，會不顧一切地去完成，只有死亡方可以阻止他。嘆一口氣，道：「你憑甚麼去弄垮苻堅的百萬大軍？」

拓跋珪的唇角現出一絲笑意，逐漸擴大，最後哈哈笑道：「這叫因勢成事，燕飛你可曉得今趟答應支持苻堅南征的是哪兩個人，就是姚萇和我們的疏堂叔叔慕容垂，若非得他兩人允肯支持，苻堅豈會在苻氏王族大力反對下，仍是一意孤行的揮兵南來。」

燕飛虎軀一震，雙目神光電閃，盯著拓跋珪。

拓跋珪眼睛一眨不眨的回敬他，沉聲道：「七年來，我一直透過邊荒集賣給南人他們最缺乏的優良戰馬，一方面是要得到所需的財貨，以裝備和養活我以盛樂爲基地的戰士，更是要加速壯大北府兵的實力，間接逼苻堅生出遲恐不及的心。爲保持秘密，我雖明知你來到邊荒集，仍避免與你聯絡，怕洩露我在暗中主事的機密。如非對邊荒集的事瞭若指掌，今天便不能助你逃過大難。」

燕飛呆看著他，心中思潮起伏。他認識的拓跋珪，在十多歲時已盡顯領袖的大將之風，沉毅多智，心狠手辣，是亂世裡的梟雄，但仍從沒想像過他的手段厲害高明至此。

大雨「嘩啦啦」的下個不休，打在林木、葉子、土地、石上與河面，形成各種雨響應和的大合奏，四周一片朦朧，而他們宛如變成天地的核心，正在決定天下未來的命運，儘管以現在的形勢看來似是絕無可能的事。

燕飛苦笑道：「好吧！你既多年來處心積慮，該對苻堅有點辦法。不過假設苻堅兵敗，最大的得益者會是南人，或是慕容垂，又或是實力稍次的姚萇，你只能排在看不到隊尾處的遠方輪候。唉！這是何苦來哉？你以爲慕容垂會支持你嗎？若我是慕容垂，第一個要殺的人正是你。」

拓跋珪啞然失笑道：「你太高估我的對手了。且說南人，他們是注定亡國的厄運，晉帝司馬曜和他的親弟司馬道子是一丘之貉，腐敗透頂，沒有人比我更清楚明白他們只圖偏安和維持江左政權的可笑心態。先不說僑寓江左的高門大族那套出世玄想的清談風氣，最致命的是他們有一種誰能逐我胡人，誰便有資格稱帝的想法，令晉室中央對任何有意北伐者均生出猜疑之心，不但不予支持，還想盡一切辦法加以掣肘打擊，使北伐永不能成事。除此之外，東晉尚有兩大隱憂，一為有『江左雙玄』之稱，謝玄外另一聲名僅次於他，桓沖之弟的用刀高手桓玄，他借父兄數世之威，在荊州甚具聲望，本人又素具雄心，時思乘變崛起，本來仍難以為患，可是苻堅若敗，謝家必遭晉室壓抑，桓玄的機會便來了。」

燕飛垂頭不語，卻知拓跋珪語語中的，把南北的政治形勢看得透徹明白。

拓跋珪接下去道：「另一心腹大患，是以海南為基地崛起的五斗米道，其道主孫恩，不但武功超越江左大族硬捧出來的『九品高手』，更精於以道術迷惑眾生，吸引了備受北來大族壓迫欺凌的土著豪門，遲早會發生亂子。所以只要我能統一北方，江左政權將只餘待宰的分兒。至於慕容垂、姚萇，又或禿髮烏孤、沮渠蒙遜，他們由我去操心，在目前的形勢下，我只要你幫我去做一件事。」

燕飛知道沒法拒絕他，苦笑道：「我在聽著。」

拓跋珪微笑道：「幫我找到謝玄，告訴他慕容垂不但不會為苻堅出力，還會扯他的後腿，務令苻堅輸掉這場大戰，倘若謝玄肯點頭答應，我們便和他再根據形勢擬定合作的方法。」

燕飛愕然道：「慕容垂？」

拓跋珪倏地站起來，從懷裡掏出一個羊皮囊，遞給他道：「我沒有時間解釋，囊內裝的是慕容鮮卑著名的傳世寶玉，你可以此作證物，讓謝玄知道你並非空口說白話。此事非常緊急，只有你能幫我辦到，謝玄是聰明人，當不會放過任何敗敵的機會。」

兩人又商量了聯絡的手法、種種應變的措施、集內可藏身的處所，包括龐義隱秘的藏酒窖。拓跋珪匆匆離開。

　　瞧著他沒入大雨滂沱的密林深處，燕飛曉得多年來流浪天涯的生活已成過去，他將會深深地捲進時代大亂的漩渦內去。

第五章　各師各法

苻融目光投在棄置於河旁隱蔽處的快艇，露出思索的神色，左右伴著他的分別是鮮卑高手禿髮烏孤和匈奴高手沮渠蒙遜兩大苻秦陣營的猛將，除十多名親兵守衛後方外，數以百計的戰士正對小河兩岸展開地氈式的搜索。

大雨收歇，天上雖仍是烏雲疾走，已可在雲隙間窺見晴天，間有雨點灑下，四周早回復清晰的視野。

苻融頭戴戰盔，肩披長袍，毛領圍頸，內穿鎧甲，褲褶垂曳，按劍直立，氣宇不凡。他的體格並不引人注目，可是他神光閃閃的雙目，卻令他有一股殺氣騰騰的氣勢，使人不敢小覷。

禿髮烏孤狠狠道：「若不是這場暴雨下得不是時候，我們必可抓著那兩個小賊將之碎屍萬段。」

苻融冷然道：「他們為何不順流遠遁，卻要在這裡棄舟登岸？」

禿髮烏孤微一錯愕，沮渠蒙遜點頭道：「他們定是潛回邊荒集圖謀不軌。」

倏地人影一閃，苻融等身前已多出一個身形高瘦，外披紅色長披風，頭戴圓頂風帽，身穿交襟短衣，下穿黑縛褲，形相怪異至極的人。他瘦得像個活骷髏的臉孔沒有半點人的活氣和表情，死魚般的眼睛更似沒有焦點，可是卻能令任何被他直視的人打心底生出寒意。

禿髮烏孤和沮渠蒙遜同時露出敬畏的神色，苻融的目光從小艇移到他身上，精神一振道：「國仁是否有新發現？」

來者竟是威名在鮮卑族內僅次於慕容垂的高手乞伏國仁。在亂華的五胡中，以鮮卑人部落最繁，諸部分立，各不統屬，最強大的有慕容、拓跋、段、宇文、禿髮、乞伏諸氏，各以其酋長姓氏爲號。

「噹噹！」

乞伏國仁左手放鬆，抓著的兩把刀掉到地上，發出聲響，他以令人大感意外、溫柔而動聽的聲調道：「兩人在此處分手，一人往邊荒集的方向走，在途中棄下這對兵刃，另一人躍過對岸，在岸旁泥阜留下淺印，差點被雨水沖洗掉，該是往南去了。」

苻融皺起眉頭，道：「那往南去的當是燕飛，另一人又是誰？這對刀看來是此人隨手取來的武器，爲的是要隱瞞身分，怕我們從兵器曉得他是何方神聖，由此可肯定他用的必是奇門兵器，且非常有名，教人一看便知他是誰。」

乞伏國仁皮肉不動的道：「繫艇於樹的繩結是拓跋鮮卑人慣用的手法，不用國仁說出來，苻帥該猜到斗膽惹我們的人是誰。」

苻融立即雙目殺機濾盛。

沮渠蒙遜狠狠道：「定是那天殺的盜馬賊拓跋珪，他用的本是雙戟，不用戟便改使雙刀。」

禿髮烏孤陰惻惻笑道：「今次他竟敢在太歲頭上動土，我必教他求死不得，求生不能。」

苻融道：「我們沒有時間再和他糾纏，必須快刀斬亂麻，好待天王入集。」然後沉聲喝道：「蒙遜、烏孤，你兩人立即從城外調一師人馬入集，將鮮卑幫所有人等重重圍困，不論男女老少，殺他一個不留。殺錯人沒有關係，最要緊是沒有漏網之魚。我敢保證拓跋珪定是其中一人，否則怎能及時救出燕飛。」

沮渠蒙遜和禿髮烏孤轟然應諾，領命去了。

苻融的目光回到乞伏國仁處，沉吟道：「如此看來，燕飛應與拓跋珪關係密切，他究竟是甚麼出身來歷？以他的劍法，該是非同等閒的人物。」

乞伏國仁淡淡道：「不論他是甚麼人，只要苻帥首肯國仁去追殺他，保證他活不過三天之期。」

苻融仰天笑道：「此子往南而去，必有所圖。若能將他生擒，當可逼得他供出拓跋馬賊的藏身之所，去我北疆爲禍多年的大患。國仁你追蹤之術天下無雙，燕飛定翻不出你的掌心。」

乞伏國仁先發出一聲尖嘯，接著神情木然的道：「我會操得他連娘的閨名都說出來。」

拍翼聲從天空傳下來，接著一頭威猛的獵鷹落在乞伏國仁的左肩處，並不見有何動作，乞伏國仁已足不沾地的往後飛退，散髮飄拂，加上迅如鬼魅的身法，包括苻融在內，無不生出不寒而慄的感覺。縱使燕飛是敵人，也不由爲他注定的屈辱而心生惻然。

乞伏國仁落到對岸，倏忽不見，消失在林木深處。

荊州，江陵，刺史府，內堂。

桓玄一陣風的穿門而入，來到正憑窗觀看外面院落景色的桓沖身後，憤然道：「這算哪門子的道理？大哥你來評評看，我身爲南郡公，現在國家有難，我桓玄自動請纓，願領三千精銳回去守衛京城，任他謝安差遣，他竟然不受，說甚麼請我們放心，三千兵馬有之不多，無之不少，最重要是守穩荊州。大哥你說吧，我們該怎麼辦，難道坐看謝安禍國殃民？」

兩人是同父異母的兄弟，桓沖居長，桓玄居少，可是外貌、長相、脾性無一相同。

桓沖中等身材，貌相樸實古拙，今年六十一歲，肉頭鼻、高顴骨，目光審慎堅定，外形並不引人注目，但卻予人穩重的良好印象。

桓玄比乃兄年輕三十多年，剛過二十七歲，長相比實際年齡更要年輕，神采奕奕，五官端正，可是那對在比例上小了一點卻長而窄的眼睛，總令他帶點邪異的氣質，又像賦予他某種神秘的力量。而他超乎常人的高額，清楚顯示出他的聰明和才智。他比桓沖高出大半個頭，體型修頎勻稱，膚色皙白如玉，有桓沖沒有的那一股透骨子而來，世家望族子弟的出眾稟賦。加上一身華麗的武士服，腰佩的名刀「斷玉寒」，確有懾人的魅力。

桓沖仍是凝望窗外初冬的美景，像沒有聽到他的話般油然道：「苻堅從巴蜀順流而來的水師軍，現在情況如何？」

桓玄微一錯愕，不過他一向尊敬桓沖，不敢稍逆於他，只好勉強壓下澎湃胸內的怒火，答道：「已抵上游建平城，另有一軍進駐襄陽，成犄角之勢，威脅江陵，我已加派兵馬防守宜都、竟陵兩城，若秦人敢攻打任何一城，我們在竟陵的大軍可從水路迅速赴援。」

桓沖沉聲道：「若讓這兩支敵軍會合，順流直攻建康，小弟你道會有甚麼後果？」

桓玄不服的道：「我當然清楚，可是有大哥鎮守荊州，揚州便穩如泰山，我只不過想為朝廷盡心盡力。看！謝安用的全是他謝家的人，統帥是謝石，先鋒督軍是謝玄和謝琰，我有哪一方面比不上他們？自十六歲開始我已領軍抗敵，立下無數汗馬功勞。現在苻秦大軍壓境，謝安仍是我行我素，繼續放任清談。我承認謝安確是朝廷柱石，可是在軍事上他卻幼稚如蒙童，前線諸將，多乏作戰經驗，加上眾寡懸殊，後果不難設想，我輩將為亡國之奴了！」

桓沖也嘆了一口氣，似乎有些兒同意桓玄的說法，苦笑道：「正是因大軍壓境，所以我們別無選擇。謝安或許不如你想像般的不濟事，謝玄更是有勇有謀的勇將。小弟！好好助我守穩荊州，其他唯有看我大晉的氣數。」

桓玄移到桓沖身旁，雙目寒芒閃閃，冷然道：「大哥怎可聽天由命？憑你一言九鼎的分量，只須大哥點頭，我立即率兵到建康覲見聖上，痛陳利害，說不定可令聖上回心轉意，那才是萬民之福。」

桓沖仍沒有看他，搖頭道：「陣前易帥，豈是智者所爲。且北府諸將怎肯心服，更讓抗敵大計亂成一團，徒令小人如司馬道子者乘機起鬨，來個混水摸魚，此事絕不可行。」

桓玄大恨道：「大哥！我們桓家絕不可一錯再錯，當年爹已要求晉室爲他行『九錫』禪讓之禮，若非謝安、王坦之等一意拖延，爹早坐上皇位，天下再不是司馬氏的天下，而是我桓氏的天下。只恨爹不久病逝，大哥又無心皇座，現在……」

桓沖終於朝他瞧來，雙目神光閃閃，大喝道：「閉嘴！現在晉室需要的不是內爭而是團結，我們只有做好本分，方或不致淪爲亡國之奴。你給我滾回宜都，若有閃失，休怪我桓沖不顧兄弟之情。立即滾蛋！」

桓玄與桓沖對視片晌，欲言又止，終究一言不發的憤然去了。

夜幕低垂下，一艘戰船從壽陽開出，循淝水北上，進入淮水後改向西行，逆流朝潁水與淮水交接處的潁口駛去。

船上全是壽陽鎭將胡彬的親兵，因劉牢之千叮萬囑，此事必須保持最高機密，不得洩露絲毫風聲，任務只爲送一個人到潁口，至於有何目的，以胡彬前線重將的身分地位，仍給蒙在鼓裡。最氣人的是派來的小小裨將劉裕亦對他守口如瓶，不肯透露端倪，而與他見面後所說的話加起來不到十句。

胡彬和劉裕立在船頭，後者正精光閃閃的打量淮水北岸的形勢。

胡彬忍不住試探道：「劉裕你對邊荒的情況是否熟悉呢？」

劉裕神色冷靜的微一點頭，不亢不卑的道：「下屬確曾多次奉命到過邊荒探聽消息。」

胡彬忍不住留心打量他，皆因好奇心大起，今次劉牢之派劉裕到邊荒來，胡彬認爲根本是多此一舉，因爲前線軍情的重責，一向由他負責，自聞得苻堅南下，他早偵騎盡出，多這麼一個人，根本起不了任何作用，何況此子頂多二十來歲，經驗肯定不足。不過他卻也不敢小覷他，因爲劉裕似是帶著一股與生俱來的沉著自信，令人感到他日後必非池中之物。

劉裕只是比一般人稍高的高度，生得方臉大耳，結實粗壯，相貌堂堂，雙目神藏而不外露，雙掌特別寬厚，雖沒有作態，總給人暗含某種充滿爆炸性的驚人力量的奇異感覺。

胡彬道：「進入邊荒後，你便得孤軍作戰，我的人均幫不上忙。我眞不明白參軍大人派你到邊荒集有何作用？那裡的漢人已走個一乾二淨，胡人見著漢人便殺，他們手段殘忍，若你被他們生擒活捉，洩露我們的機密，反而弄巧成拙。」

劉裕漫不經心的道：「下屬地位低微，對軍情所知有限，且若見情勢不對，會先一步自盡，將軍請寬心。」

胡彬見如此施壓，劉裕仍不肯吐露隻字片言，心中有氣，不再說話。

戰船緩緩朝右岸靠去，潁水從北面滾滾而至，匯入淮水，再朝南傾流，兩水交激，水流變得湍急起伏，船體輕顫。

劉裕目光投往淮水北岸，穎水似若從無盡的遠處傾流而來，岸旁是沒有盡頭的平原荒野，由此北上，憑他的腳程，一夜工夫可抵達邊荒集前另一座廢城汝陰，從那裡再走兩天，便是邊荒集，心中不由湧起奮發的豪情壯志，連他身旁的胡彬也不知道他此行不但關乎晉室的存亡，也關乎他劉裕一生事業的榮枯。他一直在等待這麼一個機會，只是從沒想過不是在沙場上兩軍交戰下立功，而是深入敵後去進行那不可能的使命。

戰船貼近岸邊，胡彬冷冷道：「去吧，不求有功，但求無過。」

劉裕拍拍背上包袱，正要騰身而起，躍往岸上，驀地雙手一顫，警兆忽現。

衣衫破空之聲響起，兩人駭然側望，一道黑影似從水面躍起，升逾左舷尋丈，迅疾無倫的來到兩人上方。來人寬大的灰袍迎河風鼓脹，彷如一隻振翼的吸血夜蝠，一對眼睛閃著鬼火般的可怕綠燄，顯示對方的內功別走蹊徑，詭異無倫。

人未至，強大的氣勁壓體而來，左右十多名親兵在猝不及防下兵器尚未拔出，刺客已兩手箕張，分向胡彬和劉裕的天靈蓋抓下來。

在柴火的燄端上，肉汁從野狼被燒烤的腿上滴下，弄得火燄明滅不定，劈啪作響。

晝夜不停急趕兩天路後，燕飛遠離邊荒集，必須歇下來好好休息，填飽餓肚。穎水在離他半里許處流過，河水另一邊就是邊荒集與穎口間一座無人廢墟汝陰。雖然他仍不知如何面見謝玄，但他一向灑脫，煩惱的事留待到壽陽再想辦法解決，眼前最迫切的事，莫過於享受他打獵得來的美食。

若有一壺雪澗香就更理想了。

潁水平靜得異乎尋常，不見舟船，卻充滿暴風雨來臨前的沉重壓迫感。天上明月當空，令人很難聯想到兩天前那場暴風雨。

燕飛拔出匕首，割下一片狼肉放進口裡品嚐，吃得津津有味，又自得其樂。他已近一年沒有過流浪的荒野生活，忽然間頗有重拾舊趣的感覺。若沒有戰爭，是多麼快意的一件事！他愛幹甚麼，單是懷裡從高彥那得來的金子，已足夠他懶閒上數年，只可惜現實正朝其相反的方向進行。

不由又想起與拓跋珪分手前的一番話，拓跋珪自認對當今形勢瞭如指掌，但對南人的認識實有不足之處，因爲拓跋珪不像他般曾在南方逗留過一段長時間，對烏衣豪門更是缺乏深入的了解。

以王、謝爲代表的烏衣豪門，本是北方中朝的衣冠翹楚，南渡後成爲僑姓士族，在九品中正選官用人的制度保護下，在東晉這片殘山剩水中安定下來，形成源遠流長的豪貴家族。其子弟憑藉世資，麈尾風流，坐取公卿，維持家族的勢力，令他們傲視寒人庶族，甚至依靠軍功冒起的新貴。即使貴爲皇帝如司馬曜者，可以封官賜爵寒人，也無法封他們爲士族，因爲那是世世代代的傳承，不是一道聖旨可以改變的。

對世家大族來說，誰做皇帝不是問題，最要緊是保存家族的優越地位，沒有傷感或可惜的地方。他們關心的是家族的延展，不是朝廷的興衰，故處理國事可以飄逸灑脫，家族傳承卻絲毫不可以含糊。所以說，在兩晉的世家子弟中，要找忠臣難比登天，孝子卻隨手拈得，正是高門大閥的制度下形成的怪異情況。

即使是兩晉的頭號士族王、謝兩家，其家風亦不盡相同，王家較重儒學，謝家子弟則高蹈出塵，任情悖禮，崇尚老莊玄學，使其士族形成一個與晉室王族相輔相成，但又超出其外的政治利益團體，演變為壓抑本地豪門和寒門新貴的保守力量。這種情況，即使位高權重如謝安、王坦之等輩亦無法改變過來，晉室更是無能為力。當矛盾愈演愈烈，必定會出大亂子，所以東晉或非亡於苻堅之手，不過它的好日子確實屈指可數，只不知此人是來自北方，又或是本地冒起的亂世之雄。

想到這裡，忽然生出警覺。

燕飛依然好整以暇的切割著香噴噴的狼腿肉，從容自若道：「出來吧！朋友！」

第六章　黃天大法

在北府諸將中，胡彬可算是一等一的高手，雖比不上劉牢之、何謙、孫無終三人，卻在葛侃、高衡、劉軌和田濟等人之上。在敵爪離頭頂尚有四尺許之際，他已閃電般迅疾的掣出佩劍，毫不停滯地往上劃去，同時坐馬蹲身，在反應上攻守兼備，可說是無懈可擊。

豈料對方竟臨時變招，改抓爲拂，袍袖忽然拂垂而下，就像手臂忽然延長近三尺，貫滿眞氣的長袖重重抽擊劍身，可怕的驚人氣勁隨劍侵體而來，胡彬早被震裂的虎口再不堪摧殘，不但半邊身痠痲疼痛，長劍更脫手飛往遠方河面，如此一個照面便兵器脫手，他還是首次遇上。

他正驚駭欲絕之時，驀地見到對方的赤腳正朝自己面門踢來，避之已是不及，暗叫我命休矣。附近親衛蜂擁撲來救護，均已遲了一線。

「蓬！」

勁氣交擊的爆響，在胡彬耳旁響起來，他感到另一邊的劉裕往後挫退，差點取他一命的敵腳亦迅速遠離，一陣陰惻惻的笑聲從來襲者退走的方向傳回來道：「算你胡彬命大！」

親兵搶到胡彬四周，把他團團護住，人人一副驚魂未定的駭然神態。

胡彬勉強站直身體，往劉裕瞧去，見這年輕小將正還刀入鞘，神情仍是那麼冷靜，凝望刺客消失的岸旁暗黑處，忍不住讚道：「小兄弟了得，全賴你一刀退敵，此事我必報上參軍大人。」

劉裕道：「他的目標是胡將軍，兼之對我輕視，我才僥倖得手。若我猜得不錯，此人縱使不是

『天師』孫恩，亦必是他的得意傳人，否則不會強橫至此。他眼噴的綠燄正是孫恩『黃天大法』中『地法』施展時的功法現象。」

胡彬對劉裕已完全改觀，勸道：「此人說不定會伏在暗處算計你，不如取消今晚的計畫，明晚我再安排你從別處潛入邊荒。」

劉裕斷然道：「不必！我懂得照顧自己。」說罷騰身而起，投沒在岸上的暗黑裡去。

枝搖葉動，一人從樹上翻下來，哈哈笑道：「我還以爲南軍新近在這裡設立一座烽火台，原來是你燕飛小子在燒烤美食，害得我立刻食指大動。」毫不客氣的在他身旁坐下來。

燕飛割下一大片狼腿肉，遞給他道：「我還以爲你死掉了！」

來者竟是邊荒集最出色的風媒高彥。他接過狼腿正在狼吞虎嚥，含糊不清的應道：「這該是我問你的話，你這麼張揚，不怕惹來胡人嗎？」

燕飛信心十足的道：「即使有人跟蹤我，也應被我的惑敵手法引入歧途，追往對岸的汝陰城去了。說到反追蹤，我還算有點辦法。爲何改變主意？你不是要留在邊荒集發大財嗎？」

高彥搖頭苦笑道：「發他奶奶的清秋大夢才對。忽然間苻融的先鋒軍從四面八方擁入邊荒集，扼守所有進出通道，又派人重重包圍，一副屠集的豺狼姿態，幸好我未雨綢繆，預留退路，連忙開溜，否則吾命休矣。」

燕飛訝道：「你竟有可以離集的秘密通道？」

高彥豎起三根指頭，笑嘻嘻道：「想我告訴你嗎？老子給你一個優惠價。」

燕飛正大感不妥。雖看似不可能，但苻融此著明顯是針對拓跋珪而發，不由心情大壞，不知該繼續進行拓跋珪付託的事，還是趕返邊荒集看個究竟？哪來心情與這小子糾纏不清，道：「去你的娘！你現在打算到哪裡去？」

高彥恨得牙癢癢的道：「不交易便拉倒。你這個趁火打劫的大混蛋，硬是吃掉我五錠黃金的血汗錢，幸好現在我還可以去向南人賣消息，賺回幾個子兒。」

燕飛凝望篝火，沉聲道：「高彥！我可以信任你嗎？」

高彥愕然答道：「你的問題眞古怪。不過見你這一年來的確幫過我不少忙，老子雖不是會感恩圖報的那類人，但怎都有點感動。說吧！」

燕飛往他瞧去，皺眉道：「你究竟是怎樣的一個人？除不斷出賣消息斂財外，是否還有理想和更遠大的目標？」

高彥大奇道：「你不是對所有事一向漠不關心的那個燕飛嗎？為何忽然關心起我來？見大家一場朋友，我不忍騙你，我高彥是個見錢眼開的人，唯一的理想是有花不盡的錢財，然後到處風流快活。不要信任我，只要價錢夠吸引，我甚麼人都可以出賣。」

燕飛微笑道：「你在騙我才對。你只是怕給人看穿其實是個內心善良的人，方扮成視財如命和見利忘義的模樣。少說廢話，看！」說話時，他已把匕首插地，伸手入懷，再掏出手來，在高彥眼前攤開，掌上是十錠黃澄澄的金子，在火光映照下閃爍生輝。

高彥立刻兩眼放光，瞪著金子透大氣道：「你不是要物歸原主，再另付重息吧？他奶奶的，天下豈有如此便宜的事？說吧！只要不是著我回邊荒集，我定給你辦得妥妥當當。」

燕飛道：「此事說易不易，說難不難，須利用你的人緣關係。你幫我去找胡彬，告訴他我五天後的酉戌之交會到壽陽城外的狼子崗，若謝玄想贏得這場自赤壁之戰以來最大規模的戰爭，就親自來見我，我燕飛必不會教他失望。」

高彥現出大感意外的驚異神色，呆瞪他好半晌，囁嚅道：「你不是在說笑吧？要謝玄來見你，這豈是空口白話可以辦到的。」

燕飛隨手把被兩人吃得片肉不剩的腿骨拋掉，收起匕首，淡然道：「我當然有信物爲憑證。不過那可比十錠黃金更值錢，你先告訴我肯不肯賺這七錠金子？」

高彥愕然道：「該是十錠，對嗎？」

燕飛微笑道：「另三錠是買能令我偷入邊荒集的秘密通道。」

高彥壓低聲音道：「你眞有辦法讓謝玄打勝此仗？」

燕飛苦笑道：「天王老子都沒法爲此作出保證。不過卻肯定可以讓他勝算大增，細節則必須保密，謝玄看到物證，自會明白。」

高彥舉手攤掌，心花怒放道：「成交！」

燕飛把金子放入他手裡，道：「不會挾帶私逃吧？」

高彥嘆道：「那我還算是人嗎？先不論我們間的交情，我好歹也是個漢人，更怕你這小子天涯海角的追殺我，害我要心驚膽顫的過日子呢。」

又道：「城東北的梁氏廢院，東園處有個荷花池，其入水道貫通潁水，長達十多丈，足供一個人進出。小心點，那是在氐幫的大本營附近。」

燕飛取出裝有寶玉的羊皮囊，道：「你最好不要打開來看，以免抵受不住誘惑，致累人累己。」

高彥接過後藏好，皺眉瞧著他道：「你究竟是怎樣的一個人？」

燕飛仰望天上明月，唇邊現出一絲苦澀無奈的表情，雙目憂鬱之色更趨沉重，輕吟道：「夜中不能寐，起坐彈鳴琴。薄帷鑑明月，清風吹我襟。孤鴻號外野，翔鳥鳴北林。徘徊將何見？憂思獨傷心。」

高彥聽得呆起來，他並不知道燕飛唸的是百多年前「竹林七賢」之一阮籍的〈詠懷詩〉，皆因胸中墨水不多。可是甚麼深夜琴聲、冷月清風、曠野孤鴻等情景，卻使他感到燕飛內心那種迷茫、落寞、悲涼的傷心人別有懷抱！那種在黑暗中看不到任何出路、亂世將至的憂慮。可見在燕飛灑脫不羈的外表下，實有一顆傷痕累累的心，一時再問不下去。

燕飛忽然露出警覺的神色，狠盯上方，高彥嚇了一跳，循他目光投往夜空，一個黑點正在兩人頭頂高空盤旋。

燕飛露出凝重神色，沉聲道：「若我所料無誤，此鷹該是乞伏國仁名著塞北的神鷹『天眼』。」

高彥立即遍體生寒，乞伏國仁在鮮卑諸族內是僅次於慕容垂的可怕高手，手段殘忍，精通追躡之術。最令人害怕的是他嗜愛男風，落在他手上說不定會遭到男兒最難受的屈辱，生不如死。登時忘記詢問燕飛憑甚麼可一眼認出是乞伏國仁的天眼鷹，驚駭欲絕道：「我們快溜！」

燕飛仍是冷然自若的神態，喝道：「不要動。我叫你從甚麼方向走，你就立即依我指示，有多遠逃多遠，頭也不回的到壽陽去，我自有保命逃生之法。」

高彥頭皮發麻地靜待。

燕飛閉上雙目，忽然低喝道：「東南方！」

高彥只恨爹娘少生兩條腿，低叫一聲「小心」，彈起來一溜煙地依燕飛指示的方向走了。

燕飛拿著蝶戀花，緩緩起立，睜開虎目，一眨不眨瞧著紅色披風飄揚如鬼魅的乞伏國仁，從西北角的密林中掠出，似腳不沾地，幽靈般來至身前。

劉裕背負行囊佩刀，在月照下的荒原一口氣疾走十多里路，既寬慰又失望。

寬慰的原因是沒遇上那五斗米道的高手，並非因他自知不敵，而是不想節外生枝。若不幸負傷，將大大妨礙今次的任務；失望的是找不到半個從邊荒集逃出來的荒民，因爲他希望能從他們口中，弄清楚邊荒集的情況。幸他性格堅毅，並不會因而氣餒。

潁水在他右方里許處蜿蜒流瀉往南，他正猶豫該不該沿潁水西岸北上，那將大增他遇上荒人的機會，驀地一聲短促而淒厲的慘叫從西北面一片野林處傳過來，憑他耳力的判斷，距他目前的位置約半里之遙。

劉裕心中一動，暗忖大有可能是強徒攔途搶掠一類的事，既然順路，兼且有可能碰上從邊荒集逃出來的荒人，再加上行俠仗義的心，再不猶豫，朝聲音傳來處掠去。

乞伏國仁像從地府出來作惡的紅衣厲鬼，在月照下隔著篝火傲立燕飛前方兩丈許處，表面不見武器，燕飛卻曉得他仗以成名的玄鐵尺，是依他一向的習慣插在腰後。

燕飛左手執著連鞘的蝶戀花，從容道：「乞伏國仁你不是一向前呼後擁的嗎？爲何今晚卻落得孤零零的一個人？」

乞伏國仁本是死魚般的眼神驀地神采大盛，整個人也似回復生氣，咭咭怪笑道：「有你這小乖乖陪我，本人怎會寂寞呢？」

燕飛絲毫不爲所動，唇角飄出一絲笑意，「鏘」地蝶戀花離鞘而出，同時左腳踢在篝火處，登時踢起一蓬夾雜著通紅火炭的漫空火星，迎頭照面的朝乞伏國仁打去，右手蝶戀花則化作青芒，疾取對手胸口要害，所有動作一氣呵成，凌厲至極點。他深悉敵人的厲害，故搶先全力出手，毫不留情。

乞伏國仁哈哈一笑，披風揚起，像一片紅雲般揮割反擊，忽然間燕飛不但失去攻擊的目標，披風捲起的勁氣更激得火炭火屑掉頭反射回來，心叫不妙，忙往後疾退。

他聞對方之名久矣，卻沒想過乞伏國仁了得至如此地步。

乞伏國仁也暗吃一驚，沒想到燕飛變招說來便來，要去便去。否則讓他貫滿真氣巧勁的披風掃中他長劍，他必可乘機施展精奧手法，劈手奪下對方長劍。幸好現在燕飛敗勢已成，他只要趁勢追擊，保證燕飛再無還手之力。長二尺八寸的玄鐵尺來到手中，疾衝而前，北方武林聞之喪膽的玄鐵尺如影隨形地直擊燕飛。

「蓬！蓬！蓬！」

勁氣交擊的聲音不斷響起，火炭火屑四外激濺，乞伏國仁竟遇上三重無形而有實的劍氣，每一重劍氣均令他的前進受阻，到最後銳氣全消。如此劍法，乞伏國仁尚是首次遇上。

原來燕飛飄退前發出劍氣，於退走路線布下三重氣網，硬逼得乞伏國仁無法趁勢窮追猛打。

落在燕飛眼中，乞伏國仁表面上雖似仍是聲勢洶洶，但他卻清楚乞伏國仁正處於舊力已消，新力未生的尷尬時刻；哪還不掌握機會，手中青芒大盛，化作漫空劍雨，往這可怕的對手揮打過去。

乞伏國仁出乎他意料之外的既沒有退避，更沒有以鐵尺封擋，而是蹲地矮身，頭搖髮揚，長至胸前的頭髮一束布似的狠狠拂入劍雨的核心處，命中他的蝶戀花。

燕飛的寶刃有如被千斤重錘擊個正著，差點脫手，體內則經脈欲裂，難受到極點，知道生死存亡繫在此刻，忙勉力提起眞氣，借勢急旋開去，蝶戀花化作遊遍全身的青虹劍氣，作出嚴密防禦。

乞伏國仁一陣得意長笑，騰身而起，飛臨燕飛頭上，玄鐵尺無孔不入、無隙不尋的朝燕飛狂攻猛打。

燕飛已借旋轉之勢化去侵體的氣勁，見乞伏國仁的戰略高明至此，心叫厲害，蝶戀花往上反擊。

「叮叮咚咚」劍尺交碰的清音響個不停，乞伏國仁在燕飛頭頂上不斷起落，燕飛則施盡渾身解數應付這可怕對手令他疲於奔命、排山倒海的攻勢，不斷往潁水的方向退卻。

眨眼的工夫間，燕飛硬擋了乞伏國仁招招貫足眞勁，卻又忽輕忽重，變化無方，可從任何角度攻來的十多擊。

「砰！」

乞伏國仁凌空一個翻騰，以右腳重重踢中燕飛劍尖。

無可抗禦的勁力襲體而來，燕飛持劍的手痠麻疼痛，人卻給踢得踉蹌跌退。

乞伏國仁亦被他的反震之力害得不能連消帶打，只好再一個翻騰，從半空落下來，倏忽間兩人的距離拉遠至兩丈。

燕飛終於立定，「嘩」的一聲噴出一小口鮮血，蝶戀花遙指對手。

乞伏國仁的玄鐵尺亦遙指燕飛，黑髮與披風無風自動，形如厲鬼，雙目射出前所未見的陰冷異芒，眞氣籠罩，鎖緊對手，陰惻惻的道：「好劍法，是我乞伏國仁近十年來遇上最出色的劍術，最難得是你那麼年輕，前途無可限量，可惜今晚卻是劫數難逃。」

燕飛全力抵擋乞伏國仁向他不斷催發的氣勁，明白乞伏國仁對自己已放棄生擒活捉的本意，改爲全心殺死他燕飛，以免異日成爲大患。微笑道：「儘管放馬過來，看看可否如你所願？」

乞伏國仁露出一個殘忍的笑容，道：「我知你是誰啦！慕容文是否死在你的手上？只要這消息傳開去，即使你今晚能僥倖逃生，慕容鮮卑的人絕不肯放過你。」

燕飛心中一震，雖明知乞伏國仁用的是攻心之計，仍受其影響，劍氣登時減弱三分。

乞伏國仁厲叱一聲，披風後揚飄拂，手上鐵尺貫滿氣勁，直擊而至，確有搖天撼地的驚人威勢。

燕飛勉力收攝心神，手上劍芒暴漲，全力展開「日月麗天」心法中的保命求生秘技，蝶戀花劃出一連串十多個小圓圈，由大圈漸變爲小圈，任乞伏國仁招數如何變化，最後的一圈仍套在乞伏國仁擊來的尺鋒處。

乞伏國仁首先感到一股陽剛的劍氣透尺而來，心叫小子找死，盡吐眞勁，暗計燕飛不死亦必重傷，豈知陽勁忽地化作陰柔，他的氣勁至少給化去大半，知道中計卻爲時已晚。

「嗆！」

燕飛再噴一口鮮血，迎頭照面往乞伏國仁噴來，人卻借勢倒飛，笑道：「讓你老哥有個好好造謠生事的機會吧！」

乞伏國仁閃身避過貫束著眞氣的鮮血，燕飛早遠去數十丈，還在不住加速，氣得他怒叱一聲，提氣狂追去也。

第七章　寒夜煮酒

劉裕掠出叢林小徑，明月下一座黑黝黝的小城堡出現眼前。他並不以爲異，像這類的城堡，遍布淮河以北的地方，是時代的獨特產物，不過眼前塢堡明顯已棄置多時，藤草蔓生，外牆崩塌，沒有半點燈火，入口變成沒有大門扇的一個黑洞。

自永嘉之亂後，塢堡成爲飽受戰火摧殘的老百姓生存的一個據點，同村或同姓者聚族而居，儼然一個靠高牆圍護的武裝自衛單位，自給自足。大的城堡以千戶計，煙火相接，在堡內比鄰而居。像眼前的建築屬小型的塢堡，建有望樓，堡牆上還築有雉堞，只是百多戶人家聚居的規模，不過那可是很久前的事，現在人去堡空，似在默默控訴老天爺加諸它身上的苦難。

劉裕忽然加快腳步，竄到塢堡的入口處，探頭一看，目光掃處，三個人倒斃接連出口的主街上，像給人擺布過般分別隔開丈許，最接近他的屍體清楚地顯示頭蓋骨被人硬生生抓碎，如此爪勁，確是駭人聽聞。

劉裕絲毫沒有入堡尋根究柢的衝動，更不願碰上那來自天師道的灰袍妖道，只一瞥後，頭也不回的全速離開，直奔汝陰。

比起身負的重任，塢堡內的血案根本是微不足道的事。

乞伏國仁奔至穎水東岸，長流的河水在月照下波光粼粼、閃爍生輝，岸上的林木投影河上，虛實對比，更是似幻似眞，卻不見燕飛的影蹤。

天眼神鷹在對岸一片茂密的野林上盤旋，顯然仍未把握到燕飛藏身之處，一段粗若兒臂的樹枝，正隨河水往南漂去。

乞伏國仁心中冷笑，燕飛肯定是投木河上，再借力橫渡近六丈的河面，然後躲進密林內，以避開天眼的銳目。想到這裡，哪還猶豫，大鳥般騰空而起，往那段斷枝投去，無論距離和對斷枝浮漂的速度，均拿捏得分毫不差。

眼看腳尖點個正著，異變突起，一切快得以乞伏國仁應變的本領仍要猝不及防，陣腳大亂。幹枝寸寸碎裂，一道青芒破水沖天而來，疾刺乞伏國仁胯下要害。

乞伏國仁厲叱一聲，施展出壓箱底的本領，亦是無可奈何下的救命招數，勉力提起往下蹬點的右腳，改以左腳硬碰硬的踏上劍尖，全身功力盡聚腳底的湧泉穴。

「轟！」

長劍筆直沉入河面，乞伏國仁則發出驚天動地的慘呼，長靴碎裂，腳底鮮血四濺地在空中連翻三個觔斗，反投回東岸去。

水中的燕飛雖暗慶妙計得逞，但也給對方反震之力震得全身氣血翻騰，更可惜在如此有利的情況下，仍未能置對方於死地，不過也夠乞伏國仁好受，沒有一段時間，休想再來追他。

他最精采的一著是先借樹枝渡江，竄入密林，引得天眼追向密林，再偷偷潛回水裡，在水下伏擊貪圖方便的可怕勁敵。

乞伏國仁踏足實地，立即以呼嘯召喚天眼，然後逸進東岸的林木裡去。

燕飛爬上西岸，深吸一口氣，不敢停留的朝汝陰的方向掠去，他所受內傷頗爲嚴重，必須覓得可躲避天眼追蹤的隱秘處調息養傷，待復元後再趕回邊荒集，沒有一處比一個廢棄的城堡更理想了。

東晉建康都城，烏衣巷，謝府四季園內忘官軒。

謝安席地坐近東窗，彈奏五弦古琴，月色灑遍園林，軒內沒有點燃燈火，唯小炭爐的火燄明滅不定，一位風神秀逸的白衣僧，正在謝安不遠處以扇子搧火煮酒，神態優閒自得。

謝安進入琴音的天地，現實再不存在，一切都被音樂淨化，風從西窗溫柔地吹進來，兩人衣衫不斷拂動，彷如仙人。琴音琤琮，時而清麗激越，忽又消沉憂怨，不論如何變化，總能滌慮洗心，使人渾忘塵俗。

琴音倏止，仍若有餘未盡，縈繞軒樑。

那僧人搖頭吟詠道：「外不寄傲，內潤瓊瑤；如彼潛鴻，拂羽雲霄。謝兄隱就隱得瀟灑，仕就仕得顯赫；隱時是風流名士，仕時仍爲風流宰相，一生風流。但最令我支遁佩服的，是謝兄隱時未忘情天下，仕時也未忘情山水，不愧自古以來天下第一風流人物。」

謝安淡然笑道：「支遁大師爲何忽然大讚起我謝安來？謝安愧不敢當，自漢晉以來，名士輩出，何時數得到我。照我看大師是另有所感，對嗎？」

支遁點頭道：「聽謝兄琴音，知謝兄放達逍遙的外表下，內中卻有一往深情，暗蘊著對長期內亂外患下的傷懷，尤以今夜的琴聲爲甚，不知是否正擔心即將來臨的大戰？」說話時提起爐上提壺，另一手取起爐旁的兩個酒杯，油然來到謝安對面坐下。

謝安從容道：「此戰成敗，已交給小兒輩去負責，我謝安再不放在心上。只不過際此大晉存亡一線的時刻，我想到很多以前沒有想過的事。道窮則變，物極必反，此為天地至理，沒有任何人力可以阻撓改變。」說到最後一句話，唇角現出一絲苦澀無奈的表情。

支遁提壺為謝安斟注熱酒，道：「你說得瀟灑。可是我卻清楚自苻堅崛起後，你一直在準備應付一場像這樣子的決定性大戰，不但進行土斷編籍，從世族豪強取回大量土地，又招攬大批丁口，俾得以成立北府兵。只不過你一向奉行黃老之治，清靜而不擾民，故像善戰者似無赫赫之功，其實是鎮以和靖，御以長算，不存小察而宏以大綱，對下面的人施行無言之教，大巧若拙，豈如你所說的像沒有幹過任何事呢？」

又為自己注酒，續道：「從興盛看出衰滅，從生機處察覺死亡，盛衰生死循環往復，一向如此，謝兄何須介懷？」

謝安舉杯邀飲，兩人一口氣喝盡。

謝安放下酒杯，若有所思的道：「太上忘情，其次任情，再次矯情；情之所鍾，正是我輩。剛才我撫弦彈琴，忽然想起自身所處的位置，故生出黯然神傷的憂思。」

支遁大訝問道：「何出此言？」

謝安卻沒有直接答他，道：「由王導到我謝安，每次推行土斷，事實上都是要從世族的手上奪取土地和人力，而我王謝兩家更為世族裡的世族，大師說這是否非常矛盾呢？」

支遁明白過來。

晉室立國，大封宗室，以宗王出鎮督軍，種下八王之亂的禍根。而高門世族，則按品級享有佔田蔭客蔭族的特權，即佔有大量的土地和戶口而免除國家賦役，土斷正是重新限制公卿世族這種特權的重要措施，更是針對世族強佔土地使問題更趨惡化的手段。

謝安沉聲道：「東漢末年，先後有黃巾之亂和董卓之亂，天下群雄並起，互相攻伐，戰禍連年，直到今天，仍未休止。歷經二百年，期間只有我大晉曾實現短暫的統一，卻也只有三十八年。中土長期處於分裂割據的局面。八王之亂當然對大晉造成嚴重的破壞，可是比起因此而招致各內徙胡族的作亂，仍算不上是一回事。現在百姓流亡，中原蕭條，千里無煙，飢寒流隕，相塡溝壑，民不聊生，自天地開闢，書籍所載，大亂之極，未有若茲者也。究其主因，在於門閥政治的流弊和胡族入主中原，我謝安身爲世族之首，想念及此，更是百般滋味在心頭。」

支遁道：「謝兄能對自身和所處的情況作出深刻的反省，大晉有希望了！」

謝安苦笑道：「我正是因爲覺得沒有希望而感觸叢生。我已垂垂老矣，去日無多，只好把希望寄託在玄侄身上。只看他組織北府兵，可知他是個敢打破成規，不理門第之見，唯才是用的人。可是現今形勢分明，此戰若敗，當然一切休提，但若得勝，朝廷必會對他多方壓抑，因怕他成爲另一個桓溫，威脅司馬家的皇業，在這種情況下，玄侄能維持家族的地位已不容易，遑論針對時政作出改革。唉！大晉再沒有希望了。」

支遁聽得默然不語。

謝安忽然舉手撫琴，清音流水般奏起，唱道：「爲君既不易，爲良臣獨難。忠信事不顯，乃有見疑患……」

低沉嘶啞，充滿憂國傷時的悲歌，遠遠傳開去。

汝陰城受到的破壞，遠過於邊荒集，城牆幾不存在，大半房舍被燒爲灰燼，只餘南北大街旁二三列數百所店鋪和民居，仍大致保持完整，但亦是門破窗塌，野草蔓生的淒涼慘狀。

劉裕從南面瞧進月映下陰森森的長街，潁水在右方里許外流過，心中泛起危機四伏的感覺，不知是因那天師道妖人的陰影，還是基於軍人的敏銳直覺。

當機立斷下，他決定放棄入城，改爲繞過廢墟的東南角，沿潁水繼續北上，有潁水作方向指引，縱使月黑風高，亦不致迷途。他本有到城內找尋逃出邊荒集的漢族荒人之心，可是瞧到城內這番情景，曉得縱使有荒人躲在城內，也必須大費一番尋尋覓覓的工夫，加上對天師妖道的懼意，遂生多一事不如少一事之心，決定過城不入。

既打定主意，再不猶豫，展開身法，沿南垣全速東行，然後折北靠東垣而去，此正爲他機智之處，遇事時隨時可躲進廢墟內，要打要逃，都方便得多。

快要越過汝陰廢城的東北角，驀地前方蹄音大作，劉裕心叫僥倖，忙躍上左旁一處破牆之上，在三丈許高處往北瞧去。

在淡黃的月色下，里許外宿鳥驚飛，塵土揚起，火把光閃爍。他乃專業的探子，一眼望去，已知來者約數百之眾，該是苻堅先鋒部隊裡的探路尖兵，目的地是淮水，好爲苻堅大軍渡淮做準備，亦有廓清沿途障礙的任務。他清楚這樣的隊伍必不止一隊，而是兵分多路，夾著潁水推進，籠罩整個潁水河區。自己如不顧一切北上，或可躲過敵人主力，卻大有可能被對方偵騎碰上，權衡利害下，只好躲進城內，待敵軍過後，方繼續北行，況且此時離天明只有兩個多時辰，天明後更難潛蹤匿跡。

劉裕暗嘆一口氣，躍往破牆之西，朝東北主街的數列房舍奔去，一邊探察屋舍形勢，默記於胸，定下進退之路。

當他潛入東北主街旁的一間該是經營食肆的舖子，蹲在一個向西大窗往外窺看，那支數百人的苻秦兵剛好入城，分作兩隊，沿街朝南開去，並沒有入屋搜索。

劉裕膽子極大，伏在窗前細察敵人軍容，明白早有探子入城搜索清楚，故這隊人馬放心入城，不怕遇上伏擊。

他甚至可清楚看到在火把光映照下，敵人無不臉掛倦容，顯示出馬不停蹄、長途跋涉之苦。正看得入神，身後微音傳入耳內。

劉裕大吃一驚，別頭瞧去，登時看呆了眼。

燕飛從無人無我、一切皆空的深沉靜養調息中，被入城的蹄音驚醒過來，體內大小傷勢，已不藥而癒。

他的內功心法，是在母親傳授的基礎上，加上自創苦練而成的。

自六年前離開盛樂，爲減輕因慈母的死亡帶來的嚴重打擊，他專志劍道，孤劍隻身的遍遊天下，四處流浪，尋訪高賢，力拓劍境新局。到了邊荒集安頓下來，經過深思潛煉，終在一明月當空的清夜，悟通有無之道，創出日月麗天大法，日月爲有，天空爲無，以有照無，明還日月，暗還虛空，虛實相輝，自此初窺劍道殿堂之境。

自漢亡以來，玄學冒起，這是一種以老子、莊子和周易的「三玄」爲骨幹，揉合儒家經義以代替繁瑣的兩漢經學的一種思潮，其中心正是本末有無。用之於武學，則成「天地萬物皆以無爲本」和「自生而必體有」兩大主流的心法，而燕飛則是融合這兩大體系，創出古無先例的獨門心法。雖仍只處於起步的階段，其發展卻是無可限量。亦正因此發展的潛力，使他曉得乞伏國仁絕不肯放過他。

乞伏國仁的一句話，勾起他滿腹的心事，他不是懼怕會引起慕容鮮卑族群起而來的追殺，而是激起對亡母痛苦的思憶。

慕容文正是害死他親娘的元凶之一。

七年前，代國爲苻秦所滅，他的外祖父代王什翼犍被擒後復被殺，他與娘隨拓跋珪所屬的部落投靠從代國分裂出來的劉庫仁部，雖是寄人籬下，總有點安樂日子過。可惜好景不長，在苻堅的暗中支持下，慕容文突襲劉庫仁部，施以殘暴的滅族手段。劉庫仁當場戰死，被稱爲「鮮卑飛燕」的娘親拓跋燕，因保護他和拓跋珪，身中多劍，到他們投奔賀蘭部的親人賀納，拓跋燕苦撐了個多月，終告不治。他和拓跋珪變成矢志復仇的一對無父無母的孤兒。拓跋珪比他好一點，因爲至少知道父母是誰，他卻連他的漢人父親是何方神聖也一無所知，拓跋燕至死不肯透露秘密，而族內的知情者均在多次戰爭中逐一身亡。

當時仍從母姓的他不願留在母親過世的傷心地，易名燕飛，以紀念亡母。在拓跋珪大力的反對下，仍不顧一切踏上流浪之路，直到今天。

兩年前，他潛入苻秦首都長安，在長街刺殺慕容文，然後全身而退。

此事震動北方，亦激起慕容鮮卑的滔天仇恨，當時慕容文之弟慕容沖和慕容永曾發動全力追捕他，幸好他精通潛蹤匿隱之術，最後逃入邊荒，到邊荒集安頓下來，結束多年流浪復仇的生涯。

乞伏國仁是從他的劍和劍法認出他來，紙包不住火，今次他若能不死，以後還須應付北方最大勢力之一的慕容鮮卑族的報復。

不過他並不放在心上，自娘親過世後，他再不把生死介懷於心。在這生無可戀，完全沒有希望的亂世，死亡只是苦難的結束。一切隨心之所欲去做，直至終結的來臨。

月色溫柔地從破窗灑進來，他不由記起當他還是孩童時的一個情景。在平原的帳幕裡，天上明月又大又圓，秀美的娘親坐在帳外一塊地氈上爲他製新衣，哼著草原的兒歌，哄帳內的他入睡。

娘親柔美深情的歌聲，此刻似仍縈繞耳際，他的淚水不受控制地湧滿眼眶。自娘死後，他從沒有哭過，今晚被乞伏國仁勾起心事，兼觸景生情，再無法壓抑密藏心底的悲苦。

他懂事之後，娘一直強顏歡笑，卻從沒有眞正快樂過。她的愛全貫注在他身上，而他還不住因頑皮而惹她不快，現在已是後悔莫及，無法補贖。

他從來沒有從娘親過世的打擊中回復過來，日月麗天也不管用。

第八章　蛇蠍美人

縱然見到的是那天師妖道，也不致令劉裕有此反應，皆因映入眼簾的竟是位千嬌百媚的妙齡女子，一個絕不應在此時此地出現的俏麗佳人。

她從黑暗的後門走進火把光映照下的空間，有種詭異莫名的感覺，劉裕雖爲她的嬌艷震懾，卻也感到她突如其來的出現非常邪門，暗中提高警戒。

美女上身穿的是素綠色燕尾形衣裾疊摺相交、綴有飄帶的褂衣，下爲白色的綾羅褲裙，腰纏縛帶。這身裝扮，理該出現在建康都城內某豪門之家，與此地的氣氛環境絕不配合，可是她的神態是如此閒適自然，又把一切不合理的變成合理。

有如緞錦般纖柔的烏黑秀髮一疋布地垂在背上，自由而寫意，白嫩似玉的肌膚和淡雅的裝束相得益彰下，更突出她如花似玉的容顏。尤爲動人的是那對似會說話的眼睛帶著一種宛如對世事一無所知、天眞爛漫的神采，令她純美得有如一朵含苞待放的白蓮花。

她像看不到劉裕般，倏忽間來到窗子的另一邊，往外窺探，輕輕道：「中黃太乙！」

她的聲音舒服而清脆，充滿音樂的動聽感覺，剔透晶瑩，如她的美貌般大有攝魄勾魂的異力。

劉裕心中猛然想起一個人來，暗吃一驚，搖頭道：「我只是個路過的荒人。」

在北府兵中，他一直負責探查的工作，對南北的情況非常熟悉，所以先前認出偷襲胡彬的刺客與孫恩有關，而這女子一句盤問的暗語，令他聯想到在北方橫行一時，行事心狠手辣的一位女子，登時曉得自己正不幸地陷進極大的危險裡，動輒有喪命之虞。

中黃太乙是漢末時黃巾賊信奉的神，黃巾賊有兩大系統，分別爲張角創立的太平道和張陵的天師道。黃巾賊覆滅後，兩系道門流傳下來，分裂成多個派系，孫恩是道教在南方的宗師級人物，以太平天師道的繼承者自居，號稱集太平道和天師道兩系之大成。

在北方，則以供奉自稱太清玄元天師道創道宗師張陵爲始祖的太乙教最興盛，其教主江凌虛以太清元功名著黃河流域，與孫恩因爭奪繼承大統的名位而勢如水火，互不相容。

獨立於兩大道統之外的有個具有代表性的人物名安世清，外號「丹王」，專事煉丹之術，稱自己爲道家而非道教，視太平和天師兩道爲愚民的異端，超然於兩派之外。他的人品和行事如何，知者不多，因他居無定所，經常往來於名山大川之間，尋找煉丹的福地。他之所以聲名大噪，皆因江凌虛和孫恩均欲從他那裡得到某種道教寶物，分別派出兩批高手入山尋找安世清，卻給他打得鎩羽而回，死的固是橫屍當場，傷的回來後最終亦告不治。此兩役轟動南北朝野，自此江凌虛和孫恩再不敢動他的念頭。

當事情逐漸淡靜下來之際，北方忽然出現一位自稱安世清之女的美麗少女安玉晴，連挑太乙教三個道壇，惹得太乙教徒群起追殺，她卻失去蹤影，而眼前此女，肯定是她無疑。

劉裕同時明白過來，那高明得可怕的天師妖道不是刻意刺殺胡彬，只是在趕來汝陰途中，湊上機會隨意之作，觀之安玉晴探問自己是否太乙教的人，可知必有關於道教的大事在這裡發生，引得天師道人、安玉晴等紛紛趕到這座已成廢墟的城池來。

劉裕此時想到的是，待秦軍過後，立即遠離。

就在此時，他的手生出感應，右手一伸，將安玉晴香袖內射出的暗器揑個正著，指尖觸處鋒利無比，醒悟到是一枚鐵蒺藜，早刺破指尖，一股痠麻不舒服的難受感覺，立即沿指掌往小臂蔓延，顯然是淬了劇毒。

安玉晴或許因他竟能及時揑著她以獨門手法發出，不動聲息近乎無影無形的暗器，首次正眼往他瞧來，像沒有做過任何事般，訝道：「竟然有兩下子，眞想不到。」

劉裕心中大怒，暗忖老子不去惹你，你竟敢來犯我，還根本不拿自己的性命當作一回事，擺明是個雖貌似天仙，其實是視人命如草芥的妖女，不會比那天師妖道好多少。不過此時驅毒要緊，遂暫不與她作計較，只冷哼一聲應之，提起功法，把侵體的劇毒送回手揑的凶器處，必要時還可物歸原主。

他更不由感激老天爺，謝祂賜自己如此靈異的一雙手。他劉裕十六歲從軍，追隨劉牢之的左右手之一副參軍孫無終，被他挑中加以特別訓練作親兵，不到兩年他無論武功心法，均超越號稱北府十傑之一的孫無終，使孫無終對他另眼相看，提拔他作府司馬，專責深入敵境的探哨任務。

孫無終是眼光獨到的人，對他的品評是有一雙神奇的手，不但對各類技藝一學就通，還有異乎尋常的敏銳和觸感，令他超出同儕，成爲北府兵的新星。

眼前當務之急，是在秦軍離去前清除體內毒素，否則在沒有顧忌下，這個妖女說不定會對自己痛下殺手。

安玉晴淡然自若道：「沒法說話吧?你中的毒是我爹從煉丹過程裡提煉出來的九種丹毒之一，見血封喉。你今次死定哩，卻不要怪人家，死後也不要找人家算賬，怪只有怪你自己時辰八字生得不好，在這裡礙手礙腳的。」

劉裕為之氣結，也是心中奇怪，為何她把毒素說得這麼玄之又玄的厲害，自己卻清清楚楚可輕易把毒素排出指外。

「滴！」

鮮血從蒺藜淌下，落到地板上。

安玉晴目光下投，神情平靜，忽然間她手裡已多了一把亮晃晃的匕首，芒光一閃，往劉裕頸側劃過來。

秦軍的隊尾剛好離開窗外的一截街道。

燕飛竄屋過舍，從後排的破院躍落民居，移到面街的店舖，從破窗往外看，苻秦的部隊剛好離開，斜對面街道另一邊的舖子內芒光一閃，顯然是兵刃的反映，心中大奇。不過雖是一街之隔，卻等若萬水千山，在秦軍離城前，他實在無法到對街一看究竟。

蹄聲逐漸遠去，忽然後面西北方的後排房子傳來微僅可聞的慘哼，不禁心中懍然，全神戒備。他清楚感覺到今晚的汝陰廢城，並非像它表面般平靜，而是危機四伏。

安玉晴的匕首朝劉裕劃過來，劉裕捏著的毒蒺藜已以指尖巧勁彈出，電射對方動人的小蠻腰，位置角度刁鑽巧妙，若妖女原式不變，由於距離太近，肯定中招，同時人往後移，動作行雲流水，乾淨俐落。

安玉晴匕首改向，往下點去，正中向她激射而來的毒蒺藜，暗器應手落到地上，只發出「波」的一聲勁氣接觸的微響，可見其用勁的巧妙精到。

劉裕自問無法做到，心中一動，猜到她是怕給人聽到，致行藏暴露，對象有可能是秦軍，但更可能是如天師妖道或太乙教的人。想到這裡，已有計策，當身子快要挨貼牆壁，倏然立定，厚背刀離鞘而出，遙指美麗如仙的對手，登時森森刀氣，籠罩緊鎖對方，劉裕心中湧出強大的信心，不理對方如何了得，他也有把握置敵死命，毫不理會她是如何美艷動人。

安玉晴果然沒有趁勢進擊，俏立不動，護體眞氣自然而然抵消了他侵迫的刀氣，一對似是含情脈脈的美眸露出驚異的神色，上上下下朝他打量，一副對他重新評估的神態。櫻唇輕吐道：「不打了！你這人呀！竟然不怕丹毒。」

劉裕不知該好氣還是好笑，她不想是自己先下毒手，還怪他沒有中毒。此時蹄聲已遠，他更堅定對手怕暴露行藏的猜測，哪還不見機行事，壓低聲音道：「收起匕首來。」

安玉晴甜甜一笑，神情天眞的翻開一雙纖長雪白的玉掌，撒嬌的道：「不見了！」果然匕首已不知給她藏到哪裡去，頗爲神乎其技。

劉裕知她隨時可以再出匕首，偏又奈她莫何，事實上他也如她般不願被人發覺，以免惹來不必要的煩惱，誤了正事。微笑道：「我又改變主意哩！決意有冤報冤，有仇報仇，把你殺死！」

安玉晴那對會說話的眼睛先閃過不屑的神色，接著換過蹙眉不依的表情，沒好氣道：「你這人是怎麼搞的，人家都投降了，你還要喊打喊殺。說眞的，人家見你身手高明，忽然生出愛慕之心，還要打嗎？」

劉裕雖明知她說的沒有一句是眞話，可是如此一位千嬌百媚的女子，以她動人的聲線嬌姿，向自己說出愛慕之詞，刀氣立即減弱三分，苦笑搖頭，還刀入鞘，道：「我要走哩！」

安玉晴移到窗旁，招手道：「到哪裡去呢？目標快來了，陪人家在這裡看熱鬧不是更好玩嗎？」

劉裕功聚雙耳，蹄聲在城外官道隱隱傳來，心忖若現在立即離開，說不定會碰上秦軍殿後的人馬，較聰明的方法是遠離此妖女，到北牆暗察形勢，再決定行止。可是想是這麼想，一雙腳卻像生了根般不願意立即舉步，還發覺自己移到原先的位置，學她般往長街窺視。

倏地醒悟過來，此妖女雖毒如蛇蠍，反覆難靠，偏是對她生出強大的吸引力！立時大有玩火那種危險刺激的感覺。不由往她瞧去，在朦朧的月照下，她神情專注，側臉的輪廓線條精雕細琢，無懈可擊，肌膚柔滑細嫩，充盈芳華正茂的健康生機，秀長的粉項天鵝般從衣襟內露出來，令人禁不住聯想到與此相連的動人玉體，那必是人間極品。

安玉晴朝他瞧來，劉裕心中有鬼，尷尬的移開目光，前者「噗哧」輕笑道：「死色鬼！想用眼睛佔人便宜嗎？」

劉裕聽得心都癢起來，更知她的蓄意挑逗自己是暗藏歹心，正要說話，破風聲在長街上空傳來。

燕飛隱隱感到多了位鄰居，此人在後方某所房子殺人後，靜悄悄潛進隔鄰的舖子，因衣衫拂動的微響而被他察覺行藏。此人大有可能是乞伏國仁？又或其他人？但肯定是高手。換過正追殺他的不是乞伏國仁，他會立即離開，可是只要想到天眼或許正在廢墟上方盤旋偵視，還是躲在有瓦片遮頭的地方穩妥些兒。

對面的屋子一片漆黑，再沒有任何動靜，月色溫柔地灑遍長街，卻是靜如鬼域。若有陰魂不散這一回事，可以肯定數以千計的鬼魂此刻正在廢墟內飄浮，爲自己的死亡悲泣感嘆，又或大惑不解自己會成爲野鬼？

燕飛的心神轉到拓跋珪身上，拓跋珪並沒有低估苻融，問題在沒有把苻融的反應計算在內。正確點說是因拓跋珪臨急出手救他，致暴露行藏，只看乞伏國仁輕易猜到自己是刺殺慕容文的人，可知乞伏國仁心中早曉得救他的人是拓跋珪，因爲慕容文和拓跋族的深仇是人盡皆知的事。

苻融把城外的秦軍調入城內，讓他感到自己的猜測雖不中亦不遠矣，不但拓跋珪陷入極大的危險裡，與他暗裡有關係的鮮卑幫亦大禍臨頭。苻融若擒下拓跋珪，說不定會留他一命，好逼問他族人藏身的秘密巢穴，若他及時趕回去，說不定可盡點人事，頂多賠上一命又如何？

想到這裡，狠下決心，不理天眼是否在天上監視，決意立即全速趕返邊荒集。

就在此時，衣袂聲響，眼前影動，長街上已多出一個人來。

在街心出現的是個身穿白色道袍的大胖子，道袍前後繡上紅黑代表陰陽的太極，紅中有黑點，黑中有紅點，代表的是陽中陰和陰中陽，非常搶眼奪目。

他並不算矮，可是因其肥胖的體態，脹鼓鼓的大肚子，勉強方可扣得上的鈕子，怎麼看也似比別人矮上一截。

他的頭髮在頂上紥個大髻，覆以道冠，看來乾乾淨淨，長相也不惹厭，臉上還掛著似要隨時開人玩笑的和善表情，看來有點滑稽，只有他藏在細眼內精芒閃閃略帶紫芒的雙睛，方使眼力高明的人看出他不是易與之輩。

胖道人滴溜溜的轉了一個身，哈哈笑道：「安全啦！奉善在此候教。」

劉裕正凝神窺看奉善胖道人的動靜，耳鼓內響起安玉晴蓄意壓低而又充滿音樂感的好聽聲音道：「奉善妖道是得太乙教主江凌虛眞傳的得意門徒，不要看他滿臉笑容，他愈笑得厲害，愈想殺人。哼！眞恨不得一刀宰掉他。」

劉裕心中奇怪，剛才她還一心取自己小命，現在卻如深交好友般爲他解說情況，忽然醒悟過來，她是怕自己開溜，而她卻因不敢驚動奉善而無法出手，所以故意說這番話，都是爲留下自己。再想深一層，她剛才要動手殺自己，理由或許和那天師妖道同出一轍，是要殺盡附近活口，以免某些不可告人的秘密外洩。而更有可能是此女在利用他，而他則可在某種情況下變得有利用的價値。

劉裕才智過人，只從她的一番造作，推斷出這麼多事來，確是了不起。

劉裕心中暗笑，故意道：「我對這些沒有興趣，還是走爲上著。」

安玉晴果然中計，連忙道：「你不想知道他爲甚麼要到這裡來嗎？」

劉裕聳肩道：「知道又如何？對我有何好處？」

安玉晴氣鼓鼓道：「若不是見你身手不錯，我早一腳踢你落黃泉，怎會沒有好處，還大大有好處呢！」

奉善道人一副優閒模樣立在街上，似可如此般等待下去，直至地老天荒。

劉裕目光往令他直到此刻仍驚艷不已的俏臉投去，道：「說吧！我是沒有多大耐性的。」

安玉晴狠狠瞪他一眼，道：「三年前太乙教主江凌虛和天師道主孫恩，嘿！你究竟知不知道他們是誰？」

劉裕笑嘻嘻道：「說吧！我的安大小姐。」

安玉晴微一錯愕，爲他叫出自己的姓氏心中一亂，接著白他一眼，笑罵道：「你這死鬼，算你造化啦！」

奉善的聲音又在街上響起道：「奉善應約而來，若道兄還不肯現身，奉善只好回去向太尊覆命。」

劉裕被引得往外瞧去，此時他已猜到奉善口中的道兄正是那天師妖道，禁不住生出坐山觀虎鬥的心情。

安玉晴的嬌聲又傳進耳內，道：「細節不說了，他們兩人爲爭奪一塊有關兩粒仙丹的寶玉圖，惡鬥一場，結果兩敗俱傷，誰也奈何不了誰。只好各返南北養傷，約定三年後派出同門再作決戰，以決定寶玉圖誰屬。假如你助我得到寶玉圖，人家分一粒仙丹給你如何？」

劉裕幾可肯定仙丹即使有也只得一粒，只不過她故意說有兩粒來誆他，而他更不相信甚麼仙丹靈藥，否則煉丹出來的人哪會不第一時間吃掉。

正心中好笑，風聲驟響，四道人影分由東南西北四個方向從屋頂撲向奉善道人，刀劍齊施。

第九章　太平玉珮

奉善道人哈哈一笑，全身道袍鼓脹，還有餘暇道：「人說先禮後兵，你們卻是先兵後禮，有趣有趣。」說到最後一句，忽然騰身而起。

攻擊者全體一式夜行衣，並以布罩掩了面貌，一刀三劍，分取奉善背心、胸口、頭顱和雙腳，隱含陣法的味道，顯然合作有素，把目標的進退之路完全封死，即使奉善往上騰躍，仍難逃他們刀劍布成的天羅地網。果然隨著奉善的騰升，四人招式依勢變化，改攻奉善頭頂、小腹、背心、胸口四大要害。

劉裕見四名偷襲者人人功力十足，甫上場即施殺手，心想換了自己是奉善，也窮於應付。

安玉晴卻不屑道：「沒用的傢伙！」

話猶未已，勝負已分。

就在三劍一刀眼看著體的剎那，奉善的道袍倏地塌縮下去，變得緊貼全身，愈顯他胖鼓鼓的體型，接著袍服再次暴脹，氣勁激響，竟純憑道袍一縮一脹生出的反震力，震得三名偷襲者連人帶劍拋跌開去，顯示此胖道人的氣功已臻登峰造極的驚人境界。

劉裕暗忖以奉善的功力推之，眞不曉得他的師父江凌虛的武功高明至何等程度。

「呀！」

慘叫聲來自從上方揮刀下劈奉善頭頂的蒙面人，奉善施展出精微手法，劈手奪過他的刀，同時雙腳上踢，先後命中硬被他扯下來的敵人胸腹處，然後一個觔斗，安然落到地面，肥胖的軀體展示出驚人的靈活。

那人七孔流血，應腳拋飛，立斃當場。

另一聲慘哼來自被奉善震退的其中一名劍手，他被奉善震得血氣翻騰，眼冒金星，兼聽得同伴臨死的慘呼，自知遠非奉善對手，已萌生退意，正要借勢遠退，忽然發覺竟不由自主地以肩背撞入另一人懷中，魂飛魄散之時，頭頂一陣劇痛，接著眼前一黑，勉強嚥下最後一口氣，頹然倒斃。

另一邊的燕飛也看得頭皮發麻，奉善固是功力高強，手段狠辣，但比之他不遑多讓的是由隔鄰舖子閃出來的枯高灰袍道人，以迅如鬼魅的身法先一步趕到其中一名往街北退走的偷襲者身後，硬生生殘忍地抓斃那人，爪勁之厲害，更是駭人聽聞。

奉善大笑道：「盧道兄你好！」倏地立馬躬身，隔空一拳往退向長街東端離他過丈的另一敵人轟去，那人被拳勁擊個正著，鮮血狂噴，仰身倒跌，永遠再不能以自己的力量爬起來。

「蓬！」

那被奉善連踢兩腳的人，此時方重重掉在地上，可知連串交手，速度的快疾程度。

「呀！」

另一聲慘呼響起來，餘下的一人被枯高道人追上，兩個照面已給他抓破頭顱，就此了結。

奉善仍立原處，拍拍手掌，像要除去手沾的血腥氣，又似若幹了微不足道的事般，雙目精光閃閃往離他不到兩丈的枯高灰袍道人瞧去，嘻嘻笑道：「我還以爲道兄爽約，不知多麼失望呢。」

暗裡的劉裕正用神打量曾偷襲胡彬的灰袍道人，只見他瘦高得有如一根曬衣服的竹竿，輕飄飄的似沒有半點重量，面容枯槁蠟黃，以黃巾紮髻，雙目細而長，配合精芒電射的眸神，令他一對眼睛像兩把利刃，確使人望之心寒。

安玉晴清甜的聲音又快又輕的傳入他耳內道：「此人叫盧循，是天師孫恩的首徒，先世是范陽世族，待會當他們鬥個兩敗俱傷，我們的機會便來了！」

劉裕目光掃過橫死街上的四名好手，皺眉道：「他們是甚麼人？」

安玉晴不耐煩的道：「只是些黃巾賊的餘孽，理他們幹嘛？」

盧循陰惻惻的笑聲在外面響起，將兩人的注意力吸引過去。只聽他道：「奉善道兄勿要見怪本人遲來之罪，照理今夜之約，除師尊外，只有你知我知，偏是有人把消息洩露出去，惹得些叛徒生出覬覦之心，本人遂花點時間先行清理，此事確奇哉怪也。」

奉善乾笑一聲，不徐不疾的油然答道：「他們偷襲的目標是我而不是道兄，天下間豈有人故意引人來對付自己的道理？唉！人的年紀愈大，理該愈好耐性，我卻偏偏相反，你把東西帶來了嗎？」

盧循仰起他那張窄長的臉孔，望著上空，道：「這頭畜牲不但在夜晚出動，還不住在我們頭頂盤旋，道兄是否覺得邪門呢？」

另一邊的燕飛登時暗罵一聲，曉得乞伏國仁不但復元，還尋到汝陰來。

奉善也仰首觀天，點頭道：「看來不會是甚麼吉兆，今晚眞不巧，剛碰著胡兵南犯，我們是否該另擇地方，約期再戰？」

盧循搖頭道：「道兄的耐性該比本人好得多。此事既須解決，當然宜速不宜遲，就讓我們在今晚分出勝負，以決定《太平洞極經》該歸你們太乙教，還是我們天師道？」

劉裕聽得往安玉晴瞪過去，後者肩膊微聳，以束音成線的方法毫無愧色的道：「洞極經內有煉丹之法，煉兩顆出來，不是可以一人一顆嗎？」

劉裕爲之氣結，舉步正欲離開，事實上他的確生出遠離險地之心，既因此兩人的妖功高強，難以應付，更因天空的扁毛畜牲令他生出警惕，加上此女居心不良，上策當然是先潛往別的房舍，再看情況趁天亮前借黑離開此是非之地。

安玉晴黛眉輕蹙道：「不要走！否則奴家會想法子讓他們聯手來對付你，那時你可吃不完兜著走呢。」

劉裕恨得牙癢癢的，一時間卻拿她沒有法子，只好乖乖的留在原處。

奉善的聲音在外邊道：「道兄既然雅興不減，奉善當然奉陪到底。不知道兄是否依約將寶貝帶來呢？」

盧循答道：「道門中人最講信誓，看！」從懷裡掏出一方半隻手掌般大，呈半圓拱形的雪白古玉，在月色下閃耀著冰寒玉白中帶點粉紅的采光，只是寶玉本身，已屬極品，最奇怪的是，下方是鋸齒狀的凹凸痕，單是要把古玉琢磨成這樣子，肯定須花很多工夫。

奉善雙目立即射出渴想貪婪的神色，遙盯著盧循手上的寶玉，似欲瞧清楚玉上細緻幼密的紋理，不過這是不可能的，古玉反光的本質令紋理若現若隱，且距離著實遠了些兒。

安玉晴也目不轉睛的看著盧循高舉的古玉，劉裕隱隱感到盧循這類喜怒不形於色、城府深沉的人忽然變得這般爽脆，大不合常理，但一時間仍猜不到他的下一步。

盧循從容道：「禮尚往來，奉道兄是明白人，該曉得如何做吧？」

奉善乾咳兩聲，點頭道：「這個當然，奉善有個提議，我們可分別把太平玉珮放在後方地上，然後動手較量，勝者可攜寶離開，道兄意下如何？」邊說邊掏出另一方圓拱形的寶玉，式樣與盧循手持的完全相同，其鋸齒狀的兩排缺口，若與盧循的寶玉接合，剛好變成一片手掌般大的玉環，中間有個寸許鏤空的小圓孔。

盧循陰惻惻笑道：「何用多此一舉，我索性把手中古玉交由道兄保管，然後再憑本領從道兄屍身上把玉珮取回來，不是更有趣和刺激嗎？」

說罷不理奉善是否反對，持玉的手一揮，寶玉化成白芒，疾往奉善面門射去，只聽其破風之聲，便知寶玉貫滿眞氣，勁道十足。

此一著大出旁窺的三人意料之外，奉善更是大吃一驚，雖明知盧循不安好心，卻又不能任寶玉摔成碎粉，且存有僥倖之心，因爲只要拿得寶玉，便可溜之夭夭，大功告成。

奉善也是狡計多端的人，見盧循隨玉撲來，知道若伸出另一空著的手去接，那變成雙手均拿著易碎的珍寶，等若雙手被縛，恐怕一個照面便要了賬，但情況與時間又不容許把手中的寶玉先收入懷裡去，情急生智，陰柔之勁注入手中寶玉裡，竟迎著照面飛來的另半邊寶玉撞去，另一手握成拳頭，照著疾掠攻來的盧循隔空一拳轟去，只要阻得對手片刻，他便可爭取時間收得完整的太平寶玉，那時要打要溜，任他選擇。

眼看兩玉相擊，同化碎粉，豈知奉善使出一下精微的手法，不但化去盧循的勁力，還把兩玉接駁起來，發出「得」聲脆響，四足鋸齒接口接合鎖緊，變成一個完美的玉環，用勁之巧，角度拿捏的精準，教人嘆爲觀止。只可惜旁觀的燕飛、劉裕和安玉晴，均清楚奉善的災難就在此刻開始。

兩人武功相差不遠，否則盧循不用行此險著，現在奉善大半的心神功力均分出來去接收另一半寶玉，兼且剩下一隻手應付敵人，優劣之勢，不言可知。

果然盧循一聲長笑道：「道兄中計啦！」竟在拳勁及體的一刻，一個旋身，化去對方大部分拳勁，速度不減反增，硬要撞入奉善懷裡去。

奉善大吃一驚，全身道袍像先前般再次鼓脹起來，豈知盧循已騰身而起，來到他頭頂上。

奉善不但了得，也完全不顧身分，竟然往橫滾開，大圓球般從街心滾過東面的行人道去。雖避過頭爆而亡的臨頭大禍，亦陷進更大的危機中，而到此刻他仍未有空檔收起重合爲一的太平寶玉。

盧循一個大側翻，轉眼間追上奉善，奉善的雙腳不知如何竟從下往上疾撐，分取盧循的小腹和胯下。

盧循低叱道：「找死！」雙掌下按，拍在奉善左右腳尖處。一個是全力施爲，一個是勉強反擊，高下立判。奉善張口噴出漫空血花，被掌勁衝得加速滾動，盧循正要追去，了結他的生命，奉善終作出最不情願卻又是最正確的選擇，猛力一揚，手上完整的太平寶玉脫手而去，直射往長街的高空中。

盧循哪還猶豫，一聲「多謝道兄」，煞止衝勢，倒射而回，沿街往空中快速上升的太平寶玉追去。

一聲嬌叱，靜候多時的安玉晴早穿窗而出，像一隻輕盈的美麗雀兒般，衣袂飄飄的趕在盧循前頭，沖空追去。

奉善受創頗重，「砰」的一聲撞破鋪門，滾入劉裕隔鄰第三間店鋪裡去。

劉裕並沒有攔阻安玉晴，在他的立場來說，孫恩和盧循的天師道，隱爲東晉的心腹大患，若天師道依照寶玉上的圖像，尋得那甚麼《太平洞極經》，誰也不曉得會有甚麼後果，故落入安玉晴手上，無論如何也較爲妥當。何況盧循必不肯放過安玉晴，那他便可以施施然離開。

太平寶玉此時升至頂點，正從十多丈的高空回落，而安玉晴離它只餘五丈許的距離，盧循則仍在七、八丈外，眼睜睜的瞧著安玉晴勢可捷足先登，氣得雙目差點噴火。

就在這緊張時刻，一道白光，從另一邊街的舖子閃電射出，直擊寶玉，後發先至，肯定可準確無誤地命中寶玉，將它擊個粉碎。此著太出人意表，突如其來，沒有人會想到有此突變。

出手的人當然是燕飛，他像劉裕般對甚麼《太平洞極經》完全摸不著頭緒，且對盧循不像劉裕般深悉他的底細，可是眼看奉善、盧循兩人的作風行事，充滿邪惡的味道，想到若這種人得到寶經，肯定不會是好事，他一向憑心中感覺行事，遂擲出匕首，好把玉環擊碎，來個一了百了。

劉裕此時方知對面屋內藏人，雖未知對方是誰，也大概猜到出手者的心意，因爲他正在心中叫好。

安玉晴眼看太平寶玉快要被擊中，俏臉現出憤怒的神色，香袖揚起，袖內匕首脫手射出，迎向燕飛的匕首，因凌空運勁的關係，她再不能保持斜上的升勢，往下落去。

「噹！」

匕首交擊，互相激飛開去，投向地面。

盧循暗叫一聲天助我也，雙腳用力，斜掠而去，幾可肯定可趕在安玉晴前把寶玉搶到手。豈知左方驀地劍光大盛，燕飛穿窗而出，不理寶玉，只向他全力攔截。

劉裕見到燕飛，立即認出他來。他曾多次進入邊荒集，當然曉得燕飛是何方神聖，每次高彥偕他到第一樓，燕飛都坐在平台的椅子喝悶酒，在高彥介紹下，他們點過頭打過招呼，卻沒有交談，皆因燕飛一副拒人於千里之外的態度。此刻忽然見到燕飛，不由心中大喜，不但可從他處弄清楚邊荒集的情況，且或可透過他聯絡上高彥，那對於完成任務，有百利而無一害。

想念及此，哪還猶豫，忙穿窗而出，心忖只要快過安玉晴，就可先一步毀掉寶玉，完成燕飛的心願。

「蓬蓬」之聲連串而急促地響起，急怒攻心的盧循施盡渾身本領，袖爪兼施，可是在力戰之後，又受了傷，硬被燕飛逼得往下落去，坐看劉裕趕往寶玉落點。

燕飛見橫裡殺出個人來，雖不記得他姓甚名啥，亦不曉得他的眞正身分，仍認得是與高彥有來往交易的南人，從空中見他掣出長刀，往天空落下來的寶玉劃去，大喜叫道：「幹得好！」

劉裕長笑應道：「奸邪爭奪之物，人人得而毀之，燕兄你好！」

眼看長刀要擊中寶玉，此時安玉晴一對纖足剛接觸地面，尚未及運氣發力，劉裕已在五丈開外進行毀玉壯舉，尖叫道：「不要！」

在三人六目注視下，忽然一團紅影飛臨劉裕上方，袍袖射出長達丈許該是取自腰間的圍帶，先一步捲上寶玉，令劉裕的長刀劃了個空。

乞伏國仁。

燕飛足尖點地，喜出望外的盧循和安玉晴再沒有理會他的興趣，一後一先從地上掠起往乞伏國仁殺去。

劉裕撲過了頭，帶子正在他後方回收，一怒下彈起旋身，刀子隨勢劃出，掃在布帶處，布帶應刀斷開，他立即飛起貫足勁力的一腳，正中寶玉，本估量寶玉會應腳粉碎，豈知古玉堅硬得異乎常玉，竟然絲毫無損，只被他踢得激飛天際，改往燕飛的方向射過去。

安玉晴和盧循哪想得到有此變化，乞伏國仁則由上方落下來，他在旁暗觀已有一段時間，知道此三人均非易與之輩，一個翻騰避開劉裕，拋掉布帶，兩袖拂出，攻向凌空而至來勢洶洶的安玉晴和盧循。

燕飛躍向空中，出乎劉裕意料之外地並沒有辣手毀玉，而是一手拿個正著，高呼道：「兄弟！走人！」

不用他招呼劉裕也不會放過他，忙移離戰團，追著往西面房舍飛掠的燕飛去了。

乞伏國仁、盧循和安玉晴三人已戰作一團，你攻我，我攻你，殺得敵我難分，卻沒有人能分身去追趕兩人。

第十章　患難真情

燕飛和劉裕一先一後，竄入密林，均感力竭。前者躍上一棵高樹之巔，後者則倚樹別身回望，掃視密林外廣闊的曠野，汝陰城變成東南方一個小黑點。

燕飛回到他身旁，低聲道：「那頭獵鷹沒有跟來。」

劉裕道：「牠的名字是否叫天眼？」

燕飛訝道：「兄台識見不凡，確是天眼。」

劉裕笑道：「我認得乞伏國仁的紅披風，何況他形相怪異。燕兄大概忘記了我叫劉裕。」

燕飛歉然道：「劉兄勿要見怪，我喝醉時不會記牢任何事。劉兄確是有膽色的人，明知遇上的是乞伏國仁，仍毫不畏怯的揮刀斷帶。」

劉裕坦然道：「我從來不懼怕任何人，只是不明白燕兄為何不立即毀掉妖玉？」

燕飛掏出寶玉，遞給劉裕，淡淡道：「我是以之擾敵，教乞伏國仁礙手礙腳。現在此玉作用已失，交由劉兄處置。」

劉裕接過寶玉，借點月色，功聚雙目凝神細察玉上紋理，道：「如此說乞伏國仁目的並非奪玉，而是衝著燕兄而來，卻適逢其會，不知燕兄和苻堅有何瓜葛？」

燕飛道：「此事一言難盡，劉兄又是因何事來汝陰？那女子不是和劉兄一道的嗎？」

劉裕明白燕飛不願答他，自己何嘗不是有口難言，苦笑道：「小弟也是一言難盡。那妖女叫安玉晴，是在城內碰上的，還想殺我。眞奇怪，憑玉上的山水地理圖，縱使認出是某處名山勝景，卻沒有標示藏經的位置，得之何用？」說罷把寶玉送到燕飛眼前。

燕飛本全無興趣，禮貌上卻不得不用心細看，同意道：「確是奇怪。」

劉裕收起寶玉，道：「此玉或許尙有利用的價値，燕兄該是從邊荒集來的吧？是否知道高彥的情況？」

燕飛對這位智勇雙全的初交朋友頗有好感，不忍瞞他，道：「你若立即趕往壽陽，或許他仍在那裡。至不濟亦可以從胡彬處得悉他去向，你和胡彬該是同僚吧！」

劉裕一陣失望，沒有正面回答燕飛，頹然道：「那我只好自己去碰運氣。邊荒集的情況如何？」

燕飛早猜到他的目的地是邊荒集，微笑道：「劉兄勿笑我交淺言深，苻融的先鋒軍已進駐邊荒集，封鎖所有進出之路，以迎接苻堅的大軍，你這麼到邊荒集去，與送死沒有任何分別。不過若劉兄可以坦白的告訴我所爲何事，我或有辦法幫上你一把。」

劉裕暗嘆一口氣，他雖與燕飛一見投緣，只看他明知乞伏國仁窺伺在旁，仍不顧己身安危的出手毀玉，以免妖人得逞，可知他是怎樣的一個人。問題在事關重大，倘若洩露出他是去找朱序，又傳入苻堅耳中，便一切休提。苦笑道：「小弟奉有嚴令，請燕兄見諒。」

燕飛灑然道：「劉兄既有難言之隱，我不再追問，趁現在尙未天明，我還要趕上一程，我們就在此分手如何？希望異日再有相見之時。」

劉裕伸出雙手，與他緊握在一起，誠懇地道：「燕兄沒有見怪，劉裕非常感激。我對燕兄是一見傾心，若我還有命在，燕兄又路過廣陵，可到孫無終的將軍府來找我，小弟必盡地主之誼。」他這般說，等若間接承認自己是北府兵的人。

燕飛聽得孫無終之名，心中一動，正要說話，異變忽起。

開始之時，兩人仍是如在夢中，弄不清楚是怎麼一回事，他們所處密林邊緣區方圓三丈許的地方，枝葉竟搖晃起來，卻又感覺不到從原野颳進林內的西北風有加劇的情況。

接著呼嘯聲似乎從四面八方響起，先是耳僅微聞，剎那後已變成充斥林內的激響，塞滿兩人耳鼓，周圍滿布氣勁，形成無數巴掌般大的急旋，利刃般刮割兩人，就像忽然陷身一個強烈風暴之中，差點立足不穩，能勉強立定已是了得。

燕飛感到整個天地暗黑下來，自然的光線當然不會改變，明月依舊，只是他的護體眞氣被襲體氣旋迅速消耗，功力削減，致生視力大不如前的現象。而直到此刻，他仍不知道來襲者的位置，只曉得此人武功之高，不但前所未見，聞所未聞，且是他從未預想過的。

「鏘！」

劉裕掣出厚背刀，在燕飛迷糊的視野裡左搖右擺，比他更吃不消，應付得更吃力。

倏地兩束如有實質、有無可抗禦之威的氣柱，分別直搗兩人背心，若被擊中，保證五臟六腑均要破裂，他們的護體眞氣，起不了絲毫保護的作用。

燕飛純憑感覺，曉得劉裕因無法躲避，被迫揮刀迎劈氣柱，而來襲者的氣功，不但勝過兩人，且是全力施爲，劉裕則是在勢窮力蹙下倉皇應戰，後果可以想見。

燕飛一聲長嘯，蝶戀花出鞘，日月麗天大法全力展開，先以陰月之勁硬擋對方的氣旋，接著月勁轉爲日氣，劍尖發出嗤嗤破風之聲，閃到兩道氣柱間的隙位，逆氣流一劍往來人攻去。

劉裕此時貫滿全身眞勁的一刀已命中氣柱的鋒銳，忽覺對方勁道收減數成，但已有如被千斤鐵錘重重擊中刀鋒，「嘩」的一聲噴出一口鮮血，倒飛開去，到背脊不知撞上哪棵樹的粗幹，才氣血翻騰的滑坐樹根上，差點拿不住從不離手的厚背刀。

勁氣交擊聲在林木暗黑處連串密集的響起，劉裕在眼冒金星中，見到一個體格高大魁梧、臉帶猙獰可怕鬼面具的黑衣人，正兩袖飛揚，打得苦苦撐持的燕飛東竄西閃，左支右絀，險象橫生，動輒有喪命之虞。

劉裕知道是燕飛冒死抗敵，救回自己，否則自己就不是坐在這裡喘氣而是成了伏屍！心中一陣感動，倏地回復氣力，從懷裡掏出寶玉，大喝道：「太平寶玉在此！」一揮手，用勁將寶玉擲出林外去。

那個魔王般可怕的高手一袖揮得燕飛打著轉跌向一旁，倏忽間已穿林而出，往寶玉追去，快逾鬼魅。

劉裕慌忙往燕飛撲過去，燕飛正艱難地從地上站起來，臉色蒼白如紙，唇角盡是血污。

忽然怒叱和打鬥聲從林外傳來，燕飛露出喜色，伸手搭上劉裕肩頭，道：「天助我也，是乞伏國仁來了，肯定他沒有命或沒有空來追我們。快走。」

兩人在密林內一條從兩座丘陵間流過的小河邊倒下來，離遇襲處足有十多里遠。

他們伏在河旁冰冷的濕土處，不住喘息。

劉裕忽然笑起來，又嗆出一口血，教人弄不清楚他是快樂還是痛苦。

燕飛本要詢問，竟然自己也笑起來，笑得非常辛苦，但也是無比的開心。

劉裕咳著道：「我說妖玉有利用價值時，尚未想過可用來救命，豈知還可以憑它要了乞伏國仁的老命，唉！他娘的！天下間竟有如此可怕的高手，看他不敢顯露眞面目，照我猜他不是孫恩便是江凌虛這兩個妖人。」

燕飛爬前兩步，把頭浸入清涼的河水裡，劉裕見他狀甚寫意，有樣學樣，也爬前把頭浸到河水裡去。

天色逐漸發白，這道小河在丘陵起伏的林木區蜿蜒而行，岸旁林木特別茂密，成爲他們理想的避難所。

劉裕首先從水裡抬起頭來，任由水珠淌著流下臉頰，思索道：「那人又或許是安玉晴的老爹安世清，不過此一可能性較低，且看誰會再來追我們，可推知那人是誰。」

燕飛盤膝坐起來，行氣運血，道：「劉兄傷勢如何？」

劉裕翻過身體，變成仰臥，瞧著林頂上的晴空，道：「只是疲倦，沒有甚麼大礙。還未有機會多謝燕兄的救命大恩。」

燕飛微笑道：「你救我，我救你，大家是患難相扶，你是否仍要到邊荒集去？」

劉裕油然道：「愈艱難的事，我愈覺得有樂趣，或許我就是那種不甘蟄伏、愛尋找刺激的人，譬如現在我反而感到生命從未如此般的有意義。」

燕飛點頭道：「你確是個很特別的人，先答我的問題好嗎？」

劉裕隱隱感到燕飛有話要說，經過剛才九死一生的激戰，兩人關係大是不同，頗有生死與共、並肩作戰的感覺。答道：「是的！我身負刺史大人重託，縱然要丟命，也只有這一條路走。」

燕飛淡淡道：「謝玄？」

劉裕坦然道：「命令確是由謝刺史親自發下來的。」

燕飛欣然道：「爲何忽然變得如此坦白？」

劉裕往他瞧去，燕飛優美和充滿男性陽剛美的輪廓線條映入眼簾，最難得不但沒有江湖俗氣，更是文秀爽朗，使人樂意和他結交和信任他。輕鬆的道：「道理很簡單，若沒有你助我，我絕不可能完成使命，所以我終作出明智的選擇。」

燕飛目光朝他投來，四道眼神交擊，均感有會於心，再無先前的疑忌。

燕飛道：「實不相瞞，高彥到壽陽去，是爲我約見謝玄，我本有辦法讓他贏此一仗，可惜現在又沒了把握。」

劉裕聽得猛地坐起來，肅容道：「願聞其詳。」

謝玄策馬立在廣陵城外，陪伴左右是他視爲左右手的得力大將劉牢之和何謙，兩人均是一身革胄，益發顯得謝玄的儒巾布衣隨便寫意，風神俊秀，與眾不同。

先鋒軍二萬人，在謝琰的率領下，往前線開去，目的地是淝水東岸的戰略要地八公山。

謝玄瞧著北府兒郎們雄赳赳自身前經過，心內思潮起伏。

自成立北府兵以來，他從未嘗過戰敗的苦果。而令他威名遠播，確立今天地位的一戰發生在四年前，當時苻堅派兒子苻丕率兵七萬，大舉南侵，先攻佔襄陽，俘擄了刺史朱序，取得立足據點後，旋即派彭超圍攻彭城，震動建康朝野。

在謝安獨排眾議下，那時經驗尚淺的他受命出戰，當時謝安只有兩句話，就是「虛張聲勢，聲東擊西」。於是他依照謝安之言，虛張聲勢似要攻打彭超輜重所在的留城，迫使彭超率軍回保，何謙則趁機收復彭城。彭超與另一軍會合後，以六萬餘人的兵力，再揮軍南下，包圍離廣陵只有百里的重鎮三阿，他立即從廣陵率軍西進掩襲，大破秦軍，又焚燒敵方戰艦糧船，斷其退路，攻打三阿的六萬秦軍差點全軍覆沒；可惜他們已失去襄陽，種下今日苻堅親自傾師南侵之果。

今次苻秦大軍南來，與當年自不可同日而語，不但猛將精兵盡出，慕容垂和姚萇更是勇蓋當世的戰將，他實在沒有半分戰勝的把握。不過他一向信任一手提掖他的謝安，因他的看法從來沒有犯錯，只不知今次是否同樣靈光？

「砰！」

桓玄一掌拍在楠木桌上，立時現出個掌印，他昨晚一夜無眠，一人在內堂獨喝悶酒，心中充滿憤鬱不平之氣。

桓沖責怪他的話似仍縈繞耳邊，他自問以任何一方面相比，他均在謝玄之上，偏是九品高手榜上謝玄佔去第一，他只能屈居第二；現今苻秦大軍南來，謝玄督師迎戰，他只能困守荊州。

愈想愈氣之時，手下頭號心腹謀士匡士謀的聲音在門外道：「士謀有要事須立即稟上。」

桓玄沉聲道：「若不是急事就不要來煩我。」

匡士謀放輕腳步，來到他身後，俯首低聲道：「大司馬不知是否憂心江淮形勢，見過南郡公後舊患復發，躺在床上沒法治事，看來情況不妙。」

大司馬就是桓沖，桓玄的封邑在南郡，故為南郡公。四年前襄陽之戰，桓沖中了秦人淬毒的流矢，自此不時復發，始終無法清除體內毒素，使他的健康每況愈下，兼且年事已高，不復當年之勇。

匡士謀一身文士裝束，身材瘦削，一對眼賊溜溜的，最愛以心術算計人。

桓玄再喝一杯悶酒，漠不關心的道：「他死了最好，爹的威風都給他丟了。」

匡士謀大喜道：「就憑南郡公一句話，皇圖霸業必成。」

「噹！」

桓玄手中杯子掉在桌上，變成破片，駭然道：「你在說甚麼？」

匡士謀肅容道：「戰敗則傾宗，戰勝也覆族，此為東晉所有功高震主的重臣名將必然的結局。現在苻堅大軍南來，朝廷亂成一團，若大司馬有甚麼三長兩短，司馬曜別無選擇，必須讓南郡公繼承大司馬之位，以安撫荊州軍。此乃千載難逢的機會。此事若發生在安定時期，司馬曜必會乘機削桓家的兵權。」

桓玄臉色轉白，道：「若苻堅得勝又如何？」

匡士謀道：「只要南郡公兵權在握，可順理成章自立為帝，號召南方軍民，趁苻堅陣腳未穩，以上游之利，順流掩擊，將苻堅逐返北方，大業可成。」

桓玄的臉色更蒼白了，凝望桌面酒杯的碎片，一字一字的道：「你是要我……」

匡士謀忙道：「士謀怎敢要南郡公去幹甚麼，一切由南郡公作主，士謀只是盡臣子之責，不想南郡公坐失良機。」

桓玄默然不語，胸口卻不斷急劇起伏，顯示心裡正天人交戰。

匡士謀再湊到他耳邊，壓低聲音道：「只要南郡公裝作探望大司馬病情，然後吩咐下人把一劑療治毒傷的聖藥讓大司馬服下，當可遂南郡公得天下的心願。」

桓玄往後軟靠椅背，似失去了一貫的力量，閉目呻吟道：「若他服藥身亡，我桓玄豈非成爲不忠不義的人？」

匡士謀道：「南郡公放心，此藥服後三天始會發作，其作用只是令大司馬無法壓抑體內餘毒，包管神不知鬼不覺。唉！因士謀一向了解南郡公心事，所以費了一番工夫方張羅回來。」

桓玄沉聲道：「藥在哪裡？」

匡士謀從懷裡掏出一個錦盒，恭恭敬敬放在桌子上。

桓玄睜開雙目，盯著錦盒，問道：「此事尚有何人曉得？」

匡士謀自忖立下大功，眉開眼笑道：「士謀怎會如此疏忽，此事只有士謀一人曉得。」

桓玄點點頭，忽然反手一掌，拍在匡士謀胸口，骨折肉裂聲中，匡士謀應手遠跌，竟來不及發出死前的慘呼。

桓玄雙手捧起錦盒，珍而重之的納入懷中，若無其事平靜的道：「現在只有我一個人知道了。」

第十一章　胸懷大志

燕飛從樹巔落下來，坐到劉裕身旁，挨著同一棵粗樹幹，半邊太陽已沒入潁水旁的山巒去。急趕三個時辰的路後，他們也應好好休息，何況今晚還要趕路，希望在天明前成功潛入邊荒集。

兩人專揀林木茂密處走，怕的當然是乞伏國仁並沒有如他們心願般命喪於那超級高手手上，繼續以天眼搜索他們行蹤。

劉裕取出乾糧，遞給燕飛分享，順口問道：「若拓跋珪能在集外約定處留下暗記，我們或可不用入集。」

燕飛淡淡道：「我們很快可以知道。」

劉裕吃著乾糧，欲言又止。

燕飛訝道：「你想說甚麼？」

劉裕有點尷尬地道：「我想問燕兄究竟視自己為漢人還是鮮卑人，又怕唐突燕兄。」

燕飛微笑道：「我從不為此問題煩惱，更沒有深思過。經過這麼多年各個民族交戰混融，胡漢之別在北方越趨模糊，南方的情況可能不是這樣子。」

劉裕嘆道：「情況確有不同。我祖籍彭城，後來遷居京口，可說是道地的南人。對我來說，胡人帶來的是不斷的動盪和戰爭，他們之中殘暴者大不乏人，肆意殺人搶掠，造成駭人聽聞的暴行，苻堅算是頗為不錯的了，可是若要我做他的子民，我怎麼都受不了，寧願死掉。」

燕飛默然片刻，問道：「謝玄是否眞像傳說般的用兵如神，劍法蓋世？」

劉裕正容道：「謝帥確是非常出眾的人，他有股天生令人甘於爲其所用的獨特氣質。我雖一向對大閥世族出身的人沒有甚麼好感，他卻是例外的一個，單憑他用人只著眼於才幹而不論出身的作風，便教人折服。」

燕飛微笑道：「劉兄很崇慕他呢！現在我也希望他眞如劉兄所說般了得，因爲若差些斤兩也應付不了苻堅。」

劉裕一對眼睛亮起來，奮然道：「我最崇慕的人卻非他而是祖逖，他生於八王之亂的時期，後隨晉室南遷，自小立志收復故土，每天聞雞起舞，苦練劍法。想當年他擊楫渡江，立下『祖逖不掃清中原，死不再回江東』的宏願，其時手下兵卒不過千人，兼全無裝備可言，還得自己去招募和籌措軍士和糧餉。」

燕飛別過頭來，目光灼灼打量他道：「原來劉兄胸懷揮軍北伐的壯志。」

劉裕赧然道：「燕兄見笑，在現在的情況下，哪輪得到我作此妄想呢？」

燕飛目光望向太陽在山巒後投射天空的霞彩，雙目泛起淒迷神色，搖頭道：「人該是有夢想的，能否成眞又是另一回事。」

劉裕問道：「燕兄的夢想是甚麼呢？」

燕飛露出一絲苦澀的笑容，岔開話題道：「祖逖確是了不起的一個人，善用以敵制敵之計，兵鋒北達黃河沿岸，黃河以南的土地全被他收復。可惜晉帝司馬睿怕他勢大難制，處處掣肘，令祖逖憂憤成疾，死於軍營，壯志未能得酬！」

劉裕雙目射出憤恨的神色，沉聲道：「若我劉裕有機會領軍北伐，定不教朝廷左右我的行動。」

燕飛豎起拇指讚道：「有志氣！」

劉裕苦笑道：「我現在有點像在癡人說夢。若我剛才的一番話傳了出去，肯定人頭不保。」

燕飛欣然道：「這麼說，劉兄是視我爲可推心置腹的朋友了。」

劉裕肯定地點頭，道：「這個當然，此更爲我另一不崇慕謝帥的地方，他的家族包袱太重，一力維持不得人心的晉朝皇室。戰勝又如何？還不是多縱容世族豪強出身的將領趁亂四出擄掠壯丁婦女，擄回江南充作莊園的奴婢，卻對黃河以北潼關以西的土地棄而不顧，根本沒有光復故土的決心。」

燕飛動容道：「劉兄竟是心中暗藏不平之氣，且不肯同流合污。哈！看來我燕飛沒有救錯人。」

劉裕不好意思的道：「我是怎樣的一個人，燕兄該大概明白。嘿！我說了這麼多，好應輪到燕兄哩！」

燕飛淡然道：「我是個沒有夢想的人，有甚麼好說的呢？」

劉裕道：「怎可能沒有夢想？像你我這般年紀，至少希望有個漂亮的甜姊兒來卿卿我我，享受男女魚水之歡。」

燕飛雙目痛苦之色一閃即逝，然後若無其事道：「有機會再聊吧！起程的時候到哩！」

劉裕直覺他在男女之情上必有一段傷心往事，識趣地不去尋根究柢，隨他起立繼續行程。

「煙籠寒水月籠沙，夜泊秦淮近酒家。

商女不知亡國恨，隔江猶唱後庭花。」

秦淮河本叫龍藏浦，又稱淮水。相傳秦始皇東巡路過此地，看中其形勢之勝，於是鑿斷淮河中游的方山地脈爲河瀆，以洩其王氣，故有秦淮河之稱。

當時朝廷推行九品中正制，門閥制度盛行，家世聲名成爲衡量身分的最高標準，這種特權造就了一批腐化、愚昧，只知追逐名利，以奇異服飾、奢侈享樂、遊逸宴飲，競相攀比的高門子弟，他們活在醉生夢死的另一個世界裡，國家的興亡變得遙遠而不切合現實。也正是這些崇尚清談逸樂，縱情聲色之徒，使秦淮河成爲煙花甲天下、徵歌逐色的勝地。

十里秦淮河兩岸河房密集，雕樑畫棟，珠簾綺幔，其內逐色徵歌，達旦不絕。河中則舟楫穿梭，畫船畢集。朱雀航一帶的秦淮兩岸更是青樓畫舫的集中地，最著名的青樓秦淮樓和淮月樓，分立於秦淮南北岸，遙相對峙。它們不但代表著秦淮風月，更代表著江左權貴世家所追求的生活方式，生命的樂趣。

一艘小船從相府東園的小碼頭駛入秦淮河，往朱雀橋的方向開去，載著的是有古往今來天下第一名士之譽的風流宰相謝安。事實上東晉早廢除丞相制，政事操於中書令、中書監手中，現時中書令爲謝安，中書監爲王坦之，與左右丞相並沒有任何分別，只是官稱不同。

八十多年來，出任中書監者，全是僑寓世族，沒有一個是本地世族，而帝都所附的揚州刺史之位，本地世族亦無法染指，南方本土世族抑鬱怨憤的心態，可以想見。加上僑寓世族仗勢欺人，各自佔地霸田，封山錮澤，直接損害土著世族的權益，令仇怨日深。

不知爲何，近日謝安特別想及有關這方面的問題，所以他非常需要可令他忘卻所有這些難以解決，更無法解決的煩惱。只有紀千千才可令他樂而忘憂，只憑她甜甜的淺笑，已足可令他感受到生命最美好的一面，何況還有她冠絕秦淮的歌聲琴音。

小船在船後畫出兩道水波紋，溫柔地向外擴展，與往來如鯽的其他船隻帶起的水波同化混融，燈火映照下，河水波光粼粼，兩岸的樓房彷如一個夢境。

苻堅的大軍會否如狂風暴雨般，把眼前美得如詩如畫的秦淮美景，埋葬在頹垣敗瓦之下呢？

劉裕和燕飛伏在潁水西岸一堆亂石叢中，目送七艘大船揚帆南下。劉裕如數家珍的道：「兩艘載的是攻城的輜重器械，另五艘是糧船，可知秦人正在淮水北岸設置據點，準備渡淮。」

燕飛乘機調息運氣，心忖劉裕的武功或許及不上自己，卻肯定是天生精力旺盛，體質氣魄均異於常人的超凡人物，經過近兩個時辰的全速奔馳後，仍像有用不完的精力。兼且胸懷遠大抱負，沉穩堅毅，如此人才，只有拓跋珪可堪比擬。而兩人一南一北，漢胡分明，碰頭時會是怎樣一番情況？確令人大感興趣。

劉裕往他瞧來，見他一臉深思的神色，問道：「燕兄在想甚麼？」

燕飛當然不會告訴他心內的思潮，道：「我在奇怪爲何不見妖道、妖女追蹤而來，否則我們可從而弄清楚戴鬼面具怪人是何方神聖。」

若是盧循追來，那鬼面怪人便該是江凌虛或安世清，而不會是孫恩，換成其他兩人亦可如此類推。

劉裕苦笑道：「他們根本不用千辛萬苦的跟蹤搜尋，而只須到邊荒集守候我們；盧妖道或安妖女均該猜到我的目的地是邊荒集，又誤以爲你是到汝陰接應我的荒人。」

燕飛聽得眉頭大皺，劉裕的推測合情合理，有這兩個武功驚人兼又狡猾絕倫的妖人在邊荒集狩獵他們，會橫添變數，偏又避無可避。在此情況下，倒不如在沒有秦人的威脅下，和他們硬拚一場，只恨在現今的情況下，縱有此心，卻沒法如願。

劉裕明白他心中的憂慮，道：「我們打起十二分精神，說不定可以避過他們的耳目。」

兩人躍身起來，一先一後的去了。

謝玄獨坐廣陵城刺史府書齋內，一張山川地理圖在地蓆上攤開，展示潁水、淮水和淝水一帶的形勢，畫工精巧。

明天他將會親率另兩萬北府兵開赴前線，由於敵人勢大，若如此正面硬戰，不論他這一方如何兵精將勇，仍會被敵人無情地吞噬，可是若不阻截敵人，讓對方在淮水之南取得據點，並立即兵分多路，便要教他應接不暇，那時建康危矣。

所以此戰勝敗關鍵，在於掌握精確情報，利用對方人數過於龐大，行軍緩慢，糧草物資供應困難的缺點，以奇兵突襲，先斷其糧道，又乘其兵疲力累、陣腳未穩之際，對苻秦先鋒軍迎頭痛擊，挫其鋒銳，以動搖對方軍心士氣。但想雖是這麼想，如何辦到，卻是煞費思量。皆因對手自苻融而下，均是在北方久經戰陣的人，深悉兵法，在各方面防備周詳。

「篤！篤！」

謝玄仍目注畫圖，從容道：「誰？」

「劉參軍求見大人！」

謝玄心感奇怪，現在已是初更時分，明天更要早起，劉牢之究竟有甚麼緊急的事，須在此刻來見他。便道：「牢之快進來。」

一身便服的劉牢之推門而入，在謝玄的指示下於一旁坐好，沉聲道：「剛接到壽陽來的飛鴿傳書，邊荒集最出色的風媒高彥，密攜燕國的國璽，到壽陽見胡彬將軍。」

謝玄愕然道：「竟有此事？」接過傳書，低頭細讀。

劉牢之道：「此璽製自慕容鮮卑族著名的傳世寶玉白乳凍，晶瑩通透，入手冰寒，異於常玉，上刻大燕國璽四字，胡彬所得肯定不是僞冒之物，現已派出一隊精騎，送來廣陵，至遲明早可到。」

謝玄點頭道：「確是非常有趣，此玉一向是燕君御璽，爲何會落在高彥手上？」

劉牢之道：「據傳此玉在當年王猛奉苻堅之命攻伐大燕，擒捕燕王慕容暐和慕容評等人，想取得此玉好獻予苻堅，卻尋遍燕宮而不獲。有人懷疑是落入當時任王猛先鋒軍的慕容垂手中，因此玉對慕容鮮卑意義重大，故他私下據之爲己有，但因包括苻堅在內，人人畏懼慕容垂，最後此事不了了之，成爲懸案。」

謝玄默思不語，把傳書放在一旁。

劉牢之續道：「燕國之亡，實亡於慕容垂之手，當年燕君慕容暐對慕容垂顧忌甚深，故對他大力排擠，慕容垂一怒之下率手下兒郎投奔苻堅，並自動請纓率軍滅燕，苻堅只是因勢成事。而若非有慕容垂之助，苻堅肯定無法在短時間內統一北方。」

謝玄道：「但高彥這方玉璽是怎樣得來的呢？」

劉牢之道：「高彥是爲一個叫燕飛的人傳話，約大人於十月初七酉戌之交，即是四天之後，在壽陽外一處山頭碰面，說有關乎此戰成敗的要事稟上大人，不過他堅持大人必須親自去見他。」

謝玄淡淡道：「高彥是否可靠的人？」

劉牢之答道：「高彥是邊荒集最出色的風媒，與我們一直有緊密的聯繫，他的消息十有九準，且最愛在風月場所充闊花錢，所以經常囊空如洗，閒時藉買賣從北方偷運而來的古籍文物幫補使用，除知道他是漢人外，其他一概不詳。奇怪的是他說話帶有江南口音，卻又精通各族胡語。」

他的奇怪是有道理的，南方漢人，罕有精通胡語，只有長居北方的漢人，因與胡人雜處，學懂胡語並不稀奇。

劉牢之下結論道：「高彥自發地提議自己作人質，可知他對燕飛是絕對信任，否則以他這種視財如命的人，不會以自己的性命作賭注。當然，他希望事成後，我們會給他一筆大財。」

謝玄道：「燕飛是不是那個名震邊荒集的超卓劍手？」

劉牢之道：「正是此人。據我們的情報，燕飛孤傲不群，年紀不過二十出頭，卻終日埋首杯中之物。其劍法別走蹊徑，不論單打或群鬥，邊荒集從沒有人能奈何他。以這樣一個人才，偏像沒有甚麼志向，甘於充當邊荒集第一樓的保鏢。高彥遇上麻煩，也賴他的劍來為之解決。據說他有胡人的血統，至於實情如何，便無人曉得。」

謝玄道：「假設他是代表慕容垂來見我，將證實我二叔所料無誤，苻堅手下大將裡確有暗懷異心的人。」

劉牢之道：「但也有可能是個陷阱，燕飛是來行刺大人，高彥都給他騙了。」

謝玄微笑道：「我知道牢之行事謹慎，這是好事。但我更想知道你內心真正的想法。」

劉牢之嘆一口氣，道：「在大人有心防備下，誰有本領刺殺大人？高彥更是精明透頂、狡猾如狐的風媒，最善鑑貌辨色，分辨眞僞。他肯信任燕飛，肯定不會錯到哪裡去。高彥畢竟仍是漢人，若讓苻堅此戰得逞，他將成爲亡國之奴。邊荒集的荒人一是爲錢，二是爲不須屈從於權貴的自由，高彥和燕飛均應是這種人。」

稍頓續道：「問題是在如今的情況下，縱使慕容垂有意背叛苻堅，但他可以弄出甚麼花樣來？他今趟隨從的親族戰士不過三萬人，在百萬秦軍中起不了多大作用。最怕是慕容垂奉苻堅之命，布下陷阱，我們在難辨眞僞下，慘中敵計，而我們根本消受不起任何誤失。」

謝玄仰望屋樑，像沒有聽到他說話般思索道：「眞奇怪！燕飛把燕璽交給高彥的地方，應離汝陰不遠，當時乞伏國仁正親自追殺他，且照時間看燕飛於離開邊荒集時，慕容垂和苻堅該仍未抵邊荒集，他是如何與慕容垂聯絡上的呢？照道理這麼重大的事，又牽涉到燕璽，慕容垂應不會假手於人。」

劉牢之道：「此事見到燕飛自可問個清楚明白，希望他確實名不虛傳，沒有喪命於乞伏國仁之手。」

接著欲言又止。

謝玄拍拍他肩頭，欣然道：「不要低估慕容垂。此人不但武功冠絕北方，且智計超群，用兵如神，他必有方法扯苻堅的後腿。哈！要贏我謝玄嘛，他何用使甚麼陰謀詭計，只要全心全意助苻堅作戰便可因勢成事。他肯拿這方玉璽出來，正證明他的心意。唔！我和你立即起程去見高彥，有很多事我要親自問他才成，明天領軍的事，交給何謙全權處理。」

劉牢之起立揖別，匆匆去了。

第十二章　秦淮之月

「粉黛江山，留得半湖煙雨；

王侯事業，都如一局棋枰。」

宋悲風和一眾熟悉謝安的親隨，同時止步，因每次謝安進入秦淮樓內最著名的雨枰台，都會在門口躑躅一番，爲此對聯感觸嗟嘆。

親隨中卻只有宋悲風一人明白謝安，他在謝安隱居東山時開始跟隨謝安，最清楚謝安心境的變化，更知道陶然於山水之樂的謝安不肯出山的胸懷。在東山的自然天地裡，有的是恬靜、逍遙、高雅的身心兩閒，比對起現今在朝的爾虞我詐，每天都要在明裡暗裡進行你死我活的鬥爭，豈能相提並論？謝安見到此聯，當然是感觸叢生。

宋悲風今年四十五歲，是謝府龐大家將團中的第一高手，其劍法不在九品高手之下，只因出身寒門，故不入九品高手榜上。

以他如此人才，天下本可任其逍遙，只因謝安對他家族有大恩，兼之仰慕謝安爲人，故甘爲其護衛高手。

多年來，各方派出刺客行刺謝安，到最後仍過不了他這一關，宋悲風三個字，在建康武林裡確是擲地有聲，沒有人敢不說句果是英雄好漢。

宋悲風一生專志劍道，至今仍獨身未娶，生活簡樸刻苦，極爲謝安器重，視之如子如友。

果然謝安欲行又止，凝望對聯，拂袖嘆道：「秋風吹飛絮，零落從此始。繁華有憔悴，堂上生荊杞。想當年秦皇漢武，皇圖霸業今何在？」

宋悲風低聲道：「大人今晚心事重重，是否因大戰勝負未卜呢？」

謝安退後一步，伸手搭上宋悲風寬敞有力的肩頭，臉上現出前所未見的疲憊，用只有宋悲風一人僅可耳聞的沙啞聲音低聲道：「剛才我們駕舟而來，瞧著兩岸輝煌的燈火，繁華的盛景，我卻看出其背後的憔悴，令我感到無比的孤獨。悲風！我是不是老了呢？」

宋悲風心頭一陣莫名的難過，沉聲道：「大人永不會老的。」

謝安哈哈一笑，點頭道：「除非確有能令人返老還童的丹藥，否則誰不會老？」

忽然咚咚琴音，從樓台上傳下來，輕重緩急，若即若離，一時似在迢迢千里之外徘徊，一時又像輕拂衣襟的柔風，變幻豐富，有如在秦淮河流動的河水。

謝安靜聽片刻，含笑點頭道：「我乖女兒的琴技已臻心手如一，猶如趙子龍在千軍萬馬中克敵斬將般探囊取物，隨心所之。若秦淮河畔沒有了紀千千，便像深黑的夜空失去了明月，天地再沒有顏色。有意思！有意思！」說罷領頭登樓去了。

城門大開，桓玄一馬當先，五百精騎一陣風般馳出，轉上往江陵的官道。

一旦狠下決定，桓玄的狼子野心，有如山洪暴漲，一發不可收拾，半刻間也待不下去，立即連夜趕往江陵。

自少以來，他最崇拜的人就是父親桓溫，更為他功虧一簣，未能取司馬氏而代之憤怨不平。

桓溫長得高大威武，文武全才，風姿雄偉，膽識非凡，先爲徐州刺史，繼被封爲安西將軍、荊州刺史，都督荊梁等四州軍事。隨即率師一萬，由江陵出發，逆流而上，過三峽，直逼成都，以弱勝強，大破當年蜀漢的大軍，掃平蜀境。此戰令桓溫威震天下，決心趁勢進行北伐壯舉。

永和十年二月，桓溫督師四萬，從江陵出發，直奔關中討伐當時勢力最盛的秦主苻健，苻健爲苻堅的叔父，奮發有爲，建立大秦，自稱天王大單于。

桓溫兵威勢不可擋，一路過關斬將，攻克上洛，直抵青泥，大破迎戰的秦軍，進駐灞上。苻健被逼得深溝高壘，固守長安，而桓溫則因晉室故意留難，糧草不繼，不得不班師返回襄陽，北伐鴻圖，因此而廢。此後再兩次北伐，均無功而返。

永和十二年，桓溫功至侍中、大司馬，都督中外諸軍事，獨攬朝政，廢晉帝司馬奕，另立司馬昱爲帝。

寧康元年，桓溫上疏請加「九錫」之禮，此爲歷朝權臣受禪之前的榮典，卻被謝安、王坦之盡力拖延，不久桓溫病死，遂不了了之。桓溫死後，餘勢未衰，桓氏一族仍是貴盛無倫，掌握荊州兵權。

桓溫生前最寵縱桓玄，更令桓玄對桓溫至死未酬的壯志，生出要代之完成的宏願。

司馬氏的天下將會被桓氏取代，中原的統一，會在他桓玄的手上完成。

再沒有人能阻攔他桓玄，誰擋在路上，誰便要死。

雨枰台上，謝安憑窗負手，目光投往樓下淌流而過的秦淮河水，在兩岸輝煌的燈火下，波光閃閃。

紀千千的琴音在後方傳來，帶著前所未有的率性與柔媚，彷如在籠罩秦淮的濃霧裡，看到月華金黃的色光，似是輕鬆愉悅，又像笑中帶淚。謝安固是心事重重，紀千千又何嘗不是如此。

琴音就在一種深具穿透力清虛致遠的氣氛中情深款款地漫遊著，似在描繪著秦淮河上的夜空，明月映照下兩岸的繁華與憔悴。

謝安放開心神，讓這絕世美女的琴音溫柔地進駐他的心田，思潮起伏，情難自已。

還記得東山復出後，有人譏他「處則為遠志，出則為小草」，此諷喻來自一種藥草，其在地下的部分為「遠志」，露在外面的部分為「小草」，以此影射挖苦謝安隱居時志存高遠，出仕朝廷則不外尋常之小草而已，哪能有甚麼作為？對此謝安當然是一笑置之，並不怎麼放在心上。可是不知為何，今晚卻偏想起此事。或許是因為證明他是小草還是遠志的時刻，已迫在眉睫。

表面上他雖豪言不把此戰放在心上，事實上那卻是他隱在心內重逾千斤的擔子，戰事雖由謝石、謝玄去負責，他卻是戰爭的最高和最後責任者，為此他必須繼續施行鎮之以靜的策略，擺出胸有成竹的輕鬆模樣，似乎一切盡在算中，以此感染謝玄、謝石，以至晉室朝廷、建康城的軍民。他的用心，怕只有正在彈琴的紅顏知己，被他收作乾女兒的紀千千方能明白，所以她今夜的琴音表現出以往沒有的情懷，深深地打動著他。

「錚！錚！錚！錚！」

琴音忽轉，變得力道萬鈞，沉雄悲壯，彷如千軍萬馬對壘沙場，敲響進攻的戰鼓，紀千千唱道：「邊城多警急，虜騎數遷移。羽檄從北來，厲馬登城堤。長驅蹈匈奴，左顧凌鮮卑。棄身鋒刃端，性命安可懷？父母且不顧，何言子與妻？名編壯士籍，不得中顧私。捐軀赴國難，視死忽如歸！」

再幾下直敲進人心的重弦音，琴音倏止，餘韻仍縈繞不去。

她唱的是三國時代曹植的名詩〈白馬篇〉，以濃墨重彩描繪一位武技高強情懷壯烈的遊俠少年，大有易水悲歌的遺韻，充滿壯士一去不復還的豪情壯氣。由紀千千甜美婉轉的嗓音去縱情演繹，在鮮明的景象底下，卻處處匿藏著激情的伏筆，哀而不傷。而壯烈的情景，以她獨有的方式娓娓道來，分外有種緊壓人心的沉重和濃得化不開，舉輕若重的情懷。

謝安動容轉身，衝口而出道：「唱得好！」

布置高雅的廳堂內，紀千千席地靜坐在另一邊，纖長優美的玉手仍按在琴弦上，明媚而帶著野性的一對美眸，像在深黑海洋裡發光的寶石般朝他射來，無限唏噓地似還未從剛才琴曲的沉溺中回復過來般，柔聲道：「你老人家哭了！為甚麼要哭呢？」

每次謝安見到這位被譽為秦淮第一的才女，總像第一次見到她的驚艷感覺般，那並不涉及男女私慾，而是像對名山勝景的由衷欣賞。她除了無可匹敵的天生麗質和秀美姿容外，紀千千那靈巧伶俐的性格氣質更是令人傾倒。她絕不是那種我見猶憐，需要男人呵護疼愛的女子。事實上她比大多數鬚眉男子還要堅強，天生一種永不肯向任何人馴服的倔強，一種永不肯為遷就而妥協的性格。她的琴固是名動江左，她的劍亦是大大有名。建康都城的權貴想見她一面，還須看她小姐的心情。

這無所畏懼的美女，花容秀麗無倫，烏黑漂亮的秀髮襯著一對深邃長而媚的眼睛，玉肌勝雪，舉手投足均是儀態萬千，可以熱情奔放，也可以冷若冰霜。謝安隱隱感到她並不如表面般，甘於過秦淮第一名妓賣藝不賣身的生涯，而是在渴望某種驚心動魄的人或事的出現。

偌大的廳堂，只有他們兩人，傾聽著河水溫柔地拍打秦淮兩岸。紀千千從不在意自己傾國傾城的仙姿美態，儘管她筆直的鼻樑可令任何男子生出自慚形穢的心情，大小恰如其分的豐滿紅潤的香唇可以勾去仰慕者的魂魄，可是當她以輕盈有力的步伐走路時，頎長苗條的體態，會使人感到她來去自如的自由寫意，更感到她是不應屬於任何人的。

她穿的是右衽大袖衫，杏黃長裙，腰束白帶，頭挽高髻，沒有抹粉或裝飾，可是其天然美態，已可令她傲視群芳，超然於俗世之上。

謝安來到她琴几的另一邊，油然坐下，沒有直接答她的問題，卻道：「治世之音安以樂，其政和；亂世之音怨以怒，其政乖；亡國之音哀以思，其民困。以上之言，只是腐儒一偏之見。乾爹卻認爲曲樂只要情動而發，便是佳品。像千千的琴音歌藝，根本輪不到任何人來品評，是屬於夜空明月映照的秦淮河，琴音歌聲牽起的澎湃感情，在河浪般的溫柔中激烈暗藏地拍打著繁華的兩岸，餘音便像泛映河上的波光。」

紀千千從跪坐起來，爲謝安擺好酒杯，笑意像一抹透過烏雲透射出來的陽光，喜孜孜的道：「乾爹說得眞動聽，讓我們忘掉世間一切煩惱，千千敬你老人家一杯。」

兩人碰杯對飲。

謝安哈哈一笑，放下酒杯，欣然道：「我常在懷疑，天下間是否有可令我乖女兒傾心的人物呢？」

紀千千不依地白他一眼，嬌媚處足令謝安心跳，淡淡道：「至少乾爹便可令女兒傾心嘛！不要把千千看得那麼高不可攀好嗎？」

謝安啞然失笑道：「若時光倒流，乾爹仍是年輕少艾之年，定不肯放過拜倒千千石榴裙下既痛苦又快樂的滋味。就像建康城內爲千千瘋狂的公子哥兒，可是至今仍沒有一個人得千千青睞。聽說司馬元顯那傢伙昨天在鬧市向千千糾纏，結果落得灰頭土臉，成爲建康的笑柄。」

司馬元顯是司馬道子的長子，自恃劍術得司馬道子眞傳，家世顯赫，在建康結黨營私，橫行霸道，人人畏懼。

紀千千俏臉現出不屑之色，若無其事的道：「多謝乾爹關心千千，卻不要讓此人的名字打擾我們今夜的興致。」

謝安微笑道：「明天我會派人向司馬道子傳話，叫他管教兒子，不要騷擾我謝安的乖女兒。」

紀千千垂下螓首，一言不發。

謝安訝道：「千千還有甚麼其他心事？」

紀千千抬頭朝他望來，眼現憂色，輕輕道：「千千在擔心呢！乾爹從未如此直接介入千千的事情中，令女兒覺得事不尋常。」

謝安微笑道：「人總是要變的，更會隨時移勢易而變化。多年來乾爹一直奉行黃老之術，清靜致虛，謙以自守，不經意下反攀上現在集軍政大權於一身，權力處於峰巔的險境。盛極必衰下，已沒有多少風光日子可過，所以想趁現在還有點能力，爲千千略盡人事而已！」

紀千千嬌軀微顫，沉吟良久，幽幽道：「乾爹是否在暗示女兒呢？」

謝安點頭道：「此戰若敗，當然一切休提，如若僥倖獲勝，建康將變成不應久留之地，對我對你而言，均是如此。昔日乾爹離東山出仕朝廷，捨下嘯傲丘林的生活，只是別無選擇。現在於權位的巓峰生出引退之心，仍是沒得選擇，爲的是家族的榮枯。」

紀千千一對秀眸射出崇慕的神色，輕柔的道：「乾爹是非常人，故有非常人的智慧，千千受教啦！絕不會當作耳邊風。」

謝安淺嘆道：「不論何人當政，仍不敢拿我謝家如何，且一天謝玄仍在，即使那人有天大的膽子，在對付我謝家前，仍須三思。我唯一放心不下就是你這乖女兒。」

紀千千兩眼微紅，垂首道：「乾爹不用擔心，你老人家離開建康之日，就是女兒上路之時，沒有乾爹在，建康再沒有值得女兒留戀之處。」

謝安的說話語調，頗有遺言的味道，令她芳心微顫，泛起非常不祥的感覺。

大晉南遷後，王導和謝安兩朝賢相，先後互相輝映，為大晉建立偏安的局面，其間發生王敦之亂和蘇峻之亂，均曾攻陷建康，造成大災難，亂事雖平，晉室卻是元氣大傷，全賴謝安放棄隱逸的生活，出主朝政，使晉朝達致前所未有上下一心的團結局面，而這興旺的情況，卻因苻堅大軍的南來，晉室對權臣大將的疑忌，徹底粉碎。謝安是近數百年來罕有高瞻遠矚的明相，不但預見苻秦軍的南來，更清楚戰勝或戰敗後形勢的變化，預早作出綢繆，沒有期望，也沒有失望，只是腳踏實地去做該做的事。

紀千千對他的心事，比之謝玄或謝石更為了解，亦感到他對大晉的無奈和悲哀。

低聲說道：「乾爹對復出東山一事，有沒有後悔呢？」

謝安微笑道：「這麼多年來，還是首次有人敢問我這句話。我有沒有後悔呢？」

他雙目露出茫然和帶點失落的神色，嘆一口氣。

一切盡在不言中。

正如謝安說的，他根本沒有選擇。當時他的堂兄弟謝尙和謝奕相繼去世，親弟謝萬兵敗廢爲庶人，謝石權位尚低，且以他的才能，恐也難有大作爲，若他不肯代表謝家出仕，謝門將後繼乏人，淪爲衰門，爲了謝家龐大家族的榮辱升沉，他是責無旁貸。

紀千千輕輕道：「讓女兒再奏一曲，爲乾爹解悶如何？」

謝安正要叫好，更想多喝兩杯，宋悲風的聲音在入門處道：「稟上大人，司馬元顯求見千千小姐。」

紀千千聽得秀眉緊蹙，謝安不悅道：「他不知道我在這裡嗎？」

宋悲風道：「沈老闆已說盡好話，元顯公子仍堅持要把一份禮物親手交給千千小姐，說是賠罪之禮。」

謝安淡淡道：「他若不肯把賠禮留下，那就請他連人帶禮給我滾出去。悲風你要一字不漏的轉述我的話，其他的由你看著辦，只要不傷他性命便行。」

宋悲風一言不發的領命去了。

第十三章　功虧一簣

燕飛和劉裕在一座山丘頂上的亂石堆中探頭北望，均看得呆若木雞，差點不敢相信眼前的景象。

邊荒集消失不見，橫亙眼前是高達三丈的木寨，左右延展開去，一邊直抵潁水西岸，木寨外是光禿禿一片廣達半里的空地，所有樹木均被砍掉，既用作建材，又可作爲清野的防衛手段，免致敵人掩近仍懵然不知。

木寨堅固的外圍每隔三丈許設一望樓箭塔，上有秦兵居高把守，這樣的望樓眼見的也有近百個。最大的兩個夾潁水而建，或可稱之爲木堡，兩堡間置有可升降的攔河大木柵閘，潁水東岸亦是形式相同的木寨。

木寨外欄頂上掛滿風燈，照得寨外明如白晝，只有想送死的人才會試圖攀木欄進入。近潁水處開有一可容十馬並行的大門，把門者近百人，刁斗森嚴。此時一隊達三百人的苻秦騎兵，正從敞開的大門馳出，沿潁水南行，似乎在進行巡夜的任務。

河道的水路交通和近岸的官道，均被徹底隔斷。

兩人瞧得頭皮發麻，一時間沒法正常思考，先前擬好的潛入大計完全派不上用場。

燕飛苦笑道：「我和拓跋珪約定留暗記的那棵柏樹，該已變成木寨的一根支柱了。」

劉裕苦笑道：「這就是百萬大軍的威力，換作我們，即使全軍投入日夜不停的努力，沒有十天八天，休想完成此橫跨十多里的木寨堅防。」

燕飛心中一動，問道：「我離開邊荒集只三、四天光景，那時苻秦的先鋒軍剛剛到達，以百萬人的雄師，怎可能在這麼短時間完成行軍任務。」

劉裕一拍額頭，點頭道：「那至少須十五天到二十天的時間，還牽涉到糧草輜重各方面的複雜問題，能二、三十萬人來到集內已算相當快捷。且須全體人員投入工事建設，方可在這麼短一段時間內建成眼前的規模。若我現在手上有數萬軍馬，便可用火箭焚燬木寨，趁對方疲不能興之時，施以突襲，包管可打一場漂亮的大勝仗。」

燕飛沉聲道：「苻融爲何要這樣做？」

劉裕仰望天色，雙目神光閃閃，思索道：「若在木寨外諸山頭高地加建小規模的木寨，可以倍數提升邊荒集的防禦力，使主寨固若金湯，進可攻退可守，令邊荒集變成邊荒內的重要據點，更可控制潁水，保障糧道的安全。假如前線失利，即可退守此處。若秦軍奪下壽陽，兩地更可互相呼應，在戰略上是非常高明的一著。」

燕飛明白過來，百萬大軍像一頭龐大至連自己也無法指揮手足的怪物，但若在邊荒的核心設立據點，便可作儲存糧草、輜重的後援重鎭，看前線作戰情況施援或支持。

劉裕忽然信心十足的道：「如果我沒有猜錯，秦人目前只建成防衛南方的木寨外圍和攔河的木閘，另一邊仍在大興土木，只要我們繞過前寨，可由另一邊潛進去。」

燕飛猛地別頭後望，劉裕嚇了一跳，隨他往後方瞧去，丘坡下往南延展的密林，在月色下枝搖葉動，被風吹得沙沙作響，卻沒有異樣的情況。

燕飛迎上劉裕詢問的目光，道：「或許是我聽錯，還以爲有人來偷襲。」

劉裕倒抽一口涼氣，道：「說不定是盧循又或安玉晴呢。」

燕飛觀察天空，看不到乞伏國仁的天眼，稍微輕鬆點。嘆道：「快天亮了！我們別無選擇。兄弟！來吧！」

司馬元顯繼承了司馬道子高大威武的體型，樣貌英俊，二十歲許的年紀，正是年少有爲的表率，兼之一身剪裁合身的華麗武士服，本該是任何少女的夢中情人，可惜目光陰騺，神情倨傲，似乎天下人全都欠了他點甚麼的，該給他踩在腳底下，教人難生好感。

不過他並非有勇無謀之輩，年紀輕輕已是滿肚子壞心術，像乃父般充滿野心，誓要把其他人踩在腳下，且依附者眾，有所謂的「建康七公子」，他便是七公子之首，聚眾結黨，橫行江左。

此時他坐在秦淮樓的主堂內，身後立著七、八個親隨，神情木然，一任秦淮樓的沈老闆垂手恭立身前說盡好話，仍是毫不動容。

堂內其他賓客，見勢不妙，不是立即打退堂鼓，便是匆匆而過，躲進其他雅院廂房去。

宋悲風踏入主堂，司馬元顯和背後親隨十多道目光全往他投過來，神色不善。

宋悲風神色平靜，筆直走到司馬元顯身前，施禮後淡淡道：「安公著悲風來代千千小姐收下元顯公子的禮物。」

司馬元顯雙目閃過怒色，神態仍保持平靜，皺眉道：「元顯當然不敢打擾安公，不過因元顯想當面向千千小姐賠罪，希望安公可行個方便，讓千千小姐賜見一面。」

宋悲風表面絲毫不露出內心的情緒，心中卻是勃然震怒。即使司馬道子見著謝安，也不敢不買謝安的賬。司馬元顯不論身分地位都差遠了，根本沒有向謝安說話的資格，竟然囂張至此，難怪凡事一向淡然處之的謝安會動了眞怒。

宋悲風想到面子是人家給的這句話，立即神情不動的道：「安公還吩咐下來，若元顯公子不願把禮物交由悲風送上千千小姐，便請元顯公子連人帶禮滾離秦淮樓。」

司馬元顯登時色變，想不到一向溫文爾雅的謝安對他如此不留餘地。他還沒決定要不要立刻發作，後面親隨已有兩人拔劍撲出，大喝「奴才找死」，揮劍朝宋悲風照面劈去，嚇得立在一邊的沈老闆大驚跌退。

不論司馬元顯如何自恃乃父威勢，仍曉得絕不能對謝安的隨員動武，正要喝止，事情已告結束。

宋悲風腰佩的長劍閃電離鞘，登時寒氣遽盛，司馬元顯眼前盡是森寒劍氣，如有實質，包括司馬元顯在內，人人均感到此時若作任何異動，將變爲所有劍氣集中攻擊的目標。

如此劍法，確是駭人至極。

眾人雖久聞宋悲風和他的劍，可是因從未見過他出手，並不太放在心上，到此刻終於領教到他的手段。

慘叫聲起，兩名攻擊者踉蹌跌退，兩把長劍噹啷聲中掉在地上，劍仍是握在手裡，只是手已齊腕和主人分開，一地鮮血，血泊裡握劍的兩隻斷手，讓人看得怵目驚心。

「鏘！」

宋悲風還劍鞘內，神色木然，像沒有發生過任何事情，從容瞧著臉上再沒有半絲血色的司馬元顯，油然道：「安公吩咐下來的事，縱使悲風會爲此丟命，悲風亦必會盡力爲他辦妥。」

司馬元顯聽著手下爲兩名傷者匆匆敷藥包紮的聲音，雖是恨不得立即拔劍把眼前可怕的劍手斬成肉醬，卻更清楚縱是群起圍攻，怕亦無法辦到。即使他老爹肯親自出馬，單打獨鬥，亦無必勝的把握。倏地立起來，怒喝道：「沒用的東西！我們走！」

大步踏出，忽然轉身戟指宋悲風道：「宋悲風！你給我記著！這筆債我定會千百倍的討回來。」

宋悲風哈哈一笑，毫不在乎的轉身去了，留下氣得臉色發青的司馬元顯和手下們。

果如劉裕所料，邊荒集北邊仍停留在伐木的階段，西邊外圍木柵只完成小半，如若工程完成，包含邊荒集的大木寨，將把穎水兩岸的廣闊地區規劃在寨內，穎水則穿過木寨，往南流去。

邊荒集的西南，穎水的東岸，營帳似海，不住有船從上游駛來，邊荒集的碼頭上泊著數以百計的大小船隻，處處風燈火把，照得邊荒集內外明如白晝。

以萬計的荒人和秦兵，正辛勤地伐木運木，荒人指的是原屬邊荒集各胡幫的徒眾，若他們曉得會被逼得夜以繼日做苦工，恐怕也會學漢人般大舉逃亡，不過此時當然悔之已晚。

各幫會的荒人穿的是布衣便服，秦兵也脫下甲冑，動手作業，尤有利者是伐下的木材，東一堆西一堆的放著，凌亂不堪，人人疲態畢露，即使有人在他們身前走過，也肯定沒有理會的閒暇或精神。

劉裕和燕飛伏在附近一座山坡的草樹叢內，觀察形勢。

伐木的場地雖是一片混亂，可是邊荒集的東、北牆外卻是刁斗森嚴，牆頭高處均有秦兵在放哨。

穎水兩岸的守衛更是緊張，哨崗處處。

劉裕頭痛的道：「若能下一場大雨就好了！」

燕飛道：「唯一方法，是從潁水北面潛游過來，便可從高彥說的秘渠偷進集內去。」

劉裕皺眉道：「兩岸的哨崗分布於長達兩里的水道兩旁，我們是沒有可能在水底閉氣這麼久的，能捱半里水程已非常了得。」

燕飛道：「劉兄是否精通水性？」

劉裕答道：「下過一番工夫。燕兄是否想到以竹管換氣的水裡功夫？我背後的包袱裡預備了兩根銅管子，只因風險太高，所以不敢說出來。」

燕飛訝道：「爲何有兩根那麼多？」

劉裕道：「我生性謹慎，另一根是爲高彥預備的，還有兩套秦兵的軍服，方便潛入敵營之用，一切用防水布包好，不怕水浸。」

燕飛道：「你不是謹慎，而是思慮周詳，故準備十足。看！開始有人把處理好的木材送往岸旁去，該是用來築建望台之用，我們負責其中一條木的運送如何？說不定可省去游過河道的風險，直達秘渠的入口處。」

劉裕欣然道：「我們要弄髒點兒才行，否則哪有人日夜不停的工作數天之後，仍像我們般精神和乾淨的。」

低笑聲中，兩人竄高朝伐木場地潛過去。

還有小半個時辰便天亮，謝玄領著劉牢之和數百名親兵，在官道上飛騎疾馳。他們剛與送燕璽來的兵隊相遇，經謝玄親自驗明正身，更添此行的重大意義。

此戰對晉室來說，固是可勝不可敗，對他謝家來說，更是非勝不可，否則謝家辛苦建立的數代風流，將毀於一旦。

自晉朝開國以來，謝家雖是代代有人，朝朝爲官，可是與當時其他著名家族相比，謝氏可以稽考的歷史並不悠久。其他家族的先輩早在漢代已功高位顯，而他們謝家要到曹魏時始有人任官，是主管屯田的典農中郎將，並不顯赫。要到晉初的謝衡，謝玄的曾祖，才以「碩儒」的名位，成爲國子博士，爲家族爭取到地位。不過名士家風的開啓者，仍要數謝玄的祖父謝鯤，他雖沒有甚麼豐功偉業，卻善於玄談，謝家的名士風氣，正是由他啓蒙。

壓在謝玄兩肩上的，不僅是晉室的存滅，家族的榮衰，更是以王謝兩家爲首的烏衣豪門的起落。

謝安那句「詩酒風流的生活勢將一去不返」的話，不由又在謝玄心中響起來。

烏雲掩蓋了明月，弄得頭污衣髒的劉裕和燕飛，雜在運木的隊伍裡，合力抬起一根比手臂稍粗、長達兩丈的禿木幹，專找燈火映照不到的暗黑陰影，不徐不疾的朝靠近邊荒集碼頭的潁水東岸走去。

兩人正心叫成功在望，忽然從一堆木後轉出一個荒人來，張手攔著去路道：「停步！」

兩人大感不妥，定神瞧去，只見在低壓的帽下，滿臉泥污中，有一對明媚的大眼睛，正秋水盈盈地一閃一閃的打量他們，充滿得意之情。

以他們的鎮定功夫，仍要魂飛魄散，大叫糟糕。

這不是安玉晴安大妖女還有誰。

安玉晴移近帶頭的燕飛，警告道：「不要放下木幹，太平玉珮在誰身上，快從實招來，否則我會大叫有奸細。」

燕飛迎上她明亮的大眼睛，壓下心中的顫動，道：「我們當然是奸細，小姐你何嘗不是，驚動別人對你也沒有絲毫好處。」

安玉晴微聳香肩道：「頂多是一拍兩散，看誰跑得更快，不過你們裝神扮鬼的好事肯定要泡湯。哼！我沒有閒情和你們說廢話，快把東西交出來。」

劉裕心中叫苦，現在天色開始發白，時機一去不返，他們再沒有時間和她糾纏不清。頹然道：「東西給人搶走啦！」

四周人人在忙碌工作，獨有他們站在一邊說話，幸好有一堆樹幹在旁掩護，不致那麼顯眼。

安玉晴怒道：「信你才怪！給你最後的機會，我要叫了！」

燕飛忙道：「我們看過玉珮，可以把玉上的圖形默寫出來，只是些山水的形勢而已！」

劉裕也鼓其如簧之舌道：「但求小姐肯讓路，我們必不會食言。」

安玉晴待要說話，忽然破風聲起，凌空而至。

三人駭然上望，一棵核桃般大的小圓球，來到他們上方，措手不及下，小圓球已爆開成一團光照遠近的虹彩，照得三人纖毫畢露，吸引了所有人過萬對目光。

「有奸細！」只聽聲音，便知呼叫者爲盧循。

三人面面相覷時，四周蹄聲大作，三隊巡邏的秦軍已放蹄朝他們如狼似虎的趕過來。

第十四章　險死還生

燕飛心中苦笑，自從娘死後，他很少積極地去做一件事，結果卻變成眼前這樣子。當聽到大秦軍南來的消息，他曾起過以身殉集的念頭，作爲了結生命的方式。可是面對生死關頭，生命本身卻似有一種力量，使他爲自己找到種種藉口繼續活下去，爲生存而奮戰。

與拓跋珪並肩逃離邊荒集之際，他頗有再世爲人的感覺。他之所以肯答應助拓跋珪對付苻堅，固因苻堅是他和拓跋珪的共同大敵，拓跋珪又是他親族；更關鍵的是他心態的微妙改變，希望這輩子至少做一件自己認爲有意義的事情。只恨給妖道盧循來這麼的一手，拓跋珪又生死未卜，一時間心中一片茫然，面對朝他衝殺而來的秦兵，像與他沒有半點關係。

劉裕卻是驚駭欲絕，他與燕飛不同之處是不會無端萌生無謂的感觸，當下立即把任務的成敗暫時拋開，在刹那間環目掃射，審度形勢，以擬定應變與逃命之法。

此刻他們離潁水只有三十多丈的距離，於此大敵當前的時刻，尤其潁水乃秦軍守衛最森嚴的防線，若往潁水那邊逃走等若自投羅網，縱能殺出血路，躲進潁水，仍難逃死於兩岸秦軍的勁箭強弓之下。

邊荒集那一面更是休提，此時數以百計的秦軍，正從該方向蜂擁出來，將入集之路完全封鎖，肯定此路不通。

至於北面逃路，由於策馬朝他們衝過來的三隊各五十人的巡邏騎兵，有兩隊正是從那方面殺過來，選擇向這方面逃走，與自殺並沒有任何分別。胡兵的馬上騎射功夫，可不是說笑的。另一支巡邏騎軍，則是從西南角衝過來，所以若不把正在伐木場做苦工的荒人或秦軍的工事兵計算在內，勉強可以說西面尚有個逃生的缺口，只恨那正是盧循呼聲傳過來的方向。即使可以闖過盧循的一關，他們還要亡命流竄，以避過秦軍快騎的搜捕，他們能保命已非常不容易，更遑論要完成關乎東晉存亡的使命。

一時間，以劉裕的沉穩多智，亦有計窮力竭，不知該如何選擇與應付的頹喪感覺，而時間卻不容他多想。

遠近勞累不堪的荒人和工事兵，紛紛拋下手上工作，四散逃開，免遭池魚之殃，一時間形勢混亂至極點。

劉裕目光往安玉晴投去，此時最接近他們的一隊騎兵已在北面三百步外殺至，時間刻不容緩，這美女唇角竟露出一絲詭秘的笑意，劉裕瞧得大惑不解之時，「波」的一聲，一團紫黑色的煙霧在她身前爆開，迅速擴散，先將她吞噬，接著把他和燕飛兩人捲入煙霧裡，紫煙還往四面飄散。

一股辛辣的氣味撲鼻而來，劉裕忙閉上呼吸，當機立斷，向尚可勉強看到影子的燕飛喝道：「借水遁！」

燕飛被安玉晴的障眼迷煙和劉裕的喝叫驚醒過來，暗讚劉裕臨危不亂，思慮周詳。要知在這等時刻，施放煙霧的手段是操在安玉晴手上，也間接地控制了他們的行動，她要往北，旁人便不能往南，好借她的迷霧脫身。現在劉裕這麼一句話，看似是和安玉晴商量，事實上卻是提醒燕飛，一切依原定計畫進行，又不虞被安玉晴知悉他們要從水內秘道潛入邊荒集的大計。

安玉晴尚未有機會表示意向，兩人早心領神會，同時運勁，手上木幹凌空斜上，向最先衝來的敵騎射去。

同一時間，兩人往潁水方向掠去。

迷煙此時已擴散至方圓十多丈的地方，將三人身形完全掩去，安玉晴低罵一聲，不得不跟在兩人身後，一來有盧循這個大敵窺伺在旁，二來更因兩人有她必欲得之的東西，任何一個原因，在如此情況下，此狡女亦被迫得與他們共進退。

「嗤嗤」聲中，十多枝勁箭射進煙霧裡他們三人先前立足的空處，接著是對方被樹木撞得人仰馬翻的驚響。

「波！」

另一團煙霧在離潁水七、八丈處爆開，紫煙以驚人的高速往四周擴散，本已亂成一團的伐木場更形混亂，疲乏不堪的荒人和工事兵四散奔逃，竟變成正策騎或徒步殺至的秦軍的障礙，兼之煙霧帶著一股辛辣難耐的氣味，會令人想到這可能是毒霧一類的東西，同是疲累不堪的秦軍，人人心存顧忌，只敢在煙霧外的範圍虛張聲勢。

煙霧一時間籠罩著潁水西岸廣達數百步的地方，風吹不散，還飄往對岸，掩蓋了一段河水。火把光在紫黑的煙霧中閃爍，偏又無力照亮周圍的地方，益添詭異的氣氛。

三人此刻離潁水只餘十丈許的距離，眨眼可達。忽然後方煙翻霧滾，勁氣撲背而來，盧循像索命的厲鬼般在後方叫道：「留下玉珮！」

落在兩人後方的安玉晴嬌笑道：「還給你吧！」反手一揮，三顆毒蒺藜品字形般朝從後方濃霧中追來的盧循電射而去。

燕飛和劉裕心中叫好，若這兩人鬥上一場，他們便可安然從潁水偷入邊荒集去，少了安玉晴在旁礙手礙腳。

事實上劉裕早打定主意，在投水前先給安玉晴來一刀偷襲，縱使傷不了她，也要教她不能像冤死鬼般纏著他們。劉裕可不是燕飛，在完成使命的大前提下，雖然對方是個百媚千嬌的美女，他也絕不會心軟。

盧循冷哼道：「雕蟲小技！」其追勢竟不減反增，三顆毒暗器如牛毛入海，無影無蹤，不能影響他分毫。

出乎兩人意料，安玉晴嬌笑道：「冤有頭債有主，本來就不關奴家的事，我何苦夾在中間啊！」竟那麼橫移開去，讓出空檔。

這下連燕飛對此妖女也恨得狠起心來，以他們的速度，應可在盧循趕上之前先一步投進迷煙瀰漫的潁水，可是若盧循也追著他們進入河裡去，天曉得後果如何？且還要應付秦兵盲目射進河水去的亂箭。想到這裡，倏地立定，向劉裕喝道：「劉兄先去！我隨後來！」一邊說話，蝶戀花離鞘而出，全力一劍往似從地府的迷障中探出人間索命的盧循那對鬼爪刺去，帶起的勁氣，令籠身的煙霧翻騰不休，倍添其驚人的氣勢。

劉裕哈哈一笑，一個旋身，掣刀在手，喝道：「我們進退與共！」揮刀橫劈，疾斬盧循右爪。

盧循冷笑道：「找死！」

勁氣爆響，不愧「天師」孫恩的得意傳人，竟臨時變招，改爪為袖拂，袖風急吐，分別抽擊兩人的刀劍，且是全力出手，希圖一個照面使兩人刀劍離手。

只從他後發先至的疾追上來，兼之看過他在汝陰露的幾手，燕飛早知盧循的厲害。臨時暗暗留起幾分力道，待到給盧循擊中劍招，陽勁立轉爲陰勁，以盧循的功力，由於要分出一半氣勁去應付劉裕凌厲的一刀，竟拂之不去，還給燕飛的蝶戀花絞纏吸攝，登時所有後著變化無法繼續，壞了兩三個照面間至少重創一敵的如意算盤。最糟糕是燕飛比劉裕快上一線，硬把他牽制得無法以精微的手法去應付劉裕，只餘硬拚一途。

「蓬！」

劉裕全力一刀，狠狠命中盧循的左袖拂勢，他固被震得倒退一步，盧循更因分神分力下，被他劈得全身劇震，血氣翻騰，因還要應付燕飛似要繞臂攻來，巧奪天工的一劍，駭然下抽身猛退。

兩人一戰功成，哪還猶豫，刀劍聯手，並肩衝開幾個憨不畏死守在岸旁的秦兵，投進潁水去。安玉晴卻似在煙霧中消失了。

劉裕、燕飛先後投進水裡，注意力均集中在上方，一方面是防範兩岸敵人的亂箭，更怕是盧循或安玉晴尾隨而來。

此時迷霧籠罩整個河岸區，迷霧外是重重敵人，盧循和安玉晴的唯一逃路也只剩下潁水一途，兼之這兩人爲了玉珮絕不肯放過他們，所以他們更須嚴陣以待。

劉裕首先往深約三丈的水底潛去，打定主意，當貼近河床，便往岸邊潛游過去，再沿岸搜索進入邊荒集的秘渠入口，好脫離險境。

燕飛追在劉裕身後，冰寒的河水令他精神一振，回復平時的清明神志，忽然大感不妥，爲何竟沒有半枝勁箭射進水裡的響音，正要警告劉裕，劉裕已經出事。

在黑暗得不見五指的河水裡，劉裕持刀的手忽生感應，河底處已殺氣大盛，一道尖銳凌厲的鋒銳之氣迎胸射至，身前立時暗湧滾滾，全身如入冰牢，被對方的勁氣完全籠罩緊鎖。劉裕心叫糟糕，倉卒間揮刀應敵，心中同時想起一個人來，就是苻堅手下的氐族大將呂光，此人外號「龍王」，指的正是他精於水中功夫，而亦只有他的水中功夫，能先一步藏在水裡施展突襲。撲面而來的尖銳刃氣，正是發自呂光的「渾水刺」。

水內刀刺交擊，可是劉裕卻沒有絲毫欣悅的自豪感覺，因呂光慣用的是一對渾水刺，自己擊中的只是其中一把，也正是對方吸引自己注意力的陰謀，另一把水刺肯定正無聲無息的在暗黑裡破水襲來，攻擊自己某一必殺無救的要害。只恨倉卒間已無法變招，硬生生收回小部分氣勁，更借刀刺交擊的震力，勉力往西岸的方向翻滾過去，果然左胸側傳來椎心痛楚，立時全身痠痲，鮮血一瀉如注的從體內逸出。

燕飛此時已想到敵人不發箭的原因，是對方早有高手先一步藏在水中向他們偷襲，血腥味已撲鼻而來，更感到下方的劉裕盡力往側翻滾。際此生死間於千鈞一髮的危急關頭，若讓敵人繼續追擊劉裕，劉裕必死無疑。燕飛加速下沉，手中蝶戀花覷準劉裕疾刺而下。

他拿捏的角度時間精準無倫，劉裕剛翻滾到一旁，蝶戀花已貼著劉裕左腰側電疾下射，筆直刺向位於黑暗水底處的可怕敵人，完全不顧對方的反擊，大有與敵偕亡的氣勢決心。

勁氣爆響。

即使以呂光的水底功夫，在燕飛凌厲的妙著下也不得不放棄對劉裕補上一刺，雙刺回手交叉，勉強擋住燕飛全力一擊。

兩人齊聲悶哼。

燕飛給呂光反震之力彈離水底，不過他早擬定救人策略，暗留餘力，升至距水面尚有丈許距離的高度，忙往側翻滾，向不斷在水裡翻滾的劉裕追過去。

呂光被燕飛一劍送回水底，不怒反喜，腳尖往河床一點，箭矢般往上疾射，務要取燕飛之命。

「咕咚！」

水聲乍響，盧循繼劉裕和燕飛之後，亦插入河水裡，剛好正值燕飛錯開身去，呂光水刺往上攻來。前者以為是劉燕其中一人在水下施襲，後者則以為來者是燕飛他們的同黨，一時在水內戰作一團，提供燕飛和劉裕逃走的良機。

此時燕飛已扯著劉裕，全力往西岸靠貼，依高彥的指示，往秘渠入口潛游而去。

氐幫的大本營位於邊荒集北門大街東面的民房區，秘渠出口的荷花池，就在氐幫總壇之北一座荒棄的廢園內，與氐幫總壇只是一巷之隔。

當燕飛力盡筋疲地把陷於半昏迷的劉裕送到池旁雜草叢生的草地上，天色剛開始發白，廢院內靜悄無聲，最出奇的是廢園破牆外亦沒有任何聲息，絲毫不似苻秦大軍已入駐邊荒集。

燕飛抱起劉裕，進入位於園內塌下半邊的破屋。

氐幫總壇那邊沒有人是合乎情理，因為舉幫上下均被徵召到集北為苻堅做苦工，至於四周附近不覺駐有秦兵，則是出乎意料。

燕飛無暇多想，先檢視劉裕胸脅的傷口，暗叫僥倖，因傷口只入肉寸許，沒有傷及筋骨，不過對方是以氣勁貫刺，雖淺淺一刺，已令劉裕受了嚴重的內傷。

燕飛把劉裕濕淋淋的身子扶得坐起來，取下他仍緊握的刀放在一旁。深吸一口氣，閉目靜養片刻，正要動手救人，水響聲從荷花池那邊傳過來，若非他靜心下來行功運氣，肯定會因疲累而疏忽過去。

他駭然朝池塘方向瞧去，美如天仙也詭異如幽靈的安玉晴正離開池塘邊緣，腳不沾地鬼魅似的朝他們掠過來。

燕飛把蝶戀花橫擱腿上，勉強擠出點鎮定的笑容，淡淡道：「我有一個提議，安小姐願意垂聽嗎？」

安玉晴本打算趁劉裕受傷，一舉制住燕飛，即使搜不出玉珮，也可用嚴酷手法逼他說出玉珮的下落，可是當看到燕飛清澈又深不可測的眼神，從容自若的神態，竟不由自主地在門檻外止步，蹙眉道：「本小姐沒有時間和你們糾纏不清，快把玉珮交出來，本小姐可饒你們兩條人命。」

燕飛淡淡道：「安小姐請想清楚，我是有資格談條件的，否則只要我高叫一聲，驚動秦兵，大家都要吃不完兜著走。現在光天化日，潁水再不是理想的逃走捷徑，兼且秦軍必沿河搜索，安小姐縱能逃離此地，仍難殺出重圍。」

安玉晴雙目殺氣大盛，燕飛則冷靜如恆，絲毫不讓的與她對視，一手扶著雙目緊閉的劉裕，另一手握上蝶戀花的把手。

好半晌後，安玉晴終於軟化，點頭道：「說出你的提議來。」

燕飛絲毫沒有放鬆戒備，他一生人在戰爭中長大，最明白甚麼是出奇不意，攻其不備的戰略。因爲只要安玉晴能在一兩個照面內擊倒他，他的威脅當然沒有效用。

沉聲道：「我確實沒有說謊，玉珮在我們離開汝陰途中被一個戴著鬼面具的人搶走，此人武功猶在乞伏國仁之上，若我有一字虛言，教我不得好死。」

他的說話有一股教人難以懷疑的坦誠味道，安玉晴不由相信了幾分，有點不耐煩的道：「玉珮既不在你們身上，你還有甚麼資格來和我談交易？」

燕飛灑然一笑，道：「可是我們看過玉珮上雕刻的山水圖形，可默繪出來，那小姐你便等若得到玉珮無異。」

安玉晴美目一轉，冷冰冰的道：「玉珮上是否標示出藏經的地點位置呢？」

燕飛心中叫苦，頹然道：「坦白說，那只是一幅山水地形圖，並沒有藏經位置的標示，又或許是我們匆忙中看漏眼。」

安玉晴出乎他意料之外的露出一個甜甜的笑容，點頭道：「算你沒有胡說八道，好吧！不過若你胡亂畫些東西出來騙人家，人家怎知眞僞？」

燕飛心中大訝，暗忖爲何沒有標示藏寶地點的藏寶圖反令對方相信自己，不過哪有餘暇多想，道：「很簡單，只要我把這位朋友救醒，我們背對背把山水圖默繪出來，小姐兩相比對，自然可察眞僞。」

安玉晴猶豫片刻，細察劉裕因失血過多致臉色蒼白如死人的容顏，點頭道：「還不快點動手。」

燕飛如奉綸音，兩手運指如飛，疾點在劉裕背後數大要穴。

第十五章　避難之所

從燕飛指尖送入的數十道眞氣，先似是雜亂無章地在劉裕全身不同的脈絡間亂闖流竄，弄得他非常難受，可是不一會兒後，眞氣如溪澗匯於河川般匯聚合流，過處痛楚驟減，到最後數十道眞氣合而爲一，運轉於任督二脈，由尾閭逆上命門，經大椎過百會，再穿印堂下膻中，運轉周天，來而復往，去而復來。劉裕被呂光一刺震得差點消散的內功，竟開始逐漸凝聚，大有起色。

劉裕事實上一直保持半清醒的狀態，在迷糊中曉得自己這條小命全賴燕飛救回來，若不是他拚著損耗眞元，在水底以眞氣爲自己閉氣，又把他送到這裡來，即使呂光不再向他施加毒手，他不是被水淹死，就是浮上水面被敵人亂箭射殺，心中不由大生感激之情。

現在他逐漸清醒過來，更清楚安玉晴窺伺在旁，以燕飛目前的情況，根本無法應付此妖女，遂繼續閉著眼睛，讓燕飛爭取回復功力的時間，也予自己盡快復元的機會。

同時心中佩服，燕飛的內功精純至極，奧妙難言，另走蹊徑，顯已初窺先天眞氣的堂奧，以他的年紀來說，確教人難以置信，而事實卻偏是如此。

燕飛的右掌雖仍按在他背心處，已沒有輸入眞氣助他運氣行血，當然是抱著和他同樣的心意，好盡快恢復自己功力。

時間就這般的流過。

苻融立在燕飛等人先前投水的河段西岸，凝視清澈見底的河水，似要透察水中的玄虛，陪在左右的是呂光、禿髮烏孤、沮渠蒙遜和臉色蒼白看來受了內傷的乞伏國仁，神鷹天眼在晴空上盤旋，一隊隊秦軍騎兵正沿河搜索，集北的工事仍在進行不休。

禿髮烏孤沉聲道：「昨夜闖入我們營地的四個人，一人已逃進北面山林，其他三人卻像忽然失去蹤影，確是奇怪。」

沮渠蒙遜道：「四人中，肯定其中一個是燕飛，只不知漏網的拓跋珪，會否是其中之一？」

呂光冷然道：「被我刺傷的人用的是厚背刀，該不會是拓跋珪。但他們中既有人身負重傷，理該難以走遠，只要我們加緊搜索，必可將他們生擒活捉。」

苻融往乞伏國仁瞧去，問道：「國仁有何看法？」

乞伏國仁仰望天眼，緩緩道：「這四人除燕飛外，其他三人應是國仁在汝陰遇上的男女，他們爲爭奪一塊玉珮，糾纏到這裡來。他們若逗留在附近，根本沒法避過天眼的偵察，唯一的解釋是他們已成功潛入集內去。」

苻融點頭表示同意。

禿髮烏孤愕然道：「這是不可能的，除非……」

苻融截斷他道：「國仁所言甚是。水內必有秘密通道，可供奸細進出。天王隨時駕到，我們須立即找到秘道入口，先一步廓清集內的奸細刺客，否則天王怪罪下來，誰也擔當不起。」

乞伏國仁道：「我們最好雙管齊下，派出精銳入集，由我親自主持圍搜，配合天眼的搜索，必可使敵人無所遁形。」

他說來雖語氣平靜，苻融等卻莫不知他對燕飛恨之入骨，更想到若燕飛落入他手中，肯定會後悔今世投胎做人。

呂光哈哈笑道：「找尋水內入集通道由我負責，擒得燕飛，還怕抓不到拓跋珪那小子嗎？不過乞伏將軍可不要操死燕飛，慕容沖和慕容永兩兄弟絕不希望得到個死人哩！」

自苻融以下，眾人齊聲獰笑，似已可看到燕飛悽慘的下場。

燕飛和劉裕同時睜眼，往安玉晴瞧去，後者跨過門檻，仍往外面的天空窺看，卻不是進來偷襲。待見到兩人眼睜睜看著自己，不禁露出個被氣壞的動人表情，低罵一聲道：「原來你兩個壞蛋在裝蒜，快背對背的把地圖默繪出來。」

她的表情頗有天眞無邪的味道，令燕飛對她好感大增。

劉裕則因受過她狠辣的手段，絲毫不爲其所惑，問道：「你在看甚麼？爲何要躲進破屋來？」

安玉晴又忍不住的往外上望，道：「快！本小姐沒有時間和你們磨蹭，我還要循原路離開。眞邪門！有頭獵鷹不住在集上的天空盤旋。」

她的衣服半乾半濕，緊貼身上，盡顯她曼妙誘人的線條，兩人正欣賞間，聞言同時色變。

燕飛一把扯起劉裕，邊向露出警戒神色的安玉晴匆忙的道：「那是乞伏國仁的天眼，敵人已猜到我們從水中秘道潛入集內來，我們必須立即找個更好的地方躲起來，遲則不及。」

今趟輪到安玉晴大吃一驚，跺腳道：「不要騙我！唉！怎麼會纏上你們這兩個倒楣鬼。」

劉裕勉強立定，咬牙道：「我還可以自己走路。」

燕飛道：「隨我來！」

領頭往破屋另一邊走去，兩人慌忙追隨其後，躲躲閃閃的去了。

三人離開廢園，才知寸步難行。

氐秦的先鋒大軍並沒有進駐邊荒集，卻在集內所有制高點遍設哨崗，又在交通會聚處和集門設置關卡，把整座邊荒集置於嚴密的監視下，擺明是虛城以待苻堅和他的大將親兵團。

劉裕現在置身敵陣，更清楚明白苻堅的意圖。當苻堅進駐邊荒集，這座大幅加強防禦力的城集將會變成苻堅在大後方的指揮總部，憑著潁水可源源不絕地支援前線兵員、糧食、輜重，解決龐大軍隊行軍和補給各方面的問題。而位於邊荒核心的邊荒集將變成連接南北的中繼站，以避免糧道被截斷的致命弱點。

苻堅擺出的是長期作戰的姿態，先全力奪取壽陽，然後在邊荒集和壽陽的互相呼應下，兵分多路揮軍南侵，教兵力薄弱的東晉窮於應付。等到建康以北的城鎮全部淪陷，再從容包圍建康，那時以建康為主的城市組群，將是孤立無援，任由兵力強大至不成比例的苻秦大軍魚肉宰割。在戰略上，苻堅的周詳計畫是無懈可擊，倘若劉裕能回去把眼前所見，盡告謝玄，已是非常管用的珍貴情報。只不過劉裕心知肚明，在現今的情況下，他能活著回去的機會是微乎其微，更休提要完成謝玄託付他的重要使命。

燕飛領著兩人穿房過屋，專找有瓦背或樹木掩蔽身形的路線逃走，迅速往集東的方向潛去，猶幸他們是於集東北處出發，往城東不用橫過四門大街，否則必被發現。

燕飛終於停下來，蹲在一所空置房子的窗側往外用神觀察，前方赫然是座雙層木構建築物的後院。

安玉晴和劉裕分別來到窗旁左右，學他般往外窺視。

劉裕訝道：「第一樓？」

安玉晴目光上移，側耳傾聽，低聲道：「瓦面上有敵人。」

劉裕皺眉道：「樓內有藏身的地方嗎？」

燕飛點頭道：「樓內有個藏酒的地窖，非常隱蔽，是樓主龐義藏酒和緊急時避禍的地方，只有樓內的人方曉得，通氣的設備也不錯。」

安玉晴搖頭道：「躲在那裡只得暫時的安穩，你兩個立即把地圖默寫出來，然後我們分三道往外突圍，各安天命。」

劉裕不是不知道安玉晴的話大有道理，因爲敵人既發現入集的水渠，可肯定他們是潛伏集內，當遍搜不獲之時，當然猜到他們是躲在地窖一類的秘密處所內。由於燕飛與第一樓的密切關係，必以第一樓爲搜查的首個目標，那時他們將逃生無路。反而現在趁敵人注意力集中於東北方，他們硬闖突圍，尚有一線生機。不過他性格堅毅，不達目的寧死不肯罷休，心忖只要拖到天黑，再穿上可僞裝爲氐秦兵的軍服，大有機會混水摸魚，既完成任務又可成功逃生。第一樓的藏酒窖，對他來說是意外之喜。

燕飛搖頭道：「硬闖離集，我們是全無機會。不過小姐若執意如此，我們當然遵守承諾，但卻不會陪你去送死。時間無多，小姐請立即決定。」

安玉晴美眸滴溜溜轉了幾轉，輕嘆道：「唉！眞不知走了甚麼霉運？好吧！到酒窖內再說吧！」

兩人暗讚她聰明，沒有他們陪她闖關，她更沒有機會。

燕飛再不答話，穿窗而出。

他們借樹木的遮掩，避過上方守兵的監察，越過後院牆，從後門入樓，來到第一樓下層後的大廚房。

燕飛走到一座爐灶前面，把巨大的鑊子拿開。

劉裕和安玉晴不約而同，探頭往下看去，見到的卻與平常的爐灶一樣，是從下方火洞送入木柴的爐底，此時只餘一爐熄滅的柴炭。

燕飛微笑道：「巧妙處正在這裡，由於這裡有八個爐灶，全部一式一樣，表面絕看不出異樣。」接著伸手進去，往下方爐底一推，立即色變，話也說不下去。

兩人也大吃一驚，呆看著他，不知問題出在甚麼地方。

燕飛困難地嚥一口唾沫，駭然道：「這本來該是一道活壁，移後時會露出進入藏酒窖的秘密通道。」

劉裕道：「那就是說有人在裡面把活壁堵上了。」

安玉晴一呆道：「裡面有人？」

燕飛的駭容迅速轉換爲喜色，握掌成拳，敲起依某一節奏忽長忽短、似是暗號的叩壁聲。

劉裕忍不住問道：「是否龐義躲在裡面？」

燕飛搖頭道：「該是拓跋珪，哈！好小子！竟知道躲到這裡來。」

安玉晴低聲道：「是不是那個著名的偷馬賊？」

燕飛點頭道：「正是他，若你要那樣稱呼他的話。」

壁後微響傳來，接著活壁由下被移開，露出拓跋珪蒼白的面容，看到燕飛，搖頭啞然失笑道：「怎會是你呢？」目光接著掃視劉裕和安玉晴，卻沒有問話，續道：「形勢當然非常不妙，下來再說。」接著往下退去，下面竟是道石階。

燕飛帶頭鑽進去，安玉晴沒有另一個選擇，兼之又見地窖入口設計巧妙，大增興趣，只好隨之進入秘道，劉裕是最後的一個，當然不會忘記把巨鑊放回原處。待一齊回復先前的樣子，他們就像從邊荒集的地面消失了。

壽陽城，將軍府大堂。

謝玄反覆盤問高彥有關邊荒集最後的情況，可是出奇地高彥並沒有絲毫不耐煩；一來謝玄語語中的，言簡意賅，更因爲謝玄有一股高貴閒雅的外貌氣質和使人極願親近順從的氣魄風度，與他一起頗有如沐春風的舒暢感覺。

兼之謝玄在東晉乃無人不景仰的無敵大帥，高彥見謝玄肯花時間在他身上詢問，只感受寵若驚，故破例地知無不言，言無不盡；更暗驚燕飛託他轉送的囊中物的威力，竟可令謝玄連夜趕來親自處理。

除劉牢之一直陪在一旁外，連胡彬都被令退出大堂去。

謝玄的聲音在高彥的耳鼓內響起道：「高兄弟眞的沒看過囊內的東西嗎？」

高彥臉皮一紅，有點尷尬的道：「小人不敢相瞞，看確實沒有看過，不過卻曾隔著羊皮以手探究，感到是玉石一類的東西。」

跪坐謝玄身後的劉牢之露出會心的微笑。

謝玄點頭道：「我相信高兄弟的話，好奇心乃人之常情。我不明白的是以高兄弟的老練，怎肯在未弄清楚囊中之物，就貿貿然拿到壽陽來，不怕被人陷害嗎？」

高彥的臉更紅了，赧然笑道：「玄爺看得很準，這確實有點不符合小人一貫的作風，但我眞的怕自己見寶起歪念，有負燕飛所託。」

劉牢之忍不住發言道：「聽說荒人間互不信任，爲何你竟肯如此信任燕飛？」

高彥呆了一呆，似在心中暗問自己同一個問題，好一會兒後，神情古怪的道：「若要在邊荒集找一個不會見利忘義的人，大概只有一個燕飛，我不曉得自己爲何有這種想法，但他和別的人很不相同，不論各幫如何重金禮聘，他始終不爲所動，甘於爲第一樓作看場。」

謝玄道：「會否是因他在漢人撤離邊荒集之時，仍捨身把守東門的行爲，深深感動你呢？可是他卻向你要金子呢！」

高彥垂下頭去，緩緩搖頭，低聲道：「小人確被他感動，卻不是因他留下來把守東門，而是當乞伏國仁追殺而來，他卻獨自一肩承擔下來，讓我逃生。當時我有個感覺，他對應付乞伏國仁是全無把握的。唉！我眞的幫不上他的忙，若連他的吩咐也不能遵守，我怎麼對得起他呢？」

謝玄喝了聲「好」，欣然點頭道：「他有情你有義，如此方稱得上英雄好漢。」

劉牢之接著道：「若燕飛不敵乞伏國仁，高兄弟豈非白走一趟？還會被我們懷疑。」

高彥充滿信心的道：「燕飛絕不會是短命的人，因我對他的蝶戀花比對自己鑑賞古物的眼光更有信心。燕飛更非有勇無謀之人，狡猾起來誰也要吃上他的虧。」

謝玄大感有趣的問道：「在你心中，燕飛究竟是怎樣的一個人？」

高彥苦笑道：「邊荒集恐怕沒有一個人能對玄爺的問題有個爽脆肯定的答案。燕飛是怎樣的一個人？唉！他有時可以幾天不說話，一副傷心人別有懷抱的憂鬱模樣；有時卻可和你飲酒談笑，口角風生。他見聞廣博，對各地風土人情如數家珍。在邊荒集沒有人清楚他的來歷，他從不說本身的事。嘿！在邊荒集，問人家的私事是大忌諱呢。」

謝玄皺眉道：「照時間推論燕飛差不多是在同一時間與高兄弟先後腳的離開邊荒集，那時慕容垂尚未抵集，爲何燕飛手上卻有慕容垂密藏的燕璽呢？燕飛是否會說鮮卑語？」

高彥道：「燕飛只說漢語，不過他肯定懂得各族胡語，至於他爲何會有慕容垂的燕璽，小人眞的弄不清楚。」

謝玄微笑道：「高兄弟放心，我們並不是懷疑你，更不會懷疑燕飛，高兄弟可以下去休息啦！有事時我再和高兄弟聊聊。」

高彥退出大堂後，謝玄沉聲道：「牢之怎樣看此事？」

劉牢之移到謝玄前方左旁坐下，答道：「高彥雖一向以狡猾貪利聞名，今趟我卻信他沒有說謊，他對燕飛確有眞摯的情和義。」

謝玄同意道：「牢之看得很準，可是我們卻不能把所有希望寄託在燕飛和他背後的慕容垂身上。高彥的情報非常有用，照苻堅的來勢，敵人確實是計畫周詳。我已可大約猜到他的戰術和布局。便讓我們和苻堅的先鋒軍先打一場硬仗，此戰若勝，既可令朱序生出對苻堅的異心，更可取信慕容垂，令他曉得我有和他合作的資格。」

劉牢之雖弄不清楚謝玄心中想法，但他一向對謝玄奉若神明，忙點頭應是。

謝玄長長吁出一口氣，仰望堂樑，道：「希望三天之後，燕飛能安然無恙的來見我，現在我也對他生出渴想一見的好奇心呢。」

第十六章　彌勒異端

藏酒窖約三丈見方，說大不大，說小不小。擺了三、四百罈雪澗香，層層疊疊放在木架上，分五行排列，首尾相通。一盞油燈，於石階旁燃亮照射。

燕飛步下石階，隨手抱起一罈酒，愛不釋手的撫罈道：「第一樓眞正的賺錢法門，就是出售這寶貝。」

拓跋珪正目光灼灼地打量安玉晴和劉裕，神情冰冷，態度並不友善。

燕飛轉頭向安、劉兩人道：「請兩位在這裡稍候片刻。」

劉裕因內傷尚未完全痊癒，早力累身疲，一屁股在石階坐下，微笑道：「兩位請便！」又向安玉晴道：「安大小姐最好站遠些兒，否則若讓我懷疑你圖謀不軌，要亮刀子招呼，便有傷和氣。」

安玉晴正給拓跋珪的目光打量得暗暗心驚，曉得已陷身絕地險境，而劉裕更隱有把守唯一出路之意，心叫不妙，卻悔之已晚。只好裝出毫不在乎的不屑表情，嬌哼一聲，移到一角去。

一向以來，她恃著傾國傾城的艷色，總能在男人身上佔得優待和便宜，可是眼前三個男人，卻對她的美麗視若無睹，尤其是拓跋珪，看她時就像看一件死物，沒有半點情緒波動；此人如非天性冷狠，就是心志堅毅的可怕人物。

拓跋珪被劉裕的話搞糊塗了，更弄不清楚三人間的關係。此時燕飛一手抱罈，另一手搭上他的肩頭，從酒罈砌出來的通道，往窖子另一端走過去。他心中不由升起溫暖的感覺，自燕飛離開後，從沒有第二個人對他有這種親暱的動作，他也不會讓別人這麼做。

燕飛道：「你受了傷？」

拓跋珪雙目殺機大盛，點頭道：「他們不知如何竟猜到我藏身鮮卑幫內，忽然調動人馬從四面八方殺來，幸好我時刻戒備，見形勢不對，立即殺出重圍，躲到這裡來。若不是你告訴我有這麼一個藏身之所，我肯定沒有命。」

燕飛可以想像那場大屠殺的慘烈和恐怖，拓跋珪避而不說，正是不願回憶。

兩人來到另一端，拓跋珪道：「我的傷已好得差不多了，他們是誰？」

燕飛從頭解釋一遍，拓跋珪終露出笑容，道：「謝玄確有點本事。哈！你是否想就那麼抱罈子走路和睡覺做人？」

燕飛放下酒罈，與拓跋珪掉頭走回去，坐在石階的劉裕雙目精光閃閃的打量拓跋珪，拓跋珪亦毫不客氣以審視的目光回敬他。燕飛雖清楚兩人因共同目標會合作愉快，仍隱隱感到兩人間暗藏競爭的敵意；不知是因胡漢之別，又或是各自發覺對方異日會是自己的勁敵。這是一種無法解釋的奇異感覺。就兩人目前的情況來說，劉裕固是東晉微不足道的一名小將，拓跋珪的實力亦遠未足成事，偏是現在兩人均能左右大局的發展。

四手緊握。

拓跋珪微笑道：「劉兄來得好！」

旁邊的燕飛壓低聲音道：「劉兄勿要見怪，我沒有隱瞞他。」

兩人均曉得燕飛是不想安玉晴聽到他的話，不由同時往安玉晴瞧去。

拓跋珪放開手，低聲道：「成大事不拘小節，劉兄以爲然否？」

劉裕淡淡道：「蛇蠍妖女，殺之不足惜。」

立在一角的安玉晴雖聽不到他們的對話，可是見兩人面無表情的盡是盯著自己，當然知道沒有甚麼好路數，暗中提氣運勁，準備應變。

燕飛明白兩人一問一答，已敲響安玉晴的喪鐘，暗嘆一口氣，道：「此事由我來作主。」接著提高聲音道：「安小姐放心，我們先依照前諾把地圖默繪出來，然後再想辦法送小姐離開，我燕飛以項上人頭擔保，只要小姐肯立誓不破壞我們的事，我們絕不食言。」

安玉晴首次眞心去感激一個人。燕飛明顯與劉裕和拓跋珪有分別，至少是一諾千金，無論在任何情況下亦不反悔。

燕飛既把話說絕，劉裕和拓跋珪雖千百個不情願，也不得不買他的賬。

拓跋珪苦笑著搖頭走開去，作其無聲的抗議。

劉裕則頹然道：「我包袱裡有繪圖用的紙和筆，燕兄怎麼說就怎麼辦吧！」

謝安早朝回來，甫進府門，便曉得女兒謝娉婷在大堂候他，心中暗嘆。

若說他有一件深感後悔的事，可肯定不是東山復出，而是允許女兒嫁給王國寶這個奸小人。當時他之所以首肯，一方面是王國寶惡跡未顯，又討得愛女歡心；更主要是形勢所迫，爲維持王、謝兩家密切的關係，他不得不答應王坦之爲兒子的提親。

這一、兩年來，王國寶與司馬道子過從甚密，前者的從妹是後者的妃子，兩人臭味相投，均是沉溺酒色之徒，自是互引為知己。兼之兩人因不同理由怨恨謝安，嫉忌謝玄，情況愈演愈烈。

王國寶對謝安的不滿，起因於謝安厭惡他的為人，不重用他，只肯讓他做個並不清顯的尚書郎。王國寶自命為出身於瑯琊王氏名門望族的子弟，一直都想做清顯的吏部郎，不能得償所願，遂對謝安懷恨在心，用盡一切方法打擊謝家。今次南北之戰，王國寶和司馬道子均被排斥在抗敵軍團之外，他們心中的怨憤，可以想見。

謝安心情沉重的舉步登上主堂的石階，一位貴婦從大門迎出，乍看似是三十許人，細看則已青春不再，眼角滿布掩不住的皺紋；但歲月雖不留情，仍可看出她年輕時當具沉魚落雁之色，一副美人胚子，神態端莊嫻雅，一派大家閨秀的風範。

謝安愕然道：「道韞！竟是你來了。」

謝道韞是謝家最受外人推崇的才女，被稱譽可與前古才女班婕妤、班昭、蔡文姬、左芬等先後輝映。她是謝安最疼愛的姪女，謝玄的姊姊。她也是嫁入王家，丈夫是當代書法大家王羲之的次子王凝之，不過這樁婚姻並不愉快，謝安可從她每次回娘家時眉眼間的鬱結覺察到，只是謝道韞從來不談丈夫的事，他也弄不清楚問題出在何處。

她清談玄學的造詣，更是名聞江左。每次謝安見到她，心中都暗嘆一句為何她不生作男兒，那謝家將更禁得起風雨，不用只靠她弟弟謝玄獨力撐持。

謝道韞趨前牽著謝安衣袖，移到門旁說話，道：「國寶把二叔閒置他的怨氣，全發洩在娉婷身上，還……唉！讓她在這裡小住一段時間吧！」

謝安雙目寒光一閃，沉聲道：「那畜生是否對娉婷無禮？」

謝道韞苦笑道：「有二叔在，他尚未敢動手打人，不過卻撕毀娉婷最心愛的刺繡，眞令人擔心。」

謝安回復平靜，淡淡道：「若那畜生不親自來向娉婷謝罪，休想我讓娉婷回王家去。」

謝道韞沉默片刻，輕輕道：「二叔可知聖上已批准動用國庫，興建彌勒寺，以迎接彌勒教的二彌勒竺不歸，若不是苻秦大軍南來，此事已拿出來在朝廷討論如何進行了。」

謝安心頭劇震，如翻起滔天巨浪。

東晉之主司馬曜和親弟司馬道子兄弟二人篤信佛教，所建佛寺窮奢極侈，所親暱者多是男女僧徒。

佛教傳自天竺，從姓氏上說，僧侶的竺、支等姓正來自天竺和大月氏，屬胡姓，中土漢人出家爲僧，也因而改姓竺或支。他的方外好友支遁本身是陳留漢人，也改爲姓支。

因君主的推崇，出家僧侶享有許多特權，在某種程度上等若高門大族外另一特權階級，不但不用服兵役，又可逃避課稅。寺院可擁有僧祇戶，爲其耕田種菜；更有佛圖戶擔負各種雜役。至於甚麼白徒、養女，都是爲高層的僧侶擁有奴婢而巧立的名目。還有更甚於高門大族者是沙門不須遵循俗家的規例，所謂一不拜父母，二不拜帝王，此之謂也。

佛門愈趨興盛，對國家的負擔愈重，實爲東晉的一大隱憂。

可是比起來，都遠不及新興的彌勒教爲禍的激烈深遠。

彌勒教是佛教的一種異端，謝安本身對佛教的教義並無惡感，否則也不會和支遁交往密切，不過彌勒教卻是另一回事。

原來在佛經對釋迦佛陀的解說，釋迦並不是唯一的佛，謂「釋迦前有六佛，釋迦繼六佛而成道，處今賢劫，將來則有彌勒佛，方繼釋迦而降世」，又說「釋迦正法住世五百年，象法一千年，末法一萬年」，而現在是「正法既沒，象教陵夷」，故釋迦的時代已到了日薄西山之時，第八代彌勒即將應期出世。

北方僧人竺法慶，正是高舉「新佛出世，除去舊魔」的旗幟，創立彌勒教，自號「大活彌勒」，勢力迅速擴張。竺不歸則是彌勒教第二把交椅的人物，兩人的武功均臻達超凡入聖的境界，佛門各系高手曾三次聯手討伐二人，均損兵折將而回，令彌勒教聲威更盛，聚眾日多。想不到現在竟與司馬曜和司馬道子搭上關係，令其勢力伸延到南方，確是後患無窮，不知如何解決。謝安的震駭不是沒有理由的。

謝道韞的聲音在耳旁續道：「據凝之所說，司馬道子的心腹手下越牙和菇千秋，正負責張羅興建彌勒寺的費用與材料，此事是勢在必行，令人擔心。」

謝安深吸一口氣，苦笑搖頭，道：「此事待我與支遁商量過再說，現在讓我先看看娉婷。唉！我這個苦命的女兒！」

安玉晴神色平靜接過燕飛和劉裕默繪出來的玉圖，一言不發的躲到最遠的另一角落，細閱和比對地圖去了。

坐在石階的劉裕對安玉晴離開他的視線頗感不安，因她邪功秘技層出不窮，低聲提醒兩人道：

「小心她會耍手段弄鬼。」

燕飛知他心中不滿自己阻止他們殺死安玉晴，免她礙手礙腳，暗地一嘆，道：「時間無多，今晚我們必須完成任務，然後再設法離開。」

拓跋珪往安玉晴隱沒處的一排酒罈瞧去，咕噥道：「至少該把她弄昏過去，對嗎？」

燕飛道：「我們若要脫身，還要借助她的小把戲呢。」

兩人這才沒再為此說話。

劉裕目光投往拓跋珪，肅容道：「拓跋兄現在和慕容垂是怎樣的一番情況？」

拓跋珪在劉裕旁坐下，壓低聲音道：「你可以當我是他的代表。今趟苻堅大軍南來，動用騎兵二十七萬，步兵六十餘萬，號稱則為百萬。其戰鬥主力只在騎兵，步兵則用於運輸，以支援騎兵在前線作戰。對苻堅來說，步兵充其量也只是輔助的兵種，此事不可不察，因關係到戰爭的成敗。」

劉裕聽得精神大振，明白拓跋珪在分析苻堅大軍的兵力分布和結構。胡人一向擅長馬戰，遠優於漢人，所以拓跋珪的話令人深信。忍不住問道：「拓跋兄這番話，是否來自慕容垂？」

拓跋珪微笑地瞥一眼剛蹲坐於兩人身前的燕飛，點頭道：「可以這麼說，當然也加上我個人的見解。苻堅騎兵多為胡族的人，步兵為漢人。苻堅的布置是以苻融和慕容垂等步騎二十五萬為前鋒，以姚萇督益、梁諸州軍事，作為後援。先鋒軍將兵分二路，苻融攻打壽陽，慕容垂攻打鄖城。在兩城陷落之際，苻堅的心腹氐族大將梁成會率五萬精騎，屯駐洛澗，與壽陽相為呼應，以便大軍渡過淝水。」

劉裕和燕飛聽得面面相覷，洛澗在壽陽之東，是淮水下游的分支，洛澗於淮水分流處為洛口，若讓苻堅駐重兵於此，與壽陽互相呼應，苻堅可輕易渡過淝水，那時再兵分多路南下，攻城掠地，直抵長江才再有天險阻隔，建康勢危矣。

加上邊荒集作爲大後援的設置，可看出苻堅此次揮軍南下，計畫周詳，絕非胡亂行事。

拓跋珪微笑道：「這五萬騎兵是氐族的精銳，而事實上先鋒軍除慕容垂的三萬鮮卑族騎兵外，其他騎軍均爲氐族本部的精銳，若梁成和苻融兩軍遭遇慘敗，苻堅勢將獨力難支，縱使逃回北方，也將變得無所憑恃，後果不難想像。」

燕飛終於明白過來，拓跋珪和慕容垂果是高明，他們的目標是讓東晉盡殲氐族軍的精華，那即使苻堅返回北方，大秦國仍難逃土崩瓦解的命運。那時誰可成爲北方新王，就要看誰的拳頭夠硬了。

劉裕勉強壓下心中的震駭，他是知兵的人，更清楚謝玄借淝水抗敵的大計，可是若讓苻堅把這樣一支精兵部署於洛口，謝玄那時比對起來，兵力薄弱得可憐的北府兵，將變成腹背受敵，只能退回長江南岸，坐看敵人以風捲殘雲的氣勢，席捲江北諸鎮，唯一可以做的事，是看敵人何時渡江攻打建康。

不禁沉聲道：「慕容垂在這樣的情況下可以有甚麼作爲？」

拓跋珪從容道：「他根本不用有甚麼作爲，而他的沒有作爲已足以令苻堅輸掉這場仗，問題在你們南人是否懂得把握機會。慕容垂攻下鄖城後，會留守該地，以防荊州桓氏，苻堅是不得不分慕容垂的精兵於此，怕的是桓沖從西面突襲。苻堅對桓沖的顧忌，遠過於謝玄。」

接著唇角飄出一絲令人難明的笑意，淡淡道：「謝玄若眞如傳說般的高明，該清楚這一番話可以把整個形勢逆轉過來，只有速戰，才可速勝。」

燕飛和劉裕同時暗呼厲害，他們當然不曉得事實上謝安早有此先見之明，不愧運籌於帷幄之內，決勝於千里之外的主帥，謝玄亦深悉其中關鍵，所以立下要在敵人陣腳未穩之時，狠勝一仗的決心。

要知苻堅總兵力達九十萬之眾，行軍緩慢，糧草輜重調配困難，所以定下大計，以精銳的騎兵主力，先攻陷壽陽和鄖城，再屯駐洛口，建立前線堅強的固點，然後待大軍齊集，即渡過淝水南下，在戰略上無懈可擊。而北府兵唯一可乘之機，是趁敵人勞師南來，兵力未齊集，人疲馬乏的當兒，主動進擊，殺對方一個措手不及。現在拓跋珪盡告劉裕苻軍的策略，謝玄自可以佔盡機先，作出針對性的反擊。

此戰苻堅若敗，敗的將是他的本部氐兵，慕容垂、姚萇等不但分毫無損，更可坐享其成。

劉裕斷然道：「我要立即趕回去。」

燕飛同意點頭，因與拓跋珪透露的珍貴情報相比，能否策動朱序重投東晉，已變得無關痛癢，只是錦上添花而已。

當燕飛說出此意見時，拓跋珪卻搖頭道：「不！朱序會是非常重要的一顆棋子。」

劉裕待要追問，異響從地面隱隱傳來，三人同時一震，知道敵人開始對第一樓展開徹底的搜索。

雖明知此事必然發生，可是當發生在頭頂時，三人的心也不由提至咽喉頂處，只能靜候命運的判決。

第十七章 因禍得福

「砰!」

司馬道子一掌拍在身旁小几上，大罵道：「我司馬道子一世英雄，爲何竟生出你這窩囊沒用的蠢材?也不秤秤自己有多少斤兩?竟敢和謝安爭風吃醋。不要說他只是斬掉兩個奴才的手，縱使他斬的是你的手，我也無話可說。」

司馬元顯目含屈辱熱淚，努力苦忍不讓淚水流下來，只恨兩行淚珠仍是不受控制的淌下，跪在坐於地蓆的司馬道子身前，垂頭不敢答話。

司馬道子的瑯琊王府在建康宮城外御道之東，府內重樓疊閣，這天早朝後與心腹袁悅之、王國寶、越牙、菇千秋四人回府議事，於主堂商量的時候，司馬元顯自恃得寵，進來向乃父投訴昨晚在秦淮樓的事，豈知竟被司馬道子罵個狗血淋頭。

坐於右席的王國寶不免爲元顯幫腔道：「元顯公子年紀尙幼，有時拿不準分寸，是情有可原。嘿!所謂不看僧面看佛面，中書令雖是我岳丈，不過他今趟太過分了!」

另一邊的袁悅之也冷哼道：「也難怪他，現在忽然手握軍政大權，忍不住露點顏色，照我看他是要向我們下馬威呢。」

司馬道子卻像聽不到兩人說話，也像看不到越牙和菇千秋兩人點頭表示同意，狠狠盯著仍不敢抬頭只能暗中感激王、袁兩人爲他說好話的司馬元顯，一字一句地緩緩道：「不自量力，自取其辱。我罰你十天之內不准踏出府門半步，給我好好練劍。滾！」

司馬元顯一臉委屈地離去後，司馬道子搖頭笑道：「哈！好一個謝安！好一個宋悲風！」

越牙低聲試探道：「王爺是否打算就讓此事不了了之？」

司馬道子目光往越牙射去，淡淡道：「你說我該怎麼辦？現在苻秦大軍南來，我們能否渡過難關仍是未知之數，皇兄亦不得不倚仗謝安，我可以拿他怎樣？」

王國寶獻計道：「我們至少可讓皇上曉得此事，謝安甫得軍權，便縱容惡僕，對元顯公子絲毫不留餘地，皇上得知後，對他豈無戒心？」

只聽他直呼謝安之名，又想出如此卑鄙毒計，可知他對謝安再無任何敬意親情，恨之入骨，欲置之死地而甘心。

司馬道子臉現猶豫之色。

袁悅之鑑貌辨色，已明其意，道：「由於此事與王爺有關係，故不該由王爺向皇上說出來，若可由陳淑媛轉述入皇上的龍耳，當更有說服力。」

包括司馬道子在內，人人現出曖昧的笑容，王國寶的笑容卻有點尷尬。

原來晉帝司馬曜一向最寵愛的貴妃是陳淑媛，淑媛是貴妃的一種級別，乃最高級的貴妃。而陳淑媛的閨中密友，有「俏尼」之稱的妙音尼姑，與王國寶有不可告人的關係，袁悅之這麼說，等若教王國寶透過妙音，支使陳淑媛向司馬曜說謝安的壞話。知道王國寶與妙音關係的人並不多，恰好在座者均是知情之人，故笑得曖昧，王國寶則神情尷尬。

眾人目光落在司馬道子身上，看他的決定。

司馬道子欣然道：「就這麼辦。」

王國寶等明白過來，司馬道子痛責司馬元顯，不是不想扳倒謝安，只是不能藉此事向謝安挑惹，因時機並不適合，故把司馬元顯的報復之心壓下去。

袁悅之輕嘆一口氣道：「據宮中傳出來的消息，皇上對陳淑媛的寵愛已大不如前，若非兩位皇子均爲她所出，說不定皇上已把她打進冷宮，不屑一顧。」

晉帝司馬曜本來的皇后王法慧，出身名門大族的太原王氏，十六歲被選入宮爲后，豈知她竟有酗酒的惡習，性情又驕又妒，活到二十一歲便一命嗚呼。原名陳歸女的陳淑媛是倡優陳廣的女兒，生得花容月貌，能歌善舞，被選入宮作淑媛，更爭氣地爲司馬曜生下司馬德宗和司馬德文兩個兒子，故盡得司馬曜愛寵，不過卻是體弱多病，難以天天陪司馬曜盡情玩樂，一向沉溺酒色的司馬曜當然不會滿足，不斷另尋新寵，對她的寵愛大不如前。

司馬道子苦笑道：「皇上心意難測，這種事誰都沒有法子。」

菇千秋道：「若我們能覓得個千嬌百媚的絕色美人兒，又懂揣摩逢迎皇上的心意，兼肯受教聽話，這方面不是全無辦法。」

司馬道子精神一振道：「聽千秋這麼說，該是此女已有著落。」

菇千秋膝行而前，直抵司馬道子身旁，神秘兮兮的湊到他耳旁說話。

司馬道子聽得臉上喜色不住轉濃，最後拍几嘆道：「千秋立即著手進行此事。謝安啊！此戰不論成敗，你都是時日無多，看你還能得意橫行至何時？」

鐵鑊落地破裂的噪音從上面傳下來，驚心動魄，顯示秦兵正對第一樓展開徹底的搜索，連爐灶都不放過。

敵人這麼快尋到這裡來，實出乎他們意料之外，只恨他們毫無辦法。如敵人是有心寸土不漏，找尋隱蔽的地庫，他們將是無所遁形。

燕飛目光朝安玉晴隱藏的角落看去，這美女也似乎像他們般認了命，沒有任何動靜。

上面倏地肅靜，人聲斂去。

三人你眼望我眼，劉裕的手已握上刀把，拓跋珪則緩緩把背上雙戟解下來，不論機會如何渺茫，他們也要盡力硬闖突圍。

燕飛卻又生出那種茫然不知身在何處，既熟悉又陌生的奇異感覺。眼前的一切，似乎與他沒有任何關係，偏偏又像已被深深牽連。這種同爲參與者和旁觀客的情況，便如在夢境裡的經歷，周遭發生的事總在不眞實與眞實之間。

自親娘去世後，他不時會有這種感覺。母親的死亡，令他認識到死亡的絕對和殘忍，而事實上每一個人出生後，便在等待死亡的來臨，只能選擇將其置諸腦後，彷如死亡並不存在。但終有一天，他也難免面對。雖然死亡可能是另一個生的開始？

「砰！砰！」

兩下磚石碎裂的巨響，從上方傳來，燕飛尚未完全清醒，拓跋珪已在他眼前彈起，往石階搶上去，接著是劉裕。

時間像忽然放慢，他可以清楚看到他們動作的每一個細節，可是一時間既不知道他們行動的目的，更不清楚發生了甚麼事。

當兩人先後竄上石階，「轟！」另一記如雷貫耳，比先前眞實迫切得多的激響在石階盡處爆發，沙石灑下。

燕飛驀地驚醒過來，有若重返人世般掌握到眼前發生的事。

敵人正以鐵錘一類的東西，搗毀上面第一樓膳房內的爐灶，包括地道入口的爐灶在內，如爐灶被毀，入口自然顯露出來，他們將無僥倖。

燕飛往上瞧去，見到拓跋珪竟以背脊和反手頂著入口，而劉裕亦擠到他身旁，依法而爲，兩人硬以背脊承受住入口塌下來的大幅小塊磚石。燕飛見狀，連忙衝上石階，伸出雙手，封擋沙石，三個人擠作一團。

這是沒有辦法中的唯一可行之計，爲的是不讓磚石滾下石階，露出入口。由於有八個爐灶之多，敵人或會忽略過去。

磚石碎片不斷塌崩在三人的背脊和手掌上，漏網的則滾下石階，鐵錘轟擊石灶的聲音不絕於耳，每一記都深深敲進三人的心坎裡，使他們像置身一個似沒有止境的噩夢中。唯一能做的只是盡力阻止灶底的「破碎」，但地面上的人聲和錘擊聲，卻已變得更迫近和清楚起來，令他們更感到敵人的接近和壓力。

「轟！」

三人一頭一臉都是灰塵，沙石直往脖子鑽進去之時，轟擊聲終於停止。他們可以想像爐底已變成一地碎磚泥粉，其中一堆全仗他們以血肉承托，否則酒窖入口將暴露在敵人眼下。

乞伏國仁的聲音在上方傳下來道：「他們究竟躲在哪裡？竟然不是在第一樓內，我們已搜遍每一寸地方，眞奇怪！」

另一個粗豪的聲音道：「我說不如放一把火把這座鬼樓燒掉，看看他們還可以躲在甚麼地方？」

又另一人道：「照蒙遜看，集內或許另有逃離城集的地道，又或地下密室一類的東西，卻肯定不在第一樓內。」

上方又沉默下來。

片晌後，一個聲音平靜地道：「若有秘道密室，的確令人頭痛。燒掉第一樓根本於事無補，現在天王已抵集外，隨時入集，更不宜燒得烈燄沖天，火屑飄揚。只要我們加強守衛崗哨，同時繼續進行搜索即可。敵人千辛萬苦的潛入邊荒集，目的只有一個，就是不自量力的試圖行刺天王，我們針對此點作出周詳布置，他們還可以有甚麼作爲？」

三人雖不認識他的聲音，不過聽他發號施令的語氣，可肯定是苻融無疑。

稍頓後苻融續道：「搜索敵人的行動交由國仁全權處理，所有閒雜人等，特別是四幫的人，一律不准入集。我們同時改變口令，凡不知口令者，均作敵人辦。我現在要出集迎接天王，一切依既定計畫進行。」

乞伏國仁道：「請苻帥賜示口令。」

口令乃軍營內保安的慣用手法，以之分辨敵我，避免有人魚目混珠的混進營地裡來。

苻融道：「就是晉人無能，不堪一擊吧！」

這兩句話他是以氐語道出來，使下面一動也不敢動的三個人，明白到當苻堅進入邊荒集後，留守的將全是氐族本部的兵員。

接著是敵人離去的聲音。

地道的暗黑中，三人六目交投，暗叫僥倖，哪想得到因禍得福，反得悉敵人秘密的口令。

拓跋珪低聲道：「木架！」

燕飛當然明白他的意思，只恨兩手均不得閒，托著兩角的碎石殘片，苦笑道：「只有請我們的安大小姐來幫忙了。」

謝玄登上壽陽城牆，在胡彬和劉牢之陪侍下，觀察形勢。

淝水從北方流來，先注入淮水，再南行繞過壽陽城郭東北，在八公山和壽陽間，往南而去，淮水橫亙城北半里許處。潁水由邊荒集至淮水的一截河段，大致與淝水保持平行，兩河相隔十多里，潁水匯入淮水處名潁口，淝水注入淮水處叫硤石，一在上游一在下游，分隔不到十里。

胡彬試探地道：「壽陽緊扼潁口、硤石三河交匯的要衝，只要壽陽一天保得住，敵人休想南下。」

謝玄的目光正巡視淝水的河段，硤石形勢險要，多急灘亂石，出峽後水流轉緩，特別是壽陽東北和八公山的一段河道，水淺而闊，清可見底，不用搭橋人馬也可涉水而過，只要老天爺不來一場大雨，苻秦軍確可迅速渡河。可知苻秦挑這個初冬時節來犯，是經過深思熟慮。否則若是春夏多雨的季節，將大添變數。

劉牢之雖沒有說話，謝玄可以猜到他事實上同意胡彬的看法，如此關鍵性的一座要塞，白白放棄實在可惜。

謝玄淡淡道：「苻堅號稱其軍有百萬之眾，胡將軍有把握守得住壽陽嗎？」

胡彬臉現激昂神色，道：「下屬戰至最後一兵一卒，也要爲玄帥死守壽陽，不讓秦軍南下。」

謝玄點頭道：「好！不過今次我是要打場漂亮的勝仗，且要速戰速決，而不是和敵人進行一場曠日持久的攻防戰。一旦壽陽變成孤城，能捱上十天已算不錯，我們將變成完全被動，還要猜測敵人取哪條路線南下。以我們薄弱的兵力，在這樣的情況下，根本無法抵禦苻堅，所以壽陽是不得不放棄。」

接著露出笑容，以肯定和充滿信心的語調道：「可是當壽陽落入敵人手中，敵人將從無跡變作有跡，且失去主動之勢，那時只要我們枕軍八公山內，苻堅豈敢過淝水半步？」

胡彬擔心的道：「苻堅乃知兵的人，主力大軍雖沿潁水而來，渡淮攻打壽陽，可是必另外分兵於潁口上下游渡淮，互相呼應，到那時我們將變成腹背受敵，情勢不妙。」

劉牢之點頭道：「若我是苻堅，最少分出兩軍，一軍在上游潁水渡淮，直逼大江，教桓大司馬不敢妄動。另一軍則在下游壽陽渡淮，進駐洛口，建設防禦力強的營壘，與佔領壽陽的主力大軍互相呼應。」

謝玄笑意擴大，欣然道：「此正是勝敗關鍵，敵人勞師遠征而來，兼之自恃兵力十倍於我，生出輕敵之意，更猜不到我們會主動出擊，似退實進，所以只要我們善用奇兵，此仗勝算極高。」

胡彬和劉牢之哪還不曉得謝玄已是成竹在胸，同聲道：「玄帥請賜示！」

謝玄雙目生輝，凝望淝水東岸的原野，沉聲道：「我們必須十二個時辰監察淮水北岸的動靜，其中尤以洛口爲關鍵之處。只要敵人由此而來，我們可趁其陣腳未穩之際，以奇兵突襲。倘能破之，苻堅的主力大軍將被迫留在淝水西岸，那時將是我們和苻堅打一場硬仗的好時機。」

劉牢之聽得精神大振，道：「牢之願領此軍。」

謝玄搖頭道：「我更需要你率領水師，於秦人渡淮後斷絕他們水路的交通，截斷他們糧道，逼他們不得不在時機未成熟下與我們全面交鋒。哈！人少有人少的好處，論靈活度，苻軍遠不及我，我就要教苻堅吃到盡喪百萬之師的苦果。」

劉牢之和胡彬點頭應是。

一向以來，北方胡人善馬戰，南人善水戰。在江河上交手，北方胡人沒有一次不吃虧的。四年前胡人南犯，便因被截斷水上糧道，大敗而回，今次敵人雖增強十多倍，若以水師實力論，仍是全無分別。

不論操船技術和戰船的素質裝備，南方都遠超北方，江南更是天下最著名的造船之鄉。劉牢之精於水戰，有他主持，苻堅休想隨意從水道運載兵員，尤其是在北府精銳水師的虎視眈眈之下。

謝玄道：「何謙正率師至此途上，胡將軍可傳我將令，著他精挑五千精銳，離隊潛往洛口附近隱秘處，恭候敵人東線先鋒軍的來臨。只要敵人現蹤，由他自行決定，覷準時機，全力出擊，不得有誤。」

胡彬轟然應諾，領命去了。

謝玄哈哈一笑道：「好一個安叔，到現在我身處此地，方明白你老人家一句速戰速勝，是多麼有見地。」

聽到謝安之名，劉牢之肅然起敬。

謝玄深情地巡視著這片即將變成東晉存亡關鍵的大好河山，溫柔地道：「安叔！謝玄絕不會令你失望的。」

第十八章　異端邪說

烏衣巷，謝府東院望淮閣。

謝安和支遁兩人並肩憑欄，俯瞰下方緩緩注入大江的秦淮河。漫天陽光下，河水閃閃生輝，兩岸房舍林立，風光明媚。

支遁聽罷彌勒教的事，這位一向瀟灑脫俗的高僧臉現前所未見的凝重神色，默思好一會兒後，向謝安道：「謝兄對此有甚麼打算？」

謝安苦笑道：「我可以有甚麼打算？道韞密告此事於我，正希望我可以及時阻止。現在唯一可行之法，是會同坦之一起進諫皇上，趁他仍倚賴我謝安的當兒，勸他打消主意。你遠比我清楚彌勒教的來龍去脈，所以向你請教，看看可否從佛門本身的經論上，駁斥彌勒教的歪悖。」

支遁緩緩道：「這個要分兩方面來說，就是彌勒佛本身和竺法慶這個人，而前者確有經說的根據，問題在竺法慶是否降世的新佛。」

謝安大感頭痛，在這樣的情況下，只要司馬曜堅持竺法慶是彌勒新佛，他將沒法從佛門本身的角度去否定他。

支遁輕嘆一口氣，緩道：「《長阿含經》有云：過去九十一劫有佛出世，名毗婆尸，人壽八萬歲。復過去三十一劫，有佛出世，名尸棄，人壽七萬歲。復過去有佛出世，名毗舍婆，人壽六萬歲。復過去此賢劫中，有佛出世，名拘樓孫，人壽五萬歲。又賢劫中有佛出世，名拘那含，人壽四萬歲。

又賢劫中有佛出世，名迦葉，人壽二萬歲。此即釋迦前的六佛，釋迦依此說只是第七代佛而已。現在釋迦已入滅度，彌勒新佛即將應運而生，在佛門本身也有很多堅信不移的人。事實上佛寺前殿正中爲天冠彌勒佛像，兩旁爲四大天王，這種布置顯示彌勒將繼釋迦蒞世，所以彌勒教在佛典經論內是有堅實的基礎和論據。」

謝安道：「那竺法慶又是怎樣的一個人？」

支遁答道：「他是彌勒教的倡始者，在北方高舉『新佛出世，除去舊魔』的旗幟，所謂新佛出世即是彌勒降世，而他本人便是活彌勒，號召沙門信徒，以遂其稱霸沙門的野心。」

謝安不解道：「你們佛門不乏通達禪定、武功高強之士，怎肯坐看此人勢力大張，難道他眞是彌勒降世，有通天徹地之能？」

支遁露出一絲苦澀無奈的神情，凝望一艘駛過的帆船，淡淡道：「沙門並不如你想像般團結，單言南北沙門，便有很大的分異，南方重義門，北方重禪定，各走極端。我們講經的南方沙門，在『不問講經』的北方，會被嚴罰。所謂北重禪定，講求止一切境界；南重智慧，慧者觀也，分別因緣生滅。」

謝安聽得眉頭大皺，問道：「在我看來，兩者均爲修行的法徑，其間並無衝突之處，且可定、慧雙開，止、觀雙運，爲何你卻說成是嚴重的問題？」

支遁苦笑道：「這種事外人是很難明白的。北方既重禪法，不以講經爲意，勢必死守佛經本義，甚至不懂本義，只知坐禪誦經。若像我般向你闡述般若波羅密義，又或說人人皆可頓悟成佛，在北方便要被打下十八層地獄。故在北方修佛是很困難的，一切依循死法和諸般繁複的戒律，令修行者對釋迦逐漸厭倦，遂把希望寄託於新佛，令北方成爲異端邪說的溫床。」

謝安語重心長的道：「那北方需要的將是另一位支遁。」

支遁嘆道：「戒律的進一步惡法就是專制和階級分明，在積久的權威之下，絕不容創新的看法，更容不下我這種人。在北方修佛，把人分作初根、中根和上根，初根只能修小乘，中根爲中乘，上根修大乘。如此以固定的方法區別修行的人，本身便是階級之別。被打爲下根的普通沙門當然不滿，而竺法慶正是一個從低層沙門崛起的叛徒，他得到廣大的支持，自有其過人本領，且不是沒有理由的。」

謝安吁一口氣道：「我終於明白了！我還可以想像到利益上的理由，權力和財富均因此集中到一小撮生活腐化卻終日以戒律壓榨門下的高層僧侶手上，就像農主與農奴的關係。竺法慶則是一個成功的奪權者，所以能別樹一幟，利用下層沙門的不滿，建立彌勒教。」

支遁點頭道：「情況大概如此。竺法慶自號大乘，自命新佛，倡說只有跟新佛走的人，才配稱大乘。北方佛門的十戒法，他悉盡破之，本身便與尼惠暉結爲夫婦，謂之破除淫戒。當北方佛門集結高僧，對他進行清剿，反被他夫婦聯手，殺得傷亡慘重。他便以此爲藉口，霸滅寺舍，屠戮僧尼，焚燒經像，侈云新佛出世，除去舊魔。現在他的勢力竟擴展來南方，南方佛門恐怕將劫數難逃。」

謝安的心直沉下去。

他心想司馬曜和司馬道子兩人一方面沉迷酒色，生活窮奢極慾，另一方面則篤信佛教，兩方面的行爲互相矛盾，佛門中有道之士早有微言。現在引來打破一切禁規教律的彌勒教，自是投兩人所好，並有威脅佛門之意。只不知是誰在穿針引線，此事必須徹查。

支遁的聲音續在他耳內響起道：「由於竺法慶夫婦和竺不歸有大批沙門和民眾支持，苻堅對他們亦不敢輕舉妄動，怕激起漢胡間的民族矛盾，對南伐大大不利，更讓竺法慶等肆無忌憚。他也是深懂權謀的人，因怕招當權者所忌，故只是逐漸蠶食北方佛門的勢力財富，與政治劃清界線，當然他的野心不止於此。」

謝安道：「佛門現在對他的武功評價如何？」

支遁答道：「若不論善惡，竺法慶實為佛門不世出的武學奇才，他不但集北方佛門武學大成，其自創的『十住大乘功』，更是未逢敵手，所以對他不論明攻暗殺，都落得鎩羽而回，可見他武技的強橫。至於竺不歸，武功僅在法慶之下，與尼惠暉齊名。」

謝安仰望蒼天，長長呼出一口氣，平靜的道：「只要我謝安一息尚存，定不教彌勒教得逞，大師可以放心。」

彌勒教之於佛教，類似太平、天師道之於道門，是必須制止的。

安玉晴是最後一個坐下來的，三男一女擠坐於短短七、八級的石階，人人力盡筋疲，只能喘息。經過整個時辰的努力，出盡法寶，終於成功以拆下來的木架木柱加上酒罈，頂著出口塌下來的石灶殘骸，不讓磚石掉入地道，否則既露現出口，又驚動敵人。足足花大半個時辰後，以背手托著塌下來灶塊的拓跋珪和劉裕才能先後抽身，其中動都不能動的苦況，實不足為人道。

安玉晴挨著階壁，瞟視坐在她下一級的燕飛一眼，嬌喘細細的道：「這就是好人有好報，只不過沒想到這麼快應驗。」

拓跋珪和劉裕相視苦笑，別人可能不明白安玉晴這句沒頭沒腦的話，他兩人卻清楚安玉晴在諷刺他們對她生出惡心。他們是欲駁無從，因爲事實上若非燕飛一力阻止，把她幹掉，那誰來爲他們的「脫身」出力。

拓跋珪仰望出口，避過安玉晴明媚的眼神，顧左右而言他道：「想不到堵住一個兩尺見方的出口，竟比建造長城更困難。」

安玉晴很想拂掉身上的塵屑，又知這會令三人消受她的一身塵屑，唯苦忍衝動，冷哼道：「好啦！這裡現在是邊荒集內最安全的地方，只可惜出口只能應用一次，你們有甚麼打算？燕飛你來說，他們兩個都靠不住。」

拓跋珪目光不由落在她身上，像首次發覺她的美麗般用神打量，他見盡美女，卻少有遇上這麼充滿狠勁，永不言服，有時又像天眞無邪的狡女。

安玉晴不屑地横他一眼，目光仍凝注著最接近她的燕飛。

燕飛嗅著她身體因過分疲累而散發出來健康幽香的氣味，淡淡道：「姑娘身上還有多少顆迷煙彈可用呢？」

安玉晴頹然道：「只剩下兩顆，若要硬闖突圍，未抵集口，便要用完。唉！本姑娘這輩子從未這麼倒楣過。」

坐在最下一級石階的劉裕終回過氣力來，他由於先前負傷，所以特別吃力。微笑道：「姑娘滿意我們繪出來的地圖嗎？對姑娘是否有幫助呢？」

安玉晴皺皺可愛的小鼻子，向他扮個鬼臉，餘怒未息的道：「再不關你的事，你最好把圖像忘記，若敢告訴第四個人，我有機會便宰掉你。」

拓跋珪和劉裕均對她無法可施，她擺明直至離開藏酒窖，都會坐在那裡，那她便可以隨時拆毀撐持的木柱，讓碎石塌下，那時四人只好倉卒逃生。而因她擁有迷煙彈，突圍逃走的機會自然大得多。

燕飛舉手道：「本人燕飛，於此立誓，絕不把地圖的事以任何方法給第四人知道，否則必遭橫死。」

安玉晴露出甜甜的笑容，看得三人眼前一亮，這才喜孜孜的道：「我都說你是最好的人啦！」

劉裕抗議道：「難道我是壞蛋嗎？安大小姐也不想想自己曾多少次對小弟居心不良，我只是有來有往而已！」

安玉晴含笑瞥他一眼，微聳香肩道：「有那麼多好計較嗎？嘻！好人啊！快學你的兄弟般立下毒誓吧！」

劉裕見她的右腳緊貼其中一支關鍵木柱，只好立下誓言，心中卻恨得牙癢癢的，但又大感刺激有趣。

拓跋珪忽然明白燕飛爲何無端立下不洩露她小姐秘密的毒誓，皆因要斷掉她殺人滅口的歪念頭。要知安玉晴並不是善男信女，憑一己之力當然無法奈何他們三人，可是若借秦軍之手，只要她伸腳一撐便成，由此可見燕飛思考的迅捷和觸覺的靈銳。

想不到安玉晴這輕輕一著，立即將自己處於下風的形勢扭轉過來，還操控大局。

拓跋珪裝作漫不經意的道：「這裡太接近地面，我們不如到下面去說話，以免驚動我們的敵人。」

安玉晴伸個懶腰，盡顯動人的線條，懶洋洋的道：「我要在這裡休息，不想動半個指頭，你們自己滾到下面去吧！休想本小姐奉陪。」

三人苦笑無言，清楚曉得她不會放棄眼前的優勢，不過也很難責怪她，誰教拓跋珪和劉裕先前有殺她之心。

安玉晴訝道：「你們的屁股黏住石階了嗎？不是還有事情商量？快給我有多遠滾多遠，好好商量出逃亡的大計，天黑後我們必須離開這個鬼地方。」

三人你看我我看你，均無計可施。

劉裕首先苦笑著站起來，提醒她道：「你最好不要睡覺，否則在夢中想到逃走，伸腳一撐，大家都要吃不完兜著走。」

安玉晴欣然道：「何用對人家陳說利害呢？玉晴是識大體的人，你們又那麼乖，人家會爲你們著想的！快去辦事！」

三人受威脅下無奈離開，避到窖中一角。

拓跋珪挨牆坐下，沉聲道：「你們看她會否出賣我們？」

劉裕和燕飛先後在兩列酒架間席地坐下，前者皺眉道：「希望她不會那麼蠢，兩顆煙霧彈並不夠助她逃出邊荒集。」

燕飛頹然道：「希望她在此事上沒有說謊吧！此女滿肚詭譎，恐怕對我們的毒誓仍不滿意。」

拓跋珪道：「幸好尚有兩個時辰才天黑，她若要害我們，怎也該待至天黑始有行動。」

劉裕稍微放心，點頭同意，道：「現在我們既知悉秦軍在集內用的口令，又有兩套秦軍的軍服，可以怎樣好好利用呢？」

拓跋珪道：「留在集內的全是苻堅的親兵，軍服有別於其他秦兵，你的軍服是否管用呢？」

劉裕欣然道：「這方面全無問題。」

燕飛沉吟道：「苻堅落腳處，不出邊荒集六幫總壇的其中之一，又以氐幫和漢幫總壇可能性最大，前者因爲同族的關係，後者則是六壇中最有規模的。」

拓跋珪斷然道：「十有九成是漢幫總壇，苻堅既愛排場又貪舒服，必然挑最好的宅舍來落腳，而苻融比任何人更清楚他的心意。」

劉裕倒抽一口涼氣道：「那豈非說我們目前所處之地，守衛最森嚴。」

燕飛嘆道：「理該如此。」

因爲第一樓是在漢幫勢力範圍內，而漢幫總壇則在東門旁，敵人於此區的防衛當然特別森嚴。

拓跋珪微笑道：「卻也省去我們不少工夫。苻堅所在之處，朱序該也在附近。在苻堅諸將中，朱序最清楚南方的情況，因此每當苻堅要擬定策略，必找朱序來問話。」

劉裕精神一振，道：「慕容垂是否也在附近？若我們聯繫上他，他會否幫上點忙？」

拓跋珪搖頭道：「你太不了解慕容垂，若我們這樣去找他，他說不定會親手幹掉我們，以免招苻堅懷疑，一切只能憑我們自己去想辦法。」

劉裕沉默下去。

燕飛道：「你們兩人扮作苻堅的親兵，設法尋找朱序。由於我熟悉邊荒集的情況，比你們更有把握避過敵人耳目。只要你們事成後溜到集外，再設法製造點混亂，牽引秦軍的注意，我和安大小姐便可乘機借煙霧彈脫身。」

劉裕道：「我們或可強奪兩套軍服回來。」

拓跋珪搖頭道：「你想都別想。秦人巡兵和崗哨的軍兵規定至少十人成組，即使你有本領同時制伏十個人，不到片刻定會被人發覺，那時我們更寸步難行。」

燕飛笑道：「劉兄放心，我會有自保之法。」

劉裕嘆道：「既規定十人成組，我們兩個人若大搖大擺的走出去，豈非立即教人看穿是冒充的？」

拓跋珪道：「只要我們冒充作苻堅的傳訊兵，又懂得口令，大有機會蒙混過關，這個險是不能不冒的。」

頓了頓斜眼兜著劉裕道：「劉兄思考縝密，不愧是北府兵將中出色的人才，若肯和我合作，當可在北方闖出一番新天地。」

劉裕愕然道：「你竟來招攬我，哈！現時你在北方仍是一事無成，而我們若此戰大敗苻堅，勢將北伐有望，你道我會如何選擇？」

燕飛聽得啞然失笑，心忖如非在這樣特別的情況下，休想兩人合作起來。

拓跋珪好整以暇的油然道：「北伐？唉！你們的北伐根本沒有希望。首先你們江南缺乏驢馬，軍運唯有走水路，水運如果不濟，只有『因糧於敵』一途，水運和『因糧於敵』二者，有一個做不到，就難言北伐。其次是北方不論如何四分五裂，始終是北強南弱的形勢，在資源上和戶口方面，北方均佔壓倒性的優勢。」

劉裕不服道：「拓跋兄之言，令人難以同意，南朝乃中原正統，是北方漢族人心歸處，亦只有人心所向者，始可統一天下。」

拓跋珪哂道：「劉兄太不清楚北方的情況，自苻堅登位，大力推行漢化和民族混融的政策，胡漢之分已逐漸模糊。北方漢人並不嚮往腐朽透頂的東晉，有認廟不認神的觀念，誰能定鼎嵩洛的中原之地，誰便是正統。否則苻堅的步軍不會大部分爲漢人。現在苻堅之失，在於民族的問題尚未能徹底解決，一旦解決，北方再無民族衝突的問題。北方潛在強有力的經濟和武備力量，將可盡量發揮，豈是江左政權抵擋得住？」

劉裕正要反駁，出口處異響傳來，接著是沙石滾下石階的聲音，三人立時魂飛魄散。

第十九章　柳暗花明

謝玄、劉牢之和十多名親兵，由淝水西岸策馬橫渡淝水，這段河道兩岸是寬敞的河灘，水緩而淺，最深處只及馬腹。

謝玄觀察東岸，河灘盡處是八公山腳一片橫亙的疏林，接著是往上聳延的八公山，形勢雄渾磅礴，林木茂盛。

直抵東岸，謝玄仍是沉吟不語，直到勒馬回頭，遙望隔開達二、三百步的西岸，沉聲道：「若苻堅以精騎打頭陣渡江，我們的兵力根本不足阻擋。」

劉牢之道：「這個容易，只要我們借八公山居高臨下之勢，設置堅強的壘寨，配以強弓勁箭、擂石滾木，可教苻堅難作寸進。」

謝玄搖頭道：「這只能延阻苻堅數天，他不但可分兵沿淝水繞過八公山，更可以另覓南下的途徑，改爲攻打別的郡縣。」

劉牢之倒抽一口涼氣道：「玄帥竟是決意在淝水和苻堅一決雌雄。」

謝玄斷然道：「這是唯一致勝之法，欺苻軍長途跋涉，體力疲累，我們則養精蓄銳，來個以快打慢，速戰速決。於戰前我們利用苻堅輕敵之心，以巧計多番惑敵，牽著苻堅的鼻子走，此戰必可取勝。」

劉牢之低聲問道：「敢問玄帥有何惑敵之法，讓牢之去辦。」

謝玄道：「當我們兩支大軍會合後，全體晝伏夜行的移師八公山內的硤石城，覷準時機，靜待出擊的命令。」

北府兵分作兩路，一隊由何謙率領，另一隊由謝石和謝琰主持，從歷陽開出，加上壽陽的兵力，總兵力達八萬之眾。揚州區能抽調的兵員，就是這麼多，是守護建康的主力，故謝玄可以說是孤注一擲，必須與苻堅在一戰上分出勝負。皆因眾寡懸殊，江左政權根本無力進行一場曠日持久的大規模全面攻防戰。這不但需要謝玄的勇氣，更須謝安的威望和全力支持。謝玄現在能立馬淝水東岸，全權指揮戰事的進行，得來並不容易。

謝玄又道：「我們千萬不要在八公山加強任何防禦，免得苻堅生出戒心。還有設法讓苻堅以為我們前線的軍隊兵力薄弱，我要胡彬在適當時機，棄守壽陽，正是此意。」

劉牢之猶豫道：「可是恰如玄帥之言，淝水水淺，難成阻擋敵人的天險，縱使我們枕兵八公山，仍難阻胡馬渡江，何況……唉！何況……」

謝玄微笑往他瞧來，淡然自若的為他接下去道：「何況我們缺乏戰馬，可用者不過萬匹，對嗎？」

劉牢之頹然無語，敵人騎軍超過二十萬之眾，且均是善於騎射的精銳，若沒有壘寨作防禦，正面渡河與敵兵在河灘作衝擊戰，不論北府兵如何精良，也絕撐不了多久。

謝玄露出一個莫測高深的笑容，輕描淡寫的道：「牢之立即派人在硤石城內秘密紮製數萬個草木假人，為他們穿上軍服，卻不要貿然豎立起來，待我吩咐後始可依計行事。」

劉牢之一怔答應。

謝玄雙目射出無比的深情，緩緩巡視淝水，柔聲道：「我謝玄能否爲安叔留下千古不滅的美名，就看苻堅是否如我所料般，取這段河道渡江，我會盡一切辦法，讓他這麼做。」

「噹！噹！噹！」

邊荒集四門交會處的巨型鐘樓，敲得震天價響，震徹邊荒集的上空，轟傳大街小巷，更從破開的入口傳進酒窖來，變成貫入三人耳鼓迴蕩不休的鳴聲，將沙石酒罈落下石階的噪音完全掩蓋過去。

一時間，三人仍有點弄不清楚究竟發生了甚麼事，六目交投，面面相覷。

直至鐘聲由急轉緩，只餘一下一下直敲進人心坎的緩響，拓跋珪一震道：「是歡迎苻堅入城的鳴鐘儀禮。」說罷從地上彈起來，掠過左右盡是美酒的窄道，往出口處撲去。

劉裕和燕飛醒覺過來，慌忙追隨。

出口石階滿布木塊磚石破罈，酒香四溢直滾入酒窖裡來，他們絞盡腦汁精心設計的撐架屍骨離散地展布於碎磚殘垣之上，被狠心欲置他們於死地的妖女一舉破壞。

拓跋珪沒有停留的掠上石階，消沒在出口之外，當燕劉兩人隨之來到出口所在第一樓的大膳房，鐘聲剛好停下來，餘音仍縈繞三人耳朵的小空間內。

拓跋珪手持雙戟，正在其中一扇窗旁往外窺視，黃昏的夕陽從西面的窗子懶洋洋地灑進來，膳房外的天地寧靜得異乎尋常，北門處隱隱傳來馬蹄聲。

驀地「天王萬歲」的呼喊聲在北門處響起來，潮水般波動起伏。

劉裕閃到敞開的大門旁，往第一樓的方向觀看。

膳房內除遍地爐灶鑊子的殘骸和雜物外，四壁完好如初，燕飛小心翼翼的以免弄出任何聲音，移向北窗，往外瞧去，第一樓的後院靜悄悄的，既不見敵人，安妖女也芳蹤杳然。

拓跋珪搖頭啞然失笑道：「這叫不幸中的大幸，安妖女想害我們，反讓我們弄清楚外面的形勢，可見我們鴻福齊天，命不該絕。」

劉裕恨得牙癢癢道：「她現在仍可以陷害我們，只要朝我們這裡擲幾塊石頭，定可驚動敵人。」

燕飛朝他問道：「樓內有人嗎？」

劉裕答道：「樓下沒有人，樓上則肯定有。」

由於有呼喊聲掩護，三人只要低聲說話，不虞被人聽到。

拓跋珪迅速移動，從每一扇窗往外窺看，最後移到劉裕的另一邊，而燕飛亦來到劉裕身旁，沉聲道：「照我猜想當安妖女衝出石階，剛是鐘聲敲響的一刻，她會誤以爲被敵人發現蹤影，故鳴鐘示警，一時情急下不顧一切遁出後門，躲到遠處，到此時她縱明白過來，也已坐失再害我們的良機，只好徒嘆奈何，除非她敢冒險潛回來。」

蹄聲響起，一隊巡騎在後院牆外的長巷緩馳而過，三人雖明知敵人看不到自己，仍不由蹲低下來，好像如此會安全一點那樣子。

巡兵去後，呼喊聲漸歛。

拓跋珪壓低聲音道：「我本以爲那妮子對我們的飛兄弟有好感，不會出賣我們，豈知妖女就是妖女，本性難移，若給我逮著她，我會教她後悔做人。」

燕飛知道他睚眥必報的性格，更清楚他的心狠手辣，不過安玉晴確實不值得同情，暗嘆不語。

三人逃過一劫的心情仍未平復過來，感覺於刺激中另帶點興奮。

拓跋珪向劉裕道：「你的傷勢如何？」

劉裕道：「已好得八、九成。我不論傷得如何嚴重，總能出乎所有人意料的迅速復元。」

燕飛訝道：「劉兄的體質肯定異乎常人。」

拓跋珪道：「快天黑了！我們要立即決定如何行動。」

劉裕道：「我們要共進共退，一是全體離開，一是全體留下來。」

拓跋珪讚道：「好漢子！」

燕飛搖頭道：「軍服只有兩套，如何可共進退呢？你們先換上軍服吧！」

外面的光線暗沉下來，頗有點蒼涼荒寒之意。這再也不是燕飛習慣了的邊荒集，毀滅性的戰爭風暴正在醞釀待發。

拓跋珪道：「好吧！我們扮成秦兵，再隨機應變，設法掩護燕飛。」

劉裕默思片刻，終於同意，道：「包袱留在裡面，我們到下面去更衣，燕兄在這裡把風如何？」

燕飛點頭同意，待兩人鑽入地道，守在門旁。

唉！

怎麼會變成這個樣子，一年來平靜的生活，忽然化爲烏有。

正思忖間，皮靴踏地的聲音從第一樓大門外轟然響起來，燕飛駭然下探頭一看，立即心中大叫不好，一隊近二十人的秦兵，竟操向第一樓來。

其中一個帶頭的以氐語吩咐手下道：「給我仔細搜查，天王立刻要到了！」

燕飛更是大驚失色，急中生智往後退開，從地上撿起一只只破了一個缺口的大鐵鑊，躍進地道去，再以鐵鑊封著出口。

正在石階下方穿上秦兵軍服的拓跋珪和劉裕停止動作，呆若木雞地瞧著他。

三人只有耳朵仍在正常操作，聽著地面上的足音，希望老天爺有始有終，好好地保佑他們。

建康城，烏衣巷謝府忘官軒內。

謝安和謝道韞坐在一角，點燃一爐上等檀香，喝茶說話。

謝安已多年沒有和謝道韞這般促膝交談，自她嫁入王家，他們見面的機會大大減少，只有在喜慶節日，才有歡聚的機會，不過在那種場合，說的也只是家常閒話，難作深談。

每次見到自己這個才氣橫溢的姪女，總感到她心事重重。他有點怕去問她，亦有不知從何問起，知道又如何的無奈感覺！

今天終於忍不住道：「凝之對你好嗎？」

謝道韞垂首避開他的眼光，輕輕道：「還算不錯吧！」

謝安知道她不願說出來，暗嘆一口氣，道：「有關彌勒教的事應該非常秘密，我便沒有收到半點風聲，凝之如何知悉此事？」

謝道韞輕輕道：「他是從國寶那裡聽來的，二叔竟不知國寶曾三次到洛陽去見竺法慶嗎？」

謝安苦笑搖頭，暗下決心，即使王坦之親來說項，他也不讓女兒回到王家。王國寶此子已到了無可救藥的地步，若非看在翁婿僅餘的一點情分，縱使有司馬道子維護他，謝安也會用盡一切方法除掉他。

沉聲道：「凝之一向與國寶關係不錯，爲何會將此事告訴你呢？難道不怕道韞對我揭露嗎？」

謝道韞露出苦澀的表情，垂首輕聲道：「他正是要道韞轉告二叔，好阻撓彌勒教的魔掌伸進建康來。照他的觀察和試探，國寶已成爲竺法慶的傳人，這方面的事情國寶藏得密密實實的，除凝之外再無人曉得。唉！有皇上和瑯琊王在後面撐他的腰，縱使有人知道又如何呢？」

謝安訝道：「想不到凝之有此識見和勇氣。」

謝道韞一臉不屑之色，嘆道：「二叔太高估他了！唉！竟沒有人告訴你他篤信天師道嗎？他每天除了寫字，便是畫符籙唸咒語。對他來說，佛教是魔道，而彌勒教更是魔道中的魔道。」

謝安聽得目瞪口呆，終於明白謝道韞自嫁入王家後悒鬱不樂的原因。僑寓江左的高門大族，不但生活腐化，連精神也不能倖免，東晉還有甚麼希望呢？

三人屏息聽著上方地面上的動靜，由於只是一鑊之隔，紛亂的足音固是聽得一清二楚，敵人的呼吸聲也清晰可聞。

他們打定主意，只要鑊子被移開，立即全力出手，硬闖突圍。

誰猜得到苻堅在長途跋涉後，仍有興致到第一樓來，燕飛更爲他不能嚐到龐義的那手小菜和雪澗香而感到惋惜。

幾可肯定上面的是苻融方面的人，沒有人對膳房的現狀驚訝，因苻融的人早來搜索過，換了是初來甫到的苻堅親兵，不大吃一驚才怪。

當上面大部分人均穿過後門到後院查察，兩雙靴子踏著疏瓦廢鐵的聲音響起，逐漸接近出口。

「噹！」

一只鑊子被掀翻的噪響利箭穿心般射入三人耳中，三顆心直提至咽喉，幸好被掀翻的不是他們頭頂那只鑊子。

其中一人以氐語道：「不要踢得乒乒乓乓，教人心煩氣躁。」

掀起鑊子的秦兵狠狠道：「我們都不是鐵打的，昨晚只睡了兩個時辰，今晚……」

另一人打斷他道：「天王的人比我們更辛苦，聽說他們已兩天沒闔過眼睛。走吧！這裡有甚麼好搜的。」

足音轉往後院去。

三人同時舒一口大氣，離開石階，到一角去說話。

拓跋珪低聲道：「形勢對我們非常有利，苻堅和苻融的人個個力盡筋疲，警覺性大幅減弱，倘若我們能善用兩方人馬互不認識的關係，有很大機會蒙混過關。」

劉裕精神一振道：「如何利用？」

拓跋珪道：「苻堅和苻融的親兵團各有統屬，相互間並不熟悉。現在擺明負責守衛第一樓外圍的是苻融的人，苻堅的親兵自該守在樓內，所以只要我們扮作是苻堅的人，走出樓外便可通行無阻，唯一的問題是必須奪得另一套軍服。」

劉裕點頭稱善，道：「這個可以隨機應變，盡量想法子。只要摸入苻堅的人休息的地方，要多少套有多少套。」

燕飛道：「你們去吧！我留在這裡，聽聽苻堅有甚麼話說。」

兩人愕然以對。

燕飛微笑道：「隨我來！」

領兩人沿牆而行，忽然從木架子取下一罈酒，道：「看！」

一根粗若兒臂的銅管子，從牆壁伸出來，尾端處還套著另一截銅管，拉出來可將管子延長，方便貼耳竊聽。此時銅管末端以布包著。

兩人明白過來，這種設施並非異常，乃地庫密室監聽地面動靜的慣用布置。這類地方當然是要來避禍或收藏貴重物品之用，有了監聽地面的工具，可在敵人離開後安然走出去，不致因消息隔絕，而對上面的情況一無所知。只不過兩人沒想過這酒窖也如此「設備齊全」。

燕飛解釋道：「這根銅管子分別通往下層和上層正中的位置，藏在主木柱內，設計非常巧妙，自第一樓開張以來，從沒有外人察覺。高彥那小子便愛在這裡偷聽人說話，不過是要付費的。每次二十錢。」

劉裕啞然失笑，荒人行事，確與其他地方不同。

拓跋珪讚嘆道：「龐義這個人眞不簡單。」

燕飛點頭道：「他雖是武技平平，可是卻周身法寶，第一樓就是他一手一腳建造出來的，選材採木均一手包辦。」

劉裕道：「讓我聽聽看。」

拓跋珪一把抓住他，道：「苻堅尚未到，有甚麼好聽的，正事要緊。」

再向燕飛道：「如一切順利，我們可在半個時辰內回來，記著不要喝酒。」

燕飛苦笑道：「喝兩口不打緊吧！」

拓跋珪湊到他耳旁警告道：「若你扮作秦人，卻是滿口噴鼻的酒香，你想想後果如何。嘿！記著半口酒也不可以喝。」

說罷扯著劉裕去了。

第二十章　魚目混珠

劉裕和拓跋珪兩人蹲在石階盡處，瞧著被鐵鑊掩蓋的出口，聽著上方敵人的呼吸聲。

事實上他們早猜到會遇上這種情況，試問刺客既然隨時會出現，在苻堅到處，保安必是一等一的嚴密，膳房是進入後院必經之路，怎會沒有秦兵把守？

劉裕兩眼上望，耳語道：「只有四個人，還非常疲倦，呼吸重濁，至少有一個人在打瞌睡。」

拓跋珪垂頭思索，閉上眼睛道：「通往第一樓和後院的兩扇門都是關閉的，以免塵屑給風颳進樓內，所以風聲與剛才不同。」

劉裕仍瞪著鑊子，似欲透視地面上的玄機，道：「你猜守衛是哪方面的人呢？」

拓跋珪道：「最可能是苻堅的人，否則不致倦至打瞌睡，且膳房屬第一樓內部，理該由苻堅的親隨負責保安，樓外則是苻融的人。」

劉裕道：「兩個守前門，另兩個把守後門，你猜若他們驟然見到兩個兄弟從地道鑽出來，又低呼軍令，會有甚麼反應？」

拓跋珪搖頭道：「苻堅的親隨，無一不是千中挑一的高手，憑我們三人之力，又要逐一鑽出去，絕不可能無聲無息制伏他們。」

忽然衣衫擦地的聲音從上面傳下來。

拓跋珪雙目睜開，精芒閃射，劉裕剛往他瞧來，目光相觸，兩人均生出異樣的感覺，似倏地在此刻更深入了解對方，看出對方在逆境中奮鬥不懈、堅毅不拔的鬥志。

劉裕道：「有人坐下來！」

接著是另三人坐下的聲息，有人還舒適地長吁一口氣，咕噥兩句，不過卻沒有人答話。

拓跋珪道：「這麼看，在苻堅離開前，第一樓內苻堅的人不會到膳房來，苻融的人更不會進來，否則怎敢在值勤時偷懶。」

劉裕深吸一口氣道：「我希望聽到扯鼻鼾的仙樂。」

拓跋珪微笑道：「這種情況一開始了便難以控制，很快可如你所願，我去通知燕飛一聲。」

說罷小心翼翼避免腳下弄出任何噪響的走下石階去也。

苻堅此時代替了燕飛，坐在二樓臨街平台的大木桌旁，面對通往東門的大街，默默喝著侍衛奉上的羊奶茶，聽著垂手恭立一旁的苻融報告邊荒集目前的情況，以及從淮水前線傳回來的情報。長街守衛森嚴，所見房舍高處均有人放哨，一隊巡騎正馳出東門，邊荒集一派刁斗森嚴的肅殺氣氛。

苻堅思潮起伏，想起自己的過去，心中充滿激烈的情緒。自進入邊荒集後，他清楚掌握到自己的霸業到達最關鍵的時刻，任何一個決定，都可以影響到天下未來的命運，所以他必須找個好地方，靜心思索。

本來大秦的皇帝，還輪不到他，其父苻雄是大秦之主苻健的丞相，戰死於桓溫北伐的一場戰役中，他遂子襲父職，被封爲東海王。

苻健死後，苻生繼位，此人勇武蓋世，卻是殘暴不仁，尤過桀紂，以致上下不滿，眾叛親離。他苻堅則自幼聰穎過人，博學多才，精通漢籍典章，胸懷大志，遂成人心所向。

終於有一天他趁苻生大醉，殺入中宮，斬殺苻生，繼而登上帝位，號爲大秦天王。

在他即位之初，由於苻生無道，民生凋敝，權臣豪族，更是橫行霸道，在這百廢待舉的時刻，他破格起用漢人王猛，推行「治亂邦以法」的基本國策，不理任何人的反對，全力支持王猛，甚至一年內五次加官晉爵，令王猛能放手而爲，即使是氐族勳貴，也絕不留手，建立起一個清廉有爲的政權，達到「百察震肅，豪右屛氣，路不拾遺，風化大行」的鼎盛局面。

他一生的成就，全賴一意孤行，獨排眾議而來。而他今次南伐，也是在這種心態下作的決定，而一旦決定下來的事，他永遠不會改變。

苻融的聲音傳入他耳內道：「據探子回報，壽陽並沒有加強防禦工事，令人奇怪。」

苻堅從沉思中回過神來，細想片刻，忽然哈哈一笑，道：「道理很簡單，晉人因兵力薄弱，知道根本守不住壽陽，所以不做無謂的事，免浪費人力物力。」

苻融皺眉道：「只怕其中有詐。」

苻堅往他瞧去，淡淡道：「你來告訴我，晉人憑甚麼可固守壽陽？另一城池硤石在八公山內，又被淝水隔開，壽陽只是一座孤城，假若我們晝夜不停的猛攻，它可以堅守多久？」

苻融爲之語塞，他最明白苻堅的性格，一旦形成某一想法，沒有人能改變他。

苻堅目光投向長街，沉聲道：「建康方面有甚麼動靜？」

苻融答道：「司馬曜授命謝安全權主理，謝安則以謝石爲主帥，謝玄、謝琰爲副將，在建康附近的國陵和歷陽集結北府兵，看來是要北上迎戰我軍，所以我才覺得他們若放棄壽陽，是沒有道理的。」

苻堅訝然默思片刻，點頭道：「確是有點古怪，胡彬究竟是怎樣的一個人？給我傳朱序來！」

劉裕和拓跋珪苦候多時，仍只有一人發出鼾聲，教兩人不敢冒險。

劉裕想起出口被破前的話題，湊近拓跋珪低聲道：「現在我已掌握到有關氐秦大軍的精確情報，找到朱序與否已變得無關重要，既然如此，我們何用冒險，待會搶到軍服，扮作苻堅麾下最霸道的親兵，豈非可以憑口令揚長而去。」

拓跋珪以帶點嘲弄的神色瞧著他道：「劉兄敢不敢將謝玄要你送交朱序的書信拆開看個究竟？」

劉裕深切感覺與拓跋珪之間既是並肩奮鬥的戰友，又隱含競爭的敵意的奇異關係，輕舒一口氣道：「你是說信內另有密計。」

拓跋珪訝道：「你的腦筋動得很快。南方自謝玄當上北府兵的統帥後，戰無不勝，由此可見他智勇雙全。他這樣要你千辛萬苦送一封信給朱序，其中當然有至關緊要的事，且不容朱序拒絕。若就表面的情況去想，我也認爲朱序難有大作爲，可是謝玄乃非常人，自有非常手段，所以我仍認爲必須將此信送到朱序手上去。」

接著啞然笑道：「看來我對謝玄比你對他更有信心。」

劉裕被他嘲弄得尷尬起來，心中有氣，偏又不能發作，苦笑道：「好吧！一切依你之言。」

拓跋珪忽然伸手抓著他肩頭，低聲道：「坦白告訴你，我本來並不太看好謝玄，直至從你那裡知悉謝玄獨排眾議棄守壽陽，立即改變觀感，對他充滿信心。若換成不是謝玄而是東晉任何一將主事，你道會是怎樣的一番情況？」

劉裕感覺著他長而有力的手指，心中暗懍。拓跋珪看得極準，當晉人聽到氐秦大軍南下的消息，軍中確有兩種意見。一是據長江天險固守以建康爲中心的城池，另一是死守壽陽，不教氐秦大軍渡淮南下。而謝玄的戰略是在兩種意見之外，令人莫測其高深。劉裕是晉人將領中有限幾個才智足以相比謝玄的人，知道謝玄用的是使敵人「不知其所攻」的策略，而拓跋珪這個外族人，只憑謝玄棄守壽陽，便看出謝玄的高明，可見拓跋珪確具過人的才智。

拓跋珪續道：「秦人善馬戰，騎兵最厲害是斥候尖兵的運用，若有廣闊的原野讓他們發揮，北府兵豈是敵手？只有讓他們陷身河湖山林交會之地，你們才有勝望。」

斥候是觀風辨勢的探子，胡人馬術精湛，來去如風，可對遠距離的敵人觀察得瞭如指掌，且由於調動靈活，隨時可以奇兵突襲敵手，一旦讓他們在廣闊的原野縱橫自如，南人將只餘堅守各城一途，陷入被逐個擊破的厄運。而壽陽位處淮水、淝水等諸水交匯處，秦軍攻陷壽陽後將從無跡變爲有跡，騎兵的靈活性勢將大幅減弱，所以拓跋珪的話是一語中的。

劉裕不得不道：「拓跋兄所言甚是。」同時想到，拓跋珪唯一的缺點，或許是他的驕傲、自負和愛壓服人。

驀地上方傳來開門聲。

兩人給嚇了一跳，聽著上方四名守兵慌忙起立，他們則心中淌血，這麼一來守兵們怎會再乖乖入睡。

有人在上面以氐語道：「我甚麼也看不見，哈！」

接著是通往後院那道門打開的聲音，那人直出後院，嚷道：「備馬！」

劉裕和拓跋珪面面相覷之際，燕飛現身石階盡處，走上來聽著兩道門先後重新關上，輕輕道：「我曉得朱序落腳的地方啦！」

謝安傲立船頭，宋悲風垂手立在他身後稍側處，河風吹來，兩人衣袂飄揚，獵獵作響。

同樣是秦淮河，同樣是往訪秦淮樓，他的心情比昨夜更要低落沉重。國家興亡的重擔早壓得他透不過氣來。可是隨著戰勝或戰敗而來的變局更使他深感不勝負荷。

他很想找王坦之，直述他兒子的惡行，卻知道這麼做非常不智。王坦之是稱職的大臣，但生性護短，永遠把家族的榮耀放在第一位。且最要命的是他顧忌謝玄，怕謝玄成爲另一個桓溫。謝安以謝石爲主帥，正是有不得已的苦衷。而他拒絕王國寶參戰，肯定引起王坦之的不快和猜疑，若還向他陳說他兒子的長短，只會加深兩大家族的裂痕，所以彌勒教的事必須謹慎的去處理。

謝安暗嘆一口氣，平靜地道：「江海流是否在建康？」

宋悲風心中一震，江海流在南方是跺跺腳可令江左震動的人物。他本身武功高強不在話下，但令人敬畏的是他大江幫龍頭老大的地位。

江海流崛起於桓溫當權的時代，創立大江幫，手下兒郎過萬，於長江兩岸城鎮遍設分舵，專做鹽貨買賣，獲利甚豐，亦使大江幫勢力不住膨脹。由於有桓溫在背後撐腰，他對桓家也是忠心不二。江海流做人面面俱到，所以大江幫穩如泰山，即使東晉朝廷也要給足他面子。

當年桓溫病死，司馬曜仍不敢削桓家的兵權，其中一個主因便是江海流站在桓家的一邊。到桓沖成爲桓家的當家，由於桓沖支持朝廷，大江幫遂和朝廷相安無事，且納足糧稅，反成爲壓抑南方本土豪強勢力的一股主力。

謝安一向與江海流保持距離，以免招朝廷和桓家的猜疑，現在忽然問起他來，顯示情況異常。

宋悲風答道：「江龍頭一向行蹤詭秘，不過他若在建康，定會聞召來見安爺，安爺是不是要悲風爲你傳話？」

謝安點頭道：「若他人在建康，我今晚在秦淮樓見他。」

三人退下石階對話。

燕飛解釋道：「苻堅現在心血來潮，要召朱序來詢問壽陽的情況，苻融派人到西門大街的西苑召朱序來見，我們可待至朱序見過苻堅，返回西苑後，再由劉兄潛進去將密函交給他。」接著說清楚西苑的位置。

兩人心中叫妙，只要他們先一步在西苑恭候朱序回來，即可輕易摸清楚他歇息的地方，神不知鬼不覺的聯繫上他，當然這指的是朱序「身在曹營心在漢」的情況，否則若朱序算計他們，三人將吃不完兜著走。

拓跋珪道：「只要我們能學剛才那傢伙般從後門走到後院，大喝一聲備馬，該可以過關，問題是怎樣辦得到？」

劉裕道：「另一個較穩妥的方法，是待苻堅離開後，我們方才離開。唉！不過這並不合情理。」

拓跋珪點頭道：「對！你說的是廢話。」

要知即使苻堅率親兵離開，第一樓外仍是崗哨關卡重重，忽然再鑽出兩個「親兵」，即使會喊軍令，不引人懷疑才怪。

燕飛道：「你們聽！」

兩人功聚雙耳，出口處隱隱傳來鼻鼾聲。

拓跋珪喜道：「該是兩個人的鼻鼾音。」

燕飛斷然道：「不冒點險是不行的，趁上面四名守衛在半昏迷或入睡的良機，我們偷偷出去，制伏他們，最好是以點穴手法，於他們神志不清的時候，讓他們昏睡過去，那麼即使他們清醒過來，也會以爲自己熬不住睡過去了。」

劉裕皺眉道：「那你怎麼辦？」

拓跋珪正凝神傾聽，笑道：「第三個人也捱不住睡著了！或許我們根本不用動手腳。」

燕飛道：「你們從後門大模大樣走出去，設法吸引後院衛士的注意力，我從側窗潛出，利用樹木的掩護離開，稍後到西苑會你們。」

劉裕擔心的道：「你有把握嗎？」

燕飛苦笑道：「所以我說要冒點險。不過安大姊既然辦到，現在守衛雖大幅增加，可是由於他們沒有想過敵人會從第一樓偷偷出去，兼之人人疲倦欲死，我有八、九成的把握可以過關。」

劉裕忽然記起像被三人遺忘了的安玉晴，想道：「安妖女確有點本事，不知她躲到哪裡去了？」

拓跋珪狠狠道：「最好她給乞伏國仁逮著，那時就會後悔出賣我們。」可是在隱隱中，他又知自己並不真的希望安玉晴落到敵人手上，感覺頗爲古怪矛盾。

燕飛帶頭往石階走去，拾級而上，第四個人的鼻鼾聲終於響起來，與其他三人的鼾聲交織合奏。

燕飛輕輕托起鐵鑊，探頭一看，只見四名苻堅的親兵成雙成對的分別倚坐膳房前後門，閉目熟睡，兵器放到地上，情況教人發噱。

燕飛知時機難得，由於四兵均是受過最嚴格訓練的精兵，即使睡著仍有很高的警覺性，略有異動，隨時會驚醒過來，把心一橫，就那麼托著鑊子從出口輕輕躍起。

分插在前後門的兩個火炬熊熊燃燒，照亮一地破泥碎石的膳房。

通往第一樓那扇門其中一名秦兵微震一下，接著眼皮子顫動，停止打鼾，馬上便要睜眼醒過來。

燕飛大叫不妙，情急智生，將鑊子拋高，橫掠而去，一指點在那人眉心處，那人應指側倒，昏迷過去。

後上的劉裕一把接著跌下來的鑊子，心呼好險的從出口躍出來，接著是拓跋珪，三名秦兵仍酣睡不休。

當劉裕將鑊子無聲無息的重放在出口上，一切回復原狀，三人都有鬆一口氣的感覺，至少成功過了第一關。

燕飛向兩人打出手勢，兩人點頭表示明白。燕飛會在這裡監視其他三人，保證不會因有人驚醒過來而弄出亂子。

拓跋珪深吸一口氣，整理身上與膳房四兵沒有任何分別的軍服，小心翼翼打開後門，與劉裕昂然舉步走出去。

燕飛輕輕爲他們關上後門。

第二十一章　完成任務

江海流在親信高手席敬和胡叫天左右陪傍下，踏進秦淮樓，一襲青衣長衫，神態從容，一派大幫大會龍頭老大的領袖風範，並沒有攜帶他名震長江的「亡命槍」。

在九品高手榜上，他是唯一入榜的本土南人，名列第三，僅在謝玄和桓玄之後。江海流今年剛過四十，體型頎長，臉龐瘦削，難得露出笑容。他的招牌標誌是把花斑的頭髮整齊地梳向腦後，再編成一條直垂過背心的長辮子。高高的額頭微微隆起，鷹鉤鼻上那對眼睛開合間精芒電閃，使人感到他城府深沉，不怒而威，精明多智。

事實上他的天下的確是打回來的，大江乃南方政經的命脈，大小幫會林立，處處山頭勢力，若他沒有點斤兩，怎能一手把大江幫變成獨霸長江的大幫會。現在除兩湖幫外，其他幫會只能看他的臉色做人行事。而兩湖幫的勢力範圍則以洞庭、鄱陽兩湖為主，大家河水不犯井水。

謝安因何事忽然召他來見，他直到此刻仍摸不著頭腦。

跨過門檻，等候多時的宋悲風迎上來道：「安公在雨枰台恭候龍頭大駕，讓悲風引路。」

江海流輕挽著宋悲風朝雨枰台方向走去，秦淮樓的護院大漢人人肅立鞠躬致禮，大氣也不敢透半口，可見江海流在建康的威勢。

江海流親切的道：「聽說悲風昨晚重創司馬元顯那畜生的手下，悲風做得很好，若因此引起甚麼麻煩，不用驚動安公，儘管來找我。」

宋悲風暗懍江海流消息的靈通，卻絲毫不驚異江海流對司馬元顯的仇視。桓家一向與司馬道子不和，江海流既屬桓家的派系，當然希望謝安與司馬道子加深嫌隙。

宋悲風道：「怎敢勞煩江龍頭。」

江海流哈哈一笑，放開他的手，負手欣然道：「大家是自家人，悲風不用客氣。」

四人穿過兩旁美景層出不窮，依河岸而建迂迴曲折的長廊，抵達雨枰台下層小廳。江海流向手下席敬和胡叫天道：「你們在這裡等候。」

宋悲風移到登樓的木階旁，作出請江海流登上上層的手勢。

江海流欣然一笑，油然拾級登階，心中正嘀咕能否順道一睹紀千千艷絕人寰的美色，謝安的背影已映入眼簾。這位名著天下的超卓人物孤身一人，正憑欄觀賞秦淮河的美景。

謝安沒有回頭，柔聲道：「海流到我身旁來。」

江海流加快腳步，來到露台上謝安身後稍側處，恭敬施禮，道：「安公有甚麼事，儘管吩咐下來，江海流即使拚卻一命，也要爲安公辦妥。」

謝安唇角飄出一絲笑意。江海流說的雖然是江湖上的場面話，卻不無眞誠之意，皆因目前江海流的命運已和他掛上鉤。若讓苻堅統一江南，在北方勢力最大的黃河幫勢力將會擴展到長江，那時江海流將無立錐之地。所以苻堅南來，逼得南方當權和在野的各種勢力爲共同利益團結一致。不過這情況是短暫的，當雨過天青，一個新的形勢將會出現，其變化將是沒有人能預料到的。

以幫會與教派論，天下最著名者莫過於三幫四教。三幫是黃河幫、大江幫和兩湖幫；四教是太乙教、天師道、彌勒教和秘不可測的逍遙教，代表著天下民間七股最強大的勢力，互相傾軋，爭取地盤，擴充勢力。

謝安淡淡道：「文清好嗎？」

江海流露出難得一見的祥和喜色，欣然嘆道：「難得安公垂注，文清除愈來愈刁蠻外，其他還算可以。」

江文清是江海流的獨生女，今年十九歲，生得沉魚落雁之容，聰慧出眾，武功得江海流真傳，極得江海流寵愛。

謝安忽然輕嘆一口氣，道：「我今天邀海流來，確有一至關緊要的事託你去辦，若你幫我辦妥，我可以不計較你近年來私下與孫恩多次交易的事。不過你和孫恩的關係，亦須由今晚開始，一刀兩斷。」

以江海流的深沉城府，聞言也不由臉色微變，一來因謝安開門見山，直截了當，更因他以為孫恩的事極端秘密，想不到竟被謝安得悉。謝安提起他的女兒江文清，更隱含警告威嚇的意味，著他珍惜眼前擁有的一切。

一時間江海流欲語難言，不知所措。

天下間，唯有謝安的身分地位，可以這樣和江海流說話，即使桓沖也須婉轉道來，至於其他人，則是嫌命長了。

江海流好半晌後，終於承認道：「這叫人在江湖，身不由己。我江海流不和孫恩作買賣，聶天還肯定立刻取我而代之。現在孫恩勢力日增，東南沿海一帶豪強依附者眾，鹽貨買賣幾乎為其控制。唉！海流是別無選擇。」

謝安終於往他瞧來，雙目精光閃閃，語氣仍是平靜無波，道：「你肯恭恭敬敬叫我一聲安公，我也不願看你沉淪下去。孫恩造反之心，路人皆見，你以兵器弓矢向他換取海鹽，將來若他起兵造反，海流你定脫不掉關係。不論他成功與否，其後果對你均是有害無利。此事若讓大司馬知悉，他更不會放過你。我可以爲你隱瞞，但聶天還肯這麼做嗎？孫恩更是唯恐天下不亂，何況紙終究包不住火。」

聶天還是兩湖幫的龍頭老大，爲人獷野霸道，卻極具黑道大豪的魅力，深懂謀略，憑洞庭和鄱陽兩湖的遼闊，桓沖雖多次清剿，仍未能傷其元氣，只能令他暫斂一時。

江海流露出一絲苦澀的笑容，垂首道：「多謝安公訓示指點，海流知道怎樣做了！」

謝安仍是從容不迫，目光重投在雨枰台下流過的秦淮河水，道：「與苻堅此戰若敗，當然一切休提。但若倖能取勝，北方胡馬在一段長時期內將無力南犯，那時若我謝安仍有說話分量，必乘此千載良機，與大司馬聯手整頓南方，聶天還和孫恩將首當其衝。若不是我將海流看作自家人，今晚絕不會有這番話，海流不要令我失望。」

江海流暗叫厲害，也不由心服，謝安的手段一向恩威並施，剛柔互濟。他更極少動怒。可是無人不知若惹起他的怒火，任何人都要吃不完兜著走。暗嘆一口氣，點頭道：「海流明白，更不會讓安公失望，只想求安公給我一點時間。」

謝安微笑道：「該如何去做，分寸由你來拿捏。江湖自有江湖的規矩，這方面我是明白的。」

以江海流的權勢地位，也不由湧起感激之心，斷然道：「安公要我海流辦的事，儘管吩咐下來。」

謝安漫不經意的道：「我要你監視一個人。」

江海流愕然道：「竟是這麼容易的一件事，安公請賜示。」

謝安沉聲道：「是明日寺的主持竺雷音，看他會否離開建康。」

江海流心中一震。竺雷音絕非有德行的高僧，而且還臭名遠播，其女弟子妙音更是淫亂不堪。不過若論武功，竺雷音卻是建康都城沙門中數一數二的高手，兼之其與司馬道子兩兄弟過從甚密，蛇鼠一窩，佛門中人雖對他看不順眼，仍是無可奈何，敢怒而不敢言。江海流同時明白過來，謝安選定由他出手，是不想讓司馬道子方面察覺到謝安牽涉其中。而大江幫爲建康最有勢力的幫會，眼線遍布各大小碼頭驛站，竺雷音的行蹤想瞞過他們，確實難比登天。

江海流點頭道：「這個包在海流身上。」

謝安道：「暫時他該不會有甚麼異動。可是當與苻堅之戰勝負分明，竺雷音將不用採觀望的姿態，當會往洛陽迎接彌勒教的二當家竺不歸回建康，我要你一絲不漏向我報上他今後的行蹤。」

江海流心中劇震，終明白謝安要對付的是人人聞之色變的彌勒邪教，心忖如若彌勒教在建康生根，大江幫肯定是受害者之一，忙點頭道：「這個更沒有問題。若他到洛陽去，大有可能取道邊荒，那裡漢幫的祝老大和我有過命交情，必可爲安公辦得妥當。」

接著忍不住問道：「安公對與苻堅之戰，有多少成把握。」

謝安朝他瞧來，微笑道：「若我說十成十，你肯相信嗎？」

江海流有點尷尬的道：「安公是天下間少有幾位能使海流心服口服的人，若安公說有十足把握，便是十足的把握。」

謝安輕舒一口氣，仰望高掛中天的明月，柔聲道：「我對此戰沒有絲毫把握，但對謝玄卻有十足的信心。」

朱序回到落腳的西苑，已是疲倦欲死，可是腦子卻是亂成一片，暗忖今晚又將是要睜大眼睛的無眠之夜。

苻堅精力過人，最要命的是他不曉得並非人人都像他那樣，興起時可隨便找個人來大談一番，不理是兩更天還是三更天。

不過身體的勞累遠及不上心靈的痛苦，他已走上一條叛祖背國的不歸路，而事實上他亦深信東晉遠不是苻堅的對手，爲了自身的性命，他還有甚麼可以選擇的，只好接受命運的安排，認命算了。

他揮退欲伺候他而死命撐著眼皮子的親隨，推門步入臨時的寢室，剛脫下禦寒的披風，窗門「咿呀」一聲張開來。

朱序生出警戒，手按到劍把去。

一個聲音在窗外低聲道：「朱將軍勿要張揚，我是玄帥派來的劉裕，有密函送上。」

朱序愕然時，一身苻堅親隨軍服的劉裕靈巧地翻窗而入，跪在朱序身前，雙手舉頭奉上密函。

朱序微一遲疑，終接過密函，大訝道：「你怎可能混進來的，抬起頭來！」

劉裕依言抬首，微笑道：「大人曾見過劉裕兩次，還認得嗎？」

朱序借著月色凝神細看，點頭道：「確有點眼熟，你的相格很特別，所以有些印象。唉！你是不應該來的，站起來，你已不是我的下屬。」

劉裕站起來恭敬道：「大人看過玄帥著我送來的密函再說吧！」

朱序默然片刻，拔開藏著密函竹筒漆封的木塞，取出信箋，劉裕已挑亮床頭的油燈，退到不會顯露他影子的暗角，垂手恭候。

朱序在床邊坐下，展箋細讀。

劉裕不眨眼的盯著他，暗忖若他有任何異動，例如暗使手法通知手下，他便會立即揮刀把朱序幹掉，然後和在後院把風的燕飛與拓跋珪立即開溜。

他現在身在秦營核心處，比任何時刻更了解朱序的處境。在此苻堅氣勢如虹的時刻，要他朱序放棄一切去背叛他，掉頭去助力量單薄的東晉，實在是非常不容易的一件事。可以預見的是苻堅此戰若勝，朱序必受重用，因他比苻堅手下任何將領，更清楚南人。

而謝玄的這封信，肯定不是談情道義的去設法打動他，而是陳說利害，教朱序認識到勝算是穩操在謝玄的手上。至於謝玄會用甚麼理由來令朱序信服，他就無從揣測了。此時見到朱序看得入神，不住露出思索的神色，容色忽晴忽暗，可知此信確有十足打動他的威力，不由更是佩服謝玄。

看到最後，朱序忽然渾身一震，露出難以掩飾的驚喜神色，接著把信箋摺成一卷，放到燈燄上點燃。

信箋燃起火燄，捲曲成燼，散飄地面。

朱序放開手，任由餘燼掉到地上，繼續那未竟的火燄洗禮，雙目射出堅定的神色，投向劉裕，語氣卻異常平靜，似已暗中作出決定，問道：「你知道信裡寫甚麼嗎？」

劉裕搖頭，心中卻在苦笑，暗想小子職位低微，如非負上這秘密任務，根本沒有資格跟你朱大人說話。

朱序沉吟片刻，點頭道：「刺史大人指出我國的統一，是不能從血統著眼，而是要看文化高低，確是一矢中的。」

劉裕心中暗急，卻又不敢催他快點明白表態，好讓他回去向謝玄交代，也明白朱序忽然討論起信中謝玄的觀點，並不是因爲興起，而是藉著討論來幫助自己思考，以堅定背秦之心，想念及此，更不敢催他。

點頭道：「在中原，文化最高當然是我們漢人，所以統一天下最後終由我們漢人來完成，而且在我國歷史上，從沒有胡人成功統一天下。」

朱序淡淡道：「你這番話雖然不錯，卻非刺史大人的論點，他指出苻堅要統一漢人和各種不同的胡人，必須推行漢化，要漢化就要推崇漢人，推崇漢人莫過於推崇士族。現在中原衣冠多隨晉室南渡，故漢人正統在南方而非北方。如果不攻取東晉，無論苻堅說得如何天花亂墜，始終不能以正統自居，也不能從文化入手降服諸胡，而漢人也會離心。所以苻堅堅持南伐，正代表苻堅未能化解民族的矛盾，此爲苻堅此戰敗亡的一個主因。」

劉裕聽得心中佩服，謝玄確是非常人，故有非常的見地，朱序正因深信江左政權爲中原正統，漢族的依歸，所以才對自己襄助苻堅攻打東晉，有著背叛民族祖國的罪惡感。

因而壓低聲音道：「玄帥確料事如神，坦白說，劉裕今晚能在這裡把信交給大人，是因有胡人在暗中出力，苻堅的百萬大軍，並不如他自己想像般團結穩固。」

朱序精神一振道：「竟有此事！」

劉裕曉得他對苻堅必勝的信心，已告動搖，心中計算，謝玄千方百計，務要將朱序爭取過來，必然事關重大，牽涉到此戰的勝負關鍵，現今朱序看信後顯已大爲意動，自己若再加一把勁，朱序大有可能立即歸附，至不濟也能讓苻堅懷疑慕容垂。遂把心一橫，以最快的速度將燕飛和拓跋珪的事說出來，其中過程的曲折驚險，誰能一下子編出如此全無漏洞破綻的故事，故不怕朱序不相信。

朱序聽罷果然精神大振，像變成另一個人似的，道：「難怪乞伏國仁率眾逐屋搜索竟一無所獲，原來如此。」

劉裕知時間無多，道：「我們必須立即離開，大人有甚麼話，請交代下來，卑職會一字不誤的轉述玄帥。」

朱序仰望屋樑，沉聲道：「請告訴玄帥，朱序對安公施加於我朱家的大恩大德，朱序永遠不會忘記。朱序會依計而行，至於能否成功，就要看我大晉的氣數。」

劉裕根本弄不清楚謝安曾爲朱序做過甚麼事，此事當然亦不能詢問，更不宜問，且不合他的身分。故立即屈膝下跪，向朱序叩三個響頭，道：「劉裕代表東晉所有漢人，感謝朱大人的大德和義行。」

心中卻想，這麼三個響頭叩下去，又加上民族大義的帽子，哪還怕朱序不死心塌地的爲謝玄出力。

若朱序可看穿劉裕心中的想法，必會對他的城府和謀慮重新估計。但他當然不會曉得，還露出感動的神色，趨前將他從地上扶起來，道：「請快點回去！」

劉裕道：「即使我不幸被秦人識破，也會於被擒前自盡，絕不會洩露此事，朱大人放心。」

這幾句倒不是虛話，劉裕確是這種人。

說罷翻窗去了。

第二十二章　突圍逃生

乞伏國仁從正門大踏步進入第一樓，後面追隨著一個健碩的鮮卑族武士，一對眼睛一閃一閃的像兩團鬼火，兩片薄嘴唇緊抿成線，予人狠冷無情的味道。

此人正是慕容永，與慕容沖是親兄弟，他們的兄長慕容文被燕飛刺殺於長安，故對燕飛有深刻的仇恨。慕容永抵達邊荒集，聞得燕飛是殺兄眞凶，又知他躲在集內，立刻不顧勞累，自動請纓隨乞伏國仁搜索敵蹤。

慕容沖則因奉苻堅之命，與手下鮮卑兒郎留守長安，沒有參加此次南征。

慕容永並不明白乞伏國仁爲何要重回已經徹底搜索過的第一樓，不過他一向佩服乞伏國仁的才智，兼之心中對燕飛的仇恨急待發洩，怕的只是乞伏國仁放棄搜索，所以每事奉陪到底。兩人身後是十多名氐族高手。

此時苻堅和苻融剛剛離開，樓內空無一人，乞伏國仁直入膳房，倏然止步。他已搜遍邊荒集，卻摸不著敵人絲毫蹤跡影子，不知爲何，心中仍不斷泛起第一樓的情景，隱隱感到或有疏忽遺漏之處。

他精善追蹤察敵之道，皆因天生在這方面特別靈銳，像獵犬般能把敵人嗅出來。

慕容永來到他身旁，其他人扇形地在兩人身後散開，其中兩人舉起火炬照射，面對一地殘破泥石，通往後院的門是關上的。

乞伏國仁的目光凝注在掩蓋酒窖出口的大鐵鑊上，一震道：「那只鐵鑊剛才並不在那裡的。」

慕容永閃電移前，一手掀起鑊子，摔到牆壁再掉到地面，發出「噹啷」震響，在夜深時分特別刺耳。

入口顯露無遺。

乞伏國仁身後高手群起而出，亮出兵器，搶入酒窖去，卻不聞打鬥的聲音。

乞伏國仁往前掠去，「砰」的一聲破門而出，落到院子裡，慕容永連忙跟隨。

乞伏國仁雙目凶光大盛，以氐語喝道：「誰是這區的負責人？」

一名氐軍兵頭應聲推開後院門走進來，惶恐的道：「是由卑職負責。」

乞伏國仁沉聲道：「有甚麼人曾從這裡走出去？」

那兵頭答道：「先後有兩起三個人，頭一人奉天王之命，去請朱序將軍來見天王，後一起兩個人則是奉命為天王向國師你傳話，還多要一匹寶馬。」

乞伏國仁和慕容永交換一個眼神，均看出對方心中的震怒，尤其想到敵人早已離集。

一名手下從膳房奔出來，報告道：「下面是個藏酒窖，沒有敵人的蹤影。」

乞伏國仁心念電轉，喝道：「東門！」說罷騰身而起，足尖點在院牆，再投往第一樓屋頂，往東門方向掠去。

慕容永也想到敵人若要混出集外，當採東門的路線，因為門外便是潁水，往南行可由木寨大門離開，更可借水遁或泗水往東岸，逃跑起來比其他三門方便，且是最接近第一樓的出口，為此哪還猶豫，追著乞伏國仁去了。就在此時，三騎的蹄聲橫過第一樓旁的東門大街，直趨東門。

燕飛、劉裕和拓跋珪三人憑著口令，過關越哨，通行無阻的策騎來到東門大街，經過第一樓，往守衛森嚴，且其旁是苻堅臨時行宮的漢幫總壇的東門出口急馳而去。

眼看東門在望，離集的活路就在眼前，不由有點緊張起來。

他們也想過要從最接近朱序落腳的西苑的西門離開，只恨外面營帳重重，他們又不知集外用的口令，只好由東門出集，必要時可迅速投進潁水，游過對岸，那邊營地的東面仍未設置寨牆，逃起來輕易得多。

東門大街被沿街設置的火炬照得明如白晝，兩旁樓房高處均有箭手站崗，集口處更是守衛重重，要硬闖出去眞似癡人說夢。

東門大街上只有他們三騎，立即吸引了所有守衛的注意力，他們不得不放緩速度，以免驚擾或許正在休息的苻堅。

此時離出口只有二百步許的距離，把門的秦兵見是自己人，又是苻堅的親兵服飾，並沒有露出戒備或截查的陣仗。眼看成功在望，就在此要命時刻，後方高空衣袂破風之聲急驟響起，乞伏國仁的聲音同時傳來，大喝道：「截住他們，這三個人是奸細！」

燕飛此時已無暇回頭去看乞伏國仁，卻從衣袂破空聲辨認出從第一樓瓦面斜掠而至的除乞伏國仁外，尙另有一武功與前者相差無幾的高手，並從乞伏國仁的紅披風拂動的「霍霍」異響，區分出兩者來。只是這兩人，已足將他們留下來。

他在此一刹那的首要之務，是要決定逃走的策略，因爲他比劉裕兩人更熟悉邊荒集的情況，而兩人更因他而成爲戰友，所以這關係到生死存亡的事，須由他決定。

燕飛一聲大喝「隨我走」，已彈離馬背，凌空一個觔斗，蝶戀花離鞘而出，化作點點寒芒，劍隨身走，往乞伏國仁和慕容永迎上去。竟是正面硬撼的姿態。

憑一句話，拓跋珪和劉裕已同時一絲不誤地掌握到燕飛聯手突圍的心意，明白到敵人勢力強大，即使分散逃走，也無法減弱敵人圍堵攔截的力量。而燕飛攻向敵人此刻最強橫的兩個人，更是對症下藥，一方面躲避箭矢，另一方面是製造混亂的形勢。

想到這裡，兩人豈敢遲疑，也學燕飛般從馬背彈起，雙戟一刀，往領先凌空而來的乞伏國仁左右夾攻而去。

所有這些動作在眨幾眼的高速內完成，乞伏國仁的玄鐵尺已狠狠擊中燕飛的蝶戀花。

近三十枝勁箭由各高處哨崗射下來，不過已人去馬空，遭殃的是無辜的馬兒。

東門處的守兵衝出近一百人，如狼似虎的朝長街這端的戰場殺至。

在苻堅行宮値班的親衛高手亦擁出十多人來，仍未弄清楚敵我情況，「噹」的一聲激響，乞伏國仁已像一團紅雲般橫飄往長街北面的房舍。

乞伏國仁是不得不退避三舍，一來因仍未從與鬼臉怪人的一戰復元過來，身負內傷，且因想不到燕飛斗膽至回身反擊，加上拓跋珪和劉裕的聯手，任他如何自負，如何痛恨燕飛，但終是性命要緊，只好借力開溜。

最慘的是慕容永，乞伏國仁一去，變成由他單獨面對三大高手的正面攻擊，手上鋸齒刀有力難施，窮於應付。不過他終是一等一的高手，臨危不亂，欺三人不敢追擊，猛地沉氣使出個千斤墜，硬生生改變去勢，往地面墜跌下去。

燕飛三人在他上方掠過，躍往第一樓的瓦面。

此時第一樓屋脊上有四名秦兵，人人彎弓搭箭，卻不敢發射，因怕誤傷乞伏國仁和慕容永，此刻雖見到再無障礙，卻又因長街上滿是奔過來的自己人，只要有一箭射空，勁箭便要射入己方人馬去。正猶豫間，三人凌空殺至，劍光刀影戟氣鋪天蓋地的壓下來，慘叫聲中，四個秦兵濺血滾跌於瓦面的另一面的斜坡，直落後院。

燕飛首先立足瓦脊，環目一掃，只見大街小巷全是擁來的秦兵，只要他們停下呼吸幾口氣，肯定將陷身重圍之內，休想有命離開。

燕飛又大叫一聲「這邊走」，雙足發力，奔往屋脊另一端，在短短兩丈許的距離間不斷加速，到他足尖點在盡端，衝力積蓄至巔峰，就那麼全力騰空而去，直投往離地面高達十多丈的高空，有如沒入黑夜裡去。

拓跋珪和劉裕都不曉得燕飛葫蘆內賣的是甚麼藥，要他們從第一樓往地面躍落，當然不是問題，可是從十多丈的高空掉到地上，則可不是說笑的一回事，肯定輕則頭破骨折，重則一命歸天。

不過兩人對燕飛是信心十足，知道必有化險爲夷的後著，且留在這裡是必死無疑，而最重要的是燕飛雖看似用足全力，事實上是留有餘力，所以其落點該有固定的目標。

叱喝聲中，兩人緊隨燕飛先後投往同一方向。

射往第一樓剛才三人落足處的箭矢全部落空。

急怒攻心的乞伏國仁和慕容永，領著亂成一團的秦兵，從地面往三人追去。隱隱中，乞伏國仁感到這場圍捕有個很大的漏洞，就是三人可輕易混入搜捕的隊伍中，而由於己方人數太多，兼在黑夜，對方可輕易魚目混珠。不過這破綻已無法補救，若早一步下令所有人不准擅離崗位，各自固守爲戰，三人將是插翅難飛，現在則是悔之已晚，只希望能親自截住三人，那是他唯一的機會。

紀千千來到謝安身後，秀眉輕蹙的道：「爲何所有事，都像堆在這段時間發生？」

謝安凝望秦淮河對岸輝煌的燈火，耳內隱隱聽到青樓畫舫遙傳過來的管弦笙曲，淡淡道：「道理很簡單，乾爹因時日無多，不得不改變鎮之以靜的妥協策略，務要趁此時機，爲江南的老百姓盡點心力。」

紀千千趨前一步，嬌癡地以纖手挽著謝安的臂彎，微嗔道：「乾爹不要再說甚麼時日無多好嗎？聽得千千心也煩亂起來，覺得眞像時日無多的樣子。乾爹定會長命百歲，領導我們漢人收復失去的河山。」

謝安嘆道：「自家知自家事，自從四十七歲那年因煉丹出岔子，差點走火入魔，後來雖被『丹王』安世清出手相救，得回一命，然而遺害極深，直至今天仍未痊癒，最近更不時復發，使我知道壽元將盡，能多捱兩、三年，已是奇蹟。」

紀千千尚是首次聽聞此事，更是首次曉得謝安也曾沉迷丹術，致出亂子，爲之愕然。

謝安往她瞧來，雙目充滿慈愛神色，柔聲道：「乾爹對生死視作等閒，根本不放在心上，本來也有放心不下的事，幸好經過多年努力，終將小玄培育成才，將來的天下，就要看小玄的本領。現在乾爹只是趁還有點影響力，減輕他的負擔罷了！」

再把目光投往秦淮河去，無限唏噓的緩緩道：「現在竺法慶終於把魔爪伸到南方來，還透過竺雷音和國寶與皇上兄弟搭上關係，此事若成功，爲禍之烈尤甚孫恩的天師道。哼！我謝安豈能坐看此事在我眼前發生，竺不歸南來之日，將是他命喪之時，與這種殘忍可怕的邪教之徒，再沒有道理可以講的。」

紀千千擔心的道：「乾爹不怕觸怒皇上嗎？何不聯合朝中大臣，力諫皇上，勸他收回成命。」

謝安苦笑道：「皇上是怎樣的人，我比任何人都清楚，既不能動之以理，唯有鎭之以威。當然！一切還是要看小玄勝負如何！」

紀千千心中湧起對謝安的依戀和崇慕，她有信心謝玄會不負所望擊退苻堅南犯的大軍，自己挽著的乾爹，不但是當今天下最受景仰的第一名士，且是名傳千古的風流人物。

拓跋珪和劉裕瞧著燕飛往一片竹林降落，心中叫妙，柔篁的韌力，最能化去落下的衝勁，他們本來想到的落點可能是池塘或是水窪之類，那也可令他們安然無損，不過卻會弄得渾身濕透，變成敵人明顯而不含糊的追捕目標，竹林跟池塘當然是天和地比，理想得多。

竹搖葉動，沙沙作響，燕飛借竹勁不住減速，然後往南投去，沒入一道小巷裡，拓跋珪和劉裕哪敢遲緩，緊隨其後。

三人在巷內會合，往巷子另一端掠去。

號角聲在東門大街的方向傳來，指示全集守兵有敵來犯。

三人卻是不驚反喜，因爲這只會更添混亂，只聽得號音卻不曉得入侵人數的多寡，更不會知道敵人是作自己人的打扮。

甫出長巷，拓跋珪和劉裕發覺已隨燕飛橫切入南門大街，一隊五十多人的秦兵正從南大門出口趕來，看走勢該是趕往東門大街，兩方碰個正著。

燕飛先發制人，以氐語大喝道：「晉人無能！」

帶頭的人立即回應一聲「不堪一擊」，看清楚是苻堅的親兵，態度變得恭敬，喝停手下問道：「發生甚麼事？」

燕飛道：「有刺客混入集內，我們奉天王之命，去守衛外寨大門，快隨我們來。」

說罷領先往南門奔去。

拓跋珪和劉裕心中大讚燕飛的急智，因爲沒有比這更佳的離集出寨的脫險法，與眾兵一哄而去，直奔南門。

把守南門的秦兵瞧著己方的人掉頭奔回來，人人一臉茫然，燕飛已大喝道：「備馬！」

那兵頭也跟著喝道：「還不備馬？」

守門的秦兵哪敢怠慢，把集門外馬欄的馬牽出來，燕飛等哪會客氣，立即飛身上馬。

在南門集外和外寨壁之間，有兩組軍營，烏燈黑火的，只有少許人驚醒過來，出營張望，可知秦兵實在勞累不堪，即使號角頻催仍未能將他們喚醒。

可是外寨處則是火炬處處，一個接一個的箭樓掛上風燈，緊閉的大寨門更是燈火通明，守衛重重。

燕飛勒馬回頭一瞥，大批秦兵正沿著南門大街潮水般擁過來，由於距離達千步，一時看不清楚是否有乞伏國仁的紅披風在其中，不敢延誤，猛夾馬腹，領頭往南寨門衝去，兩人並馳左右，後面則是長長一隊被他們愚弄的氐秦騎兵。

出得集門，三人逃生的機會以倍數增加，有若歸山的猛虎、回海的蛟龍，渾身充滿勁力，等待抵達寨門的關鍵時刻。

燕飛三騎不住增速，往寨門衝去。

守衛寨門的秦兵雖沒有彎弓搭箭，然而人人露出戒備神色，負責的小將更高喝道：「停下來！」

拓跋珪高喝道：「我們有天王的手令，要立即出寨追捕敵人，立即開門！」

燕飛放緩馬速，伸手入懷，似要拿出手令。

後面的秦軍兵頭暗覺不妥，皆因燕飛他們說的話前後不符，但因距離較遠，又是止於懷疑，一時來不及發出警告。風聲驟響，乞伏國仁和慕容永在他左右掠過。

三人此時已馳抵寨門前，守衛擁上來要牽住馬韁。

燕飛知是時候，大叫道：「手令在這裡！」說話時已與拓跋珪和劉裕彈離馬背，騰空而去，足點大門頂部，借力投往寨外遠處。

此時乞伏國仁和慕容永雖足不沾地似的全速趕至，卻眼睜睜看著三人越過寨門，消沒寨外，已知來遲一步，坐看三人逃之夭夭，卻是徒呼奈何。

第二十三章　三雄分道

燕飛、拓跋珪和劉裕三人在淝水東岸、淮水之北，離邊荒集五十多里的一處山頭倒臥下來，因爲實在跑不動了。

他們遠遠偏離流往壽陽的潁水路線，又專揀山林密處掩蔽，泅過潁水和淝水兩河，沒有停留的直抵此處，以避過乞伏國仁的天眼和追兵。

最先倒伏地上的是拓跋珪，燕飛倒下立即翻身仰臥，看著黎明前剛開始發白的迷人夜空，劉裕則是雙膝跪地，不住喘息。

在這一刻，分外感到生命的珍貴和難得，令他們更珍惜眼前安然活著的事實。

拓跋珪臉頰貼著被露水沾濕的草地，邊喘息邊忍不住的「咭咭」笑起來，兩手拍向地面，笑道：「燕飛你確實精采，最難得是在突變驟至的一瞬間作出這麼正確的選擇，否則我們必定伏屍邊荒集，不枉我們兄弟相交一場。」

跪著的劉裕終抵不住雙膝的疼痛而一屁股坐下，聞言訝道：「你的話前一截我完全同意，卻不明白跟是不是兄弟有何關係？」

拓跋珪不能止笑地辛苦的道：「只有是我拓跋珪看得起的人，方可被我當作兄弟，你還不明白嗎？」

燕飛仰望曙光照射，心底湧上溫暖的感覺，身體雖是疲倦欲死，精神卻無比舒暢快意。他知道自己永遠不會忘記這一刻，那種三人同心協力去進行幾乎不可能完成的任務，排除萬難，再死裡逃生的動人感覺。

自娘親過世後，他還是首次感覺到生命是如此珍貴，再沒法生出隨緣而死的念頭。

三人不斷喘息，急需大量的空氣，以填補身體所缺。

劉裕辛苦的轉動身體，面對淝水的方向，看著河水往淮水的方向流去，另闢話題道：「我們可能幫了那妖女一把，爲她營造出逃生的機會。」

燕飛和拓跋珪暗中同意，她既有本領避過乞伏國仁地氈式的搜索，兼又周身法寶，當然會利用他們突圍逃走引起的混亂形勢，溜之夭夭。

奇怪的是三人均發覺此刻對她已恨意全消，這或許是安玉晴最特別的地方，不論幹甚麼壞事似仍是理所當然的，不這樣反不能顯示她別具風情姿采的風格，確是不折不扣的妖女。

拓跋珪終收止笑聲，深吸一口氣道：「若讓我碰上她，必會教她好看。」

劉裕怪笑道：「你會怎樣對付她，她也不是好欺負的。」

拓跋珪道：「正因她不好欺負，我才要欺負她，那才夠味道嘛！」

劉裕往他瞧去，剛好拓跋珪也從地上抬頭朝他望來，兩人目光接觸，同時有會於心的放懷大笑，充滿男性對女性的色情意味。

拓跋珪見燕飛沒有反應，滾到他身旁，以手支頷，看著燕飛俊秀的臉龐，訝道：「你在想甚麼？是不是想在我們兩人的魔爪下來個英雄救美人，不過兄弟要提醒你，這可是個蛇蠍美人哪！」

說到最後一句，他和劉裕兩人又放聲大笑，劉裕更笑得前仰後合，拍手拍腿，情狀本身已令人發噱。

拓跋珪笑得渾身痠痛，喘著道：「我好像從未這般開心快樂過，甚麼事都覺得非常好笑。」

燕飛終露出笑意，悠然道：「道理很簡單，失而復得最令人欣悅，尤其復得的是我們三條小命，所以我們嘗到從未有之的歡欣。」

劉裕點頭道：「說得好！嘿！你還未回答拓跋老兄剛才的問題。」

燕飛淡淡道：「我的腦袋空白一片，只知自己在監視天空，以免失而復得後又得而復失，空歡喜一場。」

拓跋珪翻過身來，像他般仰望已發白的天空，道：「兩位有甚麼打算？」

燕飛倏地坐起來，邊活動筋骨，邊道：「我最想的事是好好睡一覺，不受任何驚擾，只可惜目前仍身在險境，所以希望能走多遠就走多遠。」

拓跋珪在片刻沉默後，向劉裕望去，劉裕會意，知道他有私話與燕飛說，更猜到他要說的話，也暗裡希望拓跋珪這些話不能打動燕飛，站起來道：「附近應該有道可口的清泉，我去找找看。」逕自下坡去了。

拓跋珪瞧著劉裕的背影，有點自言自語般道：「這是個很特別的南人，不但體質非凡，性格堅毅，且識見過人，有勇有謀。」

燕飛望他一眼，淡淡道：「他和你有很多地方相近，但也有截然不同之處。」

拓跋珪坐起來，道：「聽你的口氣，好像不願和我回北方去。」

燕飛伸手抓著他兩邊肩頭，道：「我再也不能過以前那種每天枕戈待旦的生活，而且慕容族的人已曉得慕容文是死在我手上，若我隨你回去，你會於氣候未成前便被慕容族擊垮，即使慕容垂也很難維護你。聰明點吧！你怎可以爲我一個人，失掉復國的大業。」

拓跋珪啞口無言。

燕飛明白他是怎樣的一個人，更明白這番話對他的作用，而他說的確是事實。慕容文之死，對整個慕容鮮卑族不單是仇恨，更是污點和恥辱，而此恨此辱只有燕飛的鮮血方能洗刷掉。

拓跋珪望著燕飛，雙目射出眞摰深刻的感情，沉聲道：「你小心點，當有一天我拓跋珪立穩腳後，你必須回到我身旁來。」

燕飛暗鬆一口氣，拓跋珪是他唯一感到無法拒絕其要求的人，他們的交情是建立於童眞的時代，沒有任何東西可以改變，禁得起任何考驗。縱使長大後的拓跋珪如何不擇手段，心狠手辣，對他仍是親愛不渝。

放開雙手，微笑道：「我也想嚐幾口甜美的清泉水，還記得我們在山瀑戲水的好日子嗎？」

拓跋珪扯著他站起來，欣然笑道：「若不是你提起，我差點忘記了。近年來我已很少回想以前的事，腦內只有報仇和復國。哈！你眞了得，連慕容文也命喪於你手底，大快我心。」

兩人把臂循劉裕剛才離開的方向下坡，穿過一片疏林，看到劉裕在林間一道流過的小溪旁跪下來，整個頭浸在水裡。

劉裕聞聲把頭從水裡抬起來，見到兩人，站起來大呼痛快，頭臉濕淋淋的。

拓跋珪張開雙臂，微笑道：「我的好戰友，讓我來擁抱你一下，這是我拓跋鮮卑族的道別禮。」

劉裕哈哈一笑，過來和他擁個結實，訝道：「你竟不留下來看苻堅的結局？」

拓跋珪放開他，改爲抓著他雙臂，雙目閃閃生輝，道：「際此苻堅聲勢如虹之時，我難得地知道北方大亂將至，怎可不先一步回去好好準備，搶著先機。」

劉裕欣然道：「好小子！想得很周到，若苻堅得勝，你也可快人一步，及早溜到塞外。」

拓跋珪嘆道：「希望情況不會變成那樣子！不過若南方完蛋，你倒可考慮到塞外來投靠我，讓我們再打回中原去。」

劉裕苦笑道：「你仍未明白我，國在人在，國亡人亡，對苻堅我是寧死不屈的，更不會逃生。」

拓跋珪鬆開雙手，點頭道：「好！現在我終於明白劉裕是怎樣的一個人。有一天若我能統一北方，大家說不定要在沙場相見，不過我卻永不會忘記在邊荒集內，我們曾是並肩作戰的好兄弟。」

說罷往後退開，一聲長笑，揮手便去，去得瀟灑決絕，充盈令人心頭激動的壯志豪情。

燕飛呆看著他消失的方向，心中百感交集，似已可預見因他而生在北方捲起的狂烈風暴！苻堅若敗，北方必四分五裂，而在苻堅手下諸雄中，只有一個慕容垂，可堪作拓跋珪的強勁對手。

劉裕的聲音在他耳旁響起道：「燕兄是否隨我回去見玄帥？」

燕飛心神不屬的想了片刻，終記起與謝玄之約，搖頭道：「去見你玄帥已沒有意義，我曉得的你比我更清楚，我再也不起任何作用。」

劉裕愕然道：「你要到哪裡去？」

燕飛露出茫然神色，淡淡道：「我不知道。爭取時間要緊，劉兄請勿理會我，立即趕返壽陽，否則延誤軍機，也是得而復失。」

劉裕知道無法打動他，施禮道別，斷然離開。

剩下燕飛孤零零一個人，來到溪旁跪下，把頭浸到冰涼的溪水中去。

腦海不由自主浮現在長安進行刺殺計畫的那段長達半年的日子。

他為探查慕容文的行藏，扮作周遊天下的世家子弟，每夜進出煙花之地，交朋結友，終於覷準一個機會在長安著名的青樓外大街上伏擊成功。

他雖去了心中的仇恨，可是亦結下一道因男女之戀而來又永不會痊癒的深痛傷疤！這是他另一個避隱邊荒集的原因。

現在邊荒集已變成苻堅的後防大本營，天下雖大，他卻想不到另一個容身之所。在沒有雪澗香和第一樓的地方，他眞的不曉得日子怎麼過。

燕飛、拓跋珪和劉裕分手後第二天的正午，探子飛報壽陽的胡彬，苻融率領的先鋒軍直逼淮水而來，先頭部隊已過汝陰。

胡彬心想終於來了，立即通知仍在壽陽的謝玄。

謝玄冷靜的聽過胡彬的彙報，從容一笑道：「苻堅按捺不住啦！我便助他完成心願，將壽陽拱手讓他，我們須立即撤往硤石城。」

胡彬對固守壽陽仍是死心不息，盡最後努力道：「據探子估計，苻融的先鋒軍兵力達三十萬之眾，騎兵約二十萬，其他是步兵，以這樣的軍力，足夠在佔據壽陽後立即渡過淝水，進軍八公山攻打硤石城，若兩城失陷，由此到建康，憑我們的兵力絕對無法阻止胡馬南下。到大江之北諸鎮全部失陷，建康將陷於挨打的被動劣勢。」

豈知謝玄露出一個燦爛的笑容，欣然道：「我正是希望苻堅與你想法相同，勝利是決定在這裡而不是建康。他原本的計畫是以壓倒性的兵力猛攻壽陽，再以另一軍伏擊任何赴援壽陽的援軍，又或截斷壽陽和硤石城的聯繫，同時另派人馬牽制荊州大司馬的精銳部隊，三管齊下，一舉粉碎我們反擊的力量，振起氐秦大軍的士氣。憑著邊荒集作南北中繼站之便爲後援，展開長期作戰的行動，逐步蠶食江北諸鎮，令建康盡失屛障，我們勢將不戰而潰，在策略上苻堅是考慮周詳，無懈可擊。」

胡彬忍不住道：「既然如此，玄帥爲何要放棄壽陽，倘若何謙將軍能擊潰敵人下游渡淮的部隊，我們說不定可保住壽陽，再或大司馬在西面戰線亦順利告捷，我們便有取勝的機會。」

謝玄微笑道：「若你是苻堅，忽然兵不血刃的得到壽陽，你會有甚麼想法？」

胡彬發呆半晌，答道：「我會看穿玄帥兵力薄弱，不足以固守壽陽，且會於得壽陽後，立即發兵渡過淝水，攻打硤石城。」

謝玄道：「這是否有點求勝心切呢？勞師遠征，從長安到洛陽，由洛陽到泗水，再由邊荒集渡淮至壽陽，可不是短的路程。」

胡彬完全代入苻堅的位置去，道：「可是我必須配合在下游渡江的部隊，若不牽制硤石城的敵人，敵人可能全力撲擊那支原本用來左右夾擊壽陽的部隊。」

謝玄點頭讚許道：「假若當你的軍隊成功進佔壽陽，忽然傳來消息，下游渡淮的部隊已被徹底擊垮，你會怎麼辦？」

胡彬終於嘆服，點頭道：「我只好在壽陽按兵不動，待大軍集結休養，再圖東渡淝水。」

謝玄欣然道：「胡將軍終於明白，苻融的二十萬精騎，正是氐秦大軍主力所在，如若敗北，苻堅等若輸掉整場仗。敵人是勞師遠征，驟得壽陽，反打亂他們的原定部署。我不但希望他們加速增兵，更希望苻堅親來臨陣指揮，這正是我讓劉裕送信給朱序其中一個目的。」

胡彬到此刻才明白劉裕的秘密任務，不過心內仍是惴惴不安，若何謙的五千精銳無法找到下游渡淮的秦軍，又或無法掌握時機擊潰此軍，便輪到他們輸掉這場仗。

勝負只是一步之差。

何謙和十多名親兵伏在洛澗東岸一處叢林內，窺看洛澗西岸和淮水北岸一帶的動靜，可惜找不到敵方絲毫的影跡。

他身旁尚有剛來探營的劉牢之，由於關係到戰爭的成敗，劉牢之放心不下，把水師留在下游秘處，以飛鴿傳書問准謝玄，趕來助陣。他官階在何謙之上，何謙的部隊變相由他指揮。

因怕北方騎兵的斥候靈活如神，他們只敢在夜裡派出探子渡淮渡洛，以偵察敵人行蹤，五千精銳則枕戈伏在洛澗東岸一處隱蔽的密林內，以避敵人耳目。

照他們猜估，敵人的奇兵必於洛口渡淮，潛上洛澗西岸，再借淮和洛澗兩水的天障設立堅固的營壘，然後西進助攻壽陽，只恨直至此刻，仍未能掌握到敵人行蹤。若讓敵人站穩陣腳，他們將坐失良機，硤石城的晉軍更變成兩面受敵。

夕陽逐漸沒入西山，天地漸漸昏黑，寒風陣陣颳過兩河交匯的廣闊區域。

何謙湊在劉牢之耳旁道：「今晚事關重大，據情報苻融的先鋒軍已向壽陽挺進，大有可能於今晚渡淮，所以敵人若有部隊於此渡河，亦將是這兩晚的事，我準備盡出偵兵，探察敵人情況，不冒點風險是不成的。」

劉牢之暗嘆一口氣，暗忖如探子被敵人發覺，有所防備，那時以五千兵去突襲敵人強大的部隊，無異以卵擊石，但捨此卻又別無他法。

就在此時，淮水方面一道人影冒出來，沿洛澗東岸疾奔，所經處利用樹林長草作掩護，若晚上少許，天色全黑，他們很有可能被此人迅疾飄忽的身法瞞過。

何謙正要下令手下攔截生擒，看是否敵人奸細，身旁的劉牢之全身一震，撲出叢林外叫道：「劉裕！」

那人也愕然一震，改往他們的方向奔來，一臉喜色，正是負有特別任務深入邊荒集的小將劉裕。

他直奔至劉牢之身前，喘著氣道：「下屬發現梁成率領的四萬部隊，看情況是準備明晚於離洛口三里處的上游渡淮，要突襲他們，明晚是最好的時機。」

來到劉牢之旁的何謙與前者面面相覷，完全不明白劉裕爲何不但曉得是氐將梁成領軍，更清楚敵方兵力是四萬人。

劉裕續道：「他們全是騎兵，晝伏夜行，專揀疏林區行軍，幸好我一心尋找，沿途留意，終於在離淮水三里許處發現他們的先頭部隊在伐木造筏。他們人困馬乏，數目雖眾，卻不足懼，可是若讓他們渡河立寨，我們便沒有機會。」

劉牢之當機立斷，向何謙下令，著他立即趕回營地，盡起五千精騎，準備今夜橫渡洛澗。北府兵只有八千騎軍，若這五千精騎於此役敗北，等若北府兵的騎兵部隊完蛋大吉。

何謙領命去了。

劉牢之向劉裕道：「趁尚有時間，你將此行經過詳細道來，不可有任何遺漏。」

劉裕則是暗對謝玄心悅誠服，若非謝玄有先見之明，在此布下部隊，縱使他掌握到敵人的精確行藏，亦要坐失良機，徒呼奈何！

第二十四章　知遇之恩

燕飛漫無目的地在邊荒遊蕩，故意避開荒村廢墟，揀人跡不到之處往東去。餓時採野充飢，以天爲被，以地爲床，重歷流浪的生活。

他的腦袋空白一片，甚麼都不去想，不過自自然然到一定時刻便練起功來。這幾天他多次與高手交鋒，大有裨益，很多以前未能觸悟貫通的功法微妙之處，竟在這兩天的無所事事中豁然而悟。但對日月麗天大法是否有所精進，他卻是毫不在意，更不在乎。

這晚他坐在一處山頭，半輪明月遙掛天上，心中一片茫然，且生出不知爲何身在此處的古怪感覺。

西面四、五里外有一條由五十多所破房子組成的荒村，似在控訴戰爭的暴行，充滿淒清孤寂的無奈情況。

他究竟身在何處，要到哪裡去，一切都變得無關重要。對拓跋珪或南方漢人，他已盡了可以盡的本分，再沒有任何牽掛，戰爭接續而來的發展，也非他能左右。

在邊荒集第一樓瞧著漢族荒人集體逃亡的情景，彷彿在一刻前發生，忽然間他便呆坐此處，中間所發生的事竟有一種夢幻而不眞實的感覺。遠離邊荒集的安全感，反使他回復到這一年來習慣了的渾渾噩噩，對任何事物均懶洋洋提不起勁的情性。

可是他必須爲自己作出選擇，至少是一個方向。

若繼續東行，最終會抵達大海的邊緣。想到這裡心中一動，聽說海外別有勝景，最接近的有倭國和夷州，自己既對中原的戰爭和苦難深感厭倦，何不設法渡海去尋覓沒有戰爭的樂土，大不了葬身怒海。

想到這裡，燕飛離開山頭，下山去也。

苻堅策騎馳出大寨南門，直往寨外一處高地奔去，左右陪伴的是乞伏國仁、慕容永、禿髮烏孤、沮渠蒙遜、呂光、朱序等一眾大將，後面追著的是百多名親隨戰士。

潁水遠處烽煙直升夜空，那是最接近邊荒集的烽火台，以烽煙向邊荒集傳遞訊息。這樣的烽火台有百多個，遍布潁水西岸，以作爲前線與後防迅速傳遞消息之用。

苻堅聞烽煙驟起後心情興奮，立即出寨親自看個清楚。

騎隊一陣風般捲上山頭，苻堅勒馬停下來，眾將兵忙控止馬兒，立於其後。

苻堅有點不敢相信自己的眼睛般眨著眼皮，訝道：「壽陽已被攻陷了！」

呂光忙道：「託天王鴻福，壽陽一擊而潰，建康指日可待。」

沮渠蒙遜長笑道：「南方小兒的膽子其小如鼠，照蒙遜看，謝玄已給嚇得夾著尾巴逃回建康老巢去了。」

乞伏國仁並沒有沮渠蒙遜和呂光的興奮溢於言表，冷靜的道：「前線的快馬天明前可回來，那時我們當可掌握壽陽確實的情況。」

苻堅沉吟片刻，道：「朱卿家，你最熟悉南方的情況，對此有甚麼見解和看法？」

朱序正苦待他的垂詢下問，聞言把早擬好的答案說出來，道：「北府兵現今總兵力約在八萬人間，約一成爲騎兵，其餘皆是步卒，眼前不但要分兵駐守壽陽、硤石、盱眙、淮陰、堂邑、歷陽六個江北重鎮，以防我軍渡淮突擊，還要另留重兵在建康。分則力弱，看來壽陽守軍肯定不足五千之數，所以當胡彬見我們攻打壽陽的軍力龐大，於是壯士斷臂，將壽陽駐軍撤往硤石城，希冀憑八公山之險、淝水之隔，集兩城兵力頑抗。」

慕容永獰笑道：「這確是無法可施下唯一可行的策略，不過卻正中我們奇正兩軍左右夾擊的高明部署。」

苻堅仰天笑道：「謝玄的本領，看來就止於此。」

朱序心道中計的是你們才對，乘機進言道：「待會前線探子回報，便可知微臣對胡彬不戰而退的看法是對是錯。微臣還有一個提議，若胡彬確如微臣所料，將代表北府兵力分散薄弱，天王可親臨前線督師作戰，振奮士氣，當可一舉攻破硤石城，那麼直至江邊，晉人也無力反擊，其時建康肯定望風而潰。」

乞伏國仁斜兜朱序一眼，道：「我方步軍抵邊荒集者只有十餘萬人，其他仍在途上，且疲累不堪，今壽陽已得，硤石指日可下，請天王謀定後動，不急不緩，自可水到渠成，統一天下。」

苻堅哈哈笑道：「兩位卿家之言，均有道理，不過我們的兩支前鋒軍，合起來兵力已達三十萬之眾，即使北府兵盡集硤石城，仍是不堪一擊。朕意已決，倘若如朱卿家所料，明早朕將親率兩萬精騎，趕赴前線，攻破硤石，你們今晚必須作好行軍的準備。」

眾人轟然應是，即使提出相反意見的乞伏國仁，也認爲取下硤石是十拿九穩的事。

朱序則對謝玄信心大增，因他所說的話，全照謝玄在密函內的指示，謝玄更在函內斷定苻堅必會中計。

苻堅一抽馬韁，掉頭往營地馳回去，他對統一天下的目標，從沒有一刻比這時候更具足夠的信心。

劉裕登上硤石城西面城牆，謝玄在胡彬陪伴下，正負手傲立如山，遙觀八公山腳下淝水西岸敵人的動靜，一身白色布衣儒服，在寒風下衣袂飄飛拂揚，背掛名懾天下的九韶定音劍，自有一股說不出的自信和堅毅氣魄，狀若下凡的天神，教人不由打心底欽佩崇敬。尤其想到他乃天下第一名士謝安在戰場上的代表，更讓劉裕有種說不出來的振奮況味。

劉裕一向對高高在上的名門大族只有惡感而沒有好感，但謝家卻是唯一的例外，只謝玄一人已足使他甘效死命，何況還有萬民景仰的謝安。

謝玄轉頭朝他瞧來，劉裕心頭一陣激動，搶前下跪行禮，顫聲道：「裨將劉裕幸不辱命，完成玄帥交下來的任務。」

謝玄閃電移前，在他跪倒前一把扶起他，還緊握著他雙手，一對神目異采爍動，笑道：「好！不愧我大晉男兒！辛苦你了！」

劉裕尚是首次在這麼親近的情況下接觸謝玄，差點感動得說不出話來，馬不停蹄趕來報告的勞累一掃而空，雙眼通紅的道：「玄帥……我……」

謝玄露出動人的真誠微笑，似已明白他的一切努力和歷盡艱辛的驚險過程，且對他沒有任何上下之隔和高門大族與寒門不能踰越的分野，挽著他的手臂，往城牆另一端走過去。

他的親兵識相地避到兩旁，方便他們說密話。

當兩人經過胡彬身邊，後者伸手拍拍劉裕的肩頭，態度親切友善，對曾救他一命的劉裕表現出衷心的感激，與初見時的態度有天淵之別。

劉裕頓時有一種夢想成真的感覺，他再非一個只當跑腿的小人物，而是已成功打進北府兵領導層的骨幹，將來的發展，勢必無可限量。

謝玄終於立定，放開他，目光投往壽陽。

劉裕也往壽陽瞧去，他從八公山的東路登山入城，到此刻才有機會看到壽陽的情況，只見淝水西岸營帳如海，燈火通明，照得壽陽城內外明如白晝，敵營倚城而設，旌旗飄拂，陣容鼎盛。

壽陽城卻是面目全非，城門吊橋均被拆掉，護城河不但被截斷水流，還被沙石填平，只差沒有放火燒城。可以想像城內沒留半斗糧食，箭矢兵器更不在話下。

這邊八公山近山腳處築起數十座箭壘，依山勢高低分布，最低的離淝水只有數百步的距離，像守護神般緊扼淝水最淺闊可以涉水渡河的區域。

敵人雖擺出一副陣容鼎盛的姿態，可是劉裕卻清楚對方人疲馬乏，無力應付己方於此時渡河突擊。

苻堅不戰而得壽陽，原先的配合部署立出問題，梁成的軍隊明晚方可渡淮登上洛澗西岸，所以苻融必須待梁成站穩陣腳，始可進行東西兩路夾擊孤立的硤石城大計。只從這點看，謝玄已處處佔上先機，控制主動。

謝玄負手而立，淡淡道：「示人以強，適顯其弱；示人以弱，反顯其強。苻融啊！你仍是差上一點兒。」

劉裕聽得他這麼說，心中更明白爲何謝玄被推崇爲南朝自祖逖、桓溫後最出色的兵法大家，只看他臨敵從容和洞察無遺的智慧氣度，便知盛名無虛。幸好自己也不賴，不過自己是深悉敵人的狀況，高下自有分別。

謝玄道：「小裕將整個過程給我詳細道來，不要有任何遺漏。」

燕飛踏足野草蔓生、通往荒村的小徑，心中打定主意，要繞過荒村，繼續東行。

正要離開小徑，忽有所覺，往道旁一棵大樹瞧去，那棵大樹於樹幹離地丈許處，有金屬物反映月照的閃光。

燕飛定神一看，心頭劇震，離地躍起，把砍入樹身的東西拔出來，落回地上去。

燕飛心中暗嘆，他手上拿著的正是龐義的砍菜刀。他顯然依照自己的指示，專揀荒野逃難，可是到達此處卻遇上變故，不得不擲出護身的砍菜刀，且沒有命中目標，看來凶多吉少。幸好附近不見血跡屍體，尙有一線希望。

他把砍菜刀插在腰後，改變方向，沿小徑入村，希望在村內找到的是受傷躲藏的龐義，而非他的屍身。

劉裕說罷，靜待謝玄的指示。

謝玄凝視壽陽，點頭道：「小裕你做得非常好，不負劉參軍對你的期望。從你敘述的過程，可看出你福緣深厚，未來前途無可限量。此戰若勝，我對你在軍中將另有安排。現在我立即升你爲副將，你要繼續努力，好好辦事。」

劉裕大喜過望，因爲這等若跳過偏將連陞兩級，何況謝玄擺明會盡力栽培他，忙下跪謝恩。

謝玄再次把他扶起來，欣然道：「這是你憑著智慧和勇氣爭取回來的，尤其在回程時探察清楚梁成一軍的動向，更是此戰勝敗關鍵所在。」

劉裕站定，仍有如在雲端的舒暢感覺，自加入北府兵後，他一直努力不懈，就是希望能出人頭地，而一切努力在此刻終得到美好的成果。

謝玄忽然皺眉思索，好一會兒後問道：「在你眼中，拓跋珪是怎樣的一個人？不要誇大，也不要因他是胡人蓄意貶低他。」

劉裕愈來愈明白謝玄與其他高門名士的分別。自漢末以來，月旦品評人物的風氣大行其道，至今不衰。江左名門品評人物，不要說是胡人，只要不是高門之士，便心生輕視。至於胡人，一概以低文化的蠻族視之。像謝玄這樣特別提醒他，已可見謝玄的獨特處。

劉裕整理腦內繁多的資料，恭敬答道：「拓跋珪是個識見不凡的人，具備一切當統帥的條件，看事情看得很遠，更看得透徹精到。且能見微知著，只從玄帥棄守壽陽，就曉得玄帥成竹在胸，且他生出此信念後，便堅定不移。他唯一的缺點，是過於驕傲自負，若讓他掌握權力，可以成爲可怕的專橫暴君。」

謝玄雙目射出驚異的神色，灼灼仔細地打量劉裕，點頭道：「你看人很有一套。但若非你的智力與拓跋珪相若，絕不能看穿他的優點和缺點。在你心中，當一個統帥需要具備哪些條件呢？」

劉裕暗呼厲害，不得不把壓箱底的本事掏出來獻醜；他很想說就像刺史大人你那樣子，又怕謝玄怪他拍馬屁，只好道：「照卑職淺見，統帥爲千軍萬馬的組織指揮者，必須知己知彼，在瞬息萬變的戰場上作出臨危不亂的領導和決策，譬如怒海操舟。而在邊荒集內，拓跋珪正表現出這種特質，尤其他以背頂著塌下的爐灶，已顯出應變的急智。而當卑職因覺過於艱難而打算放棄送信給朱大人，全賴他堅持反對最後才能完成任務，事後卑職想起來也很慚愧。」

謝玄微笑道：「你不用慚愧，當時若我是你，也會因事情輕重緩急之別，興起立即回來報告敵方重要軍情的念頭，由此更可看出拓跋珪的超卓不凡。」

接著仰望夜空，續道：「拓跋鮮卑族驍勇善戰，代國雖亡，拓跋鮮卑在塞外餘勢猶存。拓跋珪所領導的盜馬賊群，縱橫西北，苻堅亦莫可奈何，我也久聞其名。若讓拓跋珪統一拓跋鮮卑諸部，必將異軍突起，成爲北方不可輕視的一股力量。」

劉裕點頭道：「只看他一直與慕容垂有聯繫，而慕容垂也一直有收之爲己用之心，可見其人有不凡之處。不過我敢肯定慕容垂是養虎貽患，拓跋珪絕不甘心屈於任何人之下，即使是慕容垂。」

謝玄再次以驚異的目光打量他，語氣卻溫和可親，淡淡道：「小裕你又如何呢？」

劉裕暗吃一驚，忙道：「卑職只是以事論事，不敢存有異心。」

謝玄灑然一笑，柔聲道：「每個人年輕時都該有大膽的想法，我何獨不然，不過隨著年紀漸長，一些不切實際的想法會逐漸扔棄或改變過來，現在我只希望能振興晉室，讓人民有安樂的日子可過。」

劉裕暗忖這正是我不佩服你的地方，成大事者不但不可以拘於小節，還要去除婦人之仁。像燕飛雖可親可敬，卻不是爭天下的料子，他也沒有那種居心。要像自己和拓跋珪那樣的人才可與共論英雄。

謝玄道：「千軍易得，一將難求。像你這種人才，我謝玄絕不會埋沒。路途辛苦，你今晚好好休息，由明天起，你跟在我身旁，好好學習。」

劉裕打從心底裡對謝玄生出知遇感恩的心，只有謝玄的襟胸氣魄，他才敢把心內最眞誠的話說出來，對其他人，即使是看得起他的孫無終，他也要藏頭縮尾，以免給看破心內宏大的志向。

他同時立下決心，只要謝玄有生一日，他將全心全意、忠心耿耿的爲他效死命，因爲謝玄是如此超卓的一個人，只是一席話，便徹頭徹尾地明白他的才華氣度。

當他施禮告退，謝玄忽然輕鬆地道：「這是一句閒話，小裕你告訴我，現在最想做的是甚麼事呢？我當然不是指倒頭大睡。」

劉裕赧然道：「仍是和睡覺有關，是摟著個漂亮的妞兒好好睡一覺。」

謝玄大笑聲中，劉裕往城下的石階走去，經過胡彬時，胡彬伸手和他緊握一下，令他心中充滿暖意，知道已贏得此名重要將領的交情，對將來前程更是有利。

落石階時，他想到的是燕飛這位難忘的戰友，若非有他，他豈會有現在的風光。

第二十五章　逍遙妖教

燕飛進入荒村，大多數房舍已破落不堪，不宜人居，只有野蔓和狐鼠盤據，幾間尚保持完整。入村處有座牌匾，上書「寧家鎮」三字。細察地上痕跡，可以見到藤蔓斷折的情況，應是最近有人路經此處，加以披斬踐踏。陣陣寒風颳過，益顯鎮上荒涼之況。

他環觀形勢，此村位於兩列山巒之間，彷似一個天然出入口，是這數十里內南北往來的通道。可以想像在村子全盛時期，寧家鎮必是商旅途經之地，爲邊荒集東另一條驛道路線，其時當是非常興旺，只不過如今已變成有如鬼域的荒棄小鎮。

鎮南端的房子均倒塌下來，敗牆殘瓦焦黑一片，有被火焚燒過的形跡。他逐屋搜查，卻沒有任何發現，只在鎮中間一所較完整的房子發現有人逗留過的遺痕，因有落下的火燼和乾糧的碎屑，可能是路過的荒人，甚或是龐義本人。

當他從南端搜至另一端，只餘下一所房子，找到龐義的希望更趨渺茫，一顆心不由直沉下去，唯一可慶幸的是見不到龐義的屍體。

就在此時，那剩下來唯一的完整房舍忽然亮起碧綠的燄火，鬼火般的燄光從窗子透射出來，其亮度遠超一般的燈火，連北端鎮口外的平原荒野，也被詭異的綠光照亮。

若燕飛相信鬼神之說，說不定會給嚇得拔足飛奔，疑是猛鬼出現。燕飛卻是夷然不懼，只是提高警覺，往似是針對他而發閃起綠燄的房子一步一步逼近。

綠燄經歷它最燦爛的光亮後，逐漸黯淡下來，到燕飛移到其向街破爛的窗子前，綠燄已變成一團無力的光影，映照出一身影優美的女子，正側身透過房舍內北面的窗子凝視鎮口的方向。

燕飛愕然道：「安玉晴！」

安玉晴別過嬌軀，往他瞧來，笑臉如花的柔聲道：「燕少俠大駕光臨，令蓬蓽生輝，只可惜沒有茶水待客。」

此時綠燄完全消沒，房子內外融入暗黑去，好一會兒才被柔弱的月色替代，再可隱見物像，那種由光明轉入黑暗的變化，使人生出如夢如幻的奇異感覺。

若不是一心找尋龐義而進入此鎮，燕飛肯定自己會立即拂袖而去，他雖未至於像拓跋珪和劉裕般仇視她或心思報復，但對此狡猾如狐、行爲邪異的妖女卻只有惡感，知道與她纏在一起絕沒有甚麼好結果。

安玉晴蓮步輕搖，把門拉開，似若一個嬌順的小妻子般殷勤地道：「外面風大，進來好嗎？」

燕飛智慧過人，立即想到她在屋內施放綠燄，是怕燄火被寒風吹熄，又或不能持久，這麼看她該是向鎮北某人發放訊號。她現在態度如此可親，大有可能是誆自己留下來，然後與召來的人聯手置自己於死地。

雖說自己和她沒有深仇大恨，反而是於她有恩，不過此類妖人行事不講常理，或許只因自己曾看過太平玉珮，便是死罪一條。

燕飛冷哼一聲，循原路掉頭便走。

此著顯然大出安玉晴意料，竟從屋子追出來，似美麗的女鬼般依附在他身後，嗔道：「你這人啊！幹嘛忽然發脾氣。好啦！算玉晴不對，不過人家只是想求生而已！拓跋珪和劉裕那兩個傢伙可不像你般溫文爾雅，菩薩心腸。都是一副想把人家碎屍萬段的凶惡模樣。看！最後你們還不是沒事嗎？」

此時燕飛來到鎮中心處，倏地立定，沒有回頭嘆道：「你和我既不是敵人，當然更非朋友，你要幹甚麼不可告人的勾當我管不著，卻萬勿纏著我。現在你走你的陽關道，我過我的獨木橋。若你不識相，害得大家要動刀動劍的，對你我均沒有好處。」

安玉晴繞到他前方，裝出一臉吃驚，又有點楚楚可憐的神情打量他，接著「噗哧」嬌笑道：「你發怒的神態真的很帥。」

燕飛微笑道：「你若再攔著去路，別怪我這個粗人不懂憐香惜玉。」

安玉晴一臉委屈的道：「我只怕你碰上一群殺人不眨眼的太乙妖道，以你的臭脾氣，說不定會吃虧哩！」

燕飛大感愕然，難道她招來的同夥，並不是針對他燕飛，而是她口中說的太乙教的人。

人聲從鎮南外密林小徑傳過來，證實她確實曉得有人從那個方向走近，只要來人轉出密林，可以立即發現他們。他同時想到她在屋內發放綠燄的作用，是不想綠芒外洩，只限於給位於鎮北的人察見。

安玉晴道：「快隨我來！」衣袂飄飄的朝左旁一所房子掠去。

燕飛心忖只有傻子才會跟你去，反往長街另一邊的一所房子撲去，穿窗而入，剛移到窗旁，破風聲起，安玉晴像纏身的美麗女鬼般，隨他之後亦破窗入屋，來到窗子另一邊，低聲急促的道：「算我求你好嗎？待會不論發生甚麼事，千萬不要現身，一切由人家來應付，否則連我也護不了你。」

燕飛聽得有點不明所以，不過她情詞懇切的神態，卻是從未有之。可是由於以往對她的印象，又覺得這可能只是她布下的另一個陷阱，但又不由想到她並不曉得自己會到寧家鎮來，不可能存心設謀陷害他，這般反覆推想，不由一時糊塗起來。

蹄聲和車輪摩擦路面的聲音就在此時從鎮北遠處傳至。

「篤！篤！篤！」

劉裕把房門拉開，他正準備上床就寢，聞敲門聲一把將房門拉開，「老朋友」高彥立在門外，他身後還有送他來此的四名北府兵衛士。

高彥哈哈笑道：「恭喜！恭喜！劉副將劉大人。」

劉裕被他吹捧得老臉一紅，將他迎入房內去，四名衛士還爲他們掩上房門。

兩人到一角坐下，高彥露出感激的神色，道：「刺史大人確是有情有義的人，找我去親自謝我，告訴我你不但回來了，還陞官發財。哈！你究竟做過甚麼事，是不是遇上燕飛那小子？否則爲何你一到，刺史大人竟曉得燕飛不會來赴約。可是刺史大人仍是那麼和顏悅色，且送我一筆酬金。哈！天下竟有這麼便宜的事。」

聽著他熟悉的語氣和快速若連珠炮式的說話方式，劉裕心中湧起友情的暖意，不知是否因結交上燕飛，致愛屋及烏，以前他對著高彥，只有互相利用的感覺。聞言笑道：「你最好不要尋根究柢，否則恐怕出不了硤石城。誰准你到這裡來見我的？」

高彥咋舌道：「這麼秘密的嗎？是刺史大人親自批准的，我不敢直接問刺史大人，只好來問你。」

劉裕奇道：「你關心燕飛嗎？」

高彥嘆道：「邊荒集罵得我最多的人是龐義，最不願理睬我的則是燕飛。在邊荒集時不覺得如何，可是離開邊荒集後，才發覺這兩個人對我最夠朋友。對了！燕飛沒有被乞伏國仁幹掉吧？」

劉裕欣然道：「他肯定比乞伏國仁活得更好，不用擔心他。唉！我劉裕也很少把人放在心上，燕飛卻是個例外，他有種讓人無法忘懷的特質，是眞正的英雄好漢。」

又道：「現在你已身家豐厚，準備到哪裡去胡混？」

高彥立即眉飛色舞，道：「不是胡混，而是去享受人生。銀子是賺來花的，賺得愈辛苦，花得更痛快。我今晚離開硤石往建康去，我有刺史大人親批的證件，可大搖大擺到建康去花天酒地。秦淮風月我高彥聞之久矣，卻未曾嘗過其中滋味，若你可以陪我一道去，一切花費包在我身上，重溫我們在邊荒集逛青樓的快樂日子。」

劉裕苦笑道：「我現在只想好好睡一覺，你好像不曉得我們正在打仗？」

高彥笑嘻嘻道：「正因曉得在打仗，且是我們贏面小得多，所以才會得快樂時且快樂。我要足不離青樓地作他娘的清秋大夢，夢醒再想其他。」

劉裕感到自己與高彥是完全不同類的兩種人，不過卻無損對他的欣賞，比起很多滿口仁義道德的人，高彥至少眞誠得可愛。

高彥起立道：「不阻你老哥休息，若打贏勝仗，可到建康來找我，我或許不再回邊荒集去，永遠磨在秦淮第一名妓千千小姐的香閨內，過著神仙也要羨慕的日子。」

劉裕起身相送，啞然失笑道：「你這小子，竟以爲有兩個臭錢就可打動紀千千，也不知多少高門名士、富商巨賈使盡渾身解數，想見她一面而不得。」

高彥信心十足的道：「我們走著瞧吧！記得來找我。」

劉裕摟著他肩頭，爲他打開房門，笑道：「希望那時仍認得你因酒色過度弄成的皮包骨模樣。」

高彥大笑去了。

三名身穿黃色道袍的太乙教道人，來到燕飛和安玉晴所躲藏的房屋外的一截街道，橫排而立，攔著往來之路，神情輕鬆優閒，一派高手從容不迫的神態，目光投往小鎭大街另一端，似乎很清楚有甚麼人在等著他們。

三名道人中間一個身量高頎，一高兩矮，均是背掛長劍，頗有點道骨仙風的味道，不過雖是人人留著五綹垂鬚，但眼神邪惡詭異，總予人不正派的感覺。

此刻燕飛卻絕不看好他們，因爲安玉晴該早曉得他們會在此攔截從北方來的人，更先一步以綠談知會對方。

這擺明是個陷阱。

只是一個安玉晴已不好惹，何況來人還不曉得有甚麼高手。想不通的是安玉晴爲何懇求自己不要多理閒事？還說甚麼若自己強行出頭，連她也護不了自己。

究竟是怎麼一回事？

照道理若她是「丹王」安世清的女兒，那只有安世清可教她不得不聽話，除非她不是安世清的女兒，而是冒充的。

直到此刻，他才對安玉晴的身分起懷疑，皆因她的行爲詭秘難明，似屬於某一幫會多過是獨來獨往的隱士女兒。

不由往她瞧去，後者正目光灼灼窺視外面的三名太乙道人，側面輪廓秀美動人，更充滿天眞無邪的味兒。

蹄聲輪音逐漸接近，鎭街北端出現兩把火炬，形成兩泓照亮街道的光暈，燕飛移往北窗，可見到兩名穿著武士服的青年，一手控馬，另一手持火炬，領頭進入小鎭。

後面接著是八名穿著同樣武士服的年輕武士，然後是兩名武裝俏婢和一輛華麗得與荒鎭山野完全不襯合的四馬驅動馬車，駕車的是禿頭彪形大漢，馬車後面另有八名武士。

驟眼望去，燕飛幾可肯定這是某一豪門的出行隊伍，但又隱隱覺得事情並非表面這般簡單。至少他們與安玉晴該是同一條線上的人，與外面的太乙道人則是敵對的立場。

安玉晴來到他身旁，低聲道：「外面那三個是太乙教的三大護法，是太乙教第一流的高手，武功高強。」

燕飛看著逐漸接近的車馬隊，問道：「他們是甚麼人？」

安玉晴嗔惱的道：「不要問好嗎？我本該把你殺掉的。」

燕飛聞言沒有絲毫訝異，淡淡道：「你並不是安世清的女兒，對嗎？」

安玉晴雙目殺機一閃，不再說話。

外面適時傳來其中一人的聲音道：「太乙教護教榮智、榮定、榮慧在此恭候多時，向夫人問安。」

燕飛與安玉晴已移返向街的窗子旁，見發話的正是那頎高的太乙道人，只見三人一派吃定對方的樣子。

車馬隊緩緩在離三人四丈許處停下來，一個聽聽已足可令人意軟魂銷，甜美誘人的女子嬌音從車廂內傳出來道：「三位道長啊！你們這麼勞師動眾而來，奴家一個人怎麼應付得了，怎吃得消哩？江教主沒有來嗎？是否對奴家不屑一顧呢？」

她的話句句語帶雙關，教人聯想到男女之間的事，充滿淫邪的意味。

榮智旁的矮道人嘿嘿笑道：「曼妙夫人的『曼妙媚心術』乃床上第一流的採補功夫，怎會有應付不來的情況，乖乖的隨我們去吧！」

曼妙夫人的聲音又從車廂傳出來，「啊喲」一聲道：「榮定道兄又沒試過奴家的功夫，怎會這麼清楚奴家的本事？聽來的傳聞總是誇大的。啊！奴家差點忘記向你們請教，怎會曉得奴家今晚會路經此地？」

另一道人榮慧喝道：「少說廢話，今晚夫人絕無僥倖，除夫人外，其他人給我們滾回逍遙教去，告訴任遙若想要人，就到我們總壇來。」

燕飛聽得忍不住朝安玉晴望去，心忖難道她也是逍遙教的妖女。此事確大有可能，逍遙教名列三幫四教之一，只有這種大幫大教，方可培育出像安玉晴般邪異厲害的人物。不由大感後悔，他和劉裕竟把玉珮上的圖形默繪出來交給她，後果堪虞。

安玉晴詐作不知道燕飛在打量她，益發顯得其心虛，也讓人不知道她心內想的是甚麼？

逍遙教擺明與太乙教勢成水火，所以才有太乙三大護法攔途要人之舉，而逍遙教的曼妙夫人則不知爲何原因要長途跋涉的經過邊荒從北往南去，還洩露行蹤。

燕飛心中一動，忽然猜到曼妙夫人此行是逍遙教透過某一渠道洩露予太乙教知道，以引太乙教的人上鉤。其目標說不定是太乙教的教主江凌虛，只是沒想過江凌虛只派出三名護法。不過若此三人有甚麼閃失，對太乙教肯定是嚴重的打擊。

逍遙教在江湖上是非常神秘的邪惡教派，其巢穴在何處？教內有甚麼人？江湖中人都一無所知。恐怕太乙教知道的也不比其他人多許多，所以在得悉曼妙夫人前往南方的路線，便派出高手於此攔路擄人，以逼逍遙教主任遙現身。

到此刻，他終於憑著過人的智力，將整件事理出一個輪廓。

曼妙夫人的聲音響起道：「你們聽不到嗎？三位道兄叫你們滾呢！」

燕飛還以爲她說的是反話，豈知那批武士和俏婢聞言竟同聲應命，掉轉馬頭便去，連那駕車看來非常威武的禿頭御者，也一個騰身，落到其中一位武士的馬背後，迅速去遠，跑得一個不剩。

不但燕飛看得一臉茫然，三名道人也你看我我看你，露出驚異神色。

曼妙夫人仍深藏簾幕低垂的華麗馬車內，柔柔地嘆了一口氣，充滿誘惑的意味，徐徐道：「旅途寂寞，還不快到車上來慰藉奴家，奴家已等得心焦難耐哩！」

三道登時六目凶光大盛，緊盯著孤零零停在街心的華麗馬車，準備出手。他們均是老江湖，當然曉得事情不會如表面般簡單。

屋內旁觀的燕飛則心中暗嘆，知道三道絕無僥倖，正思索間，忽然腰背處傳來「叮」的一聲。

外面三個道人的目光齊往他的方向投過來。

第二十六章　逍遙大帝

在電光石火的高速中，清響猶未消散的當兒，燕飛已明白過來。

安玉晴偷襲他，卻只擊中他插於腰後外衣內龐義的砍菜刀上，令他避過此劫。

事實上他早處處暗防她一手，一來剛才注意力被外面詭奇莫名的發展吸引，二來她站的位置與他平排，使他只防範側面來的直線攻擊，豈知她竟有彎擊他背後的巧妙手段。

燕飛同一時間往她瞧去，只見一條細索正如毒蛇回洞般縮返她另一邊低垂的衣袖內，尾端繫著一個小尖錐，一閃不見。

「有埋伏！快退！」

外面的榮智道人口中高喝，三個道人同時疾退。

燕飛尚未決定該如何對付卑鄙的安玉晴，卻發覺她的俏臉血色盡褪，不但沒有窮追猛打的狠辣後著，且像完全不防備他在盛怒下出手向她反擊的樣子，香唇輕顫，欲語無言。

他的角度看不到該是華麗馬車的位置，此時傳來「咿呀」的急促尖銳又令人不明所以的噪響，接著是榮智的叫聲，喝道：「任遙！」

破風聲橫空響起來，眨眼工夫便由馬車的一邊來到燕飛窗子外的上空，只見一個打扮得像皇侯貴胄，衣飾華麗至令人生出詭異感覺，外貌絕不超過三十歲的英俊貴介公子，持劍在手，以燕飛自愧不如的驚人高速，疾掠而過，迅捷如鬼物，往三道退走的方向撲去。

當逍遙教主任遙經過的當兒，他還可以抽空往燕飛所在處投上一眼，雙目異芒大盛。

燕飛立時生出黑暗又或牆壁等一切障礙的東西，均對此人沒有分毫影響，裡裡外外給他看個清楚明白的不安感覺。偏又知道事實上不可能是這樣的，但對方淩厲可怕的眼神，卻似確有此種能耐。

燕飛出道至今，所遇高手之最者莫過那在汝陰附近密林突襲他的鬼臉怪人，現在卻要多添此君，雖然尚未與他正面交鋒，但已可作出判斷。

以燕飛的修養造詣，也不由心生寒意。

任遙瞬眼即過，接著是勁氣交擊的撞擊聲，三道的驚呼聲和劍刃砍劈的嘯音，激烈迅快。

安玉晴的輕呼送入他耳內，焦急道：「快走！」

燕飛不由又向她瞧去，這美女緊咬下唇，一對秀眸射出驚懼的神色。

燕飛是個很特別的人，對別人的感覺非常敏銳，雖對安玉晴前後矛盾的行爲不明所以，仍清楚感到她此刻對自己不但沒有絲毫敵意，且是出於善意要他燕飛離此險地。更心知肚明留在這裡不會有好結果，車廂內至少還有個高深莫測的曼妙夫人。

「哎呀！」

慘叫聲從四人惡鬥的方向傳來，燕飛認得是榮定的聲音，顯是死前的呼喊。

此時不走，更待何時。

燕飛深深瞥安玉晴一眼，展開身法，穿過後門迅速開溜。

燕飛剛掠入鎮西的密林，輪到榮慧的慘叫響起。三道中以榮智功力最高，仍在苦苦撐持，與任遙劍來劍往，鏖戰不休，不過看來也支持不了多久，任遙的武功的確非常可怕。

燕飛並沒有立即離開，在密林疾掠百來步，又往荒鎮潛回去，偷入鎮西靠林的一間破屋，借黑暗的掩護，無聲無息的在兩堵塌牆的一角盤膝坐下，與馬車只隔一間破屋。

綠燄在天空爆開，瞬間又從燦爛歸於平淡，夜空回復先前的暗黑。

另一端再不聞打鬥的聲音，榮智應是凶多吉少。

馬蹄聲由遠而近，當是那群護送馬車的逍遙教徒去而復返。

曼妙夫人的聲音傳來道：「帝君大發神威，重挫太乙教的氣燄，看江凌虛還敢不敢插手到我們的事來。」

一把男子悅耳好聽的聲音笑道：「江凌虛豈是肯輕易罷手的人，終有一天我會教他求生不得，求死不能。榮智確有點本領，中了我一劍仍能以太乙眞氣催發潛力逃生，不過他可以跑到十里之外，已經相當不錯。」

這說話的人不用說也知是任遙，只聽他說及別人的生死時一派輕描淡寫、漫不經意的輕鬆語氣，可知此人天性冷酷，邪惡至極。

馬蹄聲在馬車後停下來，接著是眾徒下馬跪地的聲音，齊呼「帝君萬歲」。

掠動聲從另一邊移近。

任遙從容道：「青媞！剛才是怎麼一回事？」

「安玉晴」的聲音撒嗲的道：「大哥啊！剛才的事不要提了！不知爲何那燕飛竟忽然闖到這裡來，我只好把他誆進那間屋子裡，以免嚇跑那三個賊道人，豈知我暗算他時，不知他背後藏著甚麼東西，竟不能傷他分毫，接著被他以劍氣剋制著，只能眼睜睜看著他開溜，氣死人家哩！」

燕飛當然曉得她的話半眞半假，雖想不通她先暗算自己，後又放他離開的前後矛盾，但聽著她充滿天眞的語調，仍絲毫不覺得有謊言夾雜其中，任遙更不用說。

任遙冷哼道：「又是那燕飛。在我們取得《太平洞極經》前，絕不可容燕飛和劉裕兩人活著，否則如讓他們把玉珮秘密洩露予知悉『天心』秘密的安世清父女，更讓他們從而悟破天心的秘密，便會被他們捷足先登。」

燕飛心中一震，明白過來，難怪合起來的太平玉珮並沒有指示藏經的地點，因爲尙缺一面「天心珮」，三合一後才成完整的天珮。而合一後的圖像肯定玄奧難解，故雖不知如何地從安世清處落入任遙手中，任遙卻仍未能破解，也使他和劉裕陷入動輒喪命的危險中。

怎也要設法警告劉裕，好讓他作出預防。

當日他向該是任青媞的「安玉晴」說過玉珮並沒有指示藏寶的地點，反令任青媞信任他，便由於眞實情況就是如此這般。

《太平洞極經》究竟蘊藏甚麼驚天動地的秘密，教這些雄霸一方的邪教群起爭奪？

任青媞道：「大哥不用爲這兩個人費神，青媞已逼他們立下毒誓，諒他們不敢違背誓言，而他們也不是那種人。」

任遙哈哈笑道：「青媞是否對他們動心了！成大事者豈可心軟，更不能手軟。我任遙今天能以教主的身分在這裡說話，皆因我秉持順我者生，逆我者亡的規條。只有死人才可以眞正的守秘密。劉裕就交給青媞去負責，燕飛由我親自追殺。曼妙你繼續行程，此行關係我教未來的發展，必須好好與左侍臣配合，因爲只有他才清楚東晉皇室的眞正情況。」

暗室中的燕飛心叫倒楣，這回確是節外生枝，惹上不必要的麻煩，自己的出海大計，就此泡湯。

任青媞應是對他和劉裕有維護之意，不過他對任青媞的好意並不放在心上，如此妖邪之女，行事難測，若相信她不會害自己，眞不知甚麼時候要吃上大虧。

幸好自己心懸龐義安危，不肯離開，否則便聽不到這番話。

車輪聲響，車音蹄聲，逐漸遠去。

拓跋珪投進泗水冰寒的河水裡，泅向對岸，就像從一個世界投進另一個世界。

氐秦的步軍和糧草輜重，仍源源不絕從水陸兩路往邊荒集進軍，抵達泗水前他曾遇上多起。

兵貴精而不貴多，苻堅如此盡集北方所有可以調用作南征的兵員，只顯示他雖是治國的長才，軍事上卻有欠高明。百萬大軍所形成的是一頭臃腫不堪、步步維艱的怪物，是智者所不爲，他拓跋珪便永遠不會犯這種錯誤。

他此時比任何一刻更肯定苻堅會輸掉這場仗，因爲他的對手是謝玄，只看謝玄派出劉裕策反朱序，便知謝玄掌握到苻堅的弱點。

他可以做的事已完成，更要乘此苻堅南下，北方兵力被扯空的千載良機，趕返北方草原，聯結諸部以復興代國。

復國的道路是漫長而艱辛的，在代國諸舊部中，支持他最力的是賀蘭部，由舅舅賀納領導。不過縱使賀納肯全力支持他，仍是強鄰環伺，不乏強勁對手的局面。

他的根據地牛川，位於錫拉林木河附近，現由親弟拓跋觚代他打點族內的事。牛川南邊有獨孤部，部主劉顯是劉庫仁之子，當年劉庫仁曾仗義收容他，後被慕容文所殺，劉顯自立為主，即密謀殺害他，幸他及時率族人逃往牛川依附賀納，劉顯與他嫌隙甚深，沒有和解的可能。

另一個復國的大障礙是叔父窟咄，他拓跋珪雖得正統之位，野心勃勃的窟咄卻一直想取而代之。自己一心回去登上代國之主的王座，窟咄必會盡一切辦法來阻撓。

即使賀納的賀蘭部內，另一支由賀染干領導的人馬，對他仍是持反對的態度。而任何一方的實力，目前都遠勝他拓跋珪，復國的艱難，可以想見。

除此外還有其他部落，若他在牛川復國成功，南邊將是獨孤部，北邊有賀蘭部，東邊有庫車奚部，西邊河套一帶有匈奴的鐵弗部，陰山以北有柔然部和高車部。其中匈奴鐵弗部之主赫連勃勃，是新近崛起的草原霸主，手段狠辣殘忍，武功高強，更是他的勁敵。

他雖得到慕容垂口頭的承諾，若苻堅敗北，將全力支持他復國，可是他比任何人更清楚慕容垂只是拿他作為北方的一只有用棋子。燕飛說得對，鳥盡弓藏，一天他慕容垂能成功操控北方大局，第一個要殺的人肯定是他拓跋珪。

拓跋珪離水登岸，放足疾奔，連續越過兩座小山，到達一處密林之旁，發出尖嘯。

好半晌後蹄聲發自林內，數以百計的拓跋族戰士從林內馳出，排列在他身前，更有手下牽來戰馬，讓他踏鐙而上。

坐在馬背上，拓跋珪忽然生出不虛此行的滿足感覺。

眼前的二千兒郎，經過多年來的組織和訓練，已成為他復國的班底，人人肯與他共進退同生死，忠誠方面絕無疑問。

策馬立在前排的是長孫嵩、叔孫普洛和長孫道生三人，是自小追隨他的愛將，均是驍勇善戰，精通戰陣。另外還有漢人張袞和許謙，是他在北方交結的有識之士，希望他們能像王猛之於苻堅，作他的智囊團，以補他的不足處。

拓跋珪策馬在拓跋鮮卑族組成的兵陣前來回巡視，見人人士氣昂揚，眼睛發光，雄心奮起，高呼道：「兒郎們！苻堅此戰必敗無疑，復國的日子終於來臨，我們立即趕回牛川去。」

眾戰士齊聲吶喊歡呼。

拓跋珪一抽馬頭，領先朝北奔去，二千將士氣勢如虹，像颳過荒原的龍捲風般追在他身後，轉眼間沒入大地盡處的暗黑中去。

燕飛踏足長街，除了榮定和榮慧兩道伏屍街頭，一切回復先前靜如鬼域的情況，似若沒有發生過任何事。

該如何著手找尋龐義呢？

正爲此頭痛之際，一聲長笑起自身後。

燕飛認得聲音，緩緩轉過身來，面對的正是一身王侯打扮，華麗英俊的逍遙教之主，自號逍遙帝君的可怕高手任遙。

第二十七章　御龍之君

燕飛終於無可逃避地面對著堪稱中土最神秘教派的領袖——逍遙派之主「逍遙帝君」任遙。

自涉足江湖，燕飛從未遇上任何人能告訴他逍遙帝君生就甚麼模樣，甚至對他的年紀、高矮肥瘦亦一無所知。現在他卻活生生出現眼前，還擺明不殺自己不會罷休之勢。

只是任遙的一身服飾，若讓司馬曜看到，肯定構成殺頭的罪名。三國時魏文帝曹丕曾說過「三世長者知被服，五世長者知飲食」。中原一向被稱爲禮儀之邦，衣冠服飾正是其中一個重要環節。皇帝和后妃有他們的專用品，錦帳、純金銀器均爲禁物，王公大臣亦不得使用。其他綾、羅、綢、緞的物料，眞珠翡翠裝飾纓珮均依品級限制。

任遙穿戴的卻是帝王也只在出席慶典和重要場合才會穿著的禮服袞冕，頭頂通天冠，前後各垂十二旒，以珊瑚珠製成，尺寸大小形制一絲不苟。身穿的是龍袍，衣畫而裳繡，爲日、月、星辰、山、龍、華蟲、藻、火、粉米、黼、黻之象，襯托得他一身皇氣，彩麗無倫，也與其孤獨單身的現狀，周遭荒涼的境況顯得格格不入。

身佩飾物更是極盡華美，尤其掛在腰側的劍，劍把竟是以黃金鑄成，劍鞘鑲上一排十二粒散發濛濛清光的夜明寶珠，隨便一粒拿去典賣足夠普通人家食用數年。

任遙的外貌絕不過三十，以他一教之主的地位，實在年輕得教人難以相信。他本該非常俊偉秀氣，可是在比例上似像硬拉長了點的臉龐，卻把他精緻的五官的距離隔遠了此許，加上晶白得隱泛青氣的皮膚、似無時無刻不在窺探別人內心秘密長而窄的銳利眼睛，令他有種從骨子裡透出來的邪惡味道，又有一種說不出來的吸引人的詭異魅力。

他從長街另一端似緩實快的往燕飛逼來，並不見其運勁作勢，一陣灼熱氣勁早鋪天蓋地的湧過來，將燕飛完全籠罩。

燕飛一邊運功抗拒，心神晉入劍道止水不波的境界。他平時雖然懶懶散散，可是一遇緊急情況，身體和腦筋的敏銳就自然而然提升至巔峰的狀態。

任遙到達他身前兩丈許處立定，唇邊現出一絲笑意，忽然舉手施禮，柔聲道：「多謝燕兄賞臉，本人絕捨不得一劍將你殺死，像你這般高明的對手，豈是容易遇上。」

他的聲音柔和好聽，似乎暗含無限情意。燕飛卻聽得皮膚起疙瘩，手按劍柄，默然不語，雙目一眨不眨與這堪稱天下最可怕凶人之一的高手對視。

任遙像一點也不急於動手，舉袖隨意掃拂身上塵埃，好整以暇的油然道：「燕兄當是心高氣傲之人，並不把我任遙放在心上，所以去而復返。我也不得不承認燕兄是潛蹤匿跡的高手。可惜當本人故意令青媞去處置劉裕時，你的心臟跳動加劇，被本君察覺，致功虧一簣，更難逃死劫。由此亦可推知燕兄是個極重情義的人，哈……真好笑又是可惜！」

他的語氣充滿嘲弄的味道，就像貓兒逮著耗子，務要玩弄個痛快，方肯置之死地。

燕飛則心中大懍，若他確是故意提到劉裕來測試自己是否在附近，那此人心術便非常可怕，而他可在那種距離下對自己心臟的躍動生出警覺，更是駭人聽聞。

不過他卻夷然不懼，並非他有必勝的把握，而是那種已晉窺劍道的高手基本的修養。即使被對手殺死，他仍能保持一片冰心，保持無懼無喜的劍道境界。

微笑道：「任兄似乎有用不完的時間。」

任遙露出訝色，奇道：「燕兄不奇怪為何本人感到那麼好笑嗎？」忽然橫跨一步，側轉負手，仰望夜空，油然道：「人性本惡，情義只可作為一種手段，不過天下總有不少愚不可及之人，深溺於此而不自覺，致終生受害。縱觀過去能成大業者，誰不是無情無義、心狠手辣之輩？以燕兄的聰明才智，竟然看不破此點，不是非常可笑嗎？而燕兄今晚劫數難逃，亦正是被情義所害，更是明證。」

當他橫移一步的當兒，正壓迫燕飛的灼熱氣勁倏地消失無蹤，代之是一股陰寒徹骨的氣場，將他緊緊包裹，無孔不入的侵蝕消融他的真氣和意志，就如在烈日曝曬的乾旱沙漠，忽然轉移到冰天雪地的環境中，那種冷和熱的變換之間，剎那的虛無飄蕩，更使燕飛難受得要命。也因此無法掌握機會，掣劍突擊。如此功法，燕飛不但從未碰過，亦從未想過，於此亦可見任遙雖比自己年長不了多少，但已晉窺某種邪功的堂奧，使功力造詣達到能扭轉乾坤的驚人境界。只是這點，燕飛已曉得今晚凶多吉少。

而任遙的狂言卻不能不答，若無言以對，等若默認他的理論，氣勢上會進一步被削弱。何況他更感到任遙就像一隻逮到耗子的惡貓，務要將他燕飛玩弄個痛快。

燕飛暗運玄功，抗禦任遙可怕的邪功異法，邊從容哂笑道：「任兄的看法雖不無道理，卻失之於偏，即如說人性本善，也不全對。愚意以為人性本身乃善惡糅集，至於是善是惡，須看後天的發展。任兄以為然否？」

以任遙的才智，也不由聽得眉頭一皺，露出思索燕飛說話的神情。

燕飛立即感應到任遙籠罩他的陰寒邪氣大幅削弱，如此良機，豈肯錯過，猛地後退，蝶戀花離鞘而出。

任遙一陣長笑道：「燕兄中計了！」

「錚！」

以黃金鑄爲劍柄的寶刃離開鑲嵌夜光珠的華麗鞘子，化成漫空點點晶芒，暴風雨般朝燕飛灑來，好看至極點，也可怕至極點。

燕飛退不及半丈之際，已知不妥。原本他的如意算盤，是趁任遙心神被擾，氣勢驟弱的當兒，退後引任遙追擊，再以聚集全身功力的一劍，硬擊退他，那時退可守、進可攻，不像先前處在受制於他氣場的劣境下。

豈知後撤之時，任遙的氣場竟由弱轉強，陰寒之氣似化爲韌力驚人的纏體蛛絲，將他這誤投網內的獵物纏個結實，他雖盡力把蛛絲拉長，身體仍是陷在蛛網之中，且有種將他牽扯回去的可怕感覺，他已掉進任遙精心設置的陷阱裡。

燕飛別無選擇，不退反進，借勢加速，像一顆流星般投入任遙那彷似籠罩天地的劍網去。

蝶戀花化作青芒，生出「嗤嗤」劍嘯，直刺入敵手劍網的核心處，寶刃凝起的寒飆，有如沖開重重障礙，破出缺口的洪流，把任遙的陰寒氣勁逼得往兩旁翻滾開去。

這一劍不單是燕飛巔峰之作，更代表他全心全靈的投入，充滿置生死於度外，壯士一去兮不復還的勇氣和決心。

當這一劍擊出，他把誰強誰弱的問題完全置於腦後，無喜無樂，無驚無懼。

任遙大笑道：「來得好！」

千萬點劍雨，倏地消失無蹤，變回一柄握手處金光燦爛、長達四尺半的寶刃。

任遙腳踏奇步，忽然側移，長劍閃電下劈，一分不誤地砍在燕飛蝶戀花的劍鋒處，離鋒尖剛好一寸，準確得教人難以相信。

「叮！」

燕飛全身劇震，最出奇是蝶戀花只像給鳥兒啄了一口似的，沒有任何衝擊壓力，可要命的是胸口處卻像給重錘轟擊，全身經脈欲裂，氣血翻騰，眼冒金星，難受得想立即死掉會更好。

若非心志堅毅，此刻便會放棄抵抗，又或全力逃生。燕飛卻曉得兩個選擇均是萬萬不行。而他之所以一個照面即吃上大虧，皆因被任遙牽著鼻子走，憑氣機交感，準確測到他的劍勢。一聲冷哼，日月麗天劍訣全力展開，驅走侵體的陰寒之氣，尚未有機會發出的劍勁回流體內，旋動起來，渾身一輕，終憑旋動的勁氣從任遙的氣場脫身出來，迅即揮劍往任遙面門劃去，一派與敵偕亡的壯烈姿態。

「噹！」

任遙豎劍擋格，劍招樸實無華，已達大巧若拙的劍境。

蝶戀花砍中任遙的劍，如蜻蜓砍石柱般，不能動搖其分毫，且所有後著均用不上來。

燕飛「嘩」的一聲噴出一口鮮血，往後疾退，別無他法下，重施對乞伏國仁的故技，布下一重一重的劍勁，以阻截這可怕對手的趁勢追擊。

哪知任遙竟昂立不動，只以劍尖指著他，一臉輕蔑的神態。

當兩人扯遠至兩丈的距離，燕飛忽然立定，劍尖反指任遙。

他不是不想趁勢逃走，只因任遙的劍氣將他遙遙鎖緊，假若他多退一步，攔截對方的劍勁立時消散，在對方全力追殺下，他肯定在敵進我退的被動形勢中捱不了多少劍，成有死無生之局，故懸崖勒馬，留下拚死一戰。

任遙啞然失笑，道：「燕兄確實高明得教我意外，自出道以來，我任遙從未遇上十合之將，但看來要殺死燕兄並不容易，令本人更感興趣盎然，樂在其中。」

燕飛心忖此人不但殘忍好殺，還以殺人爲樂，今天若死不掉，定要好好潛心練劍，除此爲患人世的惡魔。有了這個想法，更激起他求生的意志。

以微笑回報道：「小弟有一個問題，想請教任兄。」

任遙欣然道：「若燕兄是想拖延時間，本人不但樂於奉陪，且是正中下懷。因單是看著燕兄，已是令人賞心悅目的美事。難怪我那看不起任何男人的妹子會對你刮目相看。」

雖然他那好聽的話語背後實充滿冷酷狠毒的譏嘲本意，燕飛也不得不承認他談吐高雅，兼之其舉手投足或動或靜，均瀟灑好看，活如披著美好人皮的惡魔。

兩人仍是劍鋒遙對，互以眞氣抗衡，不過若單聽他們的對答，還以爲是一對好朋友在談天呢。

燕飛感覺著精氣神逐漸集中到手上的蝶戀花，從容道：「任兄作帝王打扮，顯然已非一般有意爭霸天下的豪士，而是覺得自己本就是九五之尊，這令小弟想到任兄大有可能是某一前朝的皇胄之後，而任兄的本姓也不是姓任，請問小弟有沒有猜錯呢？」

任遙聞言兩眼忽然瞇起來，精芒電閃，手上劍氣遽盛，低叱道：「好膽！竟敢查究本人的出身來歷。」

燕飛本是抱著姑且一試的心情，此時見到任遙的變化，哪還不知已猜個正著，勾起任遙心中的大忌，立即窮追猛打，長笑道：「原來眞是亡國餘孽，不知任兄本來是姓曹、姓劉，還是姓孫呢？」

任遙一改先前的瀟灑輕鬆神態，雙目凶光閃閃，但他尚未進擊，燕飛的蝶戀花已化作一道青芒，激射而來。

任遙見燕飛看似平平無奇的一劍，實暗蘊像充塞宇宙般無有窮盡的變化，不敢怠慢，挽起一團劍花，再如盛開的鮮花般往蝶戀花迎去。

兩大高手，再度交鋒。

只見兩道人影在月照下閃躍騰挪，鏖戰不休，雙方均是以快打快，見招拆招，劍刃交擊之聲不絕如縷，忽地燕飛悶哼一聲，往後飛退，把兩人距離拉遠至兩丈。

任遙並沒有乘勢追擊，反把橫在胸前的劍提高，雙目深情地審視沾上燕飛鮮血的刃鋒，柔聲道：「燕兄可知這把將於今晚飽飲燕兄鮮血的寶刃，有個很好聽的名字嗎？」

燕飛蝶戀花遙指任遙，鮮血從左脅的傷口涔涔淌出，染紅半邊衣袖，任遙的劍雖只入肉一寸，可是其劍氣已傷及附近經脈，令他左半邊身子麻痺起來。

他卻不驚反喜，任遙的唯一弱點是過於自負，否則只要乘勝追擊，他肯定捱不過三招。而任遙正因以爲已吃定他，所以好整以暇，不知他的日月麗天大法，有奇異的療傷速效，可迅快回復精神體力，以致錯誤預測他的反擊力。

現在既然任遙尙有閒聊的興致，他當然樂於奉陪，淡然笑道：「任兄既自命爲帝王之尊，用的佩劍當然有個尊貴的名字。」

任遙目光往他投來，搖頭嘆道：「好漢子！哈！無悔無懼的好漢子。到這刻明知必死，仍是從容自若，殺像燕兄這樣的人才有意思。本人保證要你流盡最後一滴血，看你是否還能笑出來？」

燕飛早習慣他那以殺人爲樂的心性言行，聳肩道：「任兄仍未說出佩刃的名字。」

任遙微笑道：「記著了！本人對燕兄是另眼相看，所以不願你作一個糊塗鬼。此劍名『御龍』，來自莊周〈逍遙遊篇〉的『乘雲氣，御飛龍，遊乎四海之外』。看劍！」

傷口雖仍是痛得要命，不過血已止，經脈回順，燕飛心神再晉入止水不波的超然境界，瞧著任遙主動攻擊，御龍劍依循一道優美的弧線，從兩丈外彎擊而至，而劍未到，驚人的劍氣已完全將他鎖緊籠罩，令他除硬拚一劍外，再無他法。如此以氣御劍，一切全由御龍帶動，可見任遙已臻宗師級的境界。

當任遙劍鋒離他不到半丈的當兒，燕飛終於有所反應，且完全出乎任遙意料。

蝶戀花往右側拉後。

要知任遙御劍攻來，看似攻擊燕飛胸口的位置，其實眞正針對的是燕飛的蝶戀花，其攻擊賴的是高手爭鋒間的微妙氣機感應，而蝶戀花正是燕飛的精氣神所在，任何反擊均會被任遙憑交感察悉其氣勢變化，無法隱瞞。現在蝶戀花不前攻反移後，全身破綻大露，完全暴露在任遙的攻擊下，換成其他未達任遙以氣御劍的高手，等若是將身體奉上，任由敵劍由任何一個部位進擊身體；偏是任遙在氣機牽引下，御龍劍有了新的感應，自然而然取向燕飛右側蝶戀花所在處。就像衝擊長堤的巨浪，忽然遇上一個缺口，當然朝此破口湧入，而此刻的缺口正是燕飛蝶戀花的劍鋒。

任遙不是沒法變招，只是任何變招均會破壞其一氣呵成的如虹優勢，且更欺燕飛左脅受傷，兼且燕飛後移的蝶戀花仍保持強大劍氣，可在任何一刹那由虧變盈，發動反擊，所以仍依勢而行，以蝶戀花爲標的。

燕飛長笑道：「帝君中計哩！」

蝶戀花繼續後移，左掌閃電劈出，以蝶戀花爲「日」，左掌撮指成刀爲「月」，日明月暗，陽陰兩訣同運，一掌重劈在御龍劍鋒側處。

任遙全身一震，整個人被帶得往燕飛右方跌開去，攻勢全消。

燕飛渾身一輕，再不感覺到任遙勁氣的壓力，深知好景一瞬即逝，猛一扭身，月移日換，蝶戀花如影隨形，疾刺側退的任遙咽喉要害。

這是燕飛壓箱底的殺著，若仍不能奈何任遙，將只餘待宰的分兒。

「叮！」

任遙只退兩步，御龍忽然爆成一團劍芒，迎上燕飛的蝶戀花，冷哼道：「找死！」

燕飛心知糟糕，蝶戀花已給對方擋個正著，硬盪開去。

任遙因先著失利，動了眞怒，再顧不得要燕飛流盡每一滴鮮血的話，離地彈起，雙腳屈曲，以一美妙詭邪的姿態揮劍劃向燕飛面門，教燕飛難以擋格。

燕飛再一聲長笑，身子螺旋般轉動騰起，蝶戀花旋飛一匝，反掃敵手面門，一派同歸於盡的招數。由於他旋飛的高度高出任遙兩尺，任遙的御龍劍變成劃向他腰部的位置。

任遙心叫一聲「蠢材」，就在燕飛長劍離面門只餘五寸許的距離，御龍倏地加速，先一步掃中他的腰背。

「叮！」

出奇地御龍沒有絲毫割開對方皮肉的血淋淋感覺，反是砍在金屬硬物之上，任遙忽然醒悟過來，記起妹子說過不知燕飛背後插著甚麼東西之語，不過已悔之莫及。

猶幸他用的是陽震之勁，好把燕飛一劍劈得拋飛開去，以解他臨死前的反擊，否則必被燕飛的劍砍入面門。

燕飛果然應劍橫飛，還有餘暇笑道：「多謝任兄相送！」

就那麼借勢騰空而去，越過破村的屋舍，投往村西後的密林。

任遙亦騰空而起，先落在一座破屋頂上，足尖一點，往燕飛追去並大笑道：「燕兄高興得太早了！」

第二十八章　動人眼睛

在離地五丈的高空，燕飛再噴出小口鮮血，他今晚是第三度受傷，且每次都憑特異的功法強壓下去，今晚如能僥倖逃生，肯定需要一段頗長的時間才可復元。

可是他卻別無選擇，任遙的魔功非常霸道，而此刻他的衣袂破風聲已在後方傳來，愈追愈近。燕飛猛提一口眞氣，運行全身經脈，一頭撞入一棵參天巨樹茂密的枝葉裡，落足巨樹近頂的橫椏上，蝶戀花指著正橫空而來，一身皇帝打扮，狀若從地府鑽出來向他討命的冥王任遙。

換成其他人，縱知逃生機會微之又微，仍會盡一切努力，希望憑著領先的優勢，深入密林爲生命逃亡。可是燕飛卻非尋常人，際此在戰略形勢佔有上風的當兒，卻立下死志，誓死反撲。對他來說，高手爭鋒，勝敗並不是只由劍法或功力高低所決定，戰略和意志同樣重要。撇開生死，任遙實是最佳的練劍對手。

劍氣撲面而來，隨著任遙的接近，眼前盡是點點芒光，只要他功力差少許，根本不知眞正的御龍劍由哪一個方向角度攻來，既不知其所攻，當然不知何所守。

燕飛卻是心中叫好。

任遙是不得不採取惑敵的戰略，因爲燕飛背靠堅實的樹幹，而任遙則是凌空攻來，若正面硬拚，由於任遙無處著力，吃虧的肯定是他。所以任遙得施盡渾身解數，務要教燕飛應接不暇，窮於應付，淪爲被動，不能採取進攻招數，還要守得吃力。

燕飛眼前的點點劍芒，從枝葉叢間迎頭蓋面的灑射而來，其主人任遙便像消失在劍芒後，顯露出任遙的眞功夫。

燕飛閉上眼睛，日月麗天大法全力施展，心神靜如止水，感官提升至極限，只從任遙摩擦枝葉的衣袂聲，他幾可用耳朵將任遙的位置以人形在腦海裡描繪出來。

更重要是他掌握到任遙表面看來聲勢洶洶，事實上卻只是要爭取立足之點，如讓他取得借力點，那時燕飛將優勢盡失。

燕飛一劍劈出。

任遙的御龍劍離他不到五尺的距離，他卻不是要擋格或反擊敵人，而是氣貫劍鋒，勁氣離刃疾發，一根粗如兒臂的枝幹應劍氣立即斷成兩截，連著大蓬樹枝樹葉，往下墜去。

任遙驚哼一聲，隨斷樹往下急墜，甚麼絕招奇技全派不上用場。最可恨是燕飛斷樹的時間拿捏得精準無比，恰好是他腳尖點在枝梢的刹那，令他無法借力變化。

燕飛雙眼猛睜，長叱聲中，兩手握劍高舉過頭，彈離樹椏，居高臨下朝下墜的任遙撲去，蝶戀花閃電劈向任遙戴著皇冕的頭頂。

一個是蓄勢以赴，一個是陣腳大亂，優劣之勢不言可知。

論劍法論功力，燕飛確遜於任遙，且不止一籌，可是燕飛運用智謀戰略，加上日月麗天大法獨異之處，終於首次爭得上風。

任遙也是了得，臨危不亂，御龍劍往上挑卸。

燕飛也不得不暗中佩服，因爲若任遙只是橫劍往上格擋，他有信心可在任遙於倉卒間無法貫足全力下，硬生生劈斷御龍，破冠砍入他的頭頂去。

「嗆！」

任遙怒哼一聲，雖挑開燕飛必殺的一劍，卻也給劈得往下直墜，處於挨打的局面。

縱使在如此有利於燕飛的形勢下，燕飛仍生出難以傷敵分毫的頹喪感覺，可知任遙何等高明厲害。不過此時他若要選擇逃走，成功的機會將以倍數增加。可是他完全不作此想，冷喝一聲，一個觔斗劍爆青芒，頭下腳上的筆直往急落的任遙追去。

任遙亦在頭頂上方劍化寒芒，全力還擊。

兩人一先一後，上下分明的往地上急墜，眼看兩劍相交，而此時任遙雙腳離地已不足一丈，異變突起。

一道劍光，從離地最近的樹椏射出，橫空而來，直擊任遙。

以任遙驚人的能耐，也給嚇得魂飛魄散。偷襲者的劍氣，比上方殺至的燕飛更要凌厲，且招數奇奧精妙，拿捏的角度時間精準至無懈可擊。

上面的燕飛見到一個全身裹在披風斗篷裡，只露出一對眼睛的灰衣人，從樹椏處疾撲出來，猛攻下墜的任遙，哪還不識相，加速揮劍下擊。

「噹！」

任遙全身劇震，御龍劍往上絞擊，在此兩面受敵的情況下，仍成功擋格來勢遽盛、不留後著的敵手強攻。同時另一手往前疾劈，正中灰衣人的劍鋒，借勢往荒村的方向飛退。

「嘩！」

任遙張口噴出鮮血，肯定已受重創，卻仍能提氣說話，聲音自近而遠，遙傳回來道：「丹王親臨，本人只好暫且退避，異日再作回報。」

當任遙消沒在荒村之內，燕飛和任遙所稱的丹王已先後落到地面。

那人背對燕飛，凝望任遙消失的方向，平靜地道：「任遙此人睚眥必報，最好有多遠逃多遠，否則若待他事後省覺不是我爹親臨，必回頭找你算賬。」

赫然竟是個女子清甜優雅的聲音，而只是聲音，其悅耳動聽處已足使任何人不論男女老幼，都生出親切感和一窺其貌的渴望。

此女當然是「丹王」安世清眞正的女兒，她作安世清一向的打扮，致令任遙產生誤會。不用說她是爲取回第三片玉珮而來，在遠方見到逍遙教的煙花訊號，適逢其會遇上此事。

燕飛很想多謝她援手之恩，可是見她背著自己，頗有不屑一顧的高傲冷漠，兼之語氣清冷，使他話到唇邊偏是說不出口來。

女子終於緩緩別轉嬌軀，往他瞧來。

以燕飛一貫對人世間人情物事的淡然處之，亦不由看得心中劇震，心神完全被眼前那對秀美而深邃不可測度的動人眼睛深深吸引。

她的斗篷上蓋至眉毛的位置，另一幅布由下籠上來，遮掩了眼睛以下的臉部，只餘一對明眸灼灼地打量他。此女身形極高，只比燕飛矮上少許，縱使在寬大的披風包裹下，仍顯得身段優美，風姿綽約，眼神更透出一種說不出來的驕傲。

燕飛從未見過這般美麗奇異的眼睛，彷似含情脈脈，又似拒人於千里之外的冷漠無情。她擁有的是一雙世上男人無不感到心跳的動人美眸。

她對燕飛的注視似是視若無睹，眼神沒有驚異又或嗔怒的任何變化，語氣保持平靜冷淡，輕輕道：「你的劍法很不錯，但仍遠非任遙對手，故不要把我的勸告當作耳邊風。我走哩！」

說罷騰身而起，從燕飛上方投往密林去，一閃不見。

燕飛生出屈辱的感覺，旋又啞然失笑，心忖人家既不屑與自己交往，怨得誰來，但總難壓下不服之心。正思忖間，忽然打個寒顫，身體生出疲倦欲睡的軟弱感覺。

燕飛暗吃一驚，知是因任遙而來的內傷發作的先兆，再無暇去想安世清女兒的事，迅速掠入林內，好覓地療傷。

午後時分。

硤石城放下吊橋，一身白色儒服的謝玄策馬馳出，後面跟著的是劉裕和十多名親隨，城門和下山馳道兩旁石壘的守兵均致敬歡呼，士氣昂揚，顯示出絲毫不懼敵方雄厚兵力的氣概，更自發地表示出對謝玄的忠心。

謝玄一臉從容，毫不遺漏地一一向手下含笑揮手招呼，激勵士氣。

跟在他馬後的劉裕也感到熱血沸騰，若謝玄此刻要他單騎殺向對岸，他肯定會毫不猶豫的依令而行。

他今早睡至日上三竿，勉強爬起床來，內傷已不藥而癒，梳洗後被帶去見謝玄，立即隨他出巡。

看著謝玄挺拔馬背上的雄偉體型，他比任何人更明白謝玄統軍的法門。一身儒服，本該與目前兩軍對峙的環境絕不協調，偏偏卻使人更感到他風流名士的出身背景，更凸顯他非以力敵，而是智取的儒帥風範。可是他掛在背後名震天下的九韶定音劍，卻清楚地提醒每一個人，他不但韜略過人，更是劍法蓋世。

劉裕雖像大多數人般沒有親睹他的劍法，可是謝玄自出道以來，從未遇過十合之將，卻是眾人皆知的事實。而在戰場上，他的九韶定音劍更是擋者披靡，取敵將首級如探囊取物。

謝玄不單是北府兵的首腦主帥，更是北府兵的精神所在。包括劉裕在內，對他的信心已接近盲目，沒有人不深信他可領導全軍踏上勝利的大道。

謝玄忽然放緩馬速，變得與劉裕平排，微笑道：「小裕昨晚睡得好嗎？」

劉裕大感受寵若驚，有點不知所措的答道：「睡得像頭豬那樣甜。」

謝玄見他慌忙勒馬，溫和的提點道：「戰場上不用拘束於上下之禮，即使同蓆共寢又如何？」

劉裕尷尬點頭，忽然記起一事，道：「有一件事下屬差點忘記爲朱大將軍轉述，朱大將軍著下屬轉告玄帥，他對安公爲他做的事，非常感激。」

在北府軍中，「安公」是對謝安的暱稱，以示對謝安的尊崇。

謝玄點頭道：「他有說及是甚麼事嗎？」

劉裕搖頭道：「朱大將軍沒有道明，我也不敢問他。」

謝玄往他投上深深的一眼，淡淡道：「當年他被擒投降，司馬道子力主將他在建康的家屬全體處死，全賴安叔大力維護，又派人把他家眷送到廣陵，由我保護，然後力勸皇上，使皇上收回成命，現在終得到回報。小裕從這件事學會甚麼呢？」

劉裕動容道：「做人眼光要放遠些兒。」

謝玄啞然失笑道：「我還以爲你會說做人必須守穩原則，認爲對的便堅持不懈。」

劉裕老臉一紅，赧然無語。

謝玄目光投往馳道盡處的岸灘和對河陣容鼎盛的敵營，一隊巡兵正馳到西岸旁朝他們注視，柔聲道：「小裕不必爲此感到慚愧，好心有好報並非時常會兌現的。重功利和成效也沒有甚麼不對，只要爲的是萬民的福祉，用上點手段是無可厚非。告訴我，我要聽你內心眞正的想法，一個成功的統帥，最重要的條件是甚麼？」

他們此時馳出下山馬道，沿河向南緩騎而行，忽然間他們的行藏全暴露於對岸敵人的目光下，那感覺既刺激又古怪。

對岸蹄聲轟鳴，顯是有人飛報苻融，告知他謝玄親自巡河的事。

劉裕知道謝玄在指點他，心中一熱，對這個昨夜謝玄曾問過他的問題衝口答道：「要像玄帥那樣才成。」

謝玄仰天打個哈哈，忽地驅馬加速，領著眾人直馳往靠岸一處高丘，勒馬凝注對岸。

劉裕和一眾親隨高手追在他身後，紛紛勒馬，扇形般散立在他後方。

謝玄招手喚劉裕策馬移到他旁，淡淡道：「再說得清楚點！」

劉裕見謝玄這麼看重自己，恨不得把心掏出來讓他看個清楚明白，誠心誠意的道：「只有像玄帥般能使上下一心願意同效死命，軍隊才能如臂使指，否則縱有蓋世兵法，也無從施展，唉！」

謝玄目光緩緩掃視對岸敵營和壽陽的情況，訝道：「爲何忽然嘆息？」

劉裕老實答道：「玄帥對下屬的眷顧，令下屬受之有愧，下屬實不值得玄帥那麼費神。」

謝玄沒有直接答他，油然道：「安公的風流，我是學不來的，但有一方面，我卻自問確得他眞傳，那便是觀人之術。劉牢之和何謙都是我一手提拔上來，而他們亦沒有令我失望。小裕你現在雖然職位低微、又欠戰功，可是我謝玄絕不會看錯人。你有一種沉穩大度的領袖氣質，成功不驕傲，失敗也不氣餒。但這還不是我眞正看得起你的主因，因若此頂多也只是另一個劉牢之和何謙，你想知道那主因是甚麼嗎？」

壽陽方向馳出一隊百多人的騎隊，領頭的是一批胡將，領先者身穿主帥服飾，不用問也知是苻融，直向他們立馬處的對岸奔來。

謝玄仍是一臉從容，亦沒有露出特別留心的神態。

劉裕連忙點頭表示願洗耳恭聽。

謝玄道：「想成爲成功的主帥，你須先要成爲軍中景仰的英雄人物，而你正有那樣的條件和氣質。劉將軍向我推薦你負責往邊荒集的任務，正因你是軍內公認最出色的探子，不論膽識、智計、武功均高人一等。而在聽過你完成任務的經歷，我還發覺你有運氣，終有一天，小裕會明白我這番話。」

此時苻融一眾人等，已馳至對岸，只隔開三十多丈寬的淝水，對他們指點說話。

劉裕點頭受教，卻不知說甚麼話回答才好。

謝玄目光投往河水，道：「若隔江對陣，小裕有甚麼取勝之法。」

劉裕對謝玄早佩服得五體投地，聞言汗顏道：「若洛澗西岸的敵軍被擊垮，下屬有信心可憑江阻擋敵人一段日子，可是當敵人兵員源源南下，集結足夠的兵力，我將陷於苦戰挨打的劣勢。」

謝玄露出莫測高深的微笑，淡淡道：「我到這裡來，並不是要吃敗仗，而是要打一場勝仗，且是漂漂亮亮的一場大勝仗。小裕你有這種想法，正代表對面的苻融也會這般想。你替我去辦一件事。」

劉裕聚精會神道：「請玄帥賜示！」

謝玄道：「給我預備兩萬個可藏於身後的碎石包，此事必須秘密進行，絕不可讓敵人察覺。」

劉裕全身劇震，現出恍然大悟的神色。

謝玄仰天笑道：「孺子可教也。」

蹄聲從後方傳來，回頭瞧去，胡彬孤人單騎，一臉喜色的疾馳而至。

謝玄淡淡道：「好消息來哩！」

第二十九章　別無退路

燕飛從深沉的坐息醒轉過來，森林空寂的環境，透林木而入的午後冬陽光線，溫柔地撫摸他飽受創傷的心靈。

任遙的魔功陰損至極，他雖暫時以日月麗天大法大幅舒緩經脈受到的損傷，但仍要依時行功療治，始有完全復元的機會。若在這段期間再度受創，即使日月麗天大法也幫不上忙，後果不堪想像。

他心湖首先浮現的是那對明媚深邃的動人美眸，他從未見過這麼吸引人的眼睛，這麼堅強和有個性的眼睛。而她顯然對自己絲毫不曾爲意。這種被忽視的感覺，令他感到被傷害，那種感覺頗有點冷暖自知的味兒。

接著想起龐義，在他身上究竟發生甚麼事呢？爲何他會脫手擲出護身的砍菜刀？而那把刀現今仍緊貼腰背。

然後是劉裕，那已變成一個他不得不踩進去的陷阱。

任遙既看穿他是重情義的人，當然猜到他會去警告劉裕。故任遙只要先一步去殺死劉裕，便可再布下羅網等他投進去，總勝過踏遍邊荒的去搜索自己的蹤影。

唯一的複雜處，是安世清女兒的出現，當任遙如安女所言，終省覺那並不是安世清本人，又怕自己會破誓把玉圖之秘盡告於她，那時他將會有甚麼行動？以任遙的爲人心性，勢必殺他們兩人而後快，劉裕方面則交給任青媞負責。

想到這裡，禁不住頭痛起來。

就在此時，西南方遠處隱隱傳來打鬥的聲音，若非仍在靜寂的半禪定狀態下，肯定聽不出來。不由大吃一驚，難道是任遙截上安女，想想又不大可能，因以安女的身手，現在最少該在數十里之外。又或可能與龐義有關，而不論哪一個原因，他均不能坐視不理。

燕飛跳將起來，往聲音傳來處全速掠去。

氐將梁成的五萬精銳，入黑後開始借橫牽兩岸的長索以木筏渡淮，並於淮水之南、洛澗西岸連夜設置木寨。

當其人困馬乏之際，劉牢之和何謙水陸兩路並進，於天明前忽然掩至，先截斷其河上交通，此時氐軍尚有近萬人未及渡淮。

水師船上的北府兵先發火箭燒其營壘，當疲乏不堪的氐兵亂成一團之際，劉牢之親率五千精騎分四路突襲梁成已渡淮的大軍，梁成的氐兵立即崩潰，人人爭躍淮水逃生，戰爭變成一面倒的大屠殺。劉牢之斬梁成及王顯、王詠等敵將十多人，氐兵死者超過一萬五千，其他四散逃入邊荒。

劉牢之收其軍實，凱旋直趨硤石城。

捷報傳至硤石城，舉城將士歡騰激奮，對謝玄更是充滿信心，人人宣誓效忠，士氣攀升至巔峰狀態。

此時苻堅的二萬輕騎剛過汝陰，不過他的心情與日出起程時已有天壤雲泥之別。追在他馬後的朱序對謝玄信心備增，更堅定其背叛苻堅之決心。

在正午時他們已從峰煙訊號收到梁成兵敗的壞消息，可是直到剛才遇上敗兵，方知梁成竟是一敗塗地，潰不成軍；且有人目睹梁成被劉牢之親手斬殺。

對苻堅來說，殘酷的事實彷如青天霹靂，這對他的實力和信心造成嚴重的打擊。要知梁成的五萬騎兵，是氐騎裡最精銳的部隊，倘能和佔領壽陽的苻融那二十五萬步騎兵遙相呼應，他苻堅便立於不敗之地。現在一切部署均被謝玄的奇兵打亂，變成壽陽與硤石敵我兩軍隔著淝水對峙之局，跟預估的形勢是完全不同的兩回事。

而苻堅此刻再無退路，亦沒有時間重新調動和部署。

現在留於邊荒集或正陸續抵達邊荒集的部隊，是以步兵為主，戰鬥力不強，且機動性極低，際此軍情緊急之時，幫不上甚麼忙。尤可慮者是梁成的五萬騎兵若能立足洛口，可設河障於淮水阻止謝玄水師西上，保證糧道水運的安全，現在此一如意算盤再打不響。

苻堅放緩馬速，與乞伏國仁並騎馳出汝陰城，沉聲問道：「國仁認為在如今的情況下，朕下一步該怎麼走。」

乞伏國仁心中暗嘆，自今天聽到梁成兵敗的消息，苻堅一直沉默不語，直至此刻方肯垂詢於他，可見苻堅已因此事心亂如麻，拿不定主意。對苻堅他是有一份忠誠，感激苻堅當年滅燕時不殺之恩，還讓他和家族享盡榮華富貴，不過當然仍遠及不上像呂光般那些苻堅本族的大將。分析道：「我們雖初戰失利，仍是有失有得，現在天王該明白謝玄為何放棄壽陽，皆因自知無法應付腹背受敵的情況，所以把兵力集中，傾巢突襲梁將軍在洛澗的先鋒軍。」

苻堅點頭道：「我們得的就是壽陽。」

乞伏國仁續道：「我們的兵力仍佔壓倒性的優勢，而敵人在洛澗的戰事中也必有損傷，我們如今最穩健的做法，是全面加強壽陽和淝水西岸的防禦力，待大軍集結後渡水進攻硤石，謝玄理該不會以卵擊石，渡淝攻打我們。不過這也很難說，若我是謝玄，唯一生路是趁我們兵力尚未集結，陣腳未穩前，揮軍拚死一戰。如果此事發生，將是我們洗雪前敗的良機。進攻退守，全掌握在天王手上。」

苻堅雙目精芒閃閃，燃燒著對梁成部隊全軍覆沒的深刻恨意，狠狠道：「若謝玄斗膽渡過淝水，朕會教他有去無回。」

乞伏國仁一對眼睛射出殘忍的神色，沉聲道：「現今形勢分明，若能擊垮謝玄的北府兵，建康城將是我們囊中之物，桓沖則遠水不能救近火，只要我們截斷大江水運交通，又分兵駐守壽陽、硤石兩城，桓沖只能坐以待斃，國仁以爲須立即調來慕容上將軍的三萬精騎，當其兵至，謝玄的末日也將來臨了。」

苻堅眼睛亮了起來，點頭同意道：「好！就照國仁的提議去辦，在上將軍抵達前，我們先作好渡河的準備，就讓謝玄多得意一陣子。」

乞伏國仁心中再嘆一口氣，他們現在再無退路，若撤返北方，謝玄和桓沖必借水師之利，沿途突襲，截斷糧道，那時南征部隊士氣銳氣全失，將不戰而潰。

他也想過請苻堅掉頭返回邊荒集坐鎮，遙控大局，不過如此更會對剛受挫折的南征軍的士氣造成嚴重打擊，遂取消此意。

謝玄一著奇兵，擊潰梁成的部隊，已令苻堅對他生出懼意。形勢發展下，他們只有一條路可以走，就是與謝玄決戰於淝水，南征大軍已由主動淪爲被動，以前怎想過會陷於此種情況呢？

燕飛穿出密林，來到穿林而去的一條驛道上，入目的情景，令他生出慘不忍睹的淒涼感覺。從東南蜿蜒而至的林中道路，伏屍處處，有十多具之多，在林道北端彎角處，一輛騾車傾倒路旁，拖車的兩頭騾子亦不能免禍，倒在血泊中。

不論人騾，均是天靈蓋被抓破而亡，出手者不用說也知是天師道的妖人盧循，此正是他最愛的殺人手法。

可以想像當這隊人駕著騾車，從南往北之際，盧循由南面追至，出手突襲，被襲者死命頑抗，且戰且走，結果全隊覆滅，車毀兼人騾俱亡。

散布地上的死者全體一式道人打扮，道袍繡上太極的太乙教標誌，表面看來該是太乙教的人，並沒有榮智在內。太乙教與天師道為死敵，被盧循遇上，自是毫不留情，可是連無辜的騾子也不肯放過，實教燕飛憤怒莫名。

燕飛怕盧循仍在附近，提高警戒，雖明知自己內傷未癒，不宜動手，但仍恨不得盧循走出來，讓他有機會拚死除惡。

來到騾車旁，忽然發覺道旁草叢內有個破爛的長形木箱，大小可放下一個人。心中一動，想到這批太乙教徒是來接應榮智等三人，箱子是用來藏放依計畫擄得的曼妙夫人，豈知好夢成空，被任遙設下陷阱，令榮智三人兩死一傷，而榮智還命不久矣。

燕飛越過騾車，道路朝西北方彎去，隱有水聲傳來。

他此時想到的是榮智逃離寧家鎮後，趕到某處與這隊徒眾會合，再取道眼前路線潛返北方。任遙說過榮智能跑到十里之外，已非常了不起。由此推知這隊等待榮智的太乙教徒，與榮智會合的地點，不該離此地太遠，否則這批人應仍在苦候。不過因要躲避逍遙教的搜殺，故躲至此時，方才起行，卻仍是劫數難逃。

燕飛繼續前行，一邊思索。

榮智現在在哪裡呢？究竟是生是死？

今次應是池魚之殃，盧循只因追蹤他燕飛等人，湊巧遇上這批太乙教徒，否則他們該可安然返回北方。

轉出林路，豁然開朗，道路盡頭是一條從西北流往東南的大河，路盡處還有個小渡頭。這條大河該是睢水，往東南去匯入泗水，再南下便是東晉近海的重鎮淮陰，沿泗水北上是彭城和南州。

燕飛目光巡視遠近，河上不見舟楫，空寂無人。心忖照道理太乙教徒取此路線，自該有舟船接應。難道船隻已給盧循來個順手牽羊，揚帆而去？細想又覺得沒有道理，盧循正急於找尋他們，怎會捨陸路而走水道？

想到這裡，隱見北面不遠處似有道分流往東的支流，忙朝那方向疾掠去了。

劉裕依謝玄指示，與工事兵的頭子張不平研究出謝玄要求的碎石包，又以兵士演練，證明確實可行，遂發動所有工事兵於八公山一處密林中闢出空地，動工製造。

張不平本身是建康城內的著名巧匠，多才多藝，這幾天才趕製出數萬個穿軍服的假兵，現在又爲製石包而努力。

不知如何，劉裕忽然想起安玉晴，奇怪地他對她不但沒有絲毫怨恨之意，反覺得她的狠辣令她特別有女人的味道和誘惑力，一派妖邪本色。

她究竟憑甚麼方法躲過乞伏國仁翻遍邊荒集的搜捕，那絕不是找間屋子或廢園躲起來可以辦到的，由此可知她必然另有法寶。此女行爲詭異，不像是「丹王」安世清的女兒。直到此刻，他終對安玉晴的身分產生懷疑。

這時孫無終來找他，此位老上司剛抵達不久，兩人見面自是非常高興。

孫無終親切地挽著他到一旁去，道：「小裕你今番能完成玄帥指派的任務，又先一步偵知梁成大軍的動向，連立兩大奇功，參軍大人和我都非常高興。現在立即舉行作戰會議，玄帥更指名要你列席，參軍大人和我均感到大有面子，你要好好的幹下去。」

孫無終挽著他沿林路往硤石城走去，劉裕道：「全賴大人多年栽培提拔。」

孫無終微笑道：「若你不是良才美玉，怎麼雕琢也是浪費時間。玄帥今趟連陞你兩級，你定要好好掌握這個機會，將來必能在北府軍內出人頭地。」

劉裕忙點頭應是。

又想起安玉晴的所謂「丹毒」，若眞是「丹王」安世清煉出來的毒素，自己怎能輕易排出體外？不禁更懷疑這美女的身分，同時暗叫不妙，自己和燕飛把玉珮上的圖形默畫出來交給她，有大半原因是因她是安世清的女兒，如她是冒充的，豈非大大不妙。

孫無終哪想得到他心內轉動著這些無關眼前說話的念頭，續道：「待會在議事堂內，沒有人問你，千萬不要主動發言，明白嗎？」

劉裕立即明白過來，他雖陞爲副將，成爲孫無終的副手，事實上仍未有資格參加北府軍最高層軍事會議的地位。

在一般情況下，他的事只能由孫無終代爲彙報，謝玄點名要他列席，是破格的做法，不由對謝玄更生感激。

孫無終特別提醒道：「你對何謙大將說話要特別小心，這次擊潰梁成軍的功勞，被參軍大人領去大半，聽說他爲此曾在葛侃和劉軌兩位大將前大發牢騷。你是參軍大人的人，說不定他對你在言語上會不客氣。」

劉裕呆了半晌，至此方知北府兵內亦有派系鬥爭，以前位低職微，孫無終根本不會向他說這方面的事。

現在他雖位至副將，可是在北府兵裡副將少說也有數十名，仍只屬於中下級的軍官，要陞爲將軍，不但須立下大戰功，還得有人提拔才成。

不由往孫無終瞧去。

這位一向以來他感覺高高在上的北府兵大將，雖不像以前般遙不可及，但以職位論雙方仍隔著難以踰越的職級鴻溝。

即使將軍也分很多等級，普通將軍、大將和上將已是不同的級別，更有兼領其他職銜，在權力和地位上更大有分別。像劉牢之以大將身分兼任參軍，便成北府兵內謝玄麾下最有權力的人。

不過自己也很有運道，得謝玄和劉牢之兩人看重，孫無終更視他爲本系子弟，與胡彬又關係良好，倘能再立軍功，正如孫無終所說的，將來必可出人頭地。

孫無終年紀在三十五、六間，比劉裕高上少許，身形頎長，一派出色劍手的風範，氣度優雅，五官端正。在北府諸將中，他是唯一出身南方望族的人。謝玄肯重用他，證明謝玄並不計較南北望族的分別和對立。所以孫無終對謝玄忠心耿耿，一方面固因謝玄是充滿魅力使人心服的統帥，更因是心存感激。

他們是最後抵達議事堂的兩個人，劉裕才發覺今次作戰的領導層雲集堂內，氣氛嚴肅。謝石和謝琰均在座，其他劉牢之、何謙、葛侃、高衡、劉軌、田濟和胡彬諸將，全體出席會議。謝玄親自將劉裕介紹給不認識他的將領，果然何謙和屬他派系的葛侃、劉軌態度冷淡，謝琰則是神情倨傲，一副世家大族不把寒門子弟放在眼裡的神態，反是謝石沒有甚麼架子，大大地誇獎了他一番。

最後依職級坐好。

謝石以主帥身分坐於議事堂北端最尊貴的位置，謝琰和謝玄分別左右上座，其他將領依職級高低依次排列下來。

劉裕當然是敬陪末席，坐於孫無終之下，還要坐後少許。不過對劉裕來說，能坐下來已感光宗耀祖，心滿意足。

謝石說了一番鼓勵的話，又特別點出劉牢之和何謙大破梁成軍的功勞，然後向謝玄道：「現在情況如何？」

謝玄從容一笑，淡淡道：「苻堅終於中計南來，正親率輕騎，趕赴壽陽，今晚可至。」

眾將無不動容，不過大多不明白爲何謝玄會說苻堅中計，包括謝石和謝琰在內。

劉裕卻心中劇震，曉得朱序終發生效用。而隨著謝石等的來臨，北府兵已盡集於此，與苻堅的主力大軍正面對撼，此戰的勝敗，將成南北政權的成敗，直接決定天下以後的命運。

第三十章　銅壺丹劫

燕飛沿著睢水往東的一道支流提氣疾掠，忽然止步，在他腳旁草叢內，一截斷劍正反映日落西山前的光芒。

長劍從中折斷，在草叢內是連著劍柄的一截，握手處有乾涸了的血跡。

燕飛年紀雖輕，卻是老江湖，推測出此斷劍大有可能是屬於榮智的，劍則是昨晚與任遙交手時被硬生生震斷，虎口破裂，使劍柄染上鮮血。因為若是對上盧循時發生此事，柄上便該是未乾透的新鮮血液。

附近並沒有打鬥的遺痕，看來該是榮智為躲避盧循，趁手下與盧循激戰的當兒，逃到此處，可惜內傷終於發作，連斷劍也拿不住，失手落地。這麼說榮智應仍在不遠處。

燕飛眼睛掃視遠近，一切毫無遺漏，榮智踏在岸沿草坡的足印痕跡立即呈現眼前，直延伸岸旁不遠處的密樹林。數棵矮樹茂密的枝幹樹葉橫伸而出，掩蓋近十多丈長的河面，枝葉內隱隱傳來木石隨水流輕輕摩擦撞擊的聲響。

燕飛舉步走下草坡，直抵河邊，從枝葉間隙透視河邊，一艘長約三丈的中型漁舟，以繩索緊繫在岸上一棵樹幹上，非常隱蔽，若沿岸直行又不特別留神，肯定會錯過。隨著河水的波盪，船身不斷撞上岸邊的一塊大石，發出剛才他聽到的聲音。

燕飛騰身落到船尾處，從敞開的艙門瞧進去，赫然見到榮智半坐半臥的挨坐艙壁一角，臉色蒼白如死人，雙目緊閉，左手撐著船艙的地板，支持身體，另一手緊握著一件物件，放在腿上，似欲要把手舉起，偏已無力辦到，胸口急促起伏，呼吸困難，顯已到了垂死彌留的地步。

燕飛雖對這類妖人全無好感，但見他命已垂危，生出惻隱之心，進入艙內。

榮智終是高手，仍能生出警覺，勉力睜開眼睛，現出驚駭神色，旋又發覺不是盧循和任遙，舒緩下來，辛苦地道：「你是誰？」

燕飛在他身前蹲下去，細察他臉色，知他生機已絕，大羅金仙也無法可救，若妄圖輸入眞氣，只會加速他的死亡。嘆一口氣道：「我只是個路經此地的荒人，道長有甚麼遺言？」

榮智攤開右手。

「叮」的一聲，一個可藏在掌心內的小銅瓶掉在艙板上，滾到燕飛腳邊。

燕飛看上一眼，見瓶口以銅塞火漆密封，以火漆的色澤看來，這銅瓶至少已密封多年。心忖瓶內裝的大有可能是療傷聖藥一類的東西，奇怪的是榮智爲何在死前才拿出來試圖服用，而不是在逃離寧家鎮之時。

訝然朝榮智瞧去，道：「道長是否想服用銅壺內的藥物？」

榮智無力地把頭仰靠艙壁，艱難地呼吸著最後的幾口氣。

燕飛知他斷氣在即，不再猶豫，右手十指齊出，點在他胸口各大要穴，送入眞氣，當眞氣消散的一刻，將是榮智殞命之時。

榮智的臉色立時紅潤起來，還勉力坐穩少許，以驚異的目光打量燕飛，聲音嘶啞的道：「你是個好人，唉！」

燕飛心忖這或許是人之將死，其言也善。道：「道長有甚麼遺願，請立即交代。」

榮智顫聲道：「千萬不要拔開壺塞，立即將它丟進河內。」

燕飛爲之愕然，然後想到榮智是怕盧循去而復返，得到銅瓶內之物，也就釋然。點頭道：「好吧！」

探手從地上拿起銅瓶，瓶身扁扁的，裡面有似是金屬物的東西在滾動，入手的感覺也怪怪的。

燕飛看也不看，舉手便要將它擲出艙窗外，讓它永沉河底。

榮智忽又及時喝止道：「不要！」

燕飛往他望去，後者雖辛苦地呼吸，雙目卻射出難以掩飾的喜色。

燕飛才智過人，心中一動，已想通他歡喜的來由，不由生出鄙視之心。妖人畢竟是妖人，榮智並不是眞心要自己把小銅瓶丟進河水裡，而是藉此測試自己是否見寶便生出貪念的人，現在既然發覺自己是怎樣的一個人，當然會利用自己去爲他完成某一件事。

不過若他要自己把此物交給其教主江凌虛，燕飛絕不肯照辦，一定把它丟進河水內了事。對於妖人之物，他根本毫無興趣。

果然榮智奮其所餘無幾的生命力，續道：「建康城平安里內陽春巷有一個叫獨叟的人，他的屋子南臨秦淮，你把壺交給他，必然重重酬謝你，記著不要拔開壺塞，我……」

頭一側，終嚥下最後一口氣，雙目睜而不閉。

燕飛爲他抹下眼瞼，頹然坐下。

不知爲何，他忽然生出心灰意冷的感覺。生命如此脆弱，昨晚榮智攔路截車時仍是威風八面，現在卻變成一具沒有生命的屍體。死亡是不能逆轉和避免的，就像母親的消逝。

緩緩舉手，攤開手掌。

小銅壺現在眼前，銅質的壺身在夕照的餘光下閃閃生輝，不知是否因是榮智之物，總帶點妖邪的感覺。

燕飛翻過壺的另一邊，兩行蠅頭小字赫然入目，寫著：

「丹劫

葛洪泣製」

六字是被人以尖錐一類工具在壺身逐點鑿成字形，若不是於近處細看，會因壺身的反光忽略過去。

燕飛心中劇震，致銅壺差點掉到地上。葛洪可非一般等閒人物，而是橫跨兩晉的丹道大宗師，著有名懾天下的《抱朴子》一書，被奉爲丹學的經典。內篇二十卷，遍論神仙方藥、鬼怪變異、金丹黃白、養生延年、禳邪袪禍之術；外篇五十卷，詳論「人間得失，世事臧否」，結合儒道之教。

若此壺眞是與他有關，那壺內之物，肯定可以驚天地而泣鬼神。

可是爲何有「丹劫」這個使人不寒而慄的名稱，又要說「泣製」。想不通的事還有很多，此瓶爲何會落入榮智手上？他受創後爲何不立即服用，到再撐不下去才有服食之意？不過也可能不是想服食而是想把它拋進河水裡或別有用意。

自己該不該拔開銅塞看個究竟？

目光落到坐斃的榮智臉上，暗嘆一口氣，他燕飛雖有好奇心，但總不能在對方屍骨未寒時做出這種事，兼且「丹劫」兩字確是怵目驚心。若眞是好寶貝，製它出來的葛洪早一口吞掉，不用密藏壺內。

小心地把小壺貼身藏好，正想將榮智好好安葬，岸邊破風聲傳來。

燕飛此時再無爭勝之心，又怕自己即使沒有受傷，仍非盧循對手，何況此時身負內傷？更顧忌的是若銅壺落入盧循手上，不知會有甚麼可怕後果。想到這裡，悄悄掠出船艙，滑入冰涼的河水裡。

比對起由謝石以下，至乎劉裕，人人一身甲冑軍服，謝玄的白衣儒巾尤顯他出眾不群的瀟灑氣度，大有談笑用兵，敗敵於指顧之間的氣概。

劉裕比在座任何人對謝玄有更深刻的感受，別人只是希望在他的領導下，憑他的奇謀妙計打贏這場關乎到東晉生死存亡的決定性大戰，而他劉裕則是要從謝玄身上學得成爲統帥的秘訣。謝玄現身說教，劉裕受用無窮。謝玄著他參與此會，正是要向他示範如何使眾人心悅誠服，依他定下的計畫行事。

謝玄說的沒有一句是廢話，句句暗含機鋒，牽著各人的鼻子走，配合他突出的形象和風度，誰能不動容悅服。

謝玄微微一笑，從容道：「此役我方取勝關鍵，在於能否速戰速決。如若苻堅留守大後方，我們雖有速戰之心，卻只有徒嘆奈何。所以我在予朱序信中，請他慫恿苻堅南來主持此戰，若能一舉擊破苻堅，勝負立告分明。」

除劉裕外，眾人至此方明白謝玄因何對苻堅親臨戰場不憂反喜，而謝石等更是到此刻才弄清楚謝玄一意策反朱序的其中一個原因。要知苻堅乃統一北方之主，威望極高，其「渾一四海」的政策，令不少胡人心存感激或懾服，當他一天未親嘗敗績，仍可鎮著北方諸族，其南征大軍絕不會因一兩場敗仗而崩潰，頂多雙方陷於對峙苦戰之局。在這樣的情況下，由於南北兵力懸殊，最後敗的肯定是東晉而非氐秦。

可是若能一舉擊破由苻堅親自指揮的大軍，苻堅將威名盡喪，諸族必然四分五裂，氐秦帝國亦告完蛋。

所以謝玄此著，確實非常厲害。

眾人紛紛稱善，因謝玄的奇謀妙計，使士氣大振，且進一步明白必須一舉擊垮梁成軍的決定性。

謝石捋鬚笑道：「聽說苻堅從未親臨前線指揮大規模的決戰，這回首次以身犯險，大概也該是他最後一次以身犯險哩！」

眾人轟然哄笑，本是緊繃的氣氛完全放鬆下來。

劉裕暗忖謝玄此著還可稱是一石二鳥，因苻堅性格主觀，事事一意孤行，反之其弟苻融卻是精明厲害，且久經戰陣，現在苻融的指揮權落入苻堅手上，對己方是有百利而無一害。

謝琰首次發言，道：「敵人渡淮的先鋒軍約三十萬人，現今梁成的五萬人傷亡過半，潰不成軍，不足言勇。慕容垂的三萬鮮卑騎兵已進駐鄖城，所以壽陽的敵軍當在二十萬許之數，加上苻堅親兵，人數當不過二十五萬，不過仍是我們八萬北府兵人數的三倍。攻城者，人數必須是守城者兩倍以上，所以現在倘若我們穩守硤石，憑八公山之險大幅消耗敵人兵力，待其筋疲力倦，可一舉破之，此為有勝無敗之計。」

眾人中有一半點頭同意，包括謝石在內，只有劉牢之、何謙等知道謝玄心意，沒有表態。一向主守的胡彬也沒有表示認同，不是因他不同意謝琰的戰略，而是像劉牢之等人般曉得謝玄有截然不同的策略。他今趟學乖了！

劉裕則心中冷笑，他最看不慣高門大族自以為高人一等的嘴臉，而謝琰正是這種人。他說的話，正好顯示他是死啃兵書不懂戰場上因勢制宜、隨機應變之道的人。雖輪不到他插嘴，可肯定謝玄會直斥其非。

當所有人目光全集中到謝玄身上，這位堪稱南朝兵法第一大家和劍術大師的超卓人物啞然搖頭失笑道：「那樣慕容垂會非常失望哩！」

眾人聽得再次愕然，只有劉牢之和胡彬點頭表示明白。

劉裕卻不敢有任何表示，同時暗感慚愧。他心中希望謝玄訓斥堂弟，只是求一時之快，於內部團結有損無益。而謝玄奇峰突出的一句話，立即將所有人的思考引到另一方向，即使謝琰的提議被推翻，謝琰也不會感到難過。

換成劉裕是謝玄，會直指謝琰想法天真，只考慮己方優勢，而忽略敵方的應對策略。既然此戰須速戰速決，當然不可讓對方有喘息的機會，例如集結更強大的兵力，又或另派軍於下游渡淮諸如此類的舉動。

謝玄扼要解釋了與慕容垂微妙的關係後，淡淡道：「若我們按兵不動，等若輸掉這場仗，慕容垂和姚萇兩個苻堅麾下最重要的外族大將，在不敢公然背叛苻堅的形勢下，將不能保持按兵不動的拖延策略。等到他們揮軍助攻，我們將痛失良機，白白錯過唯一可贏此仗的機會。」

謝石倒抽一口涼氣道：「敵人兵力在我們三倍之上，若正面對撼，我們哪有僥倖可言？」

謝玄微笑道：「三叔不要忘記涼成那一仗是如何輸的，戰爭的成敗是由運用戰略、計謀、士氣決定的。」

接著向胡彬道：「假兵的設置完成了嗎？」

胡彬恭敬答道：「一切依玄帥吩咐辦妥。」

謝玄雙目顧盼生輝好整以暇的道：「我要讓苻堅生出草木皆兵的怯意，今晚大家好好休息。明天！就是明天！我要苻堅嘗到他最慘痛的一場敗仗，一場使他永遠不能翻身的敗仗。今晚我還要接待一位從壽陽來的貴賓。」

眾人聽得呆了一呆，包括劉裕在內，人人不明所以。

謝石訝然朝侄兒瞧去。

謝玄霍地站起來，理所當然地道：「不是朱序還有誰呢？」

劉裕爲之拍案叫絕，由會議開始至結束的一刻，謝玄全盤控制會議。他更感覺到開完這次會議，他就像被謝玄開了竅般成長起來，從沒有一個時刻，他比現在更掌握到成爲統帥的竅門。

太陽沒入八公山後，天色漸黑，代之是硤石城暗弱的燈火。比之壽陽那邊城頭和營地的燈火通明，淝水對岸有如另一個人間世。

苻堅臉色陰沉的立在壽陽城頭，遙觀對岸形勢。陪伴他的是親弟苻融和乞伏國仁、慕容永、呂光、沮渠蒙遜、禿髮烏孤、朱序等一眾將領。

八公山上處處人影幢幢，一副陣容鼎盛、嚴陣以待的氣勢。

苻堅沉聲道：「我們對敵人的兵力是不是估計錯誤了？」

苻融答道：「那只表示謝玄心虛，怕我們渡河夜襲。照我們的情報，北府軍能抽調來的兵力只有八萬之眾，且以步兵爲主，騎兵肯定不會過萬，若在平原作戰，幾個照面我們肯定可將他們擊垮。」

苻堅容色稍緩，目光投往下方從北流來橫亙前方的淝水。呂光乘機道：「微臣剛探測過河水，最深處浸及馬腹，不利渡河，必須待設立浮橋，始可大舉進攻。」

乞伏國仁點頭同意道：「此水分隔東西，對敵人同樣不利，我們只須隔河固守，待大軍集結，再分多路進攻，必可克服硤石。」

沮渠蒙遜獰笑道：「諒謝玄小子也不敢主動挑釁。」

苻融道：「我方雖失去梁成的部隊，但對我們實力損失不大，現在敵人大軍被我們牽制於此，形勢反對我們有利。假設我們以慕容上將軍的三萬精騎代替梁成軍，再從下游渡河，鄖城則交由姚萇上將把守，調動完成之日，將是謝玄命喪之時。」

苻堅點頭道：「就這麼辦。」

朱序發言道：「我們可以連夜在潁口下游處的淮水河段設置攔河木障，阻止東晉水師封鎖河道或襲擊糧船，以保糧資源源不絕從邊荒集運來壽陽。同時修補壽陽城門，重掘護城河，如此我們可立於不敗之地。」

包括苻堅在內，眾人無不點頭稱善。

朱序則心中暗笑，這是謝玄信中所授的疲兵之計，說出來反可令苻堅更深信自己是爲他著想。

道：「臣下還有一個提議，如若主上允准，我可渡江去遊說謝玄，如此或可不費一兵一卒取下硤石，司馬曜也要立即完蛋。」

苻堅愕然道：「朱卿有信心說服謝玄嗎？」

朱序道：「微臣最明白江左大族的心態，他們盡忠的對象是家族而非司馬皇室。謝安和謝玄更清楚司馬氏鳥盡弓藏的意向，只要主上許他們高官厚爵，家族風光如舊，加上明知以區區數萬北府兵抵擋我南伐大軍，無異於螳臂當車，微臣說不定可將他爭取過來。即使他拒絕，微臣也無礙一試。」

苻融皺眉道：「如他不但拒絕，還扣留你，我們豈非得不償失？」

由於步兵以漢人爲主，故歸朱序指揮，而他亦是苻堅將領中最善於步戰的人，步兵的將士中更不乏朱序以前的手下，隨他一起歸降。所以若失去朱序，對苻堅方面會造成嚴重的打擊。

朱序答道：「這方面可以放心，若謝玄敢這麼做，對他高門名士的清譽會造成嚴重的打擊。戰爭有戰爭的規矩，我們是先禮後兵，謝玄不會不領這個情。」

苻堅下決定道：「就這麼辦吧！謝玄該清楚朕一向善待降將的聲譽。」

朱序心中大喜，轟然應諾。

第三十一章　弟繼兄位

燕飛無聲無息的貼著漁舟滑進水裡，並沒有潛游離開，反以雙手運功吸著船身，只餘頭臉留在水面上。

此正是燕飛的高明處。若是盧循去而復返，一心搜索榮智，肯定不會放過河裡的情況，在夕照的餘暉下，兼之水淺，他絕避不過像盧循這類級數高手的耳目。

剛藏好身體，足尖點在船頭甲板的聲音傳來。燕飛心忖怎會來得那麼快，連忙滑進船底去。

果然那人先沿船邊遊走一匝，然後掠進艙內。

燕飛心讚盧循果然是老江湖，雖見到榮智的屍身，仍不急於入艙，先巡視周遭的情況，然後入艙觀看榮智。

他又回到剛才的位置，功聚雙耳，留心細聽，同時運聚功力，以免錯過任何突施偷襲的機會。

對方忽然又從艙內竄出，掠往船尾。

燕飛心叫可惜，盧循竟就這麼離開，使他失去奇兵突襲的良機。

「大師兄！」

燕飛爲之愕然，上面那人竟非盧循，不過他的輕身功夫肯定不遜於盧循，只不知是何方超卓的高手？要知像盧循那類級數的高手，天下屈指可數。忽然平白鑽出這樣一個人來，當然教他驚異莫名。

風聲響起，一人從岸上躍落船頭，訝道：「怎會是道覆你呢？」

此時說話的一方才是眞正的盧循，而燕飛亦從他對先前一人的稱呼，知道那人是誰。天師道最著名的人物，當然首推「天師」孫恩，接著便輪到得他眞傳的兩名弟子——「妖道」盧循和「妖帥」徐道覆，而後者更是江東出名的美男子，不知多少美女落在他手上，被騙身和騙心。

想不到天師道兩大高手盡集於此，由此可推知江湖大變將臨。

徐道覆答道：「還不是爲那瞧不起天下男人、孤芳自賞的美人兒。我已和她有初步的接觸，本想必可如願以償，只可惜追入邊荒後，忽然失去她的蹤影，直尋到這裡來，發現大師兄正出手收拾賊道，我遂找到這艘船上來。」

盧循笑道：「人說美人計無往而不利，我說道覆你的美男計才是永不會失手。咦！我們的榮智道兄怎會一命歸西，是否你下的手？」

燕飛聽到徐道覆毫不慚愧誇說自己去騙人家姑娘的芳心，大叫卑鄙。但亦不得不承認他有一副溫柔好聽的嗓子，以這副能把樹上鳥兒哄下來的聲音，配上虛假的高雅言行，盡說些甜言蜜語，確可害苦天下美女，也正因此他對徐道覆更感深惡痛絕。

徐道覆道：「我到來時他已是這副樣子，我把過他的經脈，天下間只有任遙的逍遙訣才能使他心脈被至陰至寒的眞氣凝固，致一發無救。」

燕飛心中大爲懍然，此人確有一套本領，單從脈絡情況已可推測出榮智的死因。

盧循道：「竟然是任遙親自下手，難怪榮智劫數難逃！逍遙訣邪毒陰損，可以長期潛伏受創者體內，伺機肆虐，如不徹底清除毒害，可在任何時刻發作。」

燕飛心叫糟糕，難怪自己總覺內傷未癒，原來任遙的眞氣如此可怕。

徐道覆道：「這究竟是怎麼一回事？榮智怎會遇上任遙？大師兄你又為何到這裡來？天地珮到手了嗎？」

盧循冷哼道：「不要說啦！天地珮得而復失，給妖女青媞和兩個小子搞砸了，我現在正找那兩個小子算賬。」

接著把事情簡單交代一下，又道：「其中一個小子是北府兵的人，冤有頭債有主，看他們能飛到哪裡去？」

燕飛聽得心中苦笑，劉裕惹上這批窮凶極惡的人，自己想不去找他警告一聲都不行。

徐道覆狠狠道：「大師兄要趕快點，否則如讓苻堅攻陷建康，樹倒猢猻散，要找人將會多費一番工夫。」

當他說到苻堅攻陷建康，語氣中充滿幸災樂禍的快意，顯示出對東晉政權存有極深恨意。燕飛一點不奇怪他這種態度，在往邊荒集途中，他從劉裕處知曉有關天師道的情況。

天師道的出現，並非偶然，而是孕生於江東本地世族和南來荒傖的不滿情緒。

以孫恩為例，本為江東世族，備受南來大族的壓迫和剝削，經過多次土斷，已變成南方的低下寒門，對南來的政權和世族自是仇恨極深，時思反噬。

至於盧循和徐道覆，其家族本為北方望族，卻因過江稍晚，沒能在江左政權分上一杯羹，淪為寒門，不論其往者是否望族，一律被視為荒傖寒士。

兩股不滿江左政權的勢力結合，加上道教的異端，便成為同樣備受壓迫的三吳士庶信仰的天師道。

這股南方本土人士和南來失落士族的冤屈之氣，醞釀已久，由於苻堅的南征，終到了爆發成大亂的一刻。

跟著是兩人進入船艙的聲音，且衣衫窸窣，該是兩人在搜查榮智的屍身。

徐道覆道：「剛才我探他脈搏，察覺他體內另有小注有別於任遙的外氣，轉瞬消逝，所以大有可能有人比我們先行一步，曾於榮智瀕死邊緣時爲他續命。」

燕飛立即感覺到整條脊骨涼颼颼的，比河水更寒意刺骨。徐道覆的高明處，只從他這番話，應更在先前估計之上。徐道覆入艙的時間只是幾下呼吸的工夫，卻有如目睹般猜中這麼多事，其智計武功，均不可小覷。

他要施展美男計去對付的可憐女子究竟是誰？徐道覆要這般費心費力，只爲得一女子的芳心？心中不由浮現起那對神秘美麗的大眼睛。

盧循嘆道：「可能性太多啦！現在邊荒高手雲集，連任遙都來了，我們行事必須小心。」

徐道覆道：「既然我們兩師兄弟湊巧碰上，不如共進退，一起行動。如能找到任遙，憑我們聯手之力，說不定可去此大患。」

盧循拒絕道：「不要節外生枝。任遙縱橫天下，從無敵手，且狡猾如狐，心狠手辣，否則也不能弒師登位。對付他，恐怕得天師親自出手才行。師弟你所負任務關係重大，不容有失，弄清楚丹劫所在，方是頭等要事。」

燕飛聽得瞠目結舌，丹劫指的豈非他懷內小銅壺的東西嗎？看盧循對此物的重視，此物肯定非尋常之物，爲何會落在榮智手上？照道理榮智好該把此物獻給江凌虛，更不應在死前託自己交付給另一個人。

種種疑問，湧上心頭。

徐道覆道：「師兄教訓得好，我去啦！」

燕飛緩緩沉進河底，此時天已全黑，再不虞被這兩大凶人發覺他潛過對岸。從沒有一刻，他的心情會比此時更沉重不安。

謝安獨坐忘官軒一角，只有一盞孤燈陪伴，心中思潮起伏。

自桓沖因舊患復發，忽然猝逝的噩耗傳到建康，他一直坐在那裡，且拒絕進晚膳。

現在桓沖在荊州的軍政大權，已落入其弟桓玄手中，只差司馬王室的正式承認。

桓沖死訊，目前只在王公大臣間傳播，可是紙終包不住火，若他謝安沒有妥善應對措施，將引起建康城臣民的大恐慌。

司馬曜兩次派人催他入宮見駕，都被他拒絕拖延，不過這並不是辦法，因為事情已到拖無可拖的地步。

一直以來，桓沖與他是南朝兩大支柱，有桓沖坐鎮荊州，荊襄便穩如泰山，使揚州沒有西面之憂。

桓玄不論武功兵法，均不在乃兄之下，南方只有另一「玄」謝玄可以相媲美，本是繼承兄位的最佳人選。可是桓玄稟性驕橫，素具野心，由他登上大司馬之位，絕非大晉之福，只會成為心腹大患。

宋悲風進入忘官軒，直趨謝安身旁，蹲跪稟上道：「江海流求見安爺。」

謝安淡淡道：「還有誰陪他來？」

宋悲風答道：「只是孤身一人，沒有帶半個隨從。」

謝安道：「請他進來。」

宋悲風領命去了，臨行前欲言又止。謝安當然曉得他想催自己入宮見司馬曜，因為司馬道子、王坦之等早奉命入宮商議，只欠他謝安一人。

到江海流來到他身前側坐一旁，宋悲風退出軒外，謝安沉聲道：「海流怎樣看此事？」

一向城府深沉的江海流聞言不由雄軀微震，垂下頭去，沉吟好半晌後，苦笑道：「理該沒有疑點，大司馬的身體近年因舊患毒傷，不時復發，現在苻堅大軍南下的當兒，精神身體均備受沉重壓力，吃不住之下一病不起，唉！」

謝安平靜的道：「海流是何時曉得此事？」

江海流略一猶豫，終於坦白答道：「海流在今早收到消息，不過在未弄清楚荊州的情況前，不敢來見安公。」

謝安心中暗嘆，江海流與桓玄一向關係密切，他謝安還是於黃昏時才知悉此事，可是江海流卻早幾個時辰已得桓玄報訊，因為桓玄要利用江海流在建康朝野的影響力，助他順利繼承桓沖的權位。

現在司馬曜同意與否，全看他謝安一句話。司馬王室當然不願讓桓玄集荊州軍政財大權於一身，還希望藉此機會削減桓氏的權力，不過必須得有北府兵在手的謝安點頭同意才成。

謝安說「是」或「否」只是一句話，但任何一方面的後果均是影響重大。讓桓玄登上大司馬之位，短時期內當然大家相安無事，不同意的話荊揚立告決裂，內戰隨時爆發。際此與苻堅決戰在即之時，猶如火上添油，絕非南朝臣民之福。謝安心中的矛盾，可以想見。

淡淡道：「消息是否來自桓玄？」

江海流很想不直接回答此一開門見山的無忌直問，可惜別無選擇，頹然點頭道：「正是如此！」

謝安微笑道：「海流弄清楚情況了嗎？」

江海流暗嘆一口氣，前俯少許，壓低聲音道：「海流手上同時得到一份由荊州武將大族們連署的奏章，懇請皇上欽准南郡公繼承大司馬的重任，以安定荊州軍民之心，令他們團結一致，以應付苻堅。唉！海流已在奏章內加上簽押認同，準備報上安公你後，立即奏上皇上。」

謝安笑意擴展，目不轉睛的盯著江海流。

江海流苦笑道：「安公可否准海流說幾句私話？」

謝安從容道：「這正是我想聽的。」

江海流再湊近少許，聲音壓至謝安僅可耳聞，道：「玄帥出師告捷，大破梁成軍，又把苻堅先鋒大軍力壓於淝水之西，勝利可期。不過安公有沒有想過此戰若以我方大捷爲結束，以後形勢的發展，對玄帥和安公你會非常不利？」

謝安皺眉道：「這番話是否南郡公教你向我說的？」

江海流坐直身體，緩緩搖頭道：「這是海流自己心中眞正的想法，若有一字虛言，教海流不得好死。安公肯在此關鍵時刻支持南郡公，南郡公必然心存感激。海流當然明白安公不用南郡公對你老人家感恩圖報，那就當是爲玄帥和我大晉的臣民著想，只要南郡公一天控制荊州，司馬氏將不得不重用玄帥，以收制衡之效。而我江海流亦以性命擔保，絕不偏向任何一方，以此報答先大司馬對海流的恩情。這確是海流的肺腑之言。」

謝安心中再嘆一口氣。江海流的確目光如炬，形勢把握得很準。現在他只能在支持桓玄或讓他與南朝分裂之間作出一個選擇。

桓玄最顧忌的人是他謝安和謝玄，餘子均不放在眼內。進一步說，江海流最怕的人也是自己和謝玄，只要其中一人在，江海流縱然有天大的膽子，也不敢助桓玄起兵作亂。沒有江海流之助，桓玄將無法控制長江上游。所以江海流的一番話，肯定不是虛言。

可是他若支持桓玄，而不設法拖延又或乘機削弱桓家的權勢，肯定會令司馬曜和司馬道子對他謝家疑忌加深。

在這樣的情況下，他是進退兩難。

謝安平靜的道：「海流該很清楚南郡公的心意吧！」

江海流嘆道：「清楚又如何呢？即使南郡公也要屈服於形勢之下，此戰若勝，南方尚有何人敢與玄帥爭鋒。但若戰事持續，則朝廷更不得不借重南郡公和荊州的兵力。眼前最重要的是團結而不是分裂，不論是勝是負，荊揚的合作是必須的。這是海流愚見，請安公定奪。」

謝安點頭道：「海流立即將奏章送入皇宮，請皇上過目，我隨後便來。」

江海流大喜道：「如此安公是肯全力支持南郡公了？」

謝安微笑道：「這不是你的心願嗎？」

江海流老臉微紅，囁嚅道：「海流只是希望我大晉一不會亡於苻堅手上，二不會坐失乘勝北伐的良機，兩方面均要安公支持南郡公才能成事。」

謝安不置可否，道：「去吧！」

江海流起立施禮，匆匆去了。

謝安心中翻起滔天巨浪，現在桓玄能否弟繼兄業，全繫於自己的意向。江海流雖是替桓玄作說客，可是他的說詞卻非胡言，其弦外之音，更暗示要削桓玄之權，並不急在一時。

事實上，只要一天有謝玄在，桓玄也將被壓制得無法動彈，在這樣的情勢下，司馬皇朝將不得不倚仗謝玄，他謝家便穩如泰山。

如若桓玄將來有甚麼差錯，謝玄也有足夠能力收拾他。

但若現在於桓玄沒有大錯誤的時刻對付他，如何教桓玄勢力所在的荊州軍民心服？

在權衡利害下，謝安終於作出艱難的決定，決意對桓玄放個順水人情，讓他坐上大司馬的位置。

第三十二章　大戰前夕

謝玄送走朱序，立即召來劉裕。

劉裕踏入帥府內堂，見只有謝玄一人獨坐沉思，禁不住生出受寵若驚的感覺。朱序與謝玄的一番話，必涉及有關苻堅一方最珍貴的現況情報，謝玄理該與謝石和謝琰商議，縱使找人計議，也應是劉牢之或何謙，而不是自己這芝麻綠豆的小小副將。

謝玄目光往劉裕投來，見他誠惶誠恐的在身前施禮，微笑道：「小裕坐下！」

劉裕赧然道：「末將還是站著自在一點。」

謝玄啞然失笑道：「我說坐下便是坐下，放輕鬆點，腦筋才會靈活。」

劉裕側坐一旁，心忖朱序剛才當是坐在同一位子上。

謝玄沉吟片晌，淡淡道：「我吩咐你的事，進行得如何呢？」

劉裕立即眉飛色舞，興奮道：「現在大約已弄好萬多個碎石包了，每個重三十到四十斤，可縛在背上，隔河看過來絕難察覺。我又派人布陣多番演練，只要一手持輕籐盾，以擋敵人箭矢，另一手往後一拉繩結，碎石袋便會順背滑落河床，包保神不知鬼不覺。」

謝玄皺眉道：「負著重達三、四十斤的石包，行動怎麼說也會受到影響，苻堅方面不乏高人，在光天化日下，可從我們移動的姿態看出端倪。」

劉裕一呆道：「玄帥是否想來個夜襲？」

謝玄欣然道：「孺子可教也！朱序返壽陽見苻堅，將大罵我目中無人，因勝生驕，不把他苻堅放在眼內。我謝玄既是這種人，今晚當然不會毫無動靜，怎麼樣都要有些囂張挑釁的行動配合。告訴我，你需要多少人？」

劉裕雄心奮發，旋又把心中的熱情硬壓下去，囁嚅道：「此事關係重大，好該由劉參軍或何謙大將軍主持，嘿！我……」

謝玄微笑道：「正因事關重大，故我們絕不可讓對方察覺是事關重大，由你領軍最爲妥當，讓敵人以爲只是一般騷擾性質的行動。」

劉裕雄心再起，知道謝玄是給自己立功的機會。自接下謝玄這另一任務，他絞盡腦汁要把此事做得盡善盡美，故自問由他指揮，會比任何人做得更好，遂再不猶豫，道：「我只須三千步軍，分三路渡河，每組一千人，偷襲五次，當可將河床塡高數尺，讓我方騎軍可以迅速渡河。我方的人會曲膝彎腰調校露出水面的高度，在黑夜裡更不虞被對方察覺。完成任務後我們會在碎石包上撒上一層泥沙和枯枝枯葉，若從岸旁看進河水去，應不會發覺異常處。」

謝玄道：「你想得很周詳，不負我所託。完成任務後，手下的人可返城內休息，不用參與明天大戰，我會另派一軍，沿岸邊布陣，防止對方渡河，免致發覺有異。」

劉裕忙道：「請准下屬明天追隨玄帥驥尾。」

謝玄哈哈笑道：「怎會漏你一份，去吧！」

劉裕滿心歡喜的離開，心忖所謂談笑用兵，便該是謝玄這副從容淡定的樣子，更明白先前謝玄囑眾人今晚好好休息，皆因有自己這只過河卒子去負擔今晚辛苦的行動。

「砰！」

苻堅一掌拍在几上，勃然大怒道：「謝玄小兒，竟敢不將我苻堅放在眼內，是否活得不耐煩了？」

垂手恭立他身前的朱序一臉憤怨的道：「他變了很多，深受南方世家大族腐敗的習氣沾染侵蝕，初戰小勝，變得自傲自大，目中無人，還說……唉！」

苻堅與伴坐一旁的苻融交換個眼色，壓下怒火，沉聲道：「朱卿須給朕一字不漏的轉述。」

朱序道：「謝玄口出狂言，說絕不會讓天王活著返回北方，只要他截斷邊荒集和壽陽間我軍的補給線，我們不出三天便要糧草不繼，還勸微臣向他歸降，給微臣嚴詞拒絕。」

苻融冷靜的道：「這並不算狂言，我們必得再作布置，否則說不定他的話會變成事實。」

朱序暗忖苻融的確比乃兄了解現時的情況，原本的計畫是一方面圍困壽陽，另一方面以梁成一軍封鎖河道，進逼硤石。現在壽陽不戰而得，卻是一座空城，反而要投入龐大軍力，而更糟糕的是梁成一軍被殲，東面屏障全失，敵方可以水師船迅速運載兵員，截擊水陸兩路的糧草輸送，斷去邊荒集與壽陽間的命脈。二十多萬人耗糧極多，現在在壽陽儲備的糧草只夠數天之用，所以謝玄的虛言恐嚇，收到效用。

苻堅的臉色變得更是難看。

朱序道：「這只是他說的一部分，他說明天將會揮軍渡河，殺我們一個片甲不留。」

苻堅不怒反笑道：「兔崽子！眞有膽量！」

苻融皺眉道：「謝玄是這麼躁急的人嗎？其中定然有詐。」

朱序道：「照微臣看，謝玄用的或許是聲東擊西之計，不過若給他在淮水之北建立據點，確可截斷我軍和邊荒集的聯繫，又可阻止我軍再從淮水下游渡淮。」

苻融點頭道：「朱將軍之言大有道理，不過論實力我們倍勝於他，哪輪得到他愛怎樣便怎樣？」

朱序道：「若謝玄明天膽敢渡河進攻，我們應如何應付？」

苻堅狠狠道：「那我就要教他屍沉河底，沒有人能活著回硤石去。」

苻融心知苻堅已對謝玄大爲恨怒，不過仍不敢勸苻堅龜縮不出，因爲以二十多萬縱橫北方的南征大軍，竟不敢對不足十萬的北府兵正面還擊，不但是天下笑柄，且會大大影響初戰失利的氐秦大軍。

朱序還想說話，驀地一陣陣急如驟雨的戰鼓聲從東岸傳過來。

苻堅大怒起立，喝道：「果眞欺我無人耶，謝玄小兒！我苻堅會教你悔恨說過的每一句話。」

苻融慌忙起立道：「天王勿要爲這種不知天高地厚的人動氣，我看只是虛張聲勢的擾亂行動，由我去應付便行。」

朱序垂下頭去，不讓兩人察覺他眼中閃動的喜色。

燕飛跌坐林內，急促地喘幾口氣，全身陰陰寒寒，偏又說不出究竟是哪裡不舒服，弄不清楚禍根所在的難受感覺。

他想起先前徐道覆和盧循兩人對話，心中暗叫不好。自己爲趕往硤石好警告劉裕，全力飛馳，任遙侵體未消的邪毒陰氣大有可能因此擴散至全身經脈，那就更難驅除，以致有現在這般可怕的感覺。

夜空上漫天星斗，壯麗迷人。

燕飛默運日月麗天大法，體內日月盈虧，好半晌後陰寒之感逐漸減退，似乎復元過來，但燕飛卻心知肚明只是強把內傷壓下去，距離眞正康復，仍是遙遙無期。

他為人灑脫，並不把傷勢放在心上，暗忖若命該如此，也只好認命。

際此萬籟無聲的深夜時刻，他的心靈一片平和。自開始流浪以來，他一直享受孤單寂寞的生活。只有當一個人之時，他才清楚體會到本身的存在，感覺到自身與天地微妙而秘不可測的關係，可以從一個廣闊至無限的角度去體會奇異的生命。

當大多數人沉迷於人世間的愛恨悲喜、權位名利之爭，他卻感到超然於一切之外的動人感覺。在刺殺慕容文後，他帶著一段因男女愛戀使他魂斷神傷的悲哀回憶，逃離長安，生命也由燦爛趨於平淡，直至苻堅南來，才將一切改變過來。

她現在快樂嗎？在她芳心深處，是否仍有自己？

以往每當思念她時，心中總會湧起無以名之的哀傷失落，可是在這一刻，他只是一個孤獨隔離的個體，遙想著身處天地外的另一世界，而他所付出的正是自身的孤寂。

縱使苦苦思憶又如何？一切已是不能挽回鐵般的事實。

燕飛很想就那麼坐在那裡，永遠不站起來，永遠不用離開，與天地萬物融成一體。卻又知自己已深深捲進大時代的漩渦裡，再也不可能保持一切與己無關的作風行事。

暗嘆一口氣，緩緩站起來，繼續往南的行程。

謝玄卓立硤石城牆頭，凝視對岸敵陣情況。渡河夜襲的行動方興未艾，敵方出動近萬步兵，以箭矢攔擊己方部隊於河上。

早於棄守壽陽前，謝玄已命胡彬沿淝水築起箭壕、箭樓、石壘等防禦工事，而敵方初得壽陽陣腳未穩，謝玄又於東岸枕重兵箭手並置投石機，所以淝水直至此刻仍牢牢控制在北府兵手上，只有他們渡水攻擊的分，苻堅一方只能被動的還擊。

當然，於苻秦兵站穩陣腳後，可以其壓倒性的兵力爭得淝水的操控權，不過絕不是今夜，也不會是明天。

寬度在二十丈到三十多丈的河水，將成決定勝負的關鍵。

劉裕此子前途的確無可限量，只看他指揮夜襲，雖明知是虛張聲勢，卻是一絲不苟，做足工夫，進攻退守，皆深合法度。

前三排均是籐盾手，在東岸己方投石機和箭手掩護下，強闖過河心，一排一排的勁箭由籐盾手後射上高空，往敵陣投去，雖互有傷亡，仍是敵人損傷較重。

背負石包的兵員依指示渡河，在盾牌的掩護下進行任務，更有熟水性者潛入河底，把石包移至適當的位置，一切井然有序。

另有部隊在別處渡河攻敵，讓敵人看不破他們暗裡進行的任務。

謝玄心裡想的卻是與眼前戰爭沒有直接關係的事。

他剛接到從建康來的飛鴿傳書，得悉桓沖的死訊，再睡不著，遂到城牆上來觀戰。

陣陣寒風從西北颳來，吹得他衣袂飛揚，更深切體會到渡河士兵的艱苦。

桓沖是他除謝安外最尊敬的人，若非他一力支持謝安，東晉不會出現自南渡以來最興盛的局面。

這樣大公無私的一個人，竟於最不適合的時候，瞑目長逝。對東晉來說，是個無法彌補的損失。也實在太湊巧了一點。

桓沖之弟桓玄，卻偏是他和謝安最顧忌的人，此子不但刀法蓋世，且是縱橫無敵的統帥，其用兵之高明，尤在桓沖之上。

四年前，當朱序兵敗投降，襄陽失守，桓沖曾以桓玄爲副帥，發動反擊，以十萬荊州軍，兵分多路。桓玄攻襄陽；劉波攻沔北諸城；楊亮攻蜀；郭銓攻武當。荊州軍連拔多城，震動北方，全賴慕容垂、姚萇等拚死力保住襄陽。

此事亦直接觸發苻堅南征之戰，否則讓襄陽重入荊州軍之手，苻堅將無法牽制驍勇善戰，又有桓沖、桓玄此等超卓將才領導指揮的荊州軍。

在是役裡，桓玄充分表現出他的統帥之才，成爲新一代將領中唯一能與他謝玄相提並論者。

桓玄長期助乃兄主理荊州軍政，又銳意招納本土世族豪門，在荊州的勢力根深柢固，對建康所在的揚州更有排斥的情緒心態，若非有桓沖支持朝廷，荊揚早出亂子。

現在桓沖已去，大樹既倒，一切再難回復舊觀。荊揚是分是合，全繫於桓玄一念之間，而桓玄亦成爲未來禍患的源頭。

荊揚的失調，更予以海南爲基地的「天師」孫恩可乘之機，只看盧循斗膽行刺胡彬，已知勢力日大的天師道並不把南朝放在眼內。

縱使此戰獲勝，擊退苻堅，未來仍是內憂外患，不容樂觀。

謝玄的心神回到隔河對峙的敵軍上。

此戰成敗，將決定明天的大戰。假若苻堅按兵不動，借壽陽死守不出，他謝玄將會輸掉此仗，也輸掉東晉的江山。

不過他卻清楚感到苻堅絕不會龜縮不出。先不說他借朱序施的激將法，更重要是胡族好武愛面子的心態。

他苻堅率大軍南來，實力在北府兵十倍以上，且初戰失利，大損威風，若被區區淝水和北府兵嚇得不敢迎戰，那威名何在？

苻堅是不得不應戰，因為他比自己更求勝心切。何況只要苻堅爭得平手，即可挽回氐秦軍的士氣。

劉牢之此時登上城樓，來到他身旁，欣然道：「劉裕此子的確是個不可多得的人才。」

謝玄沒有直接答他，笑語道：「牢之睡不著嗎？」

劉牢之苦笑道：「怎樣也沒法闔上眼。」

在北府軍內，謝玄是他唯一可以傾訴心事、暢所欲言的人，他對謝玄是絕對信任，絕對崇敬。

謝玄忽然岔開話題，道：「朱序於事成後只有一個要求，你道是甚麼呢？」

劉牢之微一錯愕，苦思片刻，搖頭道：「恕牢之愚魯。」

謝玄露出苦澀的神情，緩緩道：「他要求的是除其軍籍，放為庶民。」

三國以來，戰事連綿，兵家軍戶為統治者流血犧牲，負擔種種勞役，家屬也不例外。且一旦被編入軍籍，要還為平民，將難比登天。低下層的兵員，更是「為兵者生則困苦，無有溫飽，死則委棄骸骨不返」。其有甚者，是上級軍將謀財害命，「吏兵富者，或殺取其財物」，又或「收其實，給其虛粟，窮其力，薄其衣，用其工，節其食，綿冬歷夏，加之疾苦，死於溝瀆常十七八焉」，故「兵士役苦，心不忘亂」。

像朱序這等名門大將，當然不怕被剝削，懼的是朝廷刻薄寡恩，鳥盡弓藏，所以劉牢之得聞朱序的要求，也不由生出物傷其類的感慨。

朱序今次立下大功，遂乘機要求免除軍籍，不失明智之舉。

謝玄沉聲道：「牢之推許小裕，我深有同感，此子是個天生的軍人，只有在軍中才能如魚得水，這是他和我不同的地方，不像我如有選擇，必回到烏衣巷去過我憧憬詩酒風流的生活。這番話只限於你我之間，我不宜直接提攜劉裕，一切交由你去辦，將來他必可成你一大助力，我不想他因我而受到軍內或朝廷的排斥妒忌。」

劉牢之明白過來，點頭答應。

謝玄目光投往對岸，淡淡道：「明天是我們唯一擊敗苻堅的機會，所以必須勇往直前，置生死於度外。」

劉牢之肯定地點頭道：「現在敵人陣腳未穩，糧草不足，兼初戰失利，士氣低落，又勞師遠征，離鄉別井，旅途奔波，馬困人累，戰鬥力大幅削減，沉至谷底，若不好好把握明天這千載難逢之機，往後將形勢迥異。」

謝玄露出一絲充滿自信的笑意，道：「任苻堅怎麼翻觔斗，也不能翻出我掌心之外，明天將是他氏秦末日的來臨，我們要作好他兵敗後一切的應變後著，千萬不要錯失良機。」

淝水的喊殺聲仍是此起彼繼，戰鼓轟鳴，敲響著大決戰的前奏。

第三十三章　淝水之戰

「咚！咚！咚！」

戰鼓聲一下一下的敲響，緩慢而穩定有力。於天明前早整裝待發，在黑暗中候命的北府大軍，開出硤石城，馳下八公山，隊形肅整地進入淝水東岸的平原地帶，臨灘布陣。

士氣昂揚的北府兵總兵力七萬五千餘人，八千人為輕騎兵，其餘為步兵，列成長方陣，橫布岸原。突騎八千分為三組，兩組各二千騎，翼軍左右，四千主力精騎居中，其他步軍則分為兩組，夾在騎兵之間，每組約三萬人，分前、中、後三陣，前陣以盾箭手為主，後兩陣均是利於近身搏鬥的刀劍手，配以長兵器，可遠拒近攻。不論騎士刀手，一式輕甲上陣，擺出方便渡河血戰的格局。

十二枝大旗，沿岸插置，隨風飄揚，威風凜凜，而北府兵更曉得其中六枝繡上「北府」之名的紅白色大旗，正標示出過河的快速「捷徑」。

對岸胡角聲此起彼落，氐秦大軍亦開始調動，從壽陽和四周的營壘開出，在淝水西岸廣闊的平野集結。

苻堅也是傾巢而出，騎軍十八萬，步兵六萬，總兵力在北府軍三倍之上，聲勢浩大，軍容鼎盛，前線以三萬步兵為主，於離淝水百步許處列陣，兩翼配以各五千輕騎助戰，盾牌林列，加上強弩勁箭，拒鉤長擊，確有足以粉碎北府兵任何渡河行動的龐大實力。

由於人數眾多，除前方防禦為主的步騎兵布成橫長陣形，後方騎兵是十六組形成的偃月式陣勢，每組約萬騎，形成半月形的收縮密集隊形，圓拱向著對岸，把防禦線縮小，成一機動的防禦體系，反擊時可以發揮爆炸性的力量。

餘下的三萬步兵，留守壽陽，當然隨時可依令出城助戰。

劉裕隨謝玄和謝石、謝琰馳下山城之際，雙方仍在布陣的當兒，劉牢之和何謙等將領早往前線指揮大軍進退。

劉裕策馬雜在謝玄的親兵群中，心情的興奮，實是難以言喻。活到今天，他還是首次參與這麼大規模的會戰，心中卻沒有絲毫不安或恐懼，不是因爲他不怕死，而是根本沒有想過會輸掉這場正面決戰。

在北府兵將士裡，除謝玄外，恐怕只有他最清楚眼前局面得來的不易，是謝玄費盡心力，巧施奇謀巧計，一手刻意營造出來的。

看著前方謝玄鶴立雞群，一身白色儒士服不穿戴任何甲冑的雄偉背影，劉裕禁不住生出想哭的感覺，情懷激烈。

環顧南方，只有謝玄寬敞的肩膀，能承受得起大晉安危存亡的重任，亦只有他能令將士歸心，肯效死命。

劉裕相信此刻在戰場上的每一個北府兵，均與他抱有相同的信念，就是謝玄會領導他們走上勝利的康莊大道。而謝玄正是人人景仰的謝安在戰場上的化身，即使苻堅傾全力而來，也沒法擊敗謝玄。

打從開始，謝玄便看破苻堅行軍的大失誤，前後千里，旌旗相望，把戰線拉得太長，且心存輕敵，以爲可以像秋風掃落葉般輕取東晉，豈知讓謝玄全盤掌握主動，百萬大軍只落得三成許兵力與北府兵爭鋒。

在這一剎那，劉裕感到自己完全掌握謝玄作爲統帥的竅訣，能否做到是另一回事，至少曉得其中法門。

對岸一簇旌旗，在有如汪洋般的騎兵陣內緩緩移動，顯示苻堅和他的親兵親將，正往前線推進，好看清楚東岸的局勢。

謝玄終策馬至東岸河原，沿河布陣的北府兵立即爆起吶喊和喝采聲，人人高呼謝玄大帥之名，士氣立即攀上巔峰。對他們來說，謝玄已不只是一位領袖，而是會帶來勝利的天神。

謝玄仍是那副從容大度的悠然神態，不住向四方戰士揮手致意，忽然又握拳擊天，每當他偶有這個動作，均引來更激烈的吶喊，人人如醉如癡，渾忘戰場上的凶險。

位於謝玄和謝琰間的主帥謝石絲毫沒有不悅神色，反爲自己的侄兒得到擁戴而心中歡喜。劉裕心中不由更佩服謝安，他不避嫌疑的起用親族，正是要予謝玄放手而爲、全權指揮的自由和機會。若將謝石或謝琰換成其他人，謝玄也不得不有所顧忌，甚至礙手礙腳，而不能將北府兵的戰鬥力和精神發揮盡致。

居中的騎兵隊往兩旁分開，讓謝玄的隊伍三人一排長蛇似的注入騎兵陣，帥旗高舉下，往淝水推進，兩旁騎兵拔刀高喊致敬，劉裕雖曉得他們喝采的對象是前面的謝玄，也感與有榮焉，全身熱血沸騰。

對位處這邊河岸的每一名北府戰士來說，此役毫無疑問是保家安國、出師有名的正義之戰，目標明確正大，遂生出一往無前的決心和勇氣。

反觀對岸，雖兵力遠勝，卻是師勞力竭，特別是氐族外其他各族的戰士，根本弄不清楚自己爲何要身在那裡？爲甚麼而戰？

寬達三十丈的淝水，在剛升起的太陽照射下閃閃生輝，把敵對雙方涇渭分明的隔開，河水默默流動，對即將發生的大戰漠然不理。

忽然一陣急驟強勁的鼓聲轟天響起，原來謝玄一眾已抵岸邊，遙觀敵陣。

高踞馬上的苻堅在苻融、乞伏國仁、呂光等諸將簇擁下，來到箭盾步兵陣的後方，朝對岸瞧去，目光落在白衣如雪的謝玄身上，似看不到其他任何人般，雙目殺機大盛，沉聲道：「那穿白衣者是否那不知天高地厚的小子？」

苻融點頭道：「正是謝玄。」

長風颳過大地，苻堅等身後的數枝大旗隨風獵獵作響。

苻堅心中湧起萬丈豪情，把梁成一軍被擊垮一事完全置於腦後，冷笑道：「我還以爲他長有三頭六臂，原來只是一個到戰場上仍作風流名士打扮，乳臭未乾的小子，就憑他現在的區區北府兵，竟敢大言不慚，我要教他屍葬淝水。」

苻融見對岸的謝玄狀如天將，北府兵士氣如虹，很想提醒苻堅不可輕敵，不過時地均不適宜，只好婉轉的道：「謝玄的確沒有足夠實力渡河攻我，我們只須以靜制動，此仗必勝無疑。」

乞伏國仁等聞絃歌知雅意，紛紛同意點頭，敵固不能攻我，我更不宜攻敵。

呂光想起河水的深淺，獰笑道：「若謝玄敢揮軍渡河，我們可待其渡河途中殺他一個措手不及，再吃著他尾巴攻往對岸，保證殺他一個片甲不留。」

乞伏國仁皺眉道：「謝玄若愚蠢至此，沒有人可助他度過此劫。」

眾將齊聲哄笑。

那邊岸上的謝玄正全神留意苻堅與諸將的神態表情，見狀向謝石和謝琰啞然失笑道：「苻堅中計了！還以爲有便宜可撿，放棄主攻，欲待我軍渡河攻擊之際發動反攻，可笑之極。」

謝石皺眉道：「苻堅若眞按兵不動，即使我們人馬能迅速渡河，仍難破其堅固的陣勢，一旦對方憑壓倒性的兵力逼得我們退返南岸，兵敗如山倒，我們說不定會失掉此仗。」

謝石旁的謝琰和後面的劉裕也心中同意，差別只在劉裕曉得謝玄必另有對策，不會魯莽渡河去送死。

謝玄從容不迫的答道：「那就要看苻堅對我的憎恨是否蓋過理智？是否心切求勝？」

忽然大喝道：「擊鼓三通！」

布在岸邊的鼓手聞言，立即鼓聲雷動，三通鼓響後，倏地靜下來。

兩岸鴉雀無聲，唯只河水流動的聲音和此起彼落的戰馬嘶鳴。

劉裕心中一動，猜到謝玄用的是針對苻堅好大喜功、一意孤行、不甘受辱，且輕視敵手的激將法，而關鍵處更在於此刻正指揮前線步軍的朱序，只是仍不知謝玄心中之數。

就在鼓聲剛歇的一刻，謝玄大喝過去道：「苻堅你敢不敢與我決一死戰！」

配合剛斂歇的鼓響，他這一句話不但威風八面，更是霸氣十足。

果然對岸苻堅勃然大怒，卻不怒反笑，大笑道：「南方小兒，大言不慚，若我大秦天王欠此膽量，今天就不會與你對陣於此。識相的立即下跪投降，我不但可饒你一命，還可賞你一官半職，否則後悔莫及。」

北府軍方立時自發的爆出一陣哄笑，嘲弄苻堅在另一支先鋒軍慘吃敗仗下，仍敢說出這番話來，苻堅才是大言不慚的人。

謝玄搖頭失笑，喝道：「休說廢話，苻堅你仍未答我剛才的問題，就是你敢不敢與我決一死戰？」

苻堅給氣得兩眼凶光四射，謝玄當眾左一句苻堅，右一句苻堅，毫不尊重他，更一副不把他放在眼內的神態語氣，是可忍孰不可忍，怒笑道：「誰在說廢話，夠膽便放馬過來，我要你埴屍淝水。」

謝玄好整以暇道：「苻堅你現在置陣逼水，只在作持久之計，而非要對陣交鋒。若有心決一死戰，何不全軍後退百步，讓我們渡河較量，以決勝負。若乏此膽量，苻堅你不如返回長安，弄兒爲樂算了！」

北府兵聽他說得有趣，二度發出哄笑。

笑聲傳入苻堅耳裡，變成嘲辱，苻堅環顧左右，人人臉泛怒容。

謝玄的聲音又傳過來道：「若稍退師，令將士周旋，僕與公擁轡而觀之，不亦樂乎！」

最後這幾句充滿詩意，語調客氣，一派世家大族的名士本色，不知如何聽在苻堅和眾將耳中，反分外刺耳。

苻堅盯著對岸的謝玄，沉聲道：「此子是否不知死活？」

乞伏國仁訝道：「照道理謝玄該不會是如此有勇無謀之徒。」

苻融也道：「其中可能有詐，請天王三思。」

沮渠蒙遜冷哼道：「有淝水阻隔，他要全軍涉水過來，至少須半個時辰，那時不用我們動手，全身濕透加上西北寒風，不勞我們伺候，早把他們冷個半死。」

禿髮烏孤也發言道：「會否待我們退後讓出空地時，謝玄仍按兵不動，然後嘲笑是愚弄我們的？」

呂光狠狠道：「那時沒面子的是他們，微臣以為謝玄確是一心希望渡河作戰，因欺我們長途行軍，元氣未復，又怕我方後續部隊源源而來，遂以為現在有可乘之機。」

苻堅深吸一口氣，暗下決心，道：「謝玄能在朕手心翻出甚麼花樣來呢？現在兩軍對壘，清楚分明，當他渡河大半之時，我們舉軍全力擊之，先以盾箭手臨岸長距勁射，待敵潰退，再以鐵騎銜尾追殺，此戰可獲全勝。」

乞伏國仁道：「呂光大將所言成理，只要我們避不交鋒，令謝玄失去孤注一擲的機會，最後的勝利必屬我們。」

苻融也道：「國仁之言值得天王考慮，大軍實宜進不宜退。」

苻堅長長呼出一口氣，斷言道：「若今次我方不敢應戰，下面的人會以為朕怕了他，且若他退守硤石，攻之不易，若依朕之計，待其渡河時迎頭痛擊，東晉的江山，將是朕囊中之物。」

說罷大喝過去道：「南方小兒聽著，我們便後退百步，爾等須立即過河，決一死戰，勿要出爾反爾。」

接著發下後撤百步的命令。

對岸的謝玄鬆一口氣，向左右嘆道：「苻堅果然不負我所望。」

後面的劉裕看著敵方的傳訊兵策騎奔馳，通知各領軍將員，頭皮興奮得發麻，他終於掌握到謝玄致勝的謀略。

成也淝水，敗也淝水。

謝玄肯孤注一擲，投入全力求取一戰功成，是因為有秘密設置可以快騎迅速渡河；苻堅所以肯「小退師」，是要趁己軍渡河欲速不能的當兒，回師痛擊。

像苻堅方面多達二十萬以上之眾的軍隊，等若一頭臃腫不堪、腦袋難以指揮四肢的龐大怪物，不要說後退百步，後退任何一步均牽涉到二十多萬人，其亂勢可想而知。

兼且敵陣採取偃月式的密集守勢，防守上固是無懈可擊，進攻亦可井然有序，可是若掉頭往後走，不但協調困難，且會把原先緊密的陣勢系統拉鬆破壞。

苻堅方面當然不會這麼想，會以為謝玄待他們重新布好陣勢，才渡河決戰。

現在主動已絕對地掌握在謝玄手上，劉裕有信心他會在最適當的時刻，下達渡河進攻的命令。

謝玄凝望敵陣，胡號高鳴，敵人大後方的騎兵隊開始後撤，由於人數眾多，最遠的三支部隊離前線足有半里之遙，越過壽陽城北。因距離太遠，聽不清楚他和苻堅的對話，接到後撤百步的命令，肯定上上下下摸不著頭腦，心生疑惑。

對岸的苻融此時離開皇旗所在的苻堅，率領十多名親兵馳往最前線，來回飛馳，大聲吩咐前線由朱序指揮的三萬盾箭手固守原地，直至他發下命令，始可後撤。

朱序則神情肅穆，默然不語，可以想像他心情的緊張。

謝玄心裡謹記那天是如何輸掉與謝安下的那盤棋，保持心境的平靜，微笑道：「苻融果然是知兵的人，明白緊守最前線的關鍵性。」

此時敵人整個大後方均開始掉轉馬頭往後撤退，動勢蔓延至中軍，原先固若金湯的陣勢，已煙消雲散。

謝石緊張到氣都透不過來，急喘兩口道：「何時進攻？」

謝玄油然道：「當苻堅主旗移動，就是我們揮軍渡河，克敵制勝的一刻。」

謝琰瞧著苻融從前線另一邊飛馳回來，與親兵勒馬敵陣最前方處，離朱序只有十多步的距離，正虎視眈眈的目注己方，擔心道：「若對方盾箭手仍固守前線，我們恐無法突破他們的防線，縱使成功渡河，也將飲恨敵陣和淝水間的百步之地。」

謝玄淡淡道：「敵方在重整陣勢前，軍心已亂，兼我方馬快，百步之地瞬即到達，盾箭手既缺後方支援，一衝可破，敗勢一成，對方將回天乏術。苻融雖想得周到，欲待騎兵重整陣勢後，方撤退前線步兵，可惜卻沒有調走朱序，這失著將令苻堅失去他的江山。」

謝石道：「苻堅動了！」

謝玄亦看到苻堅的皇旗移動，兩旁的騎兵隊左右夾護，掉頭後撤。

整個前線也移動起來，包括左右翼的騎兵隊，由於戰馬不宜以馬股往後退走，必須掉轉馬頭，所以變成漫原的馬股，不斷去遠，蔚爲奇觀。如此景象，敢說自古有戰爭以來，從未有之。

三萬盾箭手與苻融、朱序仍留守前線，擺明到一切妥當，方肯後撤。在這樣的情況下，步兵當然比騎兵靈活。

謝玄大喝道：「擊鼓！」

旗號手聞令立即打出旗號，布在前方的十二台大鼓，在十二名力士鼓槌齊下，節奏如一，擂鼓聲立時震天響起，傳遍戰場每一角落。

敵隊中包括苻堅等在內大部分人，均給鼓聲嚇了一跳，紛紛回頭望來，更有數以百計戰馬吃驚跳蹄，情況轉趨混亂。

「錚！」

謝玄拔出震驚天下的九韶定音劍，只見劍緣一邊開有九個小孔，在陽光下閃閃生輝，高叫道：「兒郎們，隨我殺敵取勝。」

一馬當先，領頭衝入淝水，踏著河內的碎石包路，往對岸殺去。

謝石、謝琰、劉裕等一眾將兵，齊聲發喊，隨他衝入河水。

劉牢之和何謙率領左右翼的兩隊騎兵，亦毫不猶豫衝向淝水，像兩條怒龍般涉水而去。

敵方後撤的騎兵一時失去方寸，不知應掉頭迎敵還是繼續後撤，苻堅也忽然失去指揮權，皆因胡角聲全被敵人的鼓聲掩蓋。

一時蹄聲轟隆震耳，河水激濺，苻融雖大聲呼喊箭手彎弓搭箭迎敵，可是他的喊叫只變成鼓濤中微弱的呼聲。

大秦兵軍心已亂。

第三十四章　淝水流絕

燕飛不徐不疾的在路上走著，不是他不想趕路，而是怕內傷發作。昨晚已三次出現發作的徵兆，害得他要停下來行氣活血。任遙的邪功的確陰損厲害，若非他的日月麗天大法已窺先天眞氣門徑，合於自然之道，恐怕早像榮智般一命嗚呼去了。

由此更可猜測任遙下一個殺人的目標是劉裕，因爲他會認爲自己也像榮智般命不長久。而曉得天地珮秘密的人除鬼臉怪人外便剩下劉裕，幹掉他任遙可一勞永逸，不虞他把秘密洩露予曾擁有天心珮的安世清父女。至於鬼面怪人，只要他不是安世清便成，沒有天心珮，得物亦無所用。

現在連燕飛也對那甚麼洞極經生出好奇之心，究竟其中包含甚麼驚天動地的秘密，令任遙般等各霸一方不可一世的高手，也不擇手段的你爭我奪，鬥個不休。而此刻佔盡上風的，肯定是任遙。

他取的路徑靠近睢水，應是通往淮水南岸的盱眙，盱眙爲建康北面的大城。

可以想像這條驛道以前必是非常熱鬧，現在卻是野草蔓生，日久失修，凹凸不平，但不久前曾有車馬經過，遺痕猶新，大有可能是曼妙夫人那隊車馬。她的目的地難道是建康？

燕飛心中盤算，當到達淮水，便泅過對岸，沿淮水南岸西行，頂多兩天工夫，可抵硤石，還可以好好休息療傷，又不虞碰上去找劉裕晦氣的青媞或任遙。

縱使兩人比他早上一天半日到達硤石，總不敢公然摸入城內四處找尋劉裕，因那是北府兵重地，惹翻謝玄，即使高明如任遙，也可能要吃不完兜著走。所以他兩人只能隱伏城外，找尋機會。

轉過路彎，燕飛一震止步。

前方不遠處，赫然有一人伏屍地上，佩劍斷成兩半，陪伴屍旁，看服飾分明是護送曼妙夫人的逍遙教年輕武士，屍身仍有微溫。

燕飛心中泛起歷史重演的古怪感覺，腦海浮現出被盧循所殺遍布道上的太乙教道徒。忙趨前詳細檢視其死因，但表面卻無任何傷痕，顯是被震斷經脈。

曼妙夫人車隊的實力與太乙教徒不可同日而語，曼妙夫人更是高手，且任遙又在附近，誰敢在太歲頭上動土？何人有此能耐呢？

燕飛繼續沿路疾行，不一會兒又見到兩具屍體，其中一個還是曼妙夫人的俏婢，行凶者不但心狠手辣，且連女子也不放過，可肯定不是替天行道的正派人物。

他雖對逍遙教任何人物絕無好感，亦不由心中惻然。三人死法如一，均是被凶手以絕世玄功，硬生生震斷心脈而亡，全身不見其他任何傷勢，如此陰柔至極卻能摧心裂脈的手法，他從未遇上，邪惡可怕至乎極矣。

再轉過一個路彎，果然不出所料，那輛華麗的馬車傾側路旁，四周伏屍處處，令人慘不忍睹。

燕飛生出不寒而慄的感覺，追襲曼妙夫人者的武功，當在盧循之上，如此人物，天下間找一個都不容易，偏偏這幾天內，他們卻一個一個彷如從地府鑽到邊荒來，作惡人間。究竟是怎麼一回事？

當北府兵的輕騎兵分三路渡河，由於河道低陷下去，氐秦前線布防的盾箭手又離岸達百步，其角度只能看到敵人的頭盔，瞄準不易，兼之鼓聲震耳，一時亂了方寸，只有部分人盲目發箭，但均被敵人高舉的盾牌阻擋。

苻融居於馬上，看個清楚分明，見敵人以近乎陸上奔馬的高速渡河，而河水最深處頂多只及馬膝，方知中計，大叫不妙下，拔出馬刀，高喊前進，卻被鼓聲把他的呼喊完全蓋過去。轉呼放箭時，數以百計的勁箭，已像暴雨般從河上射過來，投往己陣，登時射倒數十人，堅固的前陣立即亂起來。

謝玄一馬當先，躍上岸沿，大叫道：「苻堅敗啦！」

要知前線秦兵離岸只有百步，以騎兵的速度，眨眼工夫可衝入陣內，秦兵頂多只能多射上兩箭。謝玄的出現，引得人人朝他發射，豈知謝玄左盾右劍，盾護馬劍護人，就那麼把箭矢擋格撥開，威風至極點。

三路騎兵同時衝上淝水西岸，如狼似虎的往敵陣殺去。

正撤退的秦兵亂了陣腳，部分掉頭迎戰，部分仍繼續退走，你撞我，我阻你，形勢混亂不堪。苻堅和一眾將領見對方來得這麼快，也知中計，慌忙勒轉馬頭，喝令四周手下回身反擊，可惜已陣不成陣，隊不成隊，形成更大的混亂。

空有二十多萬大軍，卻無法發揮應有以眾凌寡的威力。

最前方的苻融見勢不妙，大喝道：「拔出兵刃，近身作戰。」

以漢人為主的步兵見敵人來勢洶洶，正不知該奮戰還是後撤之時，朱序見是時機，也大嚷道：「秦軍敗啦！」

領著手下親兵親將，掉頭便走，左右的秦兵哪知發生甚麼事，立即跟隨，前陣登時露出個大缺口，牽一髮而動全身下，整個前陣亂上加亂。

苻融見狀怎還不知朱序是叛徒奸細，拿刀策馬往朱序追去，大喝道：「後撤者斬！」

「颼」的一聲，一根勁箭從敵方處射來，從左脅透入，直刺苻融心臟要害。

苻融長刀脫手，臨死前勉強扭頭瞧去，見謝玄正朝自己衝來，手上長弓重掛回馬側，他最後一個念頭，是曉得不但輸掉此仗，大秦也完蛋了。

前線眾兵瞧著主帥從馬上墜下，一頭栽倒，朱序等則不斷大嚷「苻堅敗了」，敵人又已殺至近前，登時拋弓棄刃，往西四散奔逃，把要回頭還擊的騎兵衝個分崩離散，支離破碎，潰不成軍。

只見人踏馬、馬踏人，馬翻人墜，呼喊震天，謝玄方面的三隊騎軍已破入陣內，戰爭再不成戰爭，而是一場一面倒的大屠殺。

北府兵的步軍在孫無終等諸將指揮下，尾隨騎兵渡河，當他們登上彼岸，大局已定，整個西岸河原盡是四散奔逃的大秦步騎兵。

回頭欲要迎敵的苻堅看得睚眥欲裂，不顧左右勸阻，硬要拚命，可是其親兵團卻被敗退回來的步兵所阻，欲進難前。

乞伏國仁見謝玄的騎兵隊正朝著他們歪倒的皇纛殺來，知敗勢已成，孫子下凡也回天乏力，死命扯著苻堅馬韁，大叫道：「天王請退回邊荒集。」

苻堅還要抗拒，一枝流矢射來，插入他左肩，痛得他慘哼一聲，伏倒馬上。

乞伏國仁無暇檢視他傷勢，扯著他的戰馬往淮水方向馳去，呂光等一眾大將親兵，忙護持在他左右，同往淮水逃去。

大秦軍終告全面潰敗。

那負責駕車的禿頭大漢倒斃馬車旁，背心衣衫破碎，隱見一個紫黑色的掌印，他的左右手不自然地伸出來，中指屈曲，似要在泥地上挖點東西。

燕飛來到他身旁蹲跪細看，果然禿頂大漢在臨死前硬在泥土上寫出一個「江」字，中指嵌在最後一畫盡處，然後不支斃命，附近卻不見其他被害者。

有哪個高手是姓江的？

忽然心中一震，已想到是誰。

殺人者定是太乙教之主江凌虛，事實上他也因天地珮潛到邊荒來，只因道門礙於某種誓言沒有出現於汝陰，當發現榮智等被害，知是任遙出手，勃然大怒下跟著車輪痕跡追來，大開殺戒。任遙既沒有隨隊南行，這批逍遙徒眾當然遭殃。

這麼看，南方人人畏懼的「天師」孫恩也可能在邊荒某處。

這禿頂大漢是唯一有明顯致命傷勢的人，燕飛推測他武功遠高於同儕，一人獨力截著江凌虛，拚死力戰，好讓曼妙夫人等逃走。

想到這裡，燕飛目光掃視道旁密林，不一會兒有所發現，左方林內有因人衝入而枝斷葉落的痕跡。

燕飛跳將起來，掠入林內，空氣中殘留著青媞所施放的煙霧彈的辛辣氣味。

不知如何，他生出一種無以解釋的直覺，青媞亦應是逃進林內的其中一人，雖然煙霧彈也可以是其他逍遙教徒施放，又或是曼妙夫人。

對於妖女青媞他是敵友難分，不過絕無惡感。她雖是行爲難測，反反覆覆，可是憶起她天眞無邪的如花玉容，在寧家村催他逃走的神情，總感到她並不像任遙般邪惡透頂。

他有點不由自主的深入林內十多丈，一具女屍高掛樹上，長髮披散，是曼妙夫人另一名婢子。

燕飛生平最難忍受的事，就是強男凌虐女流，逍遙教的女徒雖非弱質女子，更非善男信女，可是江凌虛的狠下毒手，仍激起他心中義憤。

本抱著姑且看看，不宜沾手插足邪教互相殘殺心意的他，終拋開一切，往林木深處依據蛛絲馬跡，全速追去，渾忘己身所負嚴重內傷。

謝玄立馬淮水南岸，凝視對岸林野荒山，由苻融設立橫跨淮水的三道浮橋展現前方，大晉的水師船逆流沿淮水而來，轉北進入潁水，旗幟飄揚地北上開往邊荒集，進攻敵人大後方的據點，務要先一步摧毀苻堅唯一可藉以翻身的老本。

劉裕與一眾親兵策馬居於謝玄馬後，心中充滿勝利的興奮，又夾雜著戰爭中人命如草芥的傷情。

淝水之戰以「秦兵大敗」而告終。只是敵人「自相踐踏而死者」，已是「蔽野塞川」。現在劉牢之和何謙各領一軍，分別在淮水兩岸追殺逃亡的敵人，謝石和謝琰則負責收拾殘局，接收壽陽，處理敵人傷亡者和收繳敵人遺下的戰馬、兵矢和糧草物資。

謝玄率領二千精騎，甫抵達便立馬凝思，包括劉裕在內，沒有人明白他在想甚麼。

謝玄忽道：「小裕過來！」

劉裕拍馬而前，到達他身側稍後處全心全意恭敬的道：「玄帥請吩咐！」

謝玄雙目射出淒迷神色，輕嘆一口氣，道：「你有甚麼感覺？」

劉裕大為錯愕，老實地答道：「當然是心情興奮，又如釋重負。苻堅此敗，將令北方四分五裂，我們不但有一段安樂日子可過，還可趁勢北伐，統一天下，劉裕只願能追隨玄帥驥尾，克服北方。」

謝玄沒有回頭瞧他，看著其中三艘水師船，緩緩靠向對岸秦人建設的臨時渡頭，神色漠然道：「若一切如小裕所說那麼簡單，則世上該少卻很多煩惱事，可惜事與願違，小裕該謹記『人心險惡』這四個字。」

劉裕此時已視他為勝於祖逖的英雄人物，聞言心中一震道：「小裕不明白玄帥的意思。」

謝玄道：「終有一天你會明白。戰爭是無情的，現在我們必須趁勢窮追猛打，趕盡殺絕，盡量收復過去數年的失地。唉！以前我一直深慶邊荒的存在，讓我們可以保持苟安和繁榮的局面，但在此刻，邊荒卻成為最大的障礙。」

劉裕心中同意。

邊荒因是無人的緩衝地帶，途中沒有補給的城市村落，南北任何一方要攻打對手，均要大費周章，在行軍路線和糧草運輸上更要費盡心思，而這也讓對方有充足時間可作好迎戰的準備，因此變成東晉的天然屏障。

可是現今苻堅大敗，由於東晉並沒有充分北伐的準備，頂多只能收復像襄陽等位在邊荒以南失陷於氐秦的大城，不易趁勢追擊，一舉克服北方。

待北方諸族站穩陣腳，形勢將逆轉過來，再不利於北伐，所以謝玄生出這番感嘆。

而北伐能否成事，還要看朝廷的心意，謝玄的「人心險惡」，至少有部分是由此而生。

戰馬從那三艘水師船源源卸到岸上去，看得劉裕大惑不解，不知從何處忽然鑽出這群戰馬來，且是十中挑一的精選良馬。

劉裕忍不住問道：「這些馬……」

謝玄微笑道：「小裕難道忘記了洛澗之戰嗎……」

劉裕恍然大悟，曉得這批優質戰馬是擊垮梁成一軍俘獲的戰利品，心中有點明白，道：「玄帥是否準備親自追擊苻堅？」

謝玄終朝他瞥上一眼，頷首道：「小裕的腦筋轉動得很快，這就是窮追猛打，趕盡殺絕，否則我如何向朝廷交代？」

劉裕心中叫絕，更是佩服。謝玄確可得算無遺策的美名。若換作是自己，肯定會把戰馬用在剛才的戰場上，那一來或會令敵人生出警戒之心，沒有那麼容易中計。

而把這批生力軍的戰馬，換上座下因戰事疲乏不堪的馬兒，再以之追殺人疲馬乏的苻堅，實在是上上之策。

難怪謝玄一點也不心急苻堅愈逃愈遠，因爲有這一批養精蓄銳吃飽糧草的馬兒作腳力，追趕疲不能興的敵人時，必可輕輕鬆鬆收拾對方。

早在勝負未明之際，謝玄已擬定好追殺苻堅的全盤計畫，這才配稱明帥，戰勝後盡量爭取最大的勝果。

謝玄淡淡道：「你猜苻堅會採取哪條路線逃走？」

劉裕毫不猶豫答道：「邊荒集！」

謝玄哈哈笑道：「答得好！苻堅對此戰之敗肯定非常意外，又心痛苻融之死，必全速逃往邊荒集，希望借邊荒集數十萬兵力，加上重整的敗軍，再圖反攻。我將利用他這心態，教他永遠不能重返北方。」

劉裕興奮的道：「任苻堅如何精明，絕想不到慕容垂和姚萇會出賣他；以爲憑兩人絲毫無損的兵員，可助他扳回此局。但如今已可肯定慕容垂固然按兵不動，姚萇聞苻堅敗訊亦會立即率領手下撤返北方。在邊荒集沒有出色大將主持下加上人心惶惶，我們水師攻至，邊荒集的守兵將望風而逃，不戰而潰。玄帥此著確是高明。」

謝玄默然片晌，忽然沉聲道：「我們要小心慕容垂，現在他心願達成，苻堅的氐兵團已七零八落，他和我們的關係已徹頭徹尾改變過來，再非互相利用。」

劉裕點頭受教，又心中感激，謝玄對他確是另眼相看，不但肯和他談心事，更對他諄諄誘導，望其成才。

謝玄道：「我們走吧！」

領頭策馬馳下浮橋。

劉裕和眾騎追隨其後，馬蹄踏上浮橋，發出密集的清響，彷彿對苻堅敲起了喪鐘，強大的氐秦帝國，已到了日暮途窮的絕境。

第三十五章　噬臍莫及

燕飛疾走近五里路，仍是在淮水北岸廣闊的林原內兜兜轉轉，當來到一道林內小溪旁，燕飛啞然失笑，在溪旁坐下，伸手掬起溪水，痛快地喝了兩口。夕陽的光線溫柔地灑射林頂。

他笑的是自己。

一路尋來，總有明顯或隱蔽的痕跡，供他循線索追蹤，不會走失。這分明是有人故意引江凌虛追去，以令曼妙夫人能朝另一方向逃之夭夭。

只看自己亦被騙至此處，直至失去痕跡，方醒悟過來，可見此人機智高明，輕身提縱之術更是一等一。在剛才車隊諸人中，除任遙外只有青媞妖女有此能耐。

當然不會是任遙，他只會與江凌虛一決雌雄，而不會急急如喪家之犬，落荒逃走。所以十有八成是妖女青媞，而她顯然有在任何危難下可保護自己的力量。

她能在邊荒集躲過如雲高手和無數氐兵的徹底搜查，自然是潛蹤匿跡的能手，江凌虛只得一個人，在這樣一片密林中，找得到她才是奇事。

「喂！」

燕飛給嚇了一跳，駭然往前方林木高處瞧去，那是聲音傳來的位置，但見繁茂的枝葉在初冬的陽光下閃閃生輝，卻沒有任何異樣情況。

驀地其中一團枝葉忽生變化，現出妖女青媞天真艷麗的玉容和包裹著她動人高挑胴體的華裳麗服。她笑臉如花，從立處的樹椏間往下躍來，手中提著一塊顏色古怪、布滿枝葉紋的大花布，落到溪水對岸，然後一個旋身，衣袂飄揚下像一頭美麗的彩雀向他全面展示優美的身段，再面對他時手提的大花布已不知藏到身上哪裡去了。

燕飛還是首次目睹這種能讓人隱身枝葉處的法寶，搖頭笑道：「難怪你敢出賣我們，原來有此隱身的騙術。」

美麗的青媞本是喜孜孜的表情斂去，嘟長可愛的小嘴兒，往對岸另一塊石頭坐下去，隔著半丈許闊的小溪，幽幽道：「不要再翻人家的舊賬好嗎？那次算我不對，不過奴家已立即後悔得想要自盡，所以沒再落井下石，那兩個大混蛋不也沾你的福蔭，逃過大難？你知奴家爲甚麼要後悔嗎？」

燕飛心忖你這妖女擺明一副要媚惑老子的誘人模樣，管你是眞情還是假意，老子一概不消受。想雖是這麼想，腦海裡卻不由自主浮現出當日她從水池鑽出來，渾身濕透曲線盡露的美景。不由心中大訝。自己自長安的傷心事後，見到美女一直是古井不波，爲何眼前這妖女總能勾起他的綺念。想到這裡，那對神秘深邃的美眸，又蕩漾心湖。

青媞不依的催道：「快答人家的問題，你是好人來的啊！嘻！剛才你笑得眞好看，取水喝的神態更是瀟灑。」

燕飛略一搖頭，似要揮走腦海裡的諸般苦惱和那淡淡失落的難言滋味。皺眉道：「你們逍遙教整隊人被江凌虛下毒手殺害，你竟有閒情說這些事？」

青媞瞪大美目看他，訝道：「你怎會曉得是江老妖下的手？」

燕飛心忖若江凌虛是老妖，那她便是小女妖，沒好氣的道：「我身有要事，你既有自保之術，我須立即動身。」

青媞唇角露出一絲狡猾的笑意，道：「難得遇上嘛！人家還有至關緊要的事告訴你，且與你的混蛋好朋友有直接關係呢。」

燕飛奇道：「你不怕令兄嗎？竟敢出賣他？」

青媞花容失色，不能相信的道：「你怎會知道這麼多事？」

燕飛嘆道：「因爲當時我並沒有離開，聽到你們的對話，後來還被令兄察覺，大家狠狠打了一場。」

青媞的美目瞪得更大，失聲道：「你竟能全身而退？」

燕飛灑然笑道：「我不是好好的活著嗎？」

說罷站起來。

青媞也跳將起來，道：「不可能的，你是甚麼斤兩，奴家一清二楚。」

「砰！」

兩人舉頭望去，只見北方遠處的高空，爆開一團鮮艷的綠色燄光。

青媞色變道：「不好！江老妖竟追上曼妙那賤人，奴家走啦！唉！還有很多事想告訴你呢！」

說罷展開身法，全速去了。

燕飛給她一句「賤人」，弄得對她和曼妙夫人間的關係摸不著頭腦，正要取另一方向離開，不知如何心底總覺得很不舒服，而事實上他對青媞並沒有任何責任。

再沉吟片晌，最後暗嘆一口氣，追在青媞背後去了。心想若因此碰上任遙，確是自作孽。

苻堅坐在一塊石上，任由左右爲他解開染血的戰甲，拔箭療傷，懊悔和痛恨像毒蛇般噬嚙他的心，使他感覺麻木，切身的痛楚像與他隔離至萬水千山之外。

馬在噴霧，人在喘氣。

全力奔逃下，他們來到汝陰城北的疏林區內，捱不下去的戰馬一匹一匹的倒下，原本的五千多騎只剩下千餘兵將，有些是追不上來，又或途中失散，一些則是故意離隊，因爲再不看好苻堅。

仍跟隨在身邊的除乞伏國仁外，只有本族的大將呂光、權翼、石越、張蠔、毛當諸人。而人人均曉得返回邊荒集前，他們仍是身處險境中。

南征的決定，於去年醞釀，當他苻堅首次在朝議提出來，反對者眾，權翼和石越更是拚死力諫，連他最信任的苻融也持反對意見。如今苻融已慘死淝水之旁，恨事已成定局。現在僅餘邊荒集一個後路，他能否捲土重來呢？

他最寵愛的張夫人當日勸止他南征的話，仍是言猶在耳，她道：「妾聽說天地滋生萬物，聖王治理天下，無不順從自然，所以能夠成功。黃帝服牛乘馬是順應了牛馬的本性，大禹治水是順應了地勢，后稷播種百穀是順應了時令，湯、武滅桀、紂是順應了民心。由此看來，做任何事情都須順應自然。現在大臣們都說晉不可伐，陛下卻一意孤行，不知陛下順應了哪一點？民諺說『雞夜鳴不利出師，犬群吠宮室將空，兵動馬驚，軍敗不歸』。今年秋冬以來，雞常在夜間鳴，狗不住的竟夕哀嚎，廄中的戰馬老是受驚，兵庫中的武器經常自動發出聲音，這都不是出師的好徵兆。」

當時他只答了一句「打仗行軍的事，不是你們婦人所應當干預的」便阻止她說下去，此刻方知忠言逆耳，張夫人句句都是金玉良言。自己還有面目回去對著她嗎？

若有王猛在便好了，他肯定可以阻止南征的發生。

猶記得王猛臨終前，對他說過：「東晉地處江南，君臣團結一致，不可輕易出兵。我死之後，希望天王千萬不要有攻打東晉的主意。鮮卑、西羌，是我們的仇敵，最終會發動叛亂，天王須先逐步消滅他們。」

當初決定南征，他把王猛的遺言置諸腦後，現在卻是噬臍莫及。

乞伏國仁的聲音在他耳鼓響起道：「我們必須繼續行程，盡速趕回邊荒集，請天王起駕。」

苻堅行屍走肉般勉力站起來，上馬去了。

兩騎北府兵箭矢般衝過朱雀橋，急起急落的馬蹄踏上御道，一騎朝城門疾馳而去，另一騎轉入烏衣巷。

只看他們風塵僕僕的模樣，便知他們是從前線趕回來，中途多次換馬。把守關防的衛士知有天大要事，哪敢攔截。

蹄聲驚破秦淮河和御道兩旁民居入夜後的寧靜，路人固是駐足觀望，屋內的人也趕到門外看個究竟。

兩名騎士再忍不住心中興奮，同聲發喊道：「打勝仗了！打勝仗了！」

他們的喊叫立刻引起轟動，聞聲者都歡喜若狂奔到街上，又有點難以相信，爭相追問，那情景既混亂又興奮。

衝向城門的士兵扯盡喉嚨的在馬上大喊道：「淝水之戰大獲全勝，苻堅給打跑啦！」

守衛城門的士兵首先狂呼大喊，人人狀若瘋狂。似是不可能的事終於發生和實現，天下景仰的謝安創造出至大的奇功偉績。

此時謝安正和支遁在忘官軒下圍棋，聽到御道處群眾的吵聲，卻聽不清楚所為何事，皺眉道：「發生甚麼事？」

支遁心中七上八下，道：「會否是戰事已有結果？」

謝安微笑道：「原來大師心中一直掛懸此事，所以立即想到那方面去。若戰事有結果，他們當以飛鴿傳書送來快信。除非……」

兩人同時你看我我看你。

支遁接下去道：「除非是全面大勝，苻堅給趕回淮北去，那依軍例小玄將派人回來報告。」

話猶未已，宋悲風已領著那傳訊兵撲將進來，後面還跟著整隊過百人的府衛婢僕，沒有人再恪守謝府的森嚴規矩。

那傳訊兵撲跪謝安身旁，興奮得熱淚狂湧而出，顫聲道：「報告安公，我軍今早與苻堅二十五萬大軍隔江對陣，玄帥親率精騎，以碎石包藏於河底，分三路渡江進擊，當場射殺苻融，秦軍大敗，堅眾奔潰，自相踐踏或投水而死者不可勝計。現今玄帥率騎追擊苻堅，直奔邊荒集去。」

謝安神態悠然的聽著，神情靜如止水，整座忘官軒靜至落針可聞，擠得廳堂近門處的一眾侍衛婢僕人人不敢透一口氣，靜待他們心中最崇敬的人作出第一個反應。

謝安把手上黑子按落棋盤，輕鬆的道：「這局我勝了！」

支遁半眼也不瞥向棋盤，只拿眼緊盯著他。

事實上每一對眼睛都眨也不眨地盯著他，大戰雖發生在淝水，他謝安才是運籌帷幄，決勝於千里之外的關鍵。

謝安捋鬚一笑，淡然自若道：「小兒輩，大破賊了！」

眾人齊聲歡呼，一哄而散，搶著去通知府內其他未知情的人。

支遁為之啞然失笑，大有深意的瞥謝安一眼，似在說他直至此刻，仍扮作「鎮之以靜」的模樣，事實上可肯定他必在心裡暗抹一把汗，並大呼僥倖。

宋悲風道：「請安爺立即起駕，入宮向皇上賀喜！」

謝安以笑容回敬支遁的曖昧眼神，道：「幫我好好款待這位兵哥，備馬！」

宋悲風忙領著報喜兵去了。

支遁起立道：「謝兄不用理會我，要下棋時隨時傳召，剛才那局棋我絕不心服。」

謝安哈哈一笑，告個罪後匆匆離開，剛過門檻，支遁在後面叫道：「謝兄小心足下！」

謝安訝然下望，原來跨出門檻時，把木屐底下的齒兒撞得折斷，自己竟毫不知情，還是支遁眼尖。

謝安搖頭苦笑的去了。

正是「東山高臥時起來，欲濟蒼生未應晚。但用東山謝安石，為君談笑靖胡沙」。

謝玄馳上高崗，遙望掛在汝陰城上的明月，跟隨在後的劉裕和二千精騎，在他後方勒馬停下。

仍是同一個的月亮，但落在謝玄眼裡，已有完全不同的意義，因爲月照下的大地，已因苻堅的慘敗起了天翻地覆的變化，再不會回復到先前的情勢。

人心的變化，直接影響到人對千古不變的月兒的看法。

在苻堅統一北方八年後，北方又重新陷入戰亂，這次的諸胡混戰將比苻秦前的情況更加混亂慘烈。

他謝玄本有若此戰獲勝，便全力收復北方之意。可是桓沖之死代之以桓玄，使他對這想法再沒有把握。

缺乏荊州糧草軍馬的支持，他將舉步維艱，何況還有朝廷的掣肘。

事實上桓玄升爲大司馬後，由於荊州軍權獨立，比他更有條件北伐。在這樣的情況下，桓玄一天不對北方用兵，他謝玄便無法北上，因爲他必須留守北府，以制衡桓玄。形勢忽然發展到這個地步，確是始料不及，令他坐失良機。

對桓玄的野心，他知道得比任何人都要清楚。桓玄一直不甘心在「九品高手」榜上屈居於他之下，且曾兩次約期挑戰，名之爲切磋，可是其用心路人皆知。兩次都被自己以「同爲朝廷重臣」婉言拒絕。

可以想見當慕容垂撤出鄴城，桓玄將會對秦軍窮追猛打，一邊收復邊荒以北所有陷落的城市，更會揮軍攻打川蜀，以擴大地盤，還可名正言順招募各方豪勇，增強實力，令朝廷不敢興起削弱他軍力權勢的任何念頭。

他謝玄挾著大敗苻堅的威勢，各地反動力量會暫時偃旗息鼓，不敢妄動。可是一旦與桓玄的利害衝突表面化，加上司馬道子的興風作浪，破壞二叔和桓沖竭力營造出來的團結穩定局面，大亂將會如洪水般破堤捲來，到時南方也不會比北方好上多少。

謝玄不由嘆一口氣，心中所想的事大大沖淡他因勝利而來的喜悅。

身後的劉裕低聲問道：「玄帥何故嘆息？」

謝玄重重吁出一口氣，拋開心中雜念，道：「我們由此全速飛馳，即使不能在途上追到苻堅，諒可先一步到達邊荒集，再恭候苻堅大駕。我們走吧！」

說罷領頭衝下山坡，二千精騎一陣風般往汝陰城直馳而下。

第三十六章 慘遭妖害

燕飛穿林過樹掠上山坡，無聲無息地在黑暗中推進，他已拋開應否助青媞一臂之力的問題，改而內察所負的傷勢。

任遙的逍遙眞氣似若附體的厲鬼，平時無蹤無影，可是每當他行功至一定的火候階段，那種可怕的眞氣便像從天上或地下鑽出來，在他體內逐分逐寸的擴散，銷蝕他的經脈。那種全身有若針刺的感覺，就像有人在他體內施行酷刑。若他不運功驅寒，恐怕他的血液都會凝固起來。

榮智欲舉起銅壺而不得，因他正是陷於此種駭人的情況下。

可以想像榮智逃離寧家鎭，情況與現時的他相似，只不過傷勢嚴重得多，到發覺情況不對，已回天乏術。

任遙這種可怕的眞氣，可用「劇毒」來形容，是一種「氣毒」，有如附骨之蛆。自己三度被他的氣毒入侵，所以有這麼嚴重的後遺症，更不曉得是否能徹底驅除。幸好自己的日月麗天大法暗合天地陰陽至理，對這「氣毒」有天然剋制的神效，否則早似榮智般一命嗚呼了。

現在他頂多能發揮正常狀態下七、八成的功力，因爲要分神壓抑體內「氣毒」，若與高手動武，爲保命放手施爲，後果將不堪想像。

即使想到這種可能性，他對援助青媞仍沒有絲毫退意，他只求心之所安，其他一切都不大計較，包括自己的小命在內。

在明月之下，林外出現一座藏於深山密林的古剎，看規模可想像其昔日的光輝，此刻卻是空寂無人，沒有半點燈火，顯然是廢棄的荒廟。可憐靈山聖寺，本是修眞勝地，卻落得荒寒淒冷，彷如鬼域。

在一堆山石和草叢後方，倏地出現美麗的妖女青媞，還向他招手。

燕飛不以爲異，掠到她旁學她般蹲下，透過婆娑枝葉，剛好俯瞰古寺主堂前的大廣場，一尊佛像横臥廣場正中處，兩側高起的佛塔像兩名忠心耿耿的守衛，永不言棄的護持兩旁。

古剎的三重殿堂仍大致保持完整，頗有氣勢，但雜生的蔓草已蔓延到四壁和廟頂，一片荒蕪的景象。

不過吸引燕飛注意的卻是横躺在臥佛前一位千嬌百媚的女郎，一身華裳麗服，美眸緊閉，月色下動人的身體線條起伏，有一種異乎尋常的誘姿，似乎她不用作態，已可迷惑天下男人，令人看得血脈賁張。

燕飛心中大訝，自己並不是沒有見過美女的人，身旁的妖女論美色絕不在那女郎之下，可是爲何只有她可予自己如此直接的刺激和誘惑力。若她雙眸張開，加上風情萬種的風姿，自己豈非會把持不住？

更奇怪的是，她現在一副海棠春睡的神態，自己爲何偏去馳想她翩翩醒來後會是如何動人？

青媞在他耳旁細語道：「這就是曼妙那賤人。」

燕飛心中一懍，剛才他的注意力全被曼妙吸引，加上身負氣毒，若青媞再來個偷襲，大有可能著了她的道兒。

不由戒備的往她瞧去。

青媞正在看著他，見到他這般眼神，苦笑道：「上次人家是一片好心，怕你要逞英雄現身，所以想先一步制住你，千眞萬確是沒有絲毫惡意。」

又喜孜孜的道：「你是我生平遇到眞正的好人呢！是否怕人家遇上凶險，所以趕來相助？」

燕飛相信了她大半的話，因爲如此才吻合她放自己走的情況。目光重投曼妙身上，收攝心神，沉聲道：「是怎麼一回事？」

青媞黛眉輕蹙，道：「人家怎知道呢？可能是江老妖把她擒下，取出她的訊號煙花發射，好引大哥來決一死戰。也可能是這賤人自己發射煙花，再躺下來裝死。太多可能性哩！」

燕飛忍不住問道：「她不是你大哥的人嗎？爲何開口閉口都稱她作賤人？」

青媞不屑的低聲道：「只愛勾引男人的女人是否淫賤？讓我告訴你，她正因天生淫賤，自幼修習媚術，專事勾引男人，你說她不是賤人是甚麼？她最自負的本領，是要好色的男人死心塌地的愛上她，又以爲她只忠心於他一個人，給騙死還不知是怎麼一回事！」

她以內功蓄聚聲音，挨湊過來輕輕耳語，說話雖又快又急，卻總能字字清脆分明且音韻抑揚有致，充滿音樂的動聽感覺，兼之香澤微聞，呵氣如蘭，充盈健康青春的氣息。加上燕飛正目睹橫臥廣場活色生香的誘人美女，不由一陣心旌動搖。

燕飛暗吃一驚，心叫妖女厲害，立刻把綺念硬壓下去。忽然青媞再靠近他點兒，香肩碰上他肩膀，續道：「再告訴你一個秘密，大哥肯收她爲妃，正是看中她蠱惑男人的媚術，有時美女的魅力，運用得恰當，比千軍萬馬更要厲害。大哥是聰明人，當然深明此中道理。」

燕飛又不由心中一蕩，暗忖你不要去說別人，自己不也是在誘惑我嗎？想雖是這麼想，那種似有意又無意的讓他享受到的溫馨感受，卻使他無法生出移開的念頭，那是一種闊別已久的醉人感覺。

沉聲道：「你現在打算怎麼辦呢？」

青媞微聳香肩，柔聲道：「不論哪一種可能性，江老妖肯定在一旁虎視眈眈，我才不會蠢得去為她犯險。」

燕飛不解道：「既然如此，你爲何見到煙花訊號，立即不顧一切的趕過來。剛才又故意引江老妖去追你，好讓曼妙脫身？」

青媞的小嘴差點便碰上他耳根，道：「因爲她現在對大哥很有用嘛！人家才怎麼也要裝模作樣一番哪。唉！江老妖不知何時方肯現身。嘻！人家才不怕江老妖殺她，因爲沒有男人捨得殺她！當江老妖妄起色心，便將是他遭殃的時候了。橫豎閒著無聊，我們來個玩意好嗎？」

燕飛訝然往她瞧去，正要詢問是甚麼玩意，青媞已縱體入懷，整個香噴噴的嬌軀倒在他胸腹裡，還輕舒玉臂，把他的頸項纏個結實，美眸半閉，玲瓏浮凸的酥胸不斷起伏，紅唇輕啓香息微喘著道：「親我！」

燕飛眼前見到的是她一向看似天眞純潔的另一副面目，媚眼如思，春情蕩漾，其誘惑性絕不在曼妙之下。最要命是明知江凌虛這極度可怕的大魔頭正在附近某處，尤增偷情的香艷刺激感覺，一時間他忘掉此女不但狡猾如狐，且曾出賣過他，眞想湊前少許，便可肆意享受她濕潤豐滿的美麗香唇。

正要付諸行動，驀地一股冰寒至極的眞氣，從她按在他頸項的纖指利箭般射入他經脈內，瞬即侵襲全身，渾身經脈像給冰封起來，不要說運氣反擊，連動個指頭輕叫一聲也有所不能。

青媞美麗的花容突生變化，雙目睜開，可是其中再無絲毫柔情蜜意，眼神冷漠至沒有任何感情，令他想起任遙的眼睛。

這反覆無常的妖女緩緩坐直身體，再半跪在他前方，忽然收回雙手，接著玉手如驟雨閃電般連續十多指點在他前胸數十大小穴位上。

每一指均注入一道冰寒徹骨、直鑽心肺令他生出五臟六腑驟被撕裂感覺的真氣，偏又大叫不出聲來，就像在噩夢中，明知猛獸毒蛇噬體，卻沒法動彈。不過這妖女比之洪水猛獸，更要狠毒千百倍。燕飛僅餘的真氣全面崩潰，即使現在有人能治好他，他不但武功全失，還要變成比常人不如體弱多病的人。

這位毒如蛇蠍的女人當然不是要廢去他武功那麼簡單，而是要他失去所有抵抗力，讓她入侵的真氣慢慢將他折磨至死。

縱使是深仇大恨，也不用施加如此殘忍的手段，何況他對她尚算有恩。

他現在最後悔的，不是沒有讓劉裕和拓跋珪幹掉她，而是剛才自己真的曾對她動心。更令他驚駭莫名的是她攻進體內的也正是逍遙真氣，其精純深厚處，與乃兄實不遑多讓，由此看來，她是一直收藏起真正的實力。

此妖女實是徹頭徹尾的騙子。

這些念頭電光石火般閃過他的腦海，在椎心刺骨的極度痛苦中，他往後仰跌。

青媞玉臂輕舒，穿過他脅下，把他抱個結實，小嘴湊到他耳邊說道：「乖乖不用怕，開始的痛苦過去後，你的感覺會迅快消失，只剩下神志，然後逐步模糊，能如此冷靜舒服地見證自己的死亡，是最逍遙的死亡樂趣。死後你會歸宿何處呢？倘是極樂西天這不是非常有趣嗎？」

接著又輕笑道：「奴家最喜歡騙你這種自命正義的大傻瓜，換了那兩個混蛋是絕不會上當的，只有你這個傻瓜被我騙了兩次仍不醒悟。唉！也難怪你，安世清都讓我將天心珮騙上手，你燕飛算甚麼東西呢？你的人雖然不錯，可惜體內流的並非皇族的血。你要恨就恨自己曉得天地珮的秘密吧！下一個將輪到劉裕，他會比你死得悽慘十倍。待會人家會來爲你安葬，好好享受你的死亡吧！」

說罷緩緩把他放倒，平躺草地上。

在府衛開路下，謝安和王坦之同車馳出烏衣巷，轉入街道，向皇宮出發。

街道上擠滿狂喜的人民，家家戶戶張燈結綵，鞭炮聲震耳欲聾，歡樂的景象看得謝安心生感觸，此時勝利的狂喜逐漸淡褪，代之而起是對未來的深憂。

在淝水之勝前，由於北方強大氐秦的威脅和無休止的寇邊，在重重壓力下東晉君民空前團結。可是現在威脅已去，首先出現就是應否北伐的問題。

這還不是最大的問題，政治環境的改變，司馬曜將對他謝安由信任和倚重轉爲猜忌與疏遠，更會千方百計削他的權力。

若他謝安是有野心的人，他會設法趁勢掌握更多的權力，只可惜他並不是這種人。他最羨慕的是天上的閒雲野鶴，在這樣的情況下，只有功成身退一途。

以後家族的榮辱只有倚靠謝玄的威望和手上的北府兵將，他肯讓桓玄坐上大司馬的位置，正是要保謝玄，使司馬曜和司馬道子不敢輕舉妄動，以用之抗衡桓玄。這未必是東晉臣民之福，可是他卻沒有更好的選擇。

王坦之剛接受過街上群眾的喝采歡呼，放下簾子，轉頭過來看到謝安的神情，訝道：「你有甚麼心事？」

謝安淡淡道：「國寶是不是和司馬道子過從甚密？」

王坦之的胖臉露出尷尬神色，道：「他們只因志趣相投，故不時往還。唉！國寶近來心情不好，不時發脾氣，我已多次訓斥他，這兩天他會親來向你請罪的。」

謝安想到女兒，暗嘆一口氣，道：「若娉婷肯隨他回去，我絕不會干涉。」

王坦之輕嘆道：「國寶仍是個孩子，總覺得自己鬱鬱不得志，滿懷抱負無法施展。」

謝安心想你這是拐個彎來怪責我，卻不想想你兒子如何敗德無行。不過再作深思，也很難怪他有如此不滿，謝家因淝水一戰，肯定可名留史冊，何況更出了個謝玄。而他王家卻是後繼無人，自王導、王敦後就只有他王坦之像點樣。不過王家的光輝，現在已完全被謝家蓋過，王坦之口出怨言，是合乎常理。

這類問題和矛盾，在淝水之戰前絕不會出現，可見淝水的勝利，把東晉上上下下的心態全改變過來。

謝安壓低聲音道：「我準備離開建康。」

王坦之駭然道：「甚麼？」

謝安目光透過竹簾，瞧著街上狂歡慶祝的群眾，默然不語。

馬車開進王城，熱鬧不減。

王坦之道：「皇上必不允准，你究竟有甚麼心事？何不說出來讓我分擔，你該知我一向支持你的。」

謝安苦笑道：「你該如我般明白皇上的眞正心意。鳥盡弓藏，我謝安再無可供利用的價值。」

王坦之憤然道：「你千萬不要自亂陣腳。現在苻堅大敗，北方必重陷四分五裂的亂局，皇上一直想收復北方，統一天下，現在正是你大有作爲的時候，坦之願附驥尾。」

謝安心忖司馬曜是明知事不可爲時才掛在嘴邊說說，作其豪情壯志就可以。若要他發動支持北伐，對他來說等若要他把半壁江山送出來作有獎遊戲。

不過王坦之希望他留下，確是誠意眞心，因爲王坦之並不是個有大志的人，只是希望一切如舊，王、謝兩家可以繼續保持最顯赫的地位。

深望他一眼道：「淝水的勝利來得太突然，我們根本欠缺北伐的準備。而不論只是苟且偷安的腐朽勢力，又或有志還我漢統的有識之士，均曉得北伐困難重重。北方胡人只要截斷我們的漕運，我們便會有糧草不繼的致命弱點。而未曾南渡的北方漢人，受胡族長期統治下，民族意識和其與胡族的關係亦漸趨模糊，對於我們的北伐也不感興趣。說到底，邊荒的存在，既令苻堅輸掉此仗，也令我們的北伐難以成事。自古以來，從未曾出現過如此奇怪的情況。」

王坦之急道：「北伐之事可從長計議，你仍不用急於辭官歸隱呀。」

謝安從容道：「你是不是怕我入宮後立即請辭？」

王坦之點頭道：「皇上會誤以爲你挾功自重，以退爲進，那就不妙。」

謝安微笑道：「放心吧！我會待諸事底定，苻堅的情況清楚分明，才會離職，那時或許不用我開口，皇上已有安排了。」

「砰砰砰！」

一陣急驟的鞭炮聲在大司馬府門外爆響，在歡樂熱烈的氣氛中，馬車開進皇城。

苻堅駭然勒馬，呆若木雞似的瞧著遠方，一股濃煙在那裡升上高空，隱見火光。

乞伏國仁、呂光等齊勒馬韁，人人面如死灰。

戰馬嘶鳴，再有數匹馬兒支撐不下去，力盡倒斃。

呂光道：「邊荒集起火！」

乞伏國仁倒吸一口涼氣道：「這是不可能的！任南人水師如何快捷，逆水而行，至少明早才可到達邊荒集。」

呂光道：「即使到得邊荒集，以姚萇大將軍豐富的經驗，也絕不會讓南人輕易得手。」

苻堅像忽然衰老了十多年般，臉上血色褪盡，喃喃道：「造反了！造反了！」

乞伏國仁等面面相覷，卻沒有人反駁苻堅。眼前唯一的可能性，是姚萇背叛大秦，自行放火燒寨，撤返北方。

驀地一陣急遽的馬蹄聲從西南方傳來，約有數千人之眾。

人人再次臉色大變，這回真是前無去路，後有追兵，難道氐秦就這麼亡掉？

第三十七章　丹劫之難

燕飛體內的變化，並不如妖女青媞所預料的被冷凝至失去肉身的所有感覺，只餘下漸趨死亡的神志。

當他往後仰跌的一刻，一直被抑制著的那股先前入侵屬於「逍遙帝君」的眞氣，立如脫韁野馬般從潛伏處竄冒出來，新舊的兩股眞氣，既相容又相沖，登時將他全身經脈化作角力的戰場，兩者不斷激盪爭持，那種痛苦即使硬漢如燕飛者都忍受不來，像千萬把冰雪造成細如牛毛的利刀，切割著他的經脈和五臟六腑，若不是口不能言，早失聲狂叫，但已痛得全身抖震，受盡「冰刑」之苦。

他的所有感官均失去作用，眼不能見，耳不能聞。有如被丟進一無所有的虛無境界，不知身在何處？究竟發生甚麼事？陪伴他的是一波比一波劇烈的傷害和痛苦。

就在這悲慘深淵的最深處，忽然生出一點暖意，雖仍是痛不欲生，情願快點死掉好脫離苦海，但神志卻逐漸清明起來。隱隱感到暖意起自心臟正中的位置，逐漸蔓延到心脈。

那情況便如一個在冰封的寒冷世界快要凍斃的人，忽然得到一點火苗，火燄且不斷增強生熱。

燕飛絕處逢生，再無暇理會為何會出現這種特異的情形，只盡力使自己忘記冰割般的痛楚，神志死守著心頭那丁點溫暖。

暖意逐漸擴大，經心脈緩緩延往任督二脈，專心一志下，痛苦彷彿正逐漸離開他。

這並不表示他由冷轉熱，而是他不再是完全無能為力，任督二脈仍被寒毒佔據，但他已搶回部分控制權。他的感官一點一滴的回復知覺，開始感覺到身體和四肢的存在，但若要爬起來逃走，仍是遙不可及的事。

心中一動，想到陰差陽錯下，反靠任遙先入侵的寒毒暫保自己的一條小命。所謂陽極陰生，陰極也陽生。兩股至陰至寒之氣的交激裡，物極必反下，反生出陽暖之氣。加上他本身的日月麗天大法，一向講求陰陽互濟之道，本身已具備寒極暖生的先決條件，機緣巧合下，竟得不死。

可是燕飛心中卻沒有絲毫欣喜之情，他乃這方面的大行家，從體內的情況，早預見可能的結果。這些許彷如在冰原雪地中的唯一火燄熱能，只可以保住他性命一段時間，而他的經脈因受損過度，他不但武功全失，還將變成癱瘓的廢人，永遠再不能憑自己的力量重新站立起來。

而這小股陰極陽生的純陽之氣，只會令他多受活罪，若妖女青媞回來收屍，見他仍未死去，還不知會怎樣凌辱他呢。

他從未如此痛恨過一個人，凡是可以傷害她的事，他肯定自己會毫不猶豫地去實行。就在這仇恨、怨憤、傷痛、疲乏、頹喪交襲而來的時刻，腦際靈光一閃，想到個好主意。

就是懷內秘不可測的銅壺丹劫。

謝玄收慢馬速，全隊騎兵放緩速度，待馳上高處，人人可見到邊荒集冒起的濃煙，事實上邊荒集離他們所在處尚有數個時辰的馬程。

謝玄欣然道：「我早猜到姚萇有此一著。」

追在他馬後的劉裕道：「希望燒的只是新建成的木寨，否則邊荒集將成廢墟。」

謝玄好整以暇閒聊般的道：「你對邊荒集很有感情，所以感到惋惜？」

劉裕曉得他因快要追上苻堅，故趁機讓人馬休息回氣。以養精蓄銳的馬兒去追苻堅力戰身疲的戰馬，自然佔盡優勢，苻堅將休想脫身。點頭道：「邊荒集是個刺激有趣的地方，甚麼荒誕不經的事都會發生，到那裡的人都像拋開所有規限和約束，可以為所欲為。」

謝玄微笑道：「最近的一次不算數，過往你曾進入邊荒集多少次，又拋開過甚麼約束呢？」

劉裕老臉一紅，稍作猶豫，最後坦然道：「我在北府諸郡很少逛窰子，但到邊荒集後，每晚都和高彥去嘗鮮，只差在沒有進賭場碰運氣。」

謝玄哈哈笑道：「這是人之常情，醇酒美人，偶然放肆一下，當是痛快非常。聽說邊荒集並不是個價錢便宜的地方。」

劉裕暗吃一驚，忙道：「高彥出手闊綽，每次均是由他請客，玄帥明察。」

謝玄啞然失笑道：「我只是順口問問，你不用作賊心虛，你是怎樣的一個人，我比任何人都要清楚。」

稍頓後道：「苻堅一行人該在十里之內，我們須分三路行軍，小心埋伏。」

旗號兵忙打出旗號，部隊重整陣勢，又熄滅大部分火炬，隨謝玄繼續追蹤敵人。

苻堅一眾人等，雖擺出迎敵的陣勢，但人人心知肚明在飢寒勞累侵襲下，所有兵將不但失去作戰的力量，也失去鬥志。

月色下數以百計的騎兵馳上西南面的丘陵高地，勒馬停下，尚有眾多部隊從後方南面密林衝出，止騎不前，列成陣勢，隊形整而不亂，顯示出對方是有組織的精銳。

乞伏國仁眼睛最利，舒一口氣道：「是慕容上將軍的人。」

苻堅不知為何，一顆心卻「卜卜」狂跳起來。對於慕容垂，雖然他是自己手下臣子，他總心存忌憚，而慕容垂也是王猛生前唯一顧忌之人，臨終前更千叮萬囑自己要小心防他。可是由於慕容垂的實力遠比不上他，所以苻堅並不在意，且倚仗慕容垂超凡的戰力助他平定北方。只恨如今形勢逆轉，他氐兵的精華在洛澗和淝水兩役變得七零八落，又痛失了苻融。

姚萇已叛他而去，比姚萇更可怕的慕容垂會對他採取甚麼態度呢？

對方騎陣裂開，三騎緩馳而來，領頭的正是頭紮鋼箍、長髮垂肩，狀如魔神的慕容垂，左右伴著的分別為其子慕容寶和親弟慕容德，直趨苻堅馬前。

三人沒有絲毫異樣，照常的在馬上向他致君臣之禮。

苻堅心頭一陣激動，顫聲道：「上將軍……」

乞伏國仁、呂光、權翼等人人默言不語，靜待慕容垂的反應。在此次南征之役中，唯有慕容垂和姚萇的本部兵馬全然無損，慕容垂肯不肯繼續效忠苻堅，將直接影響異族諸將對苻堅的支持。

慕容垂神色平靜，目光投往邊荒集升起的濃煙，不徐不疾的道：「天王請先恕臣遲來護駕之罪，邊荒集怕已成為灰燼，不宜前往。為安全之計，天王請由此直赴泗水，再折北返回京師，臣將全力攔截謝玄追兵，諒他也不敢越過邊荒集。」

眾人均生出奇怪感覺，若慕容垂身在鄖城，即使昨天聞訊立即趕來，至少也要在明天黃昏方能趕到這裡，除非他一直潛藏在附近某處。

現在眼前所見慕容垂的兵力約在二千至三千人間，他其餘的二萬多本部兵馬，又在何方呢？此刻形勢微妙凶險，即使苻堅也不敢質問他。

慕容德和慕容寶則是面無表情，教人莫測高深。

苻堅深吸一口氣，壓下心頭激動，沉聲道：「現今有上將軍來助，我們可以收拾殘兵，重整陣容，趁謝玄得勝驕狂之際，回師反撲，說不定可反敗爲勝。」

慕容垂唇角露出一絲笑意，淡淡道：「現在敗局已成，糧道被截，即使我手上人馬多上一倍，謝玄又被殺身亡，仍難過硤石淝水一關。如桓沖聞訊揮軍攻來，我們將失掉安返北方的機會，請天王立即起駕，遲恐不及。」

苻堅差點想當眾大哭一場，以洩心頭悲憤，今次本是威凌天下的南征，已成徹頭徹尾的失敗，慕容垂所言更是句句屬實，無奈答應道：「殿後的重任交由上將軍負責，朕在洛陽等待上將軍。」

慕容垂漫不經意的道：「臣尚有一個請求，萬望可得天王賜准。」

苻堅愕然道：「上將軍有何要求？」

乞伏國仁等均大感不妥，曉得慕容垂不會有好話。表面看慕容垂仍是對苻堅畢恭畢敬，但明眼人均看出他對苻堅已失去往昔的尊敬，尤以慕容寶和慕容德兩人的神態爲甚，擺出一副根本不將苻堅放在眼內的模樣。

慕容垂神色平靜的道：「我軍南征失利，北疆諸族，定必蠢蠢欲動，臣願領本部人馬，前往鎮壓，以安戎狄，順道拜祭祖宗陵墓。」

苻堅的心直沉下去，這等若放虎歸山，如讓慕容垂率本部兵馬返回北疆根據地，他還肯再受自己調度嗎？

只是在眼前的形勢下，他可以說「不」嗎？

燕飛想到的是榮智既在臨死前珍而重之的把「丹劫」交給自己，肯定此物非同小可，大有可能是妖女青媞欲得之物，若自己服下它，又讓她看到空壺，肯定可把她氣死。

而除此一得外，這充滿「恐怖神秘」意味的「丹劫」，加上「葛洪泣製」的提示，而榮智最終仍不敢服用，理應是極毒極霸道的丹藥，否則不該以「劫」爲名。

他燕飛是拚死無大礙，如今已不可能在服用後還有任何損失，最好還能藉此了卻殘生，到地府中與娘相會。

想到這裡，燕飛振起意志，以意引氣，把微弱不堪的暖流引導到右手的經脈，他的右手立時顫動起來，同時有如針刺，整條手臂的痛楚以倍數劇增。

不知是否因有明確的奮鬥目標，他的眼和耳的知感也逐漸增強，可見到模糊的景象，就在此時，一陣聲音從古剎方向隱約傳來，雖仍似在遙遠的天邊地極，卻字字可聞。

一個雄壯的男聲長笑道：「原來是逍遙帝后親臨，難怪我方人馬難逃劫數。」

妖女青媞的聲音回應道：「難得江教主不遠千里而來，奴家當然要悉心伺候。」

燕飛大感錯愕，心忖這妖女竟非任遙的妹子，而是他的「僞后」，眞教人意外。逍遙教的人行事詭邪怪異，難以常理推之，自己正身受其害，亦知之已晚。

此時他已可移動指頭，證明經脈仍未被徹底破壞，不過寒毒仍在肆虐擴張，只好趁猶有餘力之際，完成死前的唯一心願。

他的性格孤毅卓絕，不再聽妖道妖女的對答，專心一志移動右手，探入懷內，如此簡單的動作，在此刻卻似是歷盡千百世劫難般方能完成。

他雖是存心不聽，無奈江凌虛的聲音又傳入耳內道：「聽說帝后最近巧施妙計，從安世清處騙得天心珮，不知帝后是否隨身攜帶著呢？」

燕飛如獲至寶的一把抓著銅壺，聞言明白過來。難怪太乙教和天師道兩方人馬會上門找安世清，皆因天心珮原是在安世清手上，現在任遙夫婦盡悉天、地、心三珮的秘密，如能殺死燕飛和劉裕，便可獨享其秘。

安世清之女正因此直追入邊荒來。

心中不由浮現那對神秘深邃的美眸，體內的痛苦也像減輕少許。

銅壺由懷內掏出。

青媞的聲音嬌笑道：「江教主消息靈通，人家身上是否有天心珮在，只要你擒下奴家，徹底搜查，不是可一清二楚嗎？」

她的說話語帶雙關，充滿淫邪的意味，還大有以被對方搜身為樂，充滿誘惑的能事。燕飛卻曉得她是故意挑起江凌虛的色心，在不會痛施殺手下，便容易為其所乘。

豈知江凌虛並沒有中計，笑道：「少說廢話，你當我江凌虛是三歲孩兒？從你的屍身搜出來還不是一樣嗎？」

青媞嬌笑道：「既是如此，為何江教主又廢話連篇，盡說話而不動手呢？」

這也是燕飛心中疑問，看先前江凌虛以雷霆萬鈞之勢，攻擊車隊，大開殺戒，眼前沒理由不來個速戰速決，一舉斃敵。

他的手緩緩將銅壺移至唇邊，一股近乎無法抗拒的勞累蔓延到整隻右手，使他差點想要放棄，就此閉目死去。

當然他不可以如此做，否則等若向狼心狗肺的毒女獻寶，振起無上意志，苦抗銷蝕他心靈的寒毒，誓不低頭地積蓄右手所餘無幾的力量，硬向嘴唇移去。

江凌虛冷哼一聲，道：「還要裝蒜，曼妙你給我站起來。」

他這麼說，燕飛登時明白曼妙的確在發放煙花訊號後，裝作昏迷引江凌虛上鉤，旋又大惑不解，若她兩人聯手應敵便不怕江凌虛，怎會坐看江凌虛屠戮己方教眾？

唯一解釋是她們仍信心不足，而任遙卻在附近。

一陣可令任何男人銷魂蝕骨的嬌柔女聲響起來，正是曼妙夫人甜美的嚦嚦聲音，由於見過她誘人的臥姿，燕飛可在腦海中描繪出她煙視媚行的誘人模樣。禁不住又奇怪自己在這種水深火熱的絕境中，仍會想到這種事，就在此一剎那，他感到右手開始有力。

燕飛「精神大振」，用拇指按破封蓋的火漆，竭盡全力務要推甩封壺的銅塞子。心想成功失敗，便看此時。

他心知肚明，要在這樣的情況下拔開壺塞，只有不到兩三成的把握。

奇妙的事發生了。

當他按裂火漆，原本冰冷的銅壺忽然變得灼熱起來，對此時的他來說，若如有人雪中送炭，說有多舒服就有多舒服。

熱力還似在不斷加劇中，壺內似乎生出一股力量，要把壺塞彈開，怪異至極點。

古剎的三人雖有對話，他卻半句都聽不進去，全心助壺內「丹劫」兩指之力，盡力將銅塞子拔出來。

「卜」的一聲，塞子沖空而上，擦過他鼻端，接著一股強烈至使人窒息的火熱，撲面而來。

燕飛事實上已到達油盡燈枯的境地，哪敢猶豫，不理一切奮盡餘力，把壺內的「丹劫」倒入口中。

「噹！」

銅壺先滾落他胸口，再滑到地上，銅石相碰，發出清音。

江凌虛的聲音大喝道：「原來任教主親臨，難怪你兩個有恃無恐，恕江某人無暇奉陪啦！」

燕飛心叫誤會，不過已沒法作他想，他感覺不到任何丹丸入口，只是一股火熱傾入口中，像千百股灼熱的火柱般往全身擴散，通體寒熱交擊，相較於那種難受的感覺，剛才的痛苦實在是小兒科。

「轟！」

寒熱激盪，他身體內像火山爆發和雪崩冰裂同時發生，登時眼冒金星，偏又沒有昏死過去。冷暖流以他爲中心向四周送出狂飆，草木連根拔起，小銅壺和銅塞也被捲往遠處。

忽然全身陣寒陣熱，不論冰封火燒，均似要把他立時撕裂的情狀。

下一刻燕飛竟發覺自己從地上彈起來，他的身體再不受意志的控制，狂叫一聲，就那麼拚命狂奔，像發了瘋似的。

迅即遠去，比奔馬還要迅捷。

第三十八章　火冰異象

荊州、江陵、刺史府。

桓玄腰掛「斷玉寒」，一身武士便服，在內堂接待從建康趕來奔喪的江海流，他們席地而坐，由江海流細說建康的情況。

淝水的捷報在一個時辰前傳到江陵，舉城轟動，桓玄立即下令手下諸將集結軍力，準備明天發軍，一舉克服北面失地。

聽到謝安肯對他繼承乃兄大司馬之位點頭，桓玄暗鬆一口氣，微笑道：「算他識相吧！」

又對江海流道：「海流你爲此事奔走，我桓玄非常感激，絕不會忘記。」

江海流微笑道：「南郡公……噢！應該是大司馬，對我江海流一向鼎力支持，現在有機會爲大司馬效勞，我怎可不盡心盡力。」

桓玄欣然道：「我桓家從來不把海流你視爲外人，只要我一天掌權，可保大江幫繼續壯大，大家禍福與共。對了！謝安逼你切斷與孫恩的交易，你有甚麼看法，不用有任何顧忌，甚麼都可以說出來。」

江海流頹然道：「坦白說，安公的指示令我非常爲難。對孫恩我絕對沒有任何好感，不過他控制著沿海大部分鹽貨買賣，價錢又因不用納鹽稅而變得非常便宜，對我幫的財力事關重大。這還不是最重要的原因，若讓孫恩勾結上聶天還，對我大江幫的損害將是難以估計。」

桓玄冷哼一聲，喃喃唸道：「聶天還！」

又盯著江海流道：「你怎麼看待他的警告？」

江海流沉吟片刻，嘆道：「安公說過若擊退苻堅，會趁勢收拾孫恩。坦白說，對安公我是非常尊重的，他老人家既宣之於口，我很難忤逆他的心意。而且我幫上下亦視他如神明，我們很難公開和他作對，只好另想辦法。」

接著試探道：「當然也要看大司馬的想法。」

桓玄沉聲道：「我對謝安也有一份尊敬，海流這般做亦合乎形勢，我初登大司馬之位，還須一段日子鞏固荊州軍民之心，幸好機會就在眼前，待我收復襄陽等十多座城池後，立即揮軍巴蜀，奪取漢中，北脅關中，去我荊州西面禍源。」

江海流暗鬆一口氣，他現在最怕的是桓玄逼他公然違抗謝安，那謝安一怒之下，他大江幫肯定遭殃。謝玄挾擊垮苻堅百萬大軍之威，此時誰敢與他爭鋒。即使強如桓玄，也要韜光養晦，暫把矛頭指向川蜀。

點頭道：「有大司馬這番指示，海流明白了！」

桓玄胸有成竹的道：「謝安叔侄愈顯鋒芒，司馬曜兄弟對他猜忌愈深，他們風光的日子已是屈指可數，我們先搞好荊州，然後靜待時機。」

江海流道：「不過若拖得太久，讓聶天還坐大，勢將威脅荊州後防，於我們有百害而無一利。」

桓玄微笑道：「往昔我們爲應付北方的威脅，疲於奔命，故無暇顧及南方兩湖一帶的區域，讓聶天還稱王稱霸，至乎不把我桓家放在眼裡。」

接著雙目厲芒爍閃，冷然道：「誰敢與我桓家作對，我會教他後悔入世爲人。對兩湖幫我已有全盤的計畫，縱讓聶天還得意一時又如何？」

江海流一陣心寒，他熟悉桓玄的行事作風和手段，以前事事要聽桓沖的話，故不得不壓抑收斂。現在桓沖病逝，荊州的軍政大權落在他手上，逆我者亡的情性再無顧忌。這番話雖是針對聶天還說的，也是在警告自己不得生出異心。

桓玄又往他瞧來，神色復常，淡淡道：「謝安那次找你到秦淮樓，只是順道警告你幾句，眞正的目的在於彌勒教，對嗎？」

江海流只好點頭。

桓玄悠然道：「讓我向你提出忠告，你們做生意買賣的，最好不要隨便開罪人，要面面俱到，方可通吃四方。無論如何，建康仍是司馬曜兄弟的天下，一天我不點頭，謝玄縱有北府兵在手，仍不敢造反。」

江海流皺眉道：「大司馬的意思是……」

桓玄截斷他道：「我是希望你懂得明哲保身之道，不要介入謝安和皇上兄弟間的鬥爭去。否則一天謝安失勢，便輪到你失勢，我和謝玄均是鞭長莫及，很難保住你在建康的生意。司馬道子那奸賊只要指示王國寶爲難你，可教你吃不完兜著走。我要說的就是這麼多，其他由你自己斟酌輕重。」

江海流的心直沉下去，明白再不能像桓沖與謝安交好的時代般左右逢源，而必須選擇立場。

桓玄說得雖輕描淡寫，背後卻暗含嚴重的警告。

苦笑道：「海流明白了！」

任遙、青媞和曼妙在剛才燕飛倒臥的位置處，不敢相信自己那雙眼睛般看著眼前詭異可怕的情景。

地面一片焦黑，像給猛烈的大火燒過，又像天上驚雷下劈，波及處足有丈許方圓，寸草不留，石頭被熏黑，而更驚人的是在這片焦土外，不論草木泥土均結上薄冰，像一條寬若半丈的冰帶環繞著內中的焦土。

三人不但從沒有見過這般可怕的異象，想也從未想過，當然更無法猜測究竟發生了甚麼事。

青媞花容失色的指著焦土的中心，道：「燕飛剛才是躺在這裡。」

任遙目光投往西南方，那是一片茂密的叢林，現在卻出現一條可容人通過的空隙，枝折葉落，顯然是被人以厲害至極的氣功硬闖出來的。

泥土上卻出奇地沒有任何腳印遺痕。

曼妙倒抽一口涼氣，道：「難道燕飛因死得太慘，化爲厲鬼。」

青媞顫聲道：「不要嚇我！」心忖若燕飛變成會尋仇的殭屍，肯定第一個不放過的就是自己。

任遙在三人中最冷靜，往青媞望去，沉聲道：「你肯定他中了你的逍遙氣嗎？」

青媞仍是驚魂未定，道：「我再也不敢肯定。」

任遙嘆道：「此子確有鬼神莫測之能，若不是他弄出聲音，江老妖將劫數難逃。」

原來他負傷逃離寧家鎮後，覓地療傷，治好內傷後，再全速追趕車隊，還趕在燕飛前面，到發覺車隊遇襲，按曼妙留下的暗記，追上曼妙，著她發放訊號火箭，把江凌虛誘來，正要憑三人之力，圍殲江凌虛，卻被燕飛鬼使神差般破壞了，嚇走江凌虛。三人來尋燕飛晦氣，豈知看到的竟是如此異象。

任遙當機立斷道：「青媞你負責送曼妙到建康去，由我負責追殺燕飛，即使他化爲厲鬼，我也有方法令他永不超生。」

司馬道子氣沖沖的回到王府，隨他從宮內回來的還有王國寶和菇千秋兩大心腹。

三人直入內堂，分賓主坐下。

司馬道子一掌拍在身旁小几上，怒道：「戰爭還未有最後結果，皇兄便迫不及待的封謝安作甚麼盧陵郡公，謝石爲南康縣公，謝玄爲康樂縣公，謝琰爲望祭縣公，一門四公，當世莫比。可是若苻堅憑邊荒集的大軍反撲，重渡淮水，謝安再保不住皇兄的半壁江山，皇兄是否又須急急褫奪對他們的封賞。唉！皇兄的所作所爲，眞的令人費解。」

王國寶皺眉道：「照道理皇上於曉得謝安恃寵生驕，指使手下欺壓元顯公子的事，該有提防才對。」

司馬道子沒好氣的道：「此事更不用說，他在見謝安前，親自向我提出警告，教我好好管教兒子，差點給他氣死。」

菇千秋陰惻惻道：「王爺不用動氣，皇上是因淝水之勝忽然而來，且得來不易，心情興奮，喜出望外，乃人之常情，故對謝安有感激之心。一旦戰勝的熱潮減退，將不得不回歸到種種現實的問題上，那時王爺說的話，皇上定會聽得入耳。」

司馬道子回復冷靜，沉吟道：「皇兄讓桓玄繼承大司馬的聖諭批文，已發往荊州，謝玄與桓玄一向不和，謝安怎會反在此事上支持桓玄，令人百思不得其解。即使怕桓玄起兵作亂，大可把事情拖延，待與苻堅勝負分明後再想辦法，你們怎樣看此事？」

王國寶雙目閃過妒忌神色，兩玄的不和，固是江南眾所周知的事，可是他和桓玄更是關係惡劣，他與桓玄曾在一個宴會場合中發生齟齬，鬧得非常不愉快。

點頭道：「以謝安一向護短的作風，理該待擊退苻堅後，把謝玄捧上大司馬之位，那時候謝家更可要風得風，要雨得雨。」

菇千秋奸笑道：「照我看謝安是在表明立場，向皇上暗示他對權力並無野心，他謝家並不希罕大司馬之位。」

司馬道子冷哼道：「這或許是他以退爲進之策。」

菇千秋陰陰笑道：「謝安深謀遠慮，有此想法絕不稀奇，不過他有個大缺點，如我們善加利用，可輕易將他扳倒。」

菇千秋在司馬道子的心腹手下中，最足智多謀，滿肚陰謀詭計，司馬道子聞言，大喜道：「還不給我說出來！」

菇千秋故意慢吞吞的道：「謝安的缺點，是他有著江左名士的習氣，追求的是放縱任意和逍遙自適的精神，不住懷念往昔退隱東山的生活方式。只要我們狠狠予他一個重重的打擊，便可引發他退隱之念，到時只要皇上不挽留他，肯定他萬念俱灰。那時建康將是王爺的天下，王爺想對付哪個人便對付哪個人，誰敢反對？」

司馬道子皺起眉頭，道：「在現今的氣氛下，我們若對謝安輕舉妄動，會令皇兄不快，到頭來被責怪的不又是我嗎？」

菇千秋胸有成竹的道：「只要我們謀定後動，教謝安抓不著我們任何把柄，而謝安雖明知是我們幹的，卻苦於無法指證，最妙是這件事對皇上來說又不關痛癢，使謝安進既不能，唯有黯然告退。」

王國寶道：「菇大人不要賣關子好嗎？爽脆點快說出來，看看是否可行。」

菇千秋淡淡道：「殺宋悲風！」

司馬道子和王國寶兩人面面相覷，宋悲風乃追隨謝安多年的忠僕，殺他等於直接捋謝安的虎鬚，後果難測。

王國寶搖頭道：「皇上剛訓斥王爺，要王爺管教元顯公子，掉個頭我們便去殺宋悲風，王爺怎樣向皇上交代？」

菇千秋道：「微妙處正在這裡，宋悲風本身是無關痛癢的人物，但對謝安卻意義重大。我方的人完全置身於此事之外，另安排能人出手，還布置成江湖公平決鬥的格局，那皇上如何可怪罪王爺，謝安則是啞巴吃黃連，有苦自己知。」

司馬道子吁出一口氣道：「宋悲風雖然身分低微，但他的劍法卻是一等一，環顧建康，除我和國寶外，恐怕沒有人是他的敵手。若要殺他，必須採伏擊圍攻的方法。」

王國寶也點頭道：「即使有這麼一個人，若他搏殺宋悲風，不要說謝安，皇上也肯定不會放過他。」

菇千秋欣然道：「就讓我們請出一個連皇上也不敢降罪，其武功又穩贏宋悲風的人，那又如何呢？」

司馬道子一震道：「小活彌勒！」

菇千秋緩緩點頭，道：「竺雷音明天便要啓程往迎我們的『小活彌勒』竺不歸大師，他的武功僅次於『大活彌勒』，與尼惠暉在伯仲之間，以他老人家的功夫，只要答應出手，宋悲風必死無疑。」

王國寶興奮的道：「這確不失爲可行之計，只要我們巧布妙局，裝成是宋悲風開罪小活彌勒，謝安也沒有話可說。」

司馬道子仍在猶豫。

菇千秋鼓其如簧之舌道：「此計萬無一失，加上我們即將抵達的絕色美人兒在皇上枕邊說話，謝安又確實功高震主，必可遂王爺心願。」

王國寶一頭霧水問道：「甚麼絕色美人兒？」

司馬道子和菇千秋沒有理會他，前者瞧著菇千秋，一字一句的道：「千秋思慮周長，此計確實可行。不過若宋悲風被殺，將觸動整個謝家，謝玄牢牢控制北府軍兵權，若把此事鬧大，我們引進新教的大計極可能半途而廢，而不歸大師將變成眞的歸不了北方，我們如何向大活彌勒交代？」

菇千秋從容解惑道：「謝安捧桓玄爲大司馬，是作繭自縛，有桓玄牽制謝玄，他空有北府兵在手，仍不敢妄動。更重要是謝安倦勤的心態，如此事眞的發生，皇上又縱容不歸大師，我敢肯定謝安只餘告退一途，絕不會有第二種可能性。」

「砰！」

司馬道子一掌拍在几上，冷喝道：「就這麼辦！」

謝安於宮宴中途告退，司馬曜樂得沒有他在旁監視，更可放浪形骸，立即賜准。

謝安先送王坦之返王府，此時整條烏衣巷已完全被歡樂的氣氛籠罩，各戶豪門張燈結綵，家家大開中門，不但任由客人進出，還待之以名酒美食，雖時過二更天，卻沒有人肯乖乖在家睡覺，特別是年輕一代，男的奇冠異服，女的打扮得花枝招展，成群結隊的穿梭各府，嬉鬧街頭，好不熱鬧。

更有高門大宅鼓樂喧天，歌舞不絕，比對起今夜前的人人自危，家家門戶緊閉，一片末日來臨前的情況，其對比之強烈，不是親歷兩景者，實在無法想像。

謝安馬車到處，人人喝采鼓掌，一群小孩更追在馬車後，無處不受到最熱烈的歡迎。

不過烏衣巷的入口仍由衛兵把守，只許高門子弟進出，寒門人士一律嚴禁內進，涇渭分明。

謝府的熱鬧是盛況空前，屬於謝安孫子輩的一代百多人，全聚集在府前大廣場上玩煙花放爆竹，門前掛起數以百計的綵燈，加上擁進府內祝賀謝安以表感激的人群，擠得廣場水洩不通。

好不容易進入府門，立時爆起震天采聲，高呼「安公」之名不絕，人人爭睹此次勝仗大功臣的風采。

謝安的心情卻更是沉重，司馬道子中途拂袖而去，是非常不好的兆頭。

在此一刻，他謝家臻於鼎盛的巔峰，可是綜觀江左政權所有權臣的下場，不立功反比立功好，立小功又比立大功好，而苻堅的南來，使他在無可選擇下，立下大功，還是自古以來，從未有過的顯赫大功，後果的確不堪想像。

謝安自出仕東山後，過往隱居時的風流瀟灑、放情磊落已不復得，在放達逍遙的外表下，內心深處是充滿感時傷世的悲情，還要承受長期內亂外患殺戮死喪遺留下來的精神重擔。而在這一刻，勝利的狂喜與對大晉未來的深憂，糅集而成他沒法向任何人傾訴的複雜心懷。

若可以選擇，他情願避開眼前的熱鬧，躲到千千的雨枰台，靜靜的聽她彈琴唱曲，灌兩杯美酒入肚子去。

當然他不可以脫身離開，在萬眾期待下，他必須與眾同樂。

宋悲風等一眾隨從，根本無法插手伺候謝安下車。

佔得有利位置的一眾謝家子弟，一哄而上團團圍著泊在府門的馬車，由有謝家第一美女，年方十八，謝玄的幼女謝鍾秀與另一嬌美無倫、年紀相若的少女爲他拉開車門。

謝安剛踏足地上，眾少男少女百多人齊聲施禮叫道：「安公你好！」

接著是完全沒有拘束的笑聲，四周的人紛紛叫好，把本已喧鬧的氣氛推上最高峰。

一個小孩往謝安撲過來，撞入他懷裡去，嚷道：「爺爺是大英雄！」

謝安一把將他抱起，這孩兒叫謝混，是謝琰的第三子，謝安最疼愛的孫兒，自小儀容秀美，風神不凡，對善於觀人的謝安來說，謝混是他謝家繼謝玄後最大的希望。

謝鍾秀不甘示弱的搶到謝安的另一邊，緊挽著他的臂膀。

謝安忽然想起女兒的錯嫁夫郎，暗忖定要提醒謝玄，爲鍾秀選擇夫婿須小心其事，不可重蹈自己悔之已晚的覆轍。

在這一刻，他把一切煩惱置諸腦後，心中充滿親情的溫暖，更感激群眾對他的支持。

他的目光落到正以崇慕尊敬的眼光，眨也不眨瞧著他，與謝鍾秀一起爲他拉開車門的秀麗少女臉上。

心想此女的嬌俏尤在謝鍾秀之上，且絕不在紀千千之下，為何自己竟完全沒有見過她的印象。看她與府內子弟的熟稔，當爲某高門的閨秀。

謝鍾秀湊在他耳旁道：「叔爺呵！她是王恭之女王淡眞，她……」

群眾見到謝安，爆起滿天采聲，把謝鍾秀下面的話全蓋過去。

第三十九章　南北雙雄

燕飛衝出密林，狂馳於邊荒的草原上，他不但沒有目標方向，且根本不知自己在幹甚麼，不曉得自己在奔跑。

在極度的火熱和冰寒的爭持激盪後，他的靈覺似若告別了以他身體作戰場的冰霜與烈燄，他的心神完全被一幕一幕紛至沓來的往事佔據，不曉得任何關於身體的事，靈魂與肉體再沒有任何聯繫。

一切變成漫無目的。

起始時，他受盡寒熱的折磨凌虐。

當來自丹劫的火熱佔到上風，任遙和青媞的至寒之氣便像退避三舍，任由熱氣焚心，他噴出來的是火辣辣的氣，全身發燙，周圍的一切都在晃動，吸進肺裡的不再是初冬冰涼的空氣，而是一團一團的火燄，毛孔流出來的汗珠頃刻間已被蒸發掉。他清楚感覺到丹劫無邊的威力，而他的生命正不斷萎縮和步向消亡，他唯一想要的是冰涼的河水，所以必須不住奔跑，尋覓水源。

可是不旋踵寒氣又不知從哪裡鑽出來，宛如烈火被冰雪替代，脈搏轉緩，血液也給冷得凝固起來。這時他想到的只有繼續奔跑，以免血液結成冰霜，且期待火熱的重臨。

如此寒熱交替無數次後，身體變得麻木不仁，沒有任何感覺。

一幕童年往事湧上心頭。當年他和拓跋珪是十一、二歲的年紀，拓跋珪不知從何處弄了一罈漢人釀的烈酒「燒刀子」回來。

兩人躲在一處荒野偷嚐，最初幾口辣得兩人喉嚨如火燒，接著喝下去卻覺愈辣愈刺激，終喝至酩酊大醉，臥倒山頭，過了一夜。到次日午後才被娘親和大批族人找到。

燕飛隨娘親回帳幕後，本以爲會捱棒子，豈知娘親只死命抱著他，默默流淚，沒有半句責罵。

此事現在浮現心頭，燕飛只想大哭一場。

忽然間，靈魂像從夜空忽然回歸到身體，再沒有絲毫寒或熱的感覺，全身飄飄蕩蕩的。

此時他才曉得自己在荒原上疾馳，速度比他以前任何盡展全力的飛奔更要迅捷，大地在飛快倒退，天上的星辰彷似鋪天蓋地的直壓往頭頂來。

一陣無可抗拒的勞累侵襲全身，腦際轟然如受天雷擊劈，往前直跌，連續翻滾十多轉，最後仰臥地上，昏迷過去。

一點黑影，橫過夜月。

劉裕興奮的嚷道：「那是乞伏國仁的天眼，苻堅也該不遠了。」

謝玄領著手下，奔上一處丘陵高地，然後下令布陣。

劉裕大惑不解，心忖此行目的在追殺苻堅，怎可反停下來布陣等待，那疾趕半天一夜的辛勞豈非白費。

前方是疏密有致的林木區，靜悄悄的沒有任何人聲馬嘶，看情況不大可能有伏兵在。

謝玄淡淡道：「小裕到我身旁來。」

劉裕依言拍馬推進至他身旁稍後處。

謝玄目光投往天上盤飛兩匝，然後北去的天眼，淡淡道：「今晚的月色很美！」

劉裕為之愕然，他本以為謝玄會解釋為何忽然停軍，豈知卻在欣賞夜色，心忖名將本色，終是名士。

謝玄忽然輕嘆一聲，道：「今次我們追殺苻堅的行動，到此為止。」

劉裕更感錯愕，目光投往東北方遠處邊荒集冒上夜空的濃煙，然後細察天眼飛行的方向，一呆道：「苻堅放棄邊荒集，逃往北方。」

謝玄嘉許道：「你終發覺其中變化，告訴我，苻堅為何忽然改道？之前他是直赴邊荒集，且心無二志，盡顯其急於反敗為勝的清楚心意。」

劉裕沉吟片刻，試圖解釋道：「或許是遇上從邊荒集逃出來的將士，知道姚萇背叛他，知事不可為，於是放棄邊荒集，往北方逃去。」

謝玄微笑分析道：「姚萇是邊荒集的主事者，他當然不會蠢得說自己背叛苻堅，而是假傳苻堅聖旨，於撤退前燒掉邊荒集，加上敗訊經烽火和敗軍傳回來，人心惶惶下，人人急於逃返泗水北岸，誰會有興致掉轉頭來尋找生死未卜的苻堅？又怎知苻堅採取的逃走路線？」

劉裕終於明白過來，劇震道：「是慕容垂。」

謝玄露出孺子可教的笑意，點頭道：「只有慕容垂可令苻堅反敗為勝，現在扭轉形勢的希望泡影徹底破滅，最出色的兩名大將均棄他而去，在此役毫髮無損僅餘的兩支騎兵部隊一古腦兒失掉，苻堅再沒有捲土重來的本錢，只好倉皇逃命。」

稍頓又道：「起程以來，我一路上已在留意慕容垂的軍隊。此人雄才偉略，足智多謀，早看破我會趁苻堅陣腳未穩，來個速戰速決，所以必隱伏附近，看情況變化而作出相應行動，若他可以趁機將我謝玄殺掉，對他的聲望會有很大的幫助，且可立即癱瘓我大晉隨之而來的北伐壯舉。以他的爲人，絕不肯放過如此一舉兩得的千載良機。」

劉裕目光掃視前方林區，看法已截然不同，大有草木皆兵之感，禁不住暗抹一把汗。

求勝心切，確是兵家大忌。換作自己是謝玄，肯定唯恐苻堅溜掉，更加速追去，落得由勝轉敗，全軍覆沒。謝玄的懸崖勒馬，即使將來證明他是錯的，頂多走失個再無可能有大作爲的苻堅。他暗暗將此事銘記於心，務要自己將來不會犯上同樣錯誤。

勝負只是一線之隔。

謝玄神態優閒，似有所待的道：「苻堅返回北方，將發覺回天乏力，問題只在能苟延殘喘到甚麼時候。他最顧忌的人不是姚萇，而是慕容垂。如慕容垂返回根據地，他必須分兵守衛洛陽和附近諸鎮，以保關中的安全，所餘無幾的氐族軍力，會進一步攤薄。」

劉裕不解道：「照玄帥的意思，慕容垂竟不殺苻堅，還放虎歸山，於他有何好處？」

謝玄微笑道：「這恰是慕容垂顯示其雄才大略的地方，因爲他是志在天下，而非一時的得失。如他乘人之危殺害苻堅，只落得不忠不義的臭名，還會被姚萇等借爲苻堅復仇之名，打著旗號共討之。可是他肯先返回根據地，立穩陣腳，難題便落到爲苻堅留守長安的慕容沖、慕容永兄弟處，又或姚萇身上，他們當然人人都想取苻堅之位而代之，可是誰先出手呢？在這種形勢下，慕容垂可坐擁重兵，來個隔岸觀火，待苻堅敗亡後，才號召北方爲苻堅復仇，此爲上上之計。」

劉裕聽得心悅誠服，也暗驚慕容垂的大智大勇，深謀遠慮，不由有點爲拓跋珪擔心起來，矛盾的是現在的拓跋珪對他而言已是敵非友。

謝玄續道：「氐秦的所謂精銳『四帥子弟』，既一潰於淝水，又再分戍洛陽、山東，苻堅返回長安後，只好倚仗鮮卑慕容沖兄弟的兵員，若兩人變生肘腋，可用的便只有姚萇的羌兵，姚萇當然並非善男信女。由此可見，苻堅的敗亡，是因南伐之戰在民族的分配與組織上犯下大錯，鮮卑、羌人夷然無損，他的本部兵馬卻是七零八落。氐人十多年來的風光，已一去不返。」

蹄音驟起，從林木暗黑處擁出無數敵騎，在林外迅速排成戰陣，一時兩方人馬，成對峙之勢，相隔只有千步之遙。

氣氛登時緊張起來。忽然一人拍馬而出，只看其威武若魔神，不可一世的形相，不是號稱北方第一人的慕容垂，會是何人？

人的名兒，樹的影子。

慕容垂不但是北方諸胡的第一高手，手上北霸槍從來沒有遇過敵手，武功亦鎮懾南北漢人武林，其評價猶在漢人「大活彌勒」竺法慶、「丹王」安世清、「逍遙帝君」任遙、「太乙教」教主江淩虛等一方霸主之上。在北方，單打獨鬥，沒有人敢攖其槍鋒。

謝玄吩咐左右道：「沒有我的命令，不准動手。」接著又壓低聲音對劉裕道：「若我落敗身亡，你須立即率眾遠遁，不用理我的屍身。」

拍馬而出，往慕容垂迎去。

劉裕聽得大吃一驚，頭皮發麻，想不到忽然演變至如此局面。

看著謝玄雄偉的背影，背掛的九韶定音劍，心中湧起對謝玄高山仰止的無限崇敬。

這才是眞正的英雄了得，忽然又想起燕飛，他也是這種眞好漢。

慕容垂在兩方人馬中間勒馬停下，唇角帶著一絲冷漠的笑意，平靜地瞧著對手緩緩接近，仰天笑道：「好一個謝玄，果然沒有令本人失望，不過我們的交情亦到此告終，慕容垂願領教九品高手的上上之品，南方第一劍術大家九韶定音劍的絕世劍法。」

謝玄在他馬前三丈立馬不前，接著翻身下馬，同一時間慕容垂從馬上彈起，名震天下的北霸槍不知何時來到手上，在馬頭上方來一個瀟灑好看的觔斗，落在謝玄前兩丈許處。

「鏘！」

謝玄祭出九韶定音劍，遙指敵手。

劍長四尺二寸，在劍脊一邊沿鋒口開出九個比尾指尖略細的小孔，通體青光瑩瑩，鋒快至令人難以相信。

謝玄微笑道：「能領教北方第一大家的絕藝，是我謝玄的榮幸。慕容大家請！」

慕容垂一振手上北霸槍，一股冷凝如冰如雪的殺氣立即籠罩謝玄，還波及全場，即使位於遠處的劉裕，仍生出心膽俱寒的可怕感覺。

如此可怕的武功，即使比之那在密林偷襲他和燕飛的鬼臉高手，怕亦要高上一、兩籌。

不由爲謝玄擔心得要命。

《邊荒傳說》卷一終

國家圖書館出版品預行編目資料

邊荒傳說／黃易著. --初版.--台北市 ：
蓋亞文化，2015.02－
冊; 公分. --

ISBN 978-986-319-138-4 (卷1：平裝)

857.9　　104000521

作者／黃易
封面題字／錢開文
裝幀設計／克里斯
出版／蓋亞文化有限公司
地址◎台北市103赤峰街41巷7號1樓
電話◎（02）25585438　傳眞◎（02）25585439
部落格◎gaeabooks.pixnet.net/blog
服務信箱◎gaea@gaeabooks.com.tw
投稿信箱◎editor@gaeabooks.com.tw
郵撥帳號◎19769541　戶名：蓋亞文化有限公司
法律顧問／義正國際法律事務所
總經銷／聯合發行股份有限公司
地址◎新北市新店區寶橋路二三五巷六弄六號二樓
電話◎（02）29178022　傳眞◎（02）29156275
初版一刷／2015年02月
特價／新台幣 125 元
Printed in Taiwan

ISBN／978-986-319-138-4

黃易作品集臉書專頁 www.facebook.com/huangyi.gaea